洪敍銘　著

從「在地」到「台灣」

本格復興前台灣推理小說的地方想像與建構

關於文友洪君對〈本格〉與〈本土〉之〈有心〉和〈有情〉，身為多年前寫過幾篇推理小說的我，除了緬懷過去之外，還深深體悟其中嚴肅的主題。誠如一首悅耳的歌曲，卻讓有心人聽出弦外之音。

——葉桑（台灣推理名家）

對讀者而言，台灣推理作品不僅要與歐美日作品放在同一個天平上較量敘事技巧、詭計謎團，還需寫出具有台灣風味、在地性格的推理小說。透過本書，我們可以看到早期台灣推理作家如何試圖掌握、拿捏取捨「推理」與「台灣」這兩個「外來」與「內在」的小說元素。

——呂仁（推理小說家）

推理研究不易，敍銘聰慧難得

國立東華大學中文系
吳冠宏教授

我從小就著迷於推理小說，閱讀的興趣至今依然未減，推理小說可以鍛鍊腦筋，滿足思考的樂趣，事件發展，謎題解答，往往牽涉多端，正是探究人生事理與情理的絕佳場域。然而喜歡閱讀是一回事，如何展開研究就需要更多的本事了，歌德說：「內容人人看得見，涵義只有有心人得之，形式對大多數人是一種祕密。」可見研究需要找到切入的鑰匙，才能帶領我們探訪形式的祕密，敍銘的研究論文，不正握著此種解密的關鍵鑰匙？

初讀敍銘的論文《從「在地」到「台灣」：論「本格復興」前台灣推理小說的地方想像與建構》，是在東華中文系博士班甄試的論文審議及口試期間，雖然僅是初稿，已讓我為之驚豔，沒料到研究推理小說的論述，也可以帶給我有如閱讀推理小說般的興奮感，那是因為他提供了有趣的觀點，遂能有如偵探般，帶我們抽絲剝繭，展開化隱為顯的任務，在此脈絡下，本格復興前台灣的推理小說，也可以成為診斷台灣本土化歷程的線索，進而在外來與本土的辯證關係下，尋繹台灣地域性特徵與文化主體性的建構。他的論述清晰，富有理趣，每能馭繁化簡，得所精要，不僅選題議論有其獨到的眼光，縱橫爬梳，提綱挈領，也可見他統御組織力，而此若知其平日所下的工夫，便不足為奇了。

敍銘二〇〇五年便就讀東華大學中文系，其間歷經東華大學與花蓮教育大學併校的整合階段，他先在併校後的中文系修讀碩士班課程，後又因研究方向的調整，轉入華文系的碩士班修讀，並在華文系完成了這一本碩士論文，隨後參與博士班甄試，以第一名的優異成績順利考上東華中文系博士班，可見這一位聰明靈巧的學生，不僅和東華因緣甚深，並於整併後中文與華文的師資共濟下，完成他的學術初體驗，我見他在此茁壯成長，心中倍感欣慰，因為敍銘落實了東華中文系初航時的夢想與願景，即是：站在古典文化的基礎上，攀登現代文學的高峰。

回眸敍銘在東華成長的十年歲月，除了輾轉於中文與華文之間，成為最會吸水的海綿外，他更是兩系老師們心目中最得力的助手，所謂敍銘辦事，大家放心，尤其是多次參與教育部各項教學改革的規劃與執行，已練就一身功夫，具備統攝全局的能力，此外多年來協助《東華漢學》的編務，學報諸多雜事皆能井然有序妥善處理，是個不可多得的幹才，但是令我動容的，更在他的善學，他不僅勇於在事上磨練，訓練自己的組織力與做人處世能力，懂得把握機會，綜覽群論，使之得以開拓學術視野，撰寫論文的能力亦隨之提昇，透過理論與實踐、學理與事務的雙管齊下，完成他這一本碩士論文。

十多年來我返鄉任教，常投注心力於花蓮的在地文化實踐上，希望不斷地經由空間與地方人文的對話及省思，使人與環境（地方）的輾轉互動能夠更為豐富有味，因此花蓮地域性特徵與文化主體性的建構，也一直是我所關注的議題。檢視敍銘處理推理小說的問題，則更能廣為吸納人文地理學、空間理論、社會理論、身體視域……等當代的文學與思潮，巧妙地將小說中的地方與推理敘事之間產生相互的勾連，反省過去，展望未來，進而指出社會性替代地方性所產生之文類發展的困境與危機，可謂充分發揮了探源察流的研究效能。尋繹全書，我也在這裡看到敍銘縝密的思維與勇於任事的行動力，不僅享受創意，玩著頭腦的冒險遊戲，亦處處展現情理與事理之微、文理與學理之妙，在碩士階段就能找到一條值得拓荒與永續耕耘的探索進路，何等不易，也顯示敍銘不可限量的學術潛力，還有經由他的努力精進，那將滿載奇花異果之推理研究的未來願景。

以「本土」為起點——台灣推理小說的再閱讀

國立東華大學華文系
黃宗潔教授

對於我這一輩所謂「五六年級」的世代來說，東方出版社的《亞森羅蘋全集》和《福爾摩斯探案全集》，可能是很多人最早的推理文學啟蒙書與集體記憶吧。僅管那時對於「偵探」、「推理」仍是似懂非懂的年紀，但是彷彿永遠多霧陰冷的倫敦、早餐桌上「新月麵包」（那時還沒有「可頌」這個詞）搭配熱咖啡的組合，就成了年幼時最早的異國想像。及長，克莉斯蒂筆下的白羅、馬波小姐……慢慢加入了這個由福爾摩斯領軍的名偵探系譜，他們共同形塑出當時的我對「推理小說」的理解，直到後來，接觸到松本清張的《砂之器》、錢德勒《漫長的告別》……我才發現推理小說迷人的另一面。

事實上，充滿著懸疑難解的謎團，以及無論華麗莊園、古堡密室、陽光海灘、火車飛機，都有可能（或者應該說「必然會」）出現謀殺案，謀殺手法則毫不例外機關算盡，只有最聰明的神探和最機智的讀者才能看穿……凡此皆是前述那以福爾摩斯為首（福爾摩斯並不是文學史上最早的名偵探，只不過他是多數人最先認識的那一位）一長串名偵探清單所建構出的推理小說主流景觀，在西方稱為「古典推理」，流傳到日本之後，則將承繼此種「正統」精神的寫作稱為「本格推理」。在這類作品中，推理是一場偵探與罪犯、作者與讀者智性上的華麗對決，它是愉快的冒險，追求的是精緻、聰穎、「別出心裁」的謀殺手段，破解罪犯設下的陷阱，就是偵探與讀者的任務。至於犯罪動機、犯罪的「現實性」，則非這些小說最重要的考量。

可以想像的是，這樣的敘事方式必然不可能讓某些作家與讀者感到滿足，其後，漢密特揭開了推理小說「美國革命」的序幕，他提出真正的犯罪是出現在「殘酷大街」（mean street）上的主張，不同於古典推理中「安樂椅神探」只要閉門家中坐，就可以運用「小小的灰色腦細胞」破案，這些冷硬派小說的偵探，往往必須在殘酷大街上直面黑暗，這類作品也因此更能反映現實。傳到日本，冷硬偵探固然也後繼有人，但更多作家將關懷觸角放置在各種社會問題的挖掘上，而有了「社會派」這樣的類別。

「古典vs.冷硬」、「本格vs.社會」這看似對立的小說風格，背後所牽涉的，其實是歐美推理與日本推理中，解謎趣味與現實關懷兩種精神價值的角力與對話。觀諸台灣推理小說的接受脈絡，不難發現這兩種價值的糾葛與拉扯不但始終存在，推理小說在台灣似乎還擺脫不掉另一個尷尬的議題，那就是，到底什麼才是「台灣推理小說」？同樣是吸收歐美推理的養份，但日系推理無論是「本格派」或「社會派」，似乎都很快發展出自己的風格印記——想想柯南和金田一裡面對「釣魚線殺人」近乎迷戀般的執著、總是斷水斷電的暴風雪山莊、西村京太郎最擅長的「鐵路謀殺」系列、宮部美幸對於少年犯罪的挖掘……彷彿都具有鮮明的「日系色彩」，那麼「台灣推理」呢？什麼樣的推理小說才是具有「辨識度」的台灣推理小說？成為台灣推理作家急欲解答卻又沒有共識的問題，也是本書作者敍銘思考的起點。

有趣的是，相較於歐美推理從古典到冷硬的發展路徑，台灣推理小說卻彷彿逆向操作，借用陳國偉的說法，早期台灣推理主要循著「歐美製造，日本加工，輸入台灣」的模式。但在輸入的過程中，歐美原初古典推理的養份已經被稀釋了，作為早期推理小說引介與創作重要代表的林佛兒，他推崇的是松本清張的社會關懷路線，並以此做為個人的書寫實踐，使得八〇年代以來的台灣推理場域的主流價值，更傾向於表現風土民情、反映社會、貼近時代，甚至進而表現「台灣意識」的精神，推理小說在文類敘事上原本所著眼的謎團核心反倒成了其次的問題。因此許多推理讀者對於八〇年代推理小說的不滿，也就在於裡面的「詭計」往往牽強荒誕，過度訴諸巧合或不合常理，違反了推理小說「原初」在智性上追求的價值。換言之，輸入時的錯位帶來了逆向的定位焦慮，於是二〇〇〇年後的台灣推理文壇，出現了「本格復興」的訴求，強調推理文學在美學與敘事上應回歸到更「本格」的實踐，以確保文類性質的鞏固。

但是此一「復興」的過程，卻也不免讓人產生更多疑惑：將暴風雪山莊換成台灣「在地」的地點，將小說中的謎團詭計置入一些「本土」的元素，就謂之走出台灣推理獨特風貌了嗎？或者這只是一種換湯不換藥的「日式推理再加工」？另一方面，「社會關懷」與「本格精神」兩者難道就註定只能非此即彼、難以融合嗎？「城市／鄉野」、「本土／異地」、「日常/異常」這些同樣看似二元對立的概念在台灣推理小說中是以什麼樣的方式運作？紋銘認為，要回答上述問題，必須先釐清台灣推理小說在地的實踐，而這又勢必要將眼光拉回八〇年代的推理世代，方能更全面地重省推理小說這個文類在台灣在地化的過程與困境。因此，他選擇以「本格復興前台灣推理小說的地方想像與建構」做為切入的視角，藉由細緻地梳理八〇年代以來台灣推理小說創作的內涵，試圖找出「本土」、「在地」、「台灣」這幾個語彙在推理小說譯寫過程中所扮演的角色，當地名、街道做為辨認小說場景的訊息時，這些地方究竟只是一個可以隨意替代的「符號」，還是可以因此召喚我們的地方想像甚至本土認同？在這些較早期的作品中，又有哪些線索可以成為我們理解與追求台灣推理小說辨識度的價值？凡此，皆是紋銘本書探尋的重點。

記得敍銘在大學時修習我所開設的「大眾文學」時，就已展現他在表達與思辯能力上的優異特質，到了研究所，他更是少數對於研究議題能試圖開展出自己一套論述系統的學生。與其說指導他撰寫論文，不如說是共享了一趟台灣推理小說的閱讀之旅，我也因此認識了許多過去不見得細讀，卻非常有意思的小說。如今敍銘的碩論即將付梓，深感與有榮焉。相信無論就台灣推理小說的研究場域而言，或是從「空間」與「地方」的概念切入，將推理小說作為台灣文學在建構主體性時的一種實踐形式來思考，本書都具有一定的參考價值。祝福敍銘這本書。

彭序

國立彰化師範大學國文系
彭維杰教授

推理小說在臺灣現代文學的範疇中一直有相當的市場，有關這方面的研究也陸續有成果發表。對於臺灣推理小說的發展，過去直接受到歐美翻譯小說及日本推理小說的影響，使得小說的格局較難有自主性的建構。但是臺灣從事推理小說創作的作者其實已有所自覺，在作品裡不斷以在地性的自覺進行創作。

本書作者考察臺灣推理小說在所謂「本格復興」之前的在地性書寫，有意進行推理小說研究的溯源工作，以釐清推理小說發展的脈絡。在學術研究的必要性和創新性來說，是很有價值的工作。

作者運用人文地理學的空間理論解釋推理小說作品的在地書寫特性，觀察一九八〇年代到二〇〇〇年代左右的臺灣推理小說作品，一方面解析其在地性的本質面貌，另一方面考察其對後來推理本格書寫的影響，亦即對二〇〇二年之後的臺灣進行日本推理敘事典範的在地生產是否具實質的引導作用。這顯示作者在研究的深度和廣度上皆有極大的企圖心。

本書的創新性就在以人文地理學的空間理論成功地建構了研究小說作品的層次，從區位類型而場所精神到地方感的探討，由表至裡，層層推論，彰顯了臺灣推理小說在本格復興之前的在地書寫特性。這是本書最值得稱道，也最具閱讀價值的特色。

作者經過精細的解析，從區位類型理論的可替代與不可替代兩方面特性裡發現早期推理小說的在地性會因其區位特性的強弱而變化。在場所的討論中，作者揭示了在地性光譜的觀察工具，以區位特性的移動變化顯現趨近地方及場所精神兩端的在地性建構特色，前者體現了地方的獨特在地性，後者展現了對社會底層的關懷。早期推理小說偏向後者的特性較為明顯，這一現象明示了當時作品強調社會性的在地關懷，而弱化了地方性的區位特性，這與本格復興時的書寫特質相合，所以就此觀點，作者認為本格復興前後的臺灣推理小說並不具有涇渭分明的斷裂。至於從地方感的形構來看，作者觀察分析小說人物的主觀情感依附性對地方產生歸屬感以取得在地認同的情形，發現普遍是由社會關懷建構在地性，並觀察到小說作者意圖在文本情節中建立臺灣身分，這與當代推理小說不張揚臺灣的價值與主體性有明顯不同。凡此，都是作者在本書中的研究成果，可以看到作者的態度極為嚴謹，心思也非常細密。

本書另一重要內容是探討推理小說的城市與犯罪空間，作者試圖藉此進行在地性的考察論證，可以看作是前述理論的具體實踐，將城市與犯罪空間透過區位、場所及地方感綜合的討論，考察其現代化的城市空間的在地特性，發現臺灣性的主體意識十分明顯，這正與前述論述緊密扣合。

本書以清晰的邏輯，流暢的文字，剖析本格復興前的臺灣推理小說，揭露當時作者群自覺主體性的書寫，顯現其主調偏向社會性關懷的訴求，而弱化了在地的區位特性。

作者敍銘世侄秉賦聰慧，自幼便展現文才，大學時代更屢獲文學創作佳績，進入研究所後關注於現代文學的學術探研，今研究有成，即將付梓，本人樂為之序。相信雅好推理文學的讀者諸君，必能由本書獲益良多。

自序

我對推理的認識，毫無意外地從福爾摩斯和亞森羅蘋開始。

幼年時閱讀和消磨時間幾乎畫上等號，那也是一個甚至連「謎」、「殺」、「推理」、「死亡」的字面意義都尚不了解的年紀，文化中心圖書館的福爾摩斯和亞森羅蘋，書冊封面總是皺皺爛爛的，大多無法外借，我一本本的翻閱完全集，卻也毫無意外地過目即忘。

對於推理，恐怕是名偵探柯南和金田一少年之事件簿這兩部動畫最令我深刻。我猶記得對黑衣人面孔的邪笑、血腥的畫面、屍體僵硬而詭異的面部表情所感到驚懼而噩夢頻頻，回想起來，推理似乎沒有帶給我太多的「樂趣」，它對我的意義，可能只是增強了我對恐怖的認知。

到了大學，我把研究興趣放在明代的戲曲理論，對現當代的閱讀極少，更不用提推理小說。直到大三選修了「大眾文學」，這門課由黃宗潔老師授課，我仍記得期末時我繳交了一份書評，寫的是勞倫斯・卜洛克（Lawrence Block）的《屠宰場之舞》。那時豈有什麼古典推理、冷硬派、本格……的概念，但書裡的那句「我們從古至今都一個樣，沒有變得更好，也不會變得更好」卻隱隱地使我覺得哀傷，以及恐懼。

人性的惡意固然成為噩夢的各種素材，但經過這些之後，我們身處的環境、社會、世界，是不是真的遠離那樣的惡意，或者其實，並不會變得更好？

進入研究所後，我原在中文所繼續明代的研究，因緣際會下轉入華文所就讀，原本做的是性別與身體，直到後來同樣在黃老師於研究所開設的「城市與大眾文學研究專題」中，再次遇見「推理」。

然而這次，打動我的並不是歐美或日本的推理，而是台灣本土推理。林佛兒的〈東澳之鷹〉，是我這輩子所閱讀的第一篇台灣推理小說，那時我用了兩週的課程討論時間，提出「東澳」在推理敘事中究竟能不能置換的問題，老師並未阻止我的多言與反覆，反而鼓勵我朝此面向持續閱讀與觀察。

或許，這才是我與推理正式的相遇。

台灣推理文學的研究，一直都是當代台灣文學研究中比較闕如的一塊，前行研究者如國立中興大學台灣文學與跨國文化研究所的陳國偉教授，對二〇〇〇年後台灣新推理作品的閱讀與分析，是現存相當重要且極具創發性的成果。

本書原為我於國立東華大學華文文學系研究所就讀時提出的畢業論文，其寫作受到前行研究的啟發甚多，並嘗試將論述的焦點，凝聚在「本格復興」前的台灣推理小說創作之中，透過「在地性」的視角，嘗試對「台灣推理」中自然隱含的地理空間與地域性特質，進行理論化的探論。

作為一個起初對歐美推理幾乎毫無概念，直接選擇台灣本土推理作為研究範疇，卻又沒見過幾篇作品的研究者，完成這本書其實相當惶恐，卻也因大量的閱讀，感到前所未有的樂趣與滿足。在其過程中，尤其感謝黃宗潔教授的指導，每次與老師討論議題，都能開啟不同面向的思考；也感謝東華大學華文系吳明益教授、李依倩教授、楊翠教授、劉秀美教授、元培科技大學應英系林宛瑄教授的悉心指正與提點，以及東華大學中文系吳冠宏教授、彰化師範大學國文系彭維杰教授為我作序，幾位教授不僅提供寶貴的意見，更給予我許多鼓勵與支持，使這本書最終的呈現得以更加完善。

於撰寫過程中，亦感謝台灣推理作家呂仁先生慨允提供重要的研究資料與文本，以及對本書的鼓勵，當然還有我最喜歡的本土推理作家葉桑老師的推薦語。也謝謝家人無條件的支持，以及彥宇和所有至交好友的陪伴。

我在東華已近第十一個年頭，特別感謝東華大學中文系、華文系的優秀教師們，徜徉在老師們的知識講授與引導，更豐植自我的學術能量，同時也謝謝秀威出版公司提供出版機會，伊庭、書豪、齊安、加宜的費心協助。學術研究的道路本是不易且漫長，學位論文的出版，雖然不見得具有什麼特殊的價值，但也希望通過此途徑，砥礪自己持續進行學術研究，嘗試開展出更好的成果，對學術界有些許貢獻。

民國一〇四年十月
花蓮　壽豐　吳全

目次

CONTENTS

圖表目錄

第一章　探討的起點

第一節　世代推移中的本土書寫

一、台灣推理小說的「新／舊世代」之思考

二〇〇〇年後的台灣推理文壇，出現所謂「本格復興」的呼聲，以既晴為首的作家群體，要求推理小說的創作回到保持著密室與解謎的「本格」[1]風格與傳統，造成台灣推理界不小的衝擊與迴響。細究

[1] 「本格」是從日本引進的詞彙，即「正統」之意。本格派推理被理解為向歐美古典推理借鏡、學習的一種「正宗」的推理範式，這種範式以英美推理小說黃金時期三大家（Ellery Queen、John Dickson Carr、Agatha Christie）的主要作品為代表。陳國偉引甲賀三郎對「本格」的定義：「不注重犯罪動機與犯人性格的描寫，主要關注於不可思議或經過精巧計畫的犯罪，其中科學的解答是閱讀樂趣的核心。」他認為這表示解謎的過程和詭計的揭露，「知性」與「科學」是最重要的根基。見《越境與譯徑——當代台灣推理小說的身體翻譯與跨國生成》（臺北：聯合文學出版社股份有限公司，二〇一三年），導論「身體作為方法——台灣推理小說的理論化可能」，頁8—9。當代台灣推理界最廣泛地被接納的「本格」定義，來自島田莊司所言：「『本格推理小說』是指在故事的前半段展現具有魅力的謎題，並在故事進行到尾聲的過程中，利用理論的方式加以剖析、解說謎題的這種形式的小說。在進行剖析和解說時的理論，因為具有一定的水準，為了和其他作品區分，才稱之為『本格』。」這段話特別凸顯本格的重要特色，其一是其推理的模型，必然經歷「謎題／謎團」到「解謎過程」；其二是本格推理具有某種「本格的理論性」，殺人事件或是如孤島、暴風雪的山莊、別墅、密室、名偵探等本格背景條件雖然不見得必須，卻仍然是辨識本格推理重要且關鍵的元素，因為這些元素容易營造或引起所謂本格推理的「氣氛」。見「島田老師對

此一「本格復興」之說，實際上與台灣推理主流文學場域的重構有密切的關聯。「本格復興」除了反映主要是二〇〇〇年後的新世代推理作家，對於自一九八〇年代起以「本土推理」的型態作為台灣推理小說發展與創作主流的閱讀疑惑外，更核心的焦慮是，他們認為當代台灣推理仍處於以「社會派」為價值標準[2]的創作氛圍中，使得這群作家開始思考如何追尋推理的「正道」與「本質」，甚至意圖建立新的典範規則，主導推理文學場域的主流型態。

本格推理的定義」，第一屆島田莊司推理小說獎網站，網址：http://www.crown.com.tw/no22/SHIMADA/S1_a.html。（二〇一四／九／二八作者讀取）因此，「本格推理」在島田莊司的認知中，是「能把犯人的推理、曖昧不清的事件順暢說明的小說」，其核心在於「推理性」。見既晴採訪：〈島田莊司訪談錄〉，《皇冠》第六百一十七期（二〇〇五年七月），頁115－116。陳國偉則認為台灣推理文壇在二〇〇〇年後推行的「本格復興」，基本上綜合了島田莊司式的本格、古典推理解謎傳統、日本新本格等具有「明確的本格推理小說的審美標準」之創作表現與型態。見《越境與譯徑——當代台灣推理小說的身體翻譯與跨國生成》，第一章「跨國移動與知識譯寫——台灣推理文學場域的形塑與重構」，頁81；同見於《類型風景——戰後臺灣大眾文學》（臺南：國立臺灣文學館，二〇一三年），頁237。

2 早期台灣推理文壇並非沒有推行「本格」的呼聲，黃鈞浩在《推理》創辦之初，即已呼籲引進歐美古典推理與日本本格派作品，並透過出版社或媒體進行本格寫作技巧的介紹與示範，他說：「我認為在推動推理小說風潮上絕對需要大力引進本格派作品，不能光靠社會派作品做先鋒」，而且本格派作品的推廣，不僅能夠「提升台灣推理小說文化」，也能使「讀者對本國作品漸漸有信心起來」，顯示推理小說在台灣發展之初，已然出現某種類似「復興本格」的聲音。見〈一些喜悅，一些建議〉，《推理》第六期（一九八五年四月），頁10。事實上，當時以林白出版社與《推理》主導早期台灣推理文學場域主流價值的林佛兒，也接受了這樣的建議，自《推理》第二十二期至第二十八期及第三十七期，以特稿方式開闢了「島崎博專欄」，邀請在日本創辦《幻影城》雜誌，並被認為在當時保存了本格派推理小說價值的重要推手傅博，撰寫一系列關於推理的本質、流行、詭計、謎團設計的技巧、創作原理以及在台灣的發展等專文，可見「本格」在早期台灣推理文學場域中並沒有消失。然而，因為當時絕大部分的推理小說有著明顯的社會性傾向，使得「本格」在沒有實際創作呼應的情形下，逐漸失去其典範意義。

這一脈「本格復興」的思考，一般認為源自於島田莊司對本格推理逐漸消失的憂慮。島田莊司曾在訪談中說：「倘若推理小說創作者只為了迎合影視觀眾群，大量融入愛情、金錢、權力鬥爭等一般觀眾愛看的劇情，卻忽略了本格推理真正應該具備的要素，那麼我非常擔心本格推理會在日本逐漸消失。」因此，島田莊司在日本境外推動「島田莊司推理小說獎」，並說明其核心理念是「假使日本的推理小說創作者逐漸偏離本格的正軌，那麼轉向國外尋找其他語言的本格推理創作人才，絕對是值得一試的。」[3]二〇〇〇年後，台灣推理作家如藍霄、既晴、林斯諺、冷言、凌徹、陳嘉振等人，皆受島田莊司對「本格」復興的感召，如陳國偉指出：「在自己的作品中，透過譯寫的方式實踐，來尋求他們心目中本格推理的『復興』之道，以致於他們都成為『島田的孩子』（Shimada Children）、『二十一世紀の萬次郎』，在臺灣的文學推理場域，進行對島田的再生產。」[4]

在相關記載中，台灣推理文壇對「本格復興」的思考與推動，都與一九九八年底第三屆時報文學百萬小說獎有關，這個當時台灣最重要的純文學大獎，將徵文主題對象設定為推理小說，顯示出推理文學與純文學場域相互對話的可能。

但較少研究者注意到一九九〇年代初期，台灣推理界已出現兩次關於「文學性」與「推理性」間相當具體的「對話」，反映早期主流的美學價值中，推理小說與純文學間關係的演變。

第一次事件，出現在一九九一年第三屆林佛兒推理小說獎評選中，評審周浩正提出參獎作品〈一貼

3 見周若珍訪談，「博客來・人物專訪」，二〇一一年九月十四日。網址：http://okapi.books.com.tw/index.php/p3/p3_detail/sn/808。（二〇一四／七／六作者讀取）

4 見陳國偉：〈島田的孩子？東亞的萬次郎？——臺灣當代推理小說中的島田莊司系譜〉，《臺灣文學研究集刊》第十期（二〇一一年八月），頁71。

靈〉是否為「推理小說」的質疑，包含敘事手法以現象觀察為主，造成推理性的不足，以及作品中表現出高度的文學性，敘事主軸也因此偏向對社會現實荒謬的人性描寫與批判。然而在這次的討論中，〈一貼靈〉最終卻仍因它高度的文藝價值，獲得當屆文學獎中的評審推薦獎，明顯展現出「文學性」作為早期推理文學場域中主流的價值型態。

第二次事件，是楊照與陳銘清的論戰。楊照於一九九三年八月撰寫評論，批評當時的台灣推理小說雖以「本土推理」的型態發展，卻忽視純文學的實踐，過於偏向對外來推理文學傳統，特別是對日本大眾文學的學習與仿效，形成本土作家對台灣文學實踐的失落[5]；陳銘清則在同年十月逐一反駁楊照的觀點，他認為推理小說和嚴肅的純文學不存在必然連結，因此以純文學的美學標準與價值套用在推理小說上，根本是「自絕生路」的行為[6]；他的觀點同時受到不少創作者的響應，凸顯出推理小說創作的矛盾與衝突。

一九九八年第三屆時報文學百萬小說獎開始徵獎，二〇〇〇年公開決審記錄，導致與一九九〇年代初期相當類似的爭議，特別是關於評選「推理小說」的標準究竟取決於「文學性」或「推理性」的辯論。這個爭論的產生，最主要是進入決審的三部作品，都符合被純文學場域賦予的價值標準與期待，造成台灣推理界，特別是新世代作家的強烈反彈；他們不滿的焦點在於以「文學性」要求推理小說，所評選出的是「文學的推理」，而非「推理的文學」，這樣的矛盾，也成為台灣推理小說發展歷程中懸而未解的難題。

---

5 見楊照：〈「缺乏明確動機……」——評台灣本土推理小說〉，《文學的原像》（臺北：聯合文學出版社有限公司，一九九五年），頁144、145。

6 見陳銘清：〈超越模仿，推陳出新的期待〉，《推理》第一百零八期（一九九三年十月），頁15。

陳國偉認為當時引起的爭議在於「推理讀者與部分作者認為主流文壇的評審與作者，攜手侵犯並意圖主導推理文學場域規則」[7]，而這些讀者和作者的焦慮，在於當「文學性」和「創造性」成為百萬小說獎徵選的主要標準時，違背或至少迴異於他們所認知的推理文學中關於謎團、解謎的「推理性」本質。也就是說，評審們以「文學性」作為評選百萬小說獎獲獎作品的準則時，僅是將推理小說視為表現純文學的形式；而在談論「創造性」的創新與突破時，又以純文學的發展脈絡與視域為主，使得這些入選的作品對當時推理界而言，因為被賦予了高度的文學性，而甚至被認為不是「推理小說」。

百萬小說獎後的討論，最終回到「什麼是推理小說？」的焦點，但最初將徵件主題，設定為推理、偵探、探險等各類大眾題材作品時，本質上正進行著「推理文學」也是「文學」的嘗試與實踐；然而，它後續引發的爭論，卻反而聚焦在「推理文學」與「純文學」的區隔上，即當主流純文學介入推理文學場域時，顯現的「文學性」優先於「推理性」思維與標準，形成了對推理文學主體性的焦慮，促使「本格復興」的出現。

當然，這樣的理解某種程度上存在著許多不盡完整或情緒化的誤識，但就當今台灣推理「本格復興」所造成的風潮來看，新世代作家們與網路社群的新興媒體力量的結合，表現「本格復興」不只是對主流純文學的反動，甚至也對傳統價值下的文學載體的挑戰，使台灣新世代推理作品的大量出現，逐漸顛覆台灣推理文學場域中的主流典範與價值。

這種「主流」的想像，具體地反映在擁護並宣揚「本格復興」的作家與評論者，對先前台灣推理小說的重新檢視與觀察之中。例如「本格復興」主導者既晴製作的「台灣推理文學年表」，以自己的作品

[7] 見陳國偉：〈一個南方觀點的可能：推理小說的在地化考察〉，「二〇〇七文學『南台灣』學術研討會」（嘉義：國立中正大學台灣人文研究中心、台灣文學研究所，二〇〇七／二／二四），頁114。

《魔法妄想》為分界，認為二〇〇〇年後「以既晴為首，受到網際網路的影響，以及各種流派的翻譯推理大規模引進，終於反映在台灣推理創作上」，這個時期的特色在於「融合了前衛、新銳的創作理論，台灣推理有了更充沛的能量」[8]，明確標誌「新世代」推理的出現；在早期《推理》雜誌中頗具份量的評論者傅博，也在〈台灣推理小說新里程碑之作——《錯置體》〉一文中，一方面評二〇〇四年前的台灣推理小說：「從推理小說的土壤（空間）和繼承（時間）問題觀看，台灣二十年來創作之不成熟，是從播種至開花結果之摸索期間，必須經過的路程產物。」[9]另一方面更將二〇〇四年視作「台灣推理小說新里程碑」、「更上一層樓的第一年」[10]，在本質意義上，已劃開了台灣推理新／舊世代的分界。

在本格復興的視域下，這樣的劃界的原因與意義，是用以抗衡自一九八〇年代起，以林佛兒為首的早期台灣推理世代，透過林白出版社、《推理》與「林佛兒推理小說獎」組織的權力結構。他們認為早期推理小說與純文學高度重合，因此不論創作者或讀者，大都是知識階層與菁英分子。在此種脈絡底下，從〈一貼靈〉討論、楊照和陳銘清的論戰到百萬小說獎，這些爭議的焦點都在「文學性」的優先考量上，連帶地因為《推理》世代的推理小說創作，因為存在著許多純文學的痕跡，在「本格復興」的風潮之下，被刻意地區隔在台灣推理文學場域之外。

8 見既晴製表，杜鵑窩人審訂：〈台灣推理文學年表〉，既晴：《魔法妄想症》（臺北：小知堂文化事業有限公司，二〇〇四年），頁330、331。

9 傅博：〈台灣推理小說新里程碑之作——《錯置體》〉，藍霄：《錯置體》（臺北：大塊文化出版股份有限公司，二〇〇四年），頁269。

10 同前註，頁272。

可是，筆者認為，一方面在「本格復興」思潮下，台灣推理新世代對「純文學」場域的不滿情緒，營造「文學性」與「推理性」的對立，並擴大至對早期推理小說創作的閱讀與理解中；另一方面「本格復興」下的台灣推理新世代的「新」書寫型態，不論是轉譯日本，或挪移歐美古典推理中邏輯、解謎傳統的嘗試，在台灣推理的發展歷程與脈絡中，似乎並沒有如此明顯的「斷裂」。這引發了筆者的好奇，希望透過本書對當代台灣推理小說的爬梳，觀察台灣推理小說的「新世代」，究竟有哪些對「舊世代」的承繼與轉化。

二、對台灣推理小說「在地化」歷程之關注

「本格復興」實際上挑戰了從台灣一九八〇年代以來，主要由推理評論界所建構的主流文學場域與書寫型態，其實踐也基於純文學標準介入推理文學場域所造成的衝突而表現出對主流的反動，同時意圖建立「本格」才是「推理」的核心價值，進而成功建立新的美學典範與價值體系。

然而，這樣的挑戰與實踐，卻存在著另一個未解的懸疑，即台灣推理的「在地化」歷程的建構與描述的缺乏。

筆者在閱讀的過程中發現不論台灣新／舊世代的推理作家，都以「本土推理」的概念與範疇，進行「台灣」推理小說的創作。也就是說，從一九八〇年代林白出版社系統性地引介日本社會派推理、一九九〇年代詹宏志「謀殺專門店」引進歐美推理經典，試圖介紹推理的正統與傳統、二〇〇〇年時報百萬小說獎的爭議，到二〇〇〇年後「本格復興」、二〇〇九年「島田莊司推理小說獎」的推動，這段期間，台灣推理的在地化一直都是一個確立的方向，即不論哪一世代或時期的台灣推理作家，除了面臨「推理是什麼」的共通問題之外，也都試圖擺脫對外來推理的仿擬，進而建立台灣推理的本土風格與主體性。

一九八〇年代起，台灣推理的在地化，主要基於讓台灣推理在國際推理風潮中「佔有一席之地」的期盼，這都顯示出在地化的趨向，必然與「台灣」的地域性產生緊密的扣合。

舉例而言，向陽一九八六年曾以林崇漢《收藏家的情人》為例，指出台灣本土推理未來的「無限可能」[11]，並標舉「八〇年代的台灣」時空背景作為推理小說最具開發性的價值，因為「台灣推理」的想像，勢必要朝向「在地」與「本土」的思考，惟有作為小說場景的「地方」具有相當明確的地理範圍（台灣），才有利於「本土」的大眾文學建立，也才能召喚讀者的閱讀興趣與體驗。這樣的想法，得到當時不少評論者的呼應，使得以寫實手法對「台灣」社會現象描寫的主軸，成為台灣推理小說在地性的最佳實踐。

一九九三年楊照指出台灣本土推理小說的發展陷入「到目前為止成就還相當有限，尚未脫離觀摩學步的階段，既不曾形成鮮明的文類性格，也缺乏可辨識的流派傳承」[12]的困境，「觀摩學步」的敘述，揭示歐美、日本等外地推理文學對台灣推理的深切影響，以致整個文類還無法建立或「創造出真正屬於台灣的推理小說文體秩序，讓台灣的推理小說，能像日本一樣，走出有別於歐美的特殊面貌」[13]的獨特性。

11 向陽：〈推之，理之，定位之——序林崇漢推理小說集「收藏家的情人」〉，林崇漢：《收藏家的情人》（臺北：林白出版社有限公司，一九八六年），頁15－16。
12 見楊照：〈「缺乏明確動機……」——評台灣本土推理小說〉，頁142。
13 見陳國偉：〈被翻譯的身體：台灣新世代推理小說中的身體錯位與文體秩序〉，《中外文學》第三十九卷第一期（二〇一〇年三月），頁78。

楊照的焦慮某種程度上回應了向陽等人對台灣推理小說的期待落空，他舉出當時幾位作家與作品，除了受到外來推理文學傳統的主導與影響，其推理敘事普遍模仿或轉譯外來推理作品的情節，以致於出現許多「異國異地」的場景敘寫，使得台灣推理小說應該關切的「本土焦點」消失，也扣連了他的提問：「如果本土作家寫的東西和翻譯的舶來品相距有限，是不是『本土』不就失去了其基本意義嗎？」[14]楊照所提出的「是／不是本土」的焦慮，主要還是表顯真正的「台灣」推理小說的匱缺。

有趣的是，二〇〇〇年後台灣推理文學場域歷經了「本格復興」的變革後，其在地化的困境事實上並未解決。陳國偉以文化翻譯的角度，認為當代大部分的台灣推理小說，都以「外來推理小說為典範，『翻譯』為在地的書寫形式」[15]為主，甚至這種「在地譯寫」的狀態，已成為推理小說在台灣主流的發展趨勢。換言之，透過歐美、日本推理小說的引介，固然大幅拓展了台灣推理小說的閱讀者，但是相對於在地的推理創作，卻無法累積成一個文類的傳統，而不斷的出現譯寫典範的斷裂和轉移[16]。

「在地譯寫」的模式，強調以台灣的在地經驗或其象徵「翻譯」外來推理的典範作品，使得這些經過譯寫的作品，不僅具有良好的推理傳統，又兼容了台灣的在地化元素。以此，成功的「在地譯寫」，必然基於在地經驗來傳達台灣的本土精神、意識或價值，才能在翻譯的過程中，轉化為具有自身主體性的文學類型或文化傳統，進而建立具有「台灣性」[17]——如日本推理成功地譯寫歐美推理一般——的推理小說。

14 楊照：〈「缺乏明確動機……」——評台灣本土推理小說〉，頁144。

15 見陳國偉：〈被翻譯的身體：台灣新世代推理小說中的身體錯位與文體秩序〉，頁41。

16 同前註，頁47－49。

17 邱貴芬認為「台灣性」牽涉在地色彩與特質，而且在地化在全球化的時代與脈絡下，與之對立的「在地」、「庶民」、

然而，向陽、楊照與陳國偉分別以一九八〇年代、一九九〇年代、二〇〇〇年後的視域觀察台灣推理在地化的歷程，並提出可能面臨的困境，在作品的取樣上，也頗有不同，卻形成了非常相似的期待與焦慮，表現出台灣推理小說「在地化」的實踐，並沒有因為「本格復興」對主流推理文學場域的變革或劃界而出現明顯的改變。

但所有台灣推理作家與評論者，始終沒有放棄或否認「台灣推理」框架的存在，意即他們都有意識地選擇了以台灣為地方主體的敘事背景，因此從這個角度觀察，筆者認為「本格復興」前、後的在地性實踐是一脈相承的；而這種某種程度上被刻意迴避或忽視的承繼，可能提供了當代與未來台灣推理創作的想像，也能成為台灣推理小說朝向多元發展的基礎。

可惜的是，當代的台灣推理研究，主要聚焦在二十一世紀後作品與網路等新興媒體的結合，產生的不同向度的轉化，然而對「本格復興」前的推理小說少有談論。可是，自一九八〇年代起，其實是台灣推理如何從模仿外來推理文學，到表現台灣在地性的關鍵時期，這個時期的推理小說，也應該重新討論或探究其在地化的歷程。

因此，本書將以「在地性」作為切入角度，以「本格復興」前的台灣推理小說為研究範疇，試圖開展自一九八〇年代起推理在台灣的在地化歷程中，小說中的「地方」究竟涵涉了哪些型態的在地想像，

「鄉鎮」將被表達為台灣性。她以鹿港為例，指出「台灣性」必須通過對空間的呈顯以及對地方的定義，尋索當地內部原先具有的特質，以及和其他地方互動的結果，進而由這樣的空間認知中，尋找「原鄉」，同時也因為這個原鄉的特質，讓鹿港得以代表台灣性的身分與地位。見〈尋找「台灣性」：全球化時代鄉土想像的基進政治意義〉，《中外文學》第三十二卷第四期（二〇〇三年九月），頁46—47、48—49。筆者所主張的「台灣性」形構，則必須同時服膺台灣的地域性範疇，以及以台灣為敘述主體的社會性書寫，意即「本土」與「台灣性」的連結，必然產生於「在地」情境及其實踐，因此「在地」的意涵亦同時包含了「地方」的地理範疇的描述，與記述個體或群體日常的社會寫實意義。

以及如何透過人的主動行為，創造具有在地性的空間敘事，又如何表現「台灣」的地域性特徵及其精神內涵與價值，試圖解決建立「台灣主體性」的深層焦慮。換言之，早期台灣推理小說中的「地方」與敘事之間的相互扣連，使得它不僅能夠作為文學作品閱讀，更可以延展出於在地化歷程中對「台灣」的書寫嘗試與理解可能。

本書雖以「本格復興」前台灣推理小說為研究對象，並著重推理敘事中，人如何透過「在地性」界定「地方」，進而連結本土的「台灣性」，但仍希望透過這樣的取徑角度，對應當代台灣推理文學場域的景觀與空間敘事，嘗試開展現今對台灣推理小說發展新一層的認識。

第二節　「本土推理」與「在地性」釋義

一、台灣推理小說與本土推理

廣義的台灣推理，納入所有具推理敘事模式的作品，只要該作品在台灣發表，即屬台灣推理的範疇。陳國偉指出一九〇九年李逸濤的〈恨海〉是目前所知最早的古典中文推理小說，其後如魏清德、謝雪漁、陳蔚然等人皆有在報刊雜誌發表類似的作品，可以視為台灣古典文人對推理敘事的嘗試[18]。一九四三年在台日人林熊生的〈船中殺人〉，以及一九四六年葉步月〈指紋〉、〈白晝殺人〉等則是最早以日文創作的台灣推理小說，也都是廣義定義下的台灣推理的源頭。

18　見陳國偉：〈本土推理・百年孤寂——台灣推理小說發展概論〉，《文訊》第兩百六十九期（二〇〇八年三月），頁54—55。

然而，現今研究對台灣推理小說的研究範疇，大都不納入古典中文或在台日人創作的作品，主因是古典中文推理的創作語言是文言文，不符合現當代文學的白話文書寫型態，而日治時期的創作又以日文為主，在語言的選擇上，也不屬於台灣的地域性範疇。

在一九八〇年代出現本土推理小說前，並非沒其他有推理小說的創作與嘗試，只是這些嘗試受到了戰後文藝思潮的影響，而未成風潮。因此，「本土推理」出現的契機，與台灣解嚴後和國際關係趨向緩和，地方建設的開展和地方意識的強化密切相關；在此期間，許多文藝開始有了本土化的轉向，同時，出版禁令的逐漸鬆綁，也讓台灣推理小說有了更多的發表空間。

台灣推理小說史上的「第一人」[19]，即在本土推理的視域下出現。林佛兒在早期台灣推理所扮演的角色，除了主導林白出版社引介日本推理作品，首次推出松本清張選集，開創「推理小說系列」叢書，並創刊台灣第一本正名為「推理」的《推理》雜誌等具開拓性的貢獻外，他更是以台灣人的身分，使用華文創作推理小說的「第一人」[20]；一九七八年推理短篇〈人猿之死〉於《自立晚報》連載、一九八一年推理長篇〈島嶼謀殺案〉在《中國時報》美洲版等報紙刊載，一九八四年出版的《島嶼謀殺案》，都被認為是台灣最早的「本土」推理小說。

「本土推理」定義的理論化，可見楊照對台灣推理小說的界義。他認為本土推理是「在推理探案過程同時描繪、探索本土特定面相的作品」[21]，即「本土特定面相」的探索與實現，必然基於「台灣社會

19 見周浩正：〈細草謀殺案——序林佛兒的《美人捲珠簾》〉，《推理》第三十期（一九八七年四月），頁9。周浩正的說法，普遍獲得當時推理界的認可。

20 見傅博：〈林佛兒的推理文學軌跡〉，林佛兒：《美人捲珠簾》（臺北：INK印刻文學生活雜誌出版有限公司，二〇一〇年），頁8。

21 見楊照：〈「缺乏明確動機……」——評台灣本土推理小說〉，頁142。

背景」，「本土性」成為小說是否作為本土推理的判準。因此，「台灣」的特定本土面相，也牽涉當時的人與社會之間的相互關係，而因為這種關係同時連結「台灣」的地域性和寫實的「社會性」，而得以在推理小說中形構「本土特殊性」，進而建立足以與外來推理相互區隔的文類主體性。

楊照一方面批判一九八〇年代以來台灣推理小說因以台灣作為地方主體的敘寫普遍不足所造成的疑慮；另一方面，他基於台灣推理發展的困境，所舉出的幾個方案，在當時雖然遭受許多挑戰與質疑，但正因為這些不同的聲音，讓台灣推理小說的在地化歷程，有了更明確的發展路徑與軌跡。

概括而論，以中文創作並且在台灣發表的推理小說，雖能廣義地被稱作台灣推理小說，但更進一步來說，推理界更關切的問題是這些推理小說中是否具有足以呈顯台灣「本土」的特殊性，並藉此與其他國家或地域的推理文學產生區隔，建立台灣推理的獨特性。

早期的評論家與作家共同尋找與協商的方案，即是以「台灣」的地域性範疇為主，探索日常經驗，進而反映社會現實；通過地域性與社會性的結合，讓推理小說的場景能夠充分落實於台灣，因此形構了具有「台灣性」的特殊敘事風貌。

在這個層面上，小說情節中的推理、解謎過程，便不能夠完全獨立於台灣本土之外，即便小說故事的場景可能設定在異國異地，但其推理敘事，必然需要在適當的時機，回歸對台灣當前社會現實與環境的反映或對照，試圖呈現探索和反省。也就是說，台灣推理小說的創作被期待具備「時代意義」，並且符合社會的脈動，因此不僅是敘事的背景需要揉合本土的地域性與社會性，連案件的內容也必須與這些設定有關。

以此，「本格復興」聚焦在一九八〇年代以來台灣推理小說「本土」的地域性與社會性的必然連結，對推理文學傳統注重推理性、邏輯性的本質造成衝擊。換言之，「本格復興」後的新興作家以「復興本格」為號召，基於對早期推理小說與純文學疊合的現象，以及社會性對推理文體秩序的破壞，進行對台灣推理以本土推理界義為主流的挑戰，並嘗試建立新的典範規則與美學價值。

然而，不論典範爭奪過程中的誤識與否，實際上並不影響研究的進行以及預期的目的與成果，因為本書以當代台灣推理小說的在地化歷程為考察中心，並且意圖從「本格復興」前、後的台灣推理小說皆共同具有的在地化傾向，說明、析論甚至重新鏈結台灣兩個世代推理的關聯，進而提供未來台灣推理小說發展的不同思考。

因此，本書對「台灣推理小說」的釋義，基本上採取了早期「本土推理」的界義；而這層界義下，本書針對台灣推理小說的研究過程以及所列舉的文本，都已基本假設了台灣推理小說的發展歷程，不論形式、內容與宗旨，都具有在地化的轉移。

二、在地性

Arjun Appadurai對「在地性（locality）」的定義與詮解，主要在於他認為在地性指稱的是各個不同的地方，如何因應外來社會、經濟、政治與文化發展的勢力，因而在作業、製造、生活與習尚上，發展出各自有別的表達方式[22]。也就是說，在地性基於以「地方」為基礎的在地想像與資訊，透過本地的媒介重構而運作。同時，Appadurai也以地方知識的角度說明在地性建構的重要，他認為地方知識可以「構建出可辨識的、社會的、人類的有特定處境的生活世界。……這些（應地方知識而生的）實踐總是隱

22 見Arjun Appadurai: Globalization（Durham, NC:Duke University Press, 2001），此據廖炳惠：《關鍵詞200：文學與批評研究的通用辭彙編》（臺北：麥田出版社，二〇一二年），頁153。

含著地方性構建中的目的論。」[23]意即人們對於在地的想像而至認識與理解，而形成某種知識體系的建構，在此一建構的過程，進而可以表顯人們的特定經驗，並產生地方認同。而這種模式，說明了作家得以透過在地知識的介入與挪用而趨近地方，與在地文化產生對話，並且表現其地方特性。

然而，人文地理學家對「地方」的概念進行定義時，在地性的生產暗示或催化了空間（place）轉為地方（location），如Yi-Fu Tuan的說法：「空間轉換成地方，地方獲得定義和意義。」[24]他認為空間到地方的轉換，以及地方所獲得的定義與意義，實際上包含了人們對於空間概念的描述，以及與地方親密的經驗兩個部分；也就是說，在地性實質上體現了人與空間的親密關係，這層關係又可以更明確地指向人在空間中的日常經驗與情感依存，而空間因為在地性的生產，成為一個對人而言具有意義的「地方」。

當然，在地性的概念經常受到不同界定的力量而改變其尺度與範圍，楊弘任即指出在地性的範圍雖具有彈性，但在「邊界」的意義上，尺度越大的在地性，邊界越不明確；換言之，從人們自我辨認「在地性」的臨界點來看，「過了這裡就不是」的在地歸屬感，實際上不斷重複著劃界與越界的可能[25]。因此，在地性操作的不僅只世人對於對方的在地認同，更是確立了「在地／外來」這個二元對立的模型，意即作為邊界之內與之外的兩個個體或群體，將產生各自擁有自我的在地性（包含了不同的在地經驗、

23 Arjun Appadurai著，劉冉譯：《消散的現代性：全球化的文化維度》（Modernity at Large: Cultural Dimensions of Globalization）（上海：上海三聯書店，二〇一二年），頁244。

24 Yi-Fu Tuan著，潘桂成譯：《經驗透視中的空間與地方》（Space and Place: The Perspective of Experience）（臺北：國立編譯館，一九九九年），頁129。

25 見楊弘任：〈何謂在地性？從地方知識與在地範疇出發〉，《思與言》第四十九卷第四期（二〇一一年十二月），頁5。

記憶、情感、認同等）的互動。

從這個角度觀察在地性於推理小說中的應用，即如Tim Cresswell所言：「人、事物和實踐，往往與特殊地方有強烈的聯繫，當這種聯繫遭到破壞，他們就會被視為犯了『逾越』的罪刑。」[26]推理敘事極力描寫的謀殺案件，可能表現了邊界內／外的衝突；所謂「逾越的罪刑」不只是人性或人與人之間的各種惡意，也從不同的個體與其所自我辨認的地方相互依存的連結上，透過謀殺的失序關係，象徵了不同人與不同地方間的改變，而文本在處理與敘寫這種改變而至歸返過程的同時，地方的內涵、人們的地方感，都通過在文本中的在地性呈顯有了落實的可能，並且得以指向主體與個體的認同。

更重要的是，在地性的辨認來自於人與地方的關係，並取決於人對地方空間的使用與日常景態，可能同時表現了在地居民的地方歸屬感以及外來者透過在地知識介入地方的劃界與跨界行為，在這個過程中也展現了每個不同地方呈顯出不同的在地性，在台灣推理小說當中，也可能直切的扣連了台灣本土文化的象徵與內涵，使得文本內部在地性的探析，可以成為用以理解文本外部環境如當時社會現實景況、社經背景或關係的重要途徑，並且作為推理在台灣在地化歷程的論據。

26 Tim Cresswell: In Place／Out of Place: Geography, Ideology and Transgression（Minneapolis: U of Minnesota Press, 1996），此據王志弘、徐苔玲譯：《地方：記憶、想像與認同》（Place: A Short Introduction）（臺北：群學出版有限公司，二〇〇六年），頁47。

第三節　台灣推理研究綜觀

一、前行研究回顧

（一）資料性文獻

回顧早期推理小說的創作背景、環境與氛圍，並試圖統合當時推理文學場域中主流的典範與美學價值，《推理》刊載的評論文章，必然是最直接且重要的資料。

林佛兒在《推理》的發刊詞中，除了以松本清張的日本社會派推理小說作為台灣推理仿效、學習、轉化的重要淵源與目標外，在作家群體上，他挖掘更多本土作家投入推理創作；在作品內容與核心意識上，更反映甚至積極地矯正台灣社會變遷下現實的問題與亂象，並重建此時代中的秩序。這樣的主體思考，反覆地見於各期「主編記事」，在《推理》十周年的感言中，更確立推理小說以台灣為地方主體，本土作家的開拓以及作品社會傾向的實踐。不過，《推理》的評論，受到雜誌篇幅的限制，大多仍然停留在作品風格的特色，以及單一作品可以提供思考的角度，比較難以建立理論的體系。

一九九二年林佛兒發表〈當代台灣推理小說研究之發展〉[27]一文，即是以發表於《推理》的〈總是

[27] 林佛兒：〈當代台灣推理小說研究之發展〉，林燿德、孟樊主編：《流行天下：當代臺灣通俗文學論》（臺北：時報文化出版企業有限公司，一九九二年），頁305－332。

一份期待〉[28]、〈推理小說的點點滴滴〉[29]、〈四百年來一片空白——推理小說在台灣的困境〉[30]為主體，加入對幾位本土推理作家與作品的介紹與風格探析，表述了他一貫以深化推理小說在「台灣」地理環境與社會現實的連結，「開創屬於我們自己的推理文學」[31]的積極意識；同時，他也從純文學、通俗文學、大眾文學的辨別與界定中，試圖定位台灣推理小說作為「新」的大眾文學主流的期待。這篇文章，專門針對台灣本土推理小說為主題，較具系統性的觀察與論述，也被視為是最能表現林佛兒推理小說論的文獻。

在林佛兒之後，台灣推理界開始出現不同的聲音，其中以一九九三年楊照〈「缺乏明確動機……」——評台灣本土推理小說〉與陳銘清〈超越模仿，推陳出新的期待〉兩人的爭論最具代表性。這場論戰中最大的歧異，是楊照率先提出當時的台灣推理小說面臨發展困境的原因在於「本土」價值與意義的喪失[32]；陳銘清卻認為台灣推理小說創作是受到主流純文學準則的影響，被本土純文學作家輕視，致使推理小說的大眾性與娛樂性降低，影響讀者的閱讀意願，才是陷入發展困局的主因。

這兩篇文章的對立觀點，反映出台灣推理小說發展歷程中的兩個面向：其一，推理小說究竟是作為表現的形式，或是被表現的主體？其二，這場看似無疾而終的論爭，在當時普遍以文學作品的文藝價值為主流標準的推理文學場域中，具體地從純文學／大眾文學、文學性／通俗性等角度，開始嘗試建構台

28 林佛兒：〈創刊的話——總是一份期待〉，《推理》第一期（一九八四年十一月），頁12－14。
29 林佛兒：〈推理小說的點點滴滴〉，《推理》第十二期（一九八五年十月），頁8－22。
30 林佛兒：〈四百年來一片空白——推理小說在台灣的困境〉，《推理》第八十三期（一九九一年九月），頁12－17。
31 見《推理》第三十七期（一九八七年十一月），「主編記事」，頁11。
32 楊照：〈「缺乏明確動機……」——評台灣本土推理小說〉，頁144。

灣推理小說的主體性，同時也拉開了一九九八年時報百萬小說獎後關於「本格復興」討論的序曲。

當代推理文學方面，《文訊》雜誌於二〇〇八年三月、四月連續兩期以「台灣推理文學的天空」為主題，針對台灣推理的現況進行資料蒐集與彙整，刊載十餘篇關於台灣推理文學的評介與討論。兩期《文訊》中的評論，大致上可以分為四類：一是台灣推理小說的發展概況，二是書評，三是研究彙整，四是文字記述，其中第一類最具參考價值，陳國偉〈本土推理．百年孤寂：台灣推理小說發展概論〉[33]一文則最具系統性。該文從「台灣有本土的推理小說嗎？」入題，說明早期台灣推理的發展型態屬於「歐美製造，日本加工，輸入台灣」的模式，造成台灣推理小說的後續發展，都在某種程度上處於這樣的陰影下。此外，陳國偉也指出台灣新推理的在地化嘗試，反映出台灣創作者仍思考著並嘗試結合推理小說與台灣文化，是透過在地實踐聯繫了地方內涵與本土指涉。

除了發展概況外，王品涵〈謀殺與創造之時：台灣推理文學研究概況〉[34]一文，整理二〇〇七年前台灣以推理小說為研究對象的單篇論文與學位論文，進而歸納了兩點結論：其一是台灣推理文學受到歐美與日本影響深切，因此在討論時很難排除在外；其二是這些研究大多忽略文本分析，而是著重敘事與社會的連結，特別是「社會如何接納並且轉譯此一『現代化』文類的敘事語境」，反映台灣推理文學研究仍在起步的階段，亦凸顯出目前推理研究的侷限。

此外，傅博與林佛兒兩位在台灣推理發展史上的重要人物，於二〇〇七年國家台灣文學館策畫的「二〇〇七週末文學對談——台灣藝文風潮」系列活動中，以「推理小說在台灣——解嚴二十年來推理

33 陳國偉：〈本土推理．百年孤寂：台灣推理小說發展概論〉，《文訊》第兩百六十九期，頁53－61。
34 王品涵：〈謀殺與創造之時：台灣推理文學研究概況〉，《文訊》第兩百七十期（二〇〇八年四月），頁88－94。

小說的發展」主題所進行的對談記錄〈推理小說在台灣——傅博與林佛兒的對話〉[35]，也在《文訊》刊載。此次的對談，雖大都是兩人過去概念與想法的重述，卻也更加強化評論者與作家的一以貫之的主體意識。例如傅博評介《島嶼謀殺案》、《美人捲珠簾》為「風俗派」時，林佛兒具體回應：「《島嶼謀殺案》的背景是台灣和香港，當時我的台灣意識正在萌芽。《島嶼謀殺案》的死者，最後死在天星碼頭的港灣裡，他的褲頭有毛筆字寫著『台灣人』，這是有意識來書寫的。」[36]這段敘述，即說明早期台灣推理小說創作常見敘事與台灣本土與意識的連結，是作者有意為之的書寫型態。

林佛兒作為推理在台灣發展初期最重要的推手，他主導的林白出版社、《推理》與林佛兒推理小說獎，形構出在敘事手法上頗具有同質性的作家群體；換言之，以林佛兒為首的本土推理小說，是否都延續這樣的觀點，透過台灣本土的地域性與社會性的結合，開創出獨特的本土推理類型，並作為台灣推理在地化的實踐？這些議題皆值得進一步探究。

台灣出版的推理研究著作，主要是對歐美或日本推理文學的作家或作品的介紹或導讀，推論推理小說的「類型」特性，研究它的發展、困境以及可能的突破；相較之下，台灣推理往往不是論述的焦點。但是，台灣推理放置在世界推理文學的脈絡中，仍然可能反映文類的共性，以及勢必會遭遇的某些問題。如傅博《迷詭．偵探．推理：日本推理作家與作品》[37]，其書第一部以日本推理作家為主，區分出各種不同的派別及其代表作品，第二部則以作品為主，探討作品與多位作者創作之間的關聯。其中作者代序〈推理小說縱橫談〉再次談及早期台灣推理小說的出版概況，〈續．推理小說縱橫談〉則作為「導

---

35 陳瀅州整理：〈推理小說在台灣——傅博與林佛兒的對話〉，《文訊》第兩百六十九期，頁72－79。

36 同前註，頁77－78。

37 傅博：《迷詭．偵探．推理：日本推理作家與作品》（臺北：獨步文化出版社，二〇〇九年）。

讀中的導讀」，說明編輯叢書的宗旨、擇選作品的原則等。值得注意的是，傅博在評述時，一方面基於日本推理史於世界推理史中的脈絡，介紹他認為具有獨創風格與影響意義的作家作品；另一方面，他也特別強調推理小說具有大眾文學的知識教化功能，藉此與純文學、通俗文學劃清文類的界線。

另外，楊照《推理之門由此進——推理的四門必修課》[38]則挑選四位歐美、日本的推理小說作家進行討論，作者序〈一同重新貼近偵探推理〉說明其決定目標經典的原則，除了「選擇具備有開創類型意義的作品」之外，「一方面要有內在與外在的文本複雜度。內在夠複雜，可以禁得起仔細的分析，並且挖掘出無法從表面一眼看穿的或深刻或曖昧的訊息；外在延展夠複雜，能夠連絡上一個時代、一個社會的特色，可以擴散聯繫到許多其他的書、其他的文化現象。」[39]幾乎是他一九九三年時觀點的延伸，「禁得起『仔細』分析」與「文本複雜度」，都反映了一部推理作品不應只侷限在某種休閒、樂趣的用途，也回應他始終認為推理小說必須回到純文學的脈絡下思考，才能在辨明純文學與大眾文學各自特徵分殊的過程中，建立本土性；同時本土性也必須具備反映時代價值、社會現實以及文化現象的諸多可能。這樣的思考，除了延續一九九〇年代他對台灣推理小說及文學場域的價值標準的看法外，益加強化地域性與社會性的結合，才是台灣推理表顯本土文化與建立屬於台灣推理主體性的途徑。

上述與台灣推理相關的資料性文獻，雖然不一定專門針對台灣推理，但都仍回應推理在台灣的發展歷程，特別是在與外來推理文學傳統的對應關係中，發現台灣推理小說的可能困境，實來自於建立「本土性」的焦慮，對本書有啟發的作用。

38 楊照：《推理之門由此進——推理的四門必修課》（臺北：本事文化股份有限公司，二〇一三年）。

39 見楊照：〈一同重新貼近偵探推理〉，《推理之門由此進——推理的四門必修課》，頁13－14。

（二）學術性研究

在學術論著方面，陳國偉是台灣推理小說最重要的研究學者。他於二〇〇七年發表〈一個南方觀點的可能：台灣推理小說的在地化考察〉，提出日治、一九八〇年代、二〇〇四年以後三個階段的發展軌跡與場域化過程，正式將研究的視角聚焦在一九八〇年以後的推理小說上，這在台灣推理小說研究中是一種嶄新的嘗試，選材的突破，也展現出新的研究動能。

二〇一〇年〈被翻譯的身體：台灣新世代推理小說中的身體錯位與文體秩序〉詳盡表述他對台灣推理小說的觀察：「台灣本土推理創作的發展，皆是以外來推理小說為典範，『翻譯』為在地的書寫形式」[40]，這種在地譯寫的狀態，具體表現在通過歐美、日本作品的引介、出版，雖大幅拓展閱讀受眾，但對在地的推理創作而言，卻無法累積成一個文類的傳統，而不斷出現譯寫典範的斷裂和轉移[41]。在這篇文章中，陳國偉以冷言《上帝禁區》為例，提出台灣新世代推理小說作家追求「本格復興」而刻意迴避社會派提供現代性秩序與在地性結合的可能[42]。

陳國偉的研究，以當代作家、作品進行論述，開發出創新的觀點。如二〇一一年發表〈都市感性與歷史謎境：當代華文小說中的推理敘事與轉化〉[43]，在台灣作家與作品部分，討論張國立

40 陳國偉：〈被翻譯的身體：台灣新世代推理小說中的身體錯位與文體秩序〉，頁41。
41 同前註，頁47－49。
42 同前註，頁74。
43 陳國偉：〈都市感性與歷史謎境：當代華文小說中的推理敘事與轉化〉，《兩岸青年文學會議論文集：創作者與評論者的對話》（臺北：文訊雜誌社、臺南：國立台灣文學館，二〇一一年十二月），頁53－77，後收入《華文文學》二〇一二年第四期（二〇一二年八月），頁85－98。

《Saltimbocca，跳進嘴裡》、成英姝《無伴奏安魂曲》、裴在美《疑惑與誘惑》、鄭寶娟《天黑前回家》等推理長篇，主要探討這些作品如何挪移和轉化推理敘事。該文中提出「華文小說的新物種可能」[44]的建構，雖不完全針對台灣推理來談，但也涉及在地作家如何轉化推理傳統的途徑與過程。該文最重要的觀點在於從現代性下的都市感傷分析小說中的都市背景和空間經驗，意圖召喚新時代的感覺結構和心靈圖像，觀察其中的變異，探究其後的日常性與變異性，這樣的視角，也開啟了本書針對在地城市與城市空間敘寫的討論；然而，筆者認為台灣推理的「在地」化，如果必須發生於台灣的城市空間裡，那麼小說所描寫的城市之中，必然出現某些具有在地性的象徵與物件，才能映證這樣的發展歷程。

二〇一三年陳國偉出版《越境與譯徑——當代台灣推理小說的身體翻譯與跨國生成》一書，是第一本台灣推理研究專著，他延續楊照對於本土推理發展困境的觀點，描述早期台灣推理本土作家及其作品的表現，並將論述的主軸聚焦在本格復興後的推理小說，以及所可能衍生的問題。

該書「翻譯的在地驅力——身體劃界與空間的再生產」一章，界定了台灣的「冷硬派推理」，即犯罪的型態是無機質的、散佈在都市中的，而偵探和兇手對決的場域在於如何透過身體將都市地理轉換成記憶地理[45]。陳國偉認為偵探在推理過程，可以透過他們的身體在的移動，主動的回應或重新劃界、反覆確立城市的地理秩序，而地理秩序的建立，勢必回應了人際秩序的重建。在他的研究中，「身體」的象徵意義不斷被強調，尤其是偵探的身體，在台灣推理小說的形塑下，反映出某種脈絡下的「翻譯驅力」；「力的曲線——邁向無限透明的偵探身體」一章，即從偵探身體的譯寫、知識化、透明化、數

44 同前註，頁53；頁85。

45 見陳國偉：《越境與譯徑——當代台灣推理小說的身體翻譯與跨國生成》，第五章「翻譯的在地趨力——身體劃界與空間的再生產」，頁218。

位化的轉變趨向，說明通過身體的形塑，建構出台灣推理小說的內在秩序，完成了文體秩序的在地實踐[46]。

二〇一三年底陳國偉在《類型風景——戰後台灣大眾文學》一書中，將武俠、愛情、科幻、推理、恐怖等五種類型書寫，作為台灣大眾文學的研究範疇。其中推理的部分，大致上延續著「跨國移動與知識譯寫——台灣推理文學場域的形成與世紀之交的重構」[47]一章中對於台灣推理發展的歷時性分期，進一步歸納台灣推理的「新的可能性」，在於類型小說固定的敘事模式下尋求本土特色外，他更以科幻推理與冷硬派推理為例，指出台灣推理創新、突破的「出路」，也產生了主流文壇與推理文壇對話的可能[48]。

陳國偉主要以本格復興後台灣新世代推理為研究文本，特別以身體為線索，觀察台灣推理小說的在地化實踐路徑，用以反映台灣推理小說在二十一世紀以後的發展脈絡與其他可能，皆是具前瞻性與學術價值的研究文獻。進一步地說，陳國偉的研究傾向凸顯台灣推理在地譯寫的型態與歐美、日本的各種關聯，並在這樣的高度關聯中，以「身體」作為小說文本中的探尋線索，以證成無論在文體秩序或城市空間描寫的在地性實踐與轉化。

然而，因為敘述視角的不同，早期台灣推理小說不僅較少見他的討論之列，亦可能出現相對概括式的描述。例如在早期推理小說與純文學關係的議題上，以作者、評論者甚至文學獎評選者的純文學家身

46 同前註，第三章「力的曲線——邁向無限透明的偵探身體」，頁160。
47 同前註，第一章「跨國移動與知識譯寫——台灣推理文學場域的形成與世紀之交的重構」，頁29—88。
48 見陳國偉：《類型風景——戰後台灣大眾文學》，頁246—247。

分，進而認定早期台灣推理小說與知識階層的必然連結[49]，比較忽略當時其他作家與作品的表現，是否開展出不盡相同的可能；另外，在身體的議題上，他認為早期台灣推理小說中的「警察偵探」身體作為國家身體的延伸，消除了反政府或危害警察體系的疑慮，反映了高壓統治下的權力控制[50]，在取樣上具有既定的標準，而出現相對簡化的論述。

陳國偉的研究基本上採取「本格復興」的觀看視角，因此他對本格復興前的台灣推理小說所進行的分類與劃界，某種程度上也將這些小說排除在他的論述主體之外。但是，當推理作為一種文學類型引介進入台灣時，一九八〇年代起本土作家的創作都是最早反映台灣推理對歐美、日本推理的「翻譯」或「在地譯寫」的嘗試，這些嘗試必然不只是「一種」趨向，更可能具有對後繼創作者的影響，並存在著重要的價值。

早期台灣推理小說的社會性描述及敘寫與台灣地域性及地方想像的緊密扣連，因此如「在地性是什麼？」以及「什麼可以作為在地性的象徵？」的釋義，是台灣推理研究的重要議題。意即討論「在地」或「本土」，必然需要先確立地域性範疇與邊界，才能連結具有地理空間或城市空間；這些空間有了在地性的基礎後，始得被指稱為地方；地方內涵與精神的匯集，也才能夠回到台灣推理的脈絡，討論或分判在地化的型態，甚至延伸到不同書寫類型形成不同派別、路線及期間的根本差異。

以此，「台灣推理」的建構，必然與地方與本土產生關聯，而在地性如何建構的問題，亦將重新回到台灣推理小說的定義，以及「本土」的範疇與界定等討論之中。

---

49 見陳國偉：《越境與譯徑——當代台灣推理小說的身體翻譯與跨國生成》，第一章「跨國移動與知識譯寫——台灣推理文學場域的形成與世紀之交的重構」，頁48－49。

50 同前註，第三章「力的曲線——邁向無限透明的偵探身體」，頁148、147。

陳國偉舉出「身體」作為「在地性」的一種形構可能，例如在「典律的生成——從《島田的孩子》到《東亞的萬次郎》」一章中，認為藍霄的《錯置體》的偵探在身體知識身分上的快速成長，並與台灣醫學知識相互結合，在類近的日本本格書寫尚未翻譯成中文傳入台灣前就已完成，且在小說中成功的加入「在地性」，甚至「在譯寫與建構台灣推理小說的『文體秩序』同時，又解放了這個秩序性」[51]。可以再深入討論的是，這種「在地性」實質的詮釋及其意義，似乎弔詭地形成了另一種「譯寫」，即「台灣推理」在「本格復興」的思潮下究竟是挪移了早期推理界對「台灣」的本土想像，或是對日本「新本格」重構推理文學場域的再次借用或重置，而成為台灣推理在地化的實踐？

另一方面，陳國偉提出「台灣冷硬派」是二十一世紀以來有別於「本格復興」號召下，致力回歸本格傳統推理創作的書寫型態，不過台灣冷硬派推理的在地化元素與在地化傾向，包含「地理秩序編織入小說情節」、「城市獨特的地方感」以及「打破純文學與大眾文學藩籬」的特徵，似乎又與早期台灣推理小說一脈相承。換言之，如果台灣冷硬派推理類型是存在的，那麼它可能受到「本格復興」前台灣推理小說不少的影響，甚或沿襲某些已曾經演示或實踐的在地化途徑，及其在地性建構的類型與特質。

因此，本書除了回到台灣推理小說中幾個在地性研究議題的討論外，「本格復興」前的台灣推理小說是否可能作為後續推理創作的基礎，也值得進一步釐清與分析，並在前行研究成果之上，以不同向度的觀察相互映證、加以補充。

51 同前註，第四章「典律的生成——從《島田的孩子》到《東亞的萬次郎》」，頁206－207。

二、作家與文本的選擇

本書以「本格復興」以前的台灣推理小說為研究主題，在作家與文本的選擇上，主要參照胡柏源整理刊載於《推理》所有本土推理創作所編校的〈推理雜誌上的本土作家名單及作品〉[52]，以及二〇〇八年由廖師宏等人以一九八〇—二〇〇七年間台灣推理小說單行本的出版狀況所撰寫的〈台灣推理小說目錄及提要一九八〇—二〇〇七〉[53]兩份目錄，以「作家」的角度，選取兩者兼具有交集的八位作家；以「作品」的角度，選擇本格復興前的二十二種作品以及三部林佛兒推理小說獎選集，共三十三種作品作為主要討論文本。

選擇作家與文本的標準，首先考量在台灣推理小說的創作背景中，林佛兒與林白出版社、《推理》不論在引介、出版，或是開創本土作家發表園地等層面皆具有實質的影響力；這群出身於《推理》，或與林佛兒、林白出版社關係密切的作家，在創作意識、寫作模式、文字風格、核心意旨等面向都具有頗為一致的傾向，因此將本格復興前所有由林白出版的台灣推理小說作家與作品選入研究範圍中，以期能夠更加確實地掌握推理在台灣早期的發展歷程。

必須說明的是，本書並未選入本格復興前所有刊載於《推理》的推理小說進行討論，主要的原因是筆者希望能夠以《推理》刊載、單行本出版兩個部分的交集作為標準，以推理在台灣發展初期更具代表

52 胡柏源編製：〈推理雜誌上的本土作家名單及作品〉，「胡柏源隨筆」，二〇〇八年五月二十五日，網址：http://www.share543.com/html/articles/sunny/list_of_writers.html。（二〇一五／一／六作者讀取）在這份目錄中，胡伯源統計《推理》第一期至第兩百八十二期中，一共刊登了一百二十六位作者、四百一十四篇台灣推理小說作品。

53 廖師宏等人撰，陳國偉校訂：〈台灣推理小說目錄及提要一九八〇—二〇〇七〉，《文訊》第兩百七十期，頁95—102。

性的作家與作品，進一步藉由文本分析的探究，初步建立這個時期台灣推理小說中對「地方」的想像、探索與實踐的形貌。因此如陳查禮、胡柏源、蔡一靜等發表於《推理》的作品，暫時無法納入研究範圍之中，然而也期能納入未來的考察研究之中。

另外，「林佛兒推理小說獎」是早期台灣推理界最重要的推理文學獎，此獎項由林佛兒創辦，獲獎的作品除了能收錄在小說獎作品集中，也在《推理》上刊載，甚至由林白出版單行本。因此「林佛兒推理小說獎」和林白出版社、《推理》的權力關係對當時的推理文學場域造成強大的影響，使得進入決選、獲得獎項的作品，某種程度上也反映了當時的創作環境與現實氛圍，即使體裁、風格不盡相同，卻仍值得深入討論。

另外，本書據〈台灣推理小說目錄及提要一九八〇—二〇〇七〉，選入在「本格復興」以前楊寧琍與余遠炫兩位較多推理作品問世的作家，一共八種作品，以期能夠開展多元的對話性。

當然，本書也希望在論述中，嘗試開啟台灣推理小說在「本格復興」前、後之間的對話，特別關注在地化歷程中在地性的落實與展現，以及推理敘事與手法的承續或轉化等層面。因此本書亦將於特定議題中，引用一部份「本格復興」後的推理小說進行比較與參照，惟在有限的篇幅中，仍難以全面性的關照所有曾經發表或出版的台灣推理小說，僅能初步以「地方」為視角，選擇若干作家作品為主要討論對象，日後也期能廣泛地納入更多台灣推理小說相互對照與比較，更能豐碩研究成果。

第四節　在地性取徑與本書架構

一、在地性取徑

本書的論述以文本分析為主，並將焦點放在「本格復興」前台灣推理小說的在地化歷程，以及不同的在地性表徵下的地方類型建構的面向。在討論不同議題時，將援用適切的理論加以映證。

例如探究「在地性」相關議題時，主要採用John Agnew界定地方涵括的三個面向：「區位」、「場所」、「地方感」為主要架構[54]。Agnew的三個地方的面向，說明了「地方」的被劃定與凸顯，就表示地方的概念至少應該包含一個相對客觀的地理環境、社會關係的發生場域以及人基於地方的主觀感情三個方面，這種種面向，其實是透過在地／在地性的追求而完成。與Agnew同一時期的人文地理學家Edward Relph亦認為定義地方時，應強調人的主體性和經驗，以及人如何透過地方表述個體或群體面對世界的態度[55]。特別是他指出兩個人們嘗試理解地方現象的主要原因，都顯示出人與其外在環境的互動，包含了由內而外的各種體現表述，或是透過對外部的認識，加以理解或認知人們身處的環境[56]。後起人文地理學者對地方理論的解釋與拓展不盡相同，本書在參考諸家後，則以Cresswell的論述為主，他

54 見John Agnew: 'Space and Place', in J. Agnew and D. Livingstone ed. The Sage Handbook of Geographical Knowledge（London: Sage, 2011）,pp. 316－330。

55 見Edward Relph: 'Place and Placelessness'. in P. Hubbard, R. Kitchen and G. Vallentine ed. Key Texts in Human Geography（London: Sage, 2008）,pp. 43－51。

56 見Edward Relph: Place and placelessness（London:Pion, 1976）,pp. 44。

特別強調人與地方的關係，即人的在地經驗與實踐，將形構不同「區位」、「場所」、「地方感」，人們在一個被劃定的地理空間中長期居住或互動，建立了社群關係，並且對於這個地方有了某種主觀意義的依附感，這種依附通常會與歸屬感相互連結；因為對於某個地方有了歸屬，就可能會建構出在地認同。

在這樣的取徑下，將分別探討「本格復興」前的台灣推理小說在「區位」的概念下，在地性的邊界將在小說文本中召喚出怎樣不同的情境以及作者的在地想像，進而歸納出台灣推理小說的兩種區位類型。這兩種區位類型，深刻地影響了具象化在地性的場域的構成，即「場所」精神的建構，本質上受到區位的界定而產生分殊，也成為推理在台灣在地化歷程中值得深究的議題。然而，在地化的過程中，必須形塑且凝聚人與地方的密切關聯，「地方感」與在地認同強化了在地身分的象徵，但是在不同類型的推理敘事中，反而可以發現推理一面在地化，卻又一面失落在地性這樣看似矛盾的問題。於此，本書亦借用Mike Crang關於文化地理學的討論[57]，他認為當以地理學的視角觀察多重文化時，這些現象便出現了可以定位的、特定的特質，因此，當文學書寫的重要目的，反映在於描述、闡明、理解不同空間的現象與意義時，文化地理學將從人對地方的主觀經驗，表現人如何理解地方，辨認出地方情感為角度切入，仍舊回到了人文地理學理論脈絡之中。

除了地理學的理論架構之外，本書也透過「空間」理論，觀察在小說中的城市與犯罪空間的敘寫。「城市」的定義是在著手分析文本中的城市空間前的基礎，本書主要從Steve Pile對城市的認識[58]出發，

57 Mike Crang著，王志弘等譯：《文化地理學》（Culture Geography）（臺北：巨流圖書股份有限公司，二〇〇三年）。

58 見Steve Pile著，王志弘譯：〈城市是什麼？〉（What is a City?），Doreen Massey等主編，王志弘等譯：《城市世界》（City Worlds）（臺北：群學出版有限公司，二〇〇九年），頁3－54。

他針對城市的社會意涵指出每個人與每個群體的城市經驗都不相同，這些經驗會隨著個體或群體置身城市的位置不同，而有所差異，說明了城市的意象與城市的空間，依然與人作為個體或群體的經驗有著密切的關係，同時城市也影響了城市裡的個體或群體間形成的各種社會關係。更具體的說明城市不僅是人群的聚集地外，城市還成為一種生活方式，不同的人演出各種不同的社會戲碼的方式。

本書界定的城市與城市空間，實際上作為具有涵括實體景觀與社會意涵的空間，人們在城市中會表現各自不同的生活經驗，同時城市也會影響人們的社會關係。在這層認識下，本書將援用Henri Lefebvre的空間理論[59]，特別是「空間的實踐（spatial practice）」，特殊的地方場所和空間社會形構個別的社會認同和實踐的範圍，意即在地性被建構的場域，實際上與地理和空間的整合密切疊合。空間若是透過社會被生產，而每個社會都處於既定的生產模式架構裡，內含於這個架構的特殊性質即會形塑空間，因此，在城市中，特定的社會空間內具有象徵意義或文化意義的建築，而建築不僅決定了城市空間的發展模式，也具有表徵空間的作用和意義。

Sharon Zukin亦認為現在所有的大城市的一致趨勢，讓城市的居民陷入了純正起源的尋根或城市的新開端與發展[60]的拉鋸當中，而這種拉鋸，體現在城市空間在變遷過程中特性及其具體利用上的變化，在地居民如何透過城市空間反映他們對城市現代化的接受或是抵抗，特別值得進一步探討的是為何接受／抵抗、如何接受／抵抗的方式與途徑，這個過程都可能深刻影響著小說中人物的抉擇和認同。本書希望由

59 主要參考Henri Lefebvre: The Production of Space（Oxford: Basil Blackwell, 1991）、Henri Lefebvre: 'Space: Social Product and Use Value', in Freiberg, J. W. ed. Critical Sociology: European Perspective（New York: Irvington, 1979）, pp. 285－295等相關論述。

60 見Sharon Zukin著，王志弘等譯：《裸城：純正都市地方的生與死》（Naked city: the death and life of authentic urban places）（臺北：群學出版有限公司，二〇一二年），頁9－10。

理論所指出的現象或概念，尋索本格復興前台灣推理小說中城市的建築、空間與充滿在地性意義的敘事型態，這些空間被敘寫的方式，以及放置回整個文本中的關鍵性位置，事實上都仍舊與人的日常生活相關，這個辯證的過程，都能與人文地理學的理論進行多元視角的對話，並映證台灣推理小說的在地化實踐。

此外，地方的在地性建構與人對空間的定義相關，因此，人與地方的關係不僅不是穩定不變，甚至本身就具有強烈的變動性，Pierre Bourdieu的社會理論[61]，特別是對社會的空間概念的定義，以及討論慣習（habitus）的部分，慣習的形成，代表著某一種階級與其相關聯的環境之間的交互關係，這能夠用以解釋人長期在地方取得地方感的過程，又能比較客觀的呈顯人如何回應、處理這種常與非常的偏移，以及可能回歸的模式。

如果回到Cresswell指出的：「『逾越』的罪刑」的觀點，逾越本身具有一種特殊的語義，它必然具有某種跨界的意涵，且通常表現的是從「日常」跨越到「非常」的領域，從這個角度來說，推理小說中謀殺案的發生，實際上的本質意涵是各種層面、不同向度的「失序」，它可能表現在人的情感關係、肉體情慾，也可能表現在空間暫時性與永久性的變動、歷史變遷以及偵探主觀的觀察與認知等面向，Bourdieu則認為對社會施為者而言，社會秩序是在社會再生產的過程中最被維持且保有的核心，他指出：「人類社會最基本的問題，就是要知道社會為什麼及如何維持下去，社會秩序——即構成秩序的整體等級關係——如何永存。」[62]這說明了兩個重要的觀點，其一是社會空間的建構處於不斷流動的狀

61 見Pierre Bourdieu: Questions de sociologie, Richard Nice tr. Sociology in Question（London:Sage Publications, 1993）。

62 Pierre Bourdieu: 'Stratégies de reproduction et modes de domination', Actes de la recherche en sciences sociales, Numéro.105, 1994, pp. 5，此據Parice Bonnewitz著，孫智綺譯：《布赫迪厄社會學的第一課》（Premières leçons La sociologie de Pierre Bourdieu）（臺北：麥

態，其二是社會秩序是每一個社會中的施為者最為重視且最欲保有的核心價值。這種觀點反映了所謂的「在地性」建構，可能立基於不斷變動的過程，也就是說在地生活、在地經驗、在地知識、在地實踐、在地情感、在地記憶、在地認同等等可能隨時在變換其不同面貌，可是在推理文本中，這種變動與失序仍然需要透過「謎樣的屍體」到「解開謎底的屍體」的過程，回歸到日常的社會秩序中，也就是所有的謀殺發生在由日常轉為異常的社會場域，而從異常返回日常除了是社會的再生產的歷程之外，也成為推理小說的內在書寫趨力，回到人對於地方的地方感，即某種依存關係或歸屬感，並且得以由文本過渡到社會現實，作為警示、針貶等社會正義的顯揚。

整體而言，本書的研究方法實際上是以在地性的視角閱讀、檢擇文本與理論，並且在不同的議題下，嘗試分析文本和理論可以相互參照的部分；然而這些理論不完全源自於同樣的理論背景，或可能屬於不同流派，雖然各自引據的文本或現象不盡相同，關切的面向也不見得完全包含在文學研究之內，但推理小說作為一種文類，本身即涵納了多元的作品類型與議題，可以提供讀者與研究者不同向度的思考，不同理論架構的援用，似乎也能表顯台灣推理研究的深入性與複雜度。

另外，本書的研究範圍實際上包括了推理短篇、推理長篇等形製上有所不同的作品，然而本書的研究主要是在探論推理敘事中的在地性呈顯或如何被呈顯，並進一步梳理其可能的不同類型，以及對後續創作的影響或開展，因此在每一個不同議題與子議題中，部分選擇較具有代表性的篇章段落為主，部分以綜觀方式統合述之，並且在每一章節末進行整合、歸納與比較分析。

田出版社，二〇一二年），頁90。

二、本書架構

本書擬分為五章，各章的討論內容如下：

第一章為「探討的起點」，分為「世代推移中的本土書寫」、「台灣推理與在地性釋義」、「台灣推理研究綜觀」、「在地性取徑與本書架構」等四節。說明在台灣推理文學的研究中，「本格復興」前的台灣推理小說在普遍被忽略的情形下，為何具有被研究的價值，以及為何以「在地性」作為視角，討論這些小說中的「地方」如何被呈現時，得以回應和深入探析「台灣推理」的地域性範疇與本土性，並結合推理在台灣在地化歷程的脈絡。

此外，也針對「台灣推理小說」範疇的界義、「在地性」等關鍵詞彙或概念進行釋義，說明研究選用討論作家與作品的標準與原因，略述前行研究成果與值得開展的面向，以及本書援用的理論。

第二章為「本格復興前台灣推理小說的面貌與演變」，分為「台灣推理小說的創作脈絡與系譜」、「台灣推理小說的面貌」、「台灣推理的想像」等三個面向，並以早期的重要評論以及作品，整理台灣推理小說發展歷程中曾經出現的討論議題，並析理其演變關係。

本章所關注的是，早期的推理創作環境與文壇氛圍中，外來推理文學的引介對台灣本土推理作家的創作具有頗為直接的影響，而台灣推理的評論者與作者如何透過他們的評述與創作，試圖開展推理小說在地化的論述與實踐，並開創具有台灣主體性的推理小說。

這個看似共同的目標與期待，都聚焦在「文學性／通俗性」與「社會性／推理性」的辯證關係上；換言之，從早期台灣推理小說的創作背景，到某種創作的「風向」，都顯示當時推理文學場域中的典範與美學標準的形構，主要來自於對文學性與社會性的偏移，這樣的傾向，自然也成為「本格復興」思潮下批判的對象。

然而，早期推理評論者與作者，在推理小說／純文學究竟作為表現形式或被表現主體，存在著某種認知的落差；此外早期台灣推理小說從社會性到地域性的連結過程中，直切地「台灣」放入社會情境中，從社會寫實的本土性連結台灣性，致使到了當代評論者的視域中，仍然在過於簡化的「台灣=本土」的假設中，忽略了台灣推理小說中實際上已然表現頗為繁複的以「地方」連結「台灣性」的意圖。

本章希望透過重新爬梳早期台灣推理的重要評論，並且以實際文本為例，釐清長期由評論者建構的推理文學場域典範價值，是否與創作實踐間產生某種程度的落差，並且據以作為開展後續論述的基礎。

第三章為「台灣推理小說的在地性建構」，主要以人文地理學「區位」、「場所」、「地方感」的地方理論為取徑，探討台灣推理小說從「空間」到「地方」的過程中，如何通過「人」與地方的連結與互動——日常經驗、實踐、記憶、想像——關係的開展，生產出具有獨特意義的在地性。

這樣的討論，聚焦推理敘事中，如何表現人將「空間」定義為「地方」，以及「地方」從「空間」的概念中被獨立或建構出來的途徑。事實上，這個過程即是台灣推理小說在地化的嘗試，意即「空間」與「地方」的範疇與界義的關鍵，在於作為個體或群的「人」主動的定位與定向行為。

本章將從「在地性」的意義探究，討論「區位」建立過程中在地性的邊界，實際影響了小說敘事中的「地方」範圍；當這個範圍，成為在地性具象化的「場所」時，也將反映了「地方」區位特性的強弱，進而表顯作者究竟基於個體經驗或群體經驗進行在地性的生產；不同的「地方」特性的建立，將形塑了不同的「地方感」，連帶使得小說中的人物所取得的在地認同，有了不同的趨向。

在這個理論脈絡中，「區位」、「場所」、「地方感」並不是獨立討論的層面，它們的構成，都是深受地方的「可／不可替代性」造成在地性邊界的移動與在地性範圍的擴張與縮減，使得「人」在其中所扮演的角色與身分，連帶地將表現置入不同的地方想像，趨近不同的地方本質與內涵，最終連結到「台灣性」的建構。

值得注意的是，早期台灣推理小說最終透過地方與台灣本土的密切關聯，刻意地過渡反映台灣社會現實與問題的社會性關懷，以及社會正義的真正企圖，但本章將試圖進一步論證這個特徵被形構的過程與背景因素，並且發現本格復興前的台灣推理小說在不同在地性範圍的推理敘事中，將呈顯不盡相同的「地方性」或「台灣性」的圖像，因而形成了「在地性光譜」的游移，這些不定的游移，在小說結局中如何快速地導向社會性，使得早期台灣推理小說於在地化的發展歷程中，反而凸顯了在地性失落的矛盾，也隱含了在地經驗的匱缺與地理特性失落的危機。

第四章為「台灣推理小說中的城市與犯罪空間」，則由「城市」與「犯罪空間」為出發點，觀察小說文本敘寫的城市與犯罪空間如何具體反映了人們的日常經驗與行為，以及被賦予了哪些在地性表徵與地方想像。

「地方」的意義來自於人對「空間」的定義，這些定義主要源於人如何利用空間，並與這些空間產生互動關係；因此，在地方的概念下，本章針對空間的討論並非外於「人」的因素，而是思考當人定義空間為地方，促使空間轉變成為地方的同時，小說中作為故事場景的城市，以及蘊含著「謀殺」這種「逾越」的罪刑意義的犯罪空間，將出現哪些不同的敘事。

本章的取徑，偏向這些城市空間的樣貌以及具體的型態，究竟如何承載或表現了個體或群體的經驗；城市作為社會空間的意義，仍然來自於人們的日常經驗所建構的空間功能與意象相關，城市空間同時也影響了這些個體或群體間形成的各種社會關係，即解讀與分析城市，也能夠具體呈顯城市空間裡的「人」以及與「人」相關的各種訊息。

本章將從「推理的場景」、「推理的線索」、「尋找犯罪空間」、「錯誤的推理」、「推理的結局」的五個面向，並以台灣推理小說中城市空間的具體描述為例，討論故事發生場景的城市，所共同表現的某種單一化與陌生化的傾向，致使展現了在推理過程中，城市與城市空間必須不斷地被人重複界定的特殊書寫型態，這種重複界定通常具有雙重性，也就是說小說中對於一個地方空間的敘寫，必須倚賴人移動至第二地甚至第三地的對照關係來確立。

在這個過程中，推理的線索，將來自於城市空間的細節描寫，或透過建築物與其空間的配置，反映人如何利用這些空間的實際功能，或透過對街道書寫，表現人於城市中的日常景態，或透過探索城市中在地性物件與元素，表現城市空間對人際社群與社會網絡的隱喻等，最終仍舊回歸台灣本土的地方意義的指涉。

此外，台灣推理小說中的偵探通常實質負擔了情節中推理、探案的過程，在解謎的過程中，犯罪空間的尋索，並且透過正確的推理找出真兇，成為小說文本中非常重要的一環。然而每位偵探在情節鋪演間，或多或少都重現甚至重構了作為推理場景的城市，具體呈顯在對可疑的犯罪空間的描述，以及日常中的異常現象的挖掘中；更值得注意的是，台灣推理小說經常以「抓錯人」作為情節翻轉的重要策略，而後再由證人或目擊者提供關鍵性的指證，最後才得以緝拿真兇，然而這個關鍵性的指證，卻通常具有純正的在地身分，並以其在地視角介入推理案件之中，不僅形成偵探身體地理與在地文化的拉鋸與衝突，甚至從偵探的錯誤推理出發，也整理、歸納出台灣推理小說中強調地方特性的在地化特色。

然而推理的結局，某種程度上呈現了與時代脈動或社會文化的高度關聯，案件的發生到完滿解決，是從失序到秩序的過程，這層失序，也可能同時來自於人際關係以及地理關係的變動。而城市空間的深層隱喻，最終仍舊來自於小說中的人物在現代化的潮流下，所表現的在地化堅持，及其建立「台灣性」

的企圖。值得注意的是現代性與台灣性的拉鋸，通過小說人物在地認同的投注，讓台灣推理小說城市的空間敘事，快速地導向了空間的「台灣性」，顯現了台灣推理在地化的重要特色以及可能顯露的危機。

第五章為「結論」，主要分為「台灣推理小說的再認識」、「台灣推理小說地方的理論建構」與「台灣推理小說研究展望」三個面向。一方面重新整理台灣推理發展的歷程與脈絡，確立早期台灣推理小說的面貌；另一方面補充當代推理界對其演變過程中的認識與理解。

另外透過地方的理論建構，凸顯在地性的邊界對區位特性的直接影響，所造成推理敘事中地方性與台灣性的不同型態，展現了在地性與台灣本土的結合，進而建立與外來推理文學區別的主體性；另一方面，小說中的「人」在他們的日常經驗中如何使用城市空間，顯現人與城市的互動，將直接的影響推理敘事的進行，包含關鍵指證介入錯誤推理之中，表現在地身分與空間或許才是釐清真相的唯一途徑等等，都仍然試圖解決台灣推理小說發展歷程中關於「台灣」與「本土」如何建構的核心焦慮。

在台灣文學與文學發展史的研究中，針對推理文類的論述篇幅相對少見，透過本書的初步探究，希望能夠開展未來台灣推理創作與研究更多的發展可能與方向。

第二章　「本格復興」前台灣推理小說的面貌與演變

在「台灣推理」的架構中，「台灣」的地域性範疇除了是定義台灣推理小說的關鍵外，也促使推理在台灣朝向在地化與本土化的方向發展。解嚴後，地方建設的開展與地方意識的強化，成為許多文藝本土化轉向的基礎，一九八〇年代逐漸興起的台灣推理小說，也在這樣的文藝轉向的風潮中，以「本土推理」的類型普遍展開創作與傳播，反映台灣文學發展的歷史背景。

早期台灣推理小說受到本土化影響的在地化嘗試，使「本土推理」這種偏向以台灣社會為背景，並且以探索本土特殊面相為主要目標的書寫型態迅速出現，一方面加速推動推理在台灣的在地化，另一方面也展現了擺脫外來推理文學的典範意義，建立自身文類主體性的企圖。

然而，這樣的嘗試，在當代台灣推理文學場域的主流觀點，及其發展系譜的詮釋中，並不具重要的價值與影響力，也鮮見深入的討論；這個不尋常現象，和二〇〇〇年後出現的「本格復興」思維有著密切的關係。[1]

1　關於一九八〇年代台灣推理小說的典範建構與轉移之問題，筆者亦有專論，可見〈一九八〇—九〇年代台灣推理文學場域之典範構成研究〉，「第十二屆全國臺灣文學研究生學術研討會」（新竹：國立清華大學台灣文學研究所，二〇一五／一〇／二四—二五）。

誠然，本書仍以「本格復興」作為分界，並將「本格復興」前的台灣推理小說視為「早期」的創作實踐，實際上是希望在這個看似明確的分界之中，重新以「創作脈絡與系譜」、「面貌」、「想像」等三個層面進行思考與整理，並觀察推理在台灣的在地化歷程，以探究早期台灣推理小說中的「本土」類型，是否存在更豐富多元的面向，以及更大程度與當代台灣推理能夠相互連結、對話的可能。

第一節　台灣推理小說的創作脈絡與系譜

一、早期台灣推理小說的創作背景

日治時期，翻案推理在日本成為大眾讀物的主流，在台日人受其影響，展開獨立創作偵探或推理小說的嘗試，然而這些作品，受到政治因素的牽制，無法在台灣產生實質的影響力，也形成如陳國偉所指出的「歐美製造，日本加工，輸入台灣」[2]的模式，即台灣作為日本推理文壇延伸之地，只是追隨著日本大眾文壇的流行，仿擬或承襲了歐美推理的敘事傳統。

傅博認為戰後三十年，台灣推理小說陷入一段「實際上是沒什麼文化的」[3]時期，主要因為推行皇民化後，台灣人不再能使用漢文寫作，使得當時幾乎所有的台灣文學與文藝發展面臨嚴重的阻礙；當時幾篇以日文創作的推理小說，又因為光復後禁止以日文寫作與提倡反共文藝，使「日治時期已初具規模

[2] 陳國偉：〈本土推理・百年孤寂——台灣推理小說發展概論〉，《文訊》第兩百六十九期（二〇〇八年三月），頁54。

[3] 見陳瀅州整理：〈推理小說在台灣——傅博與林佛兒的對話〉，《文訊》第兩百六十九期，頁72。

的大眾文學發展也隨之中斷」[4]，台灣最早的推理小說嘗試也無以為繼。

一九七〇年代中期以前，受限於國家文藝的推行，與翻譯出版的許多限制，以「推理小說」為自覺的創作者幾乎銷聲匿跡，取而代之的是透過翻譯等方式，刊載外國推理小說的雜誌。如一九五一年偵探雜誌社《偵探》月刊，翻譯了美國通俗雜誌的短篇，一九六八年水牛出版社出版十二集翻譯自美國《希區考克推理雜誌》月刊推理短篇的「希區考克小說佳選」單行本等，這些出版品，正好處在「時代肅殺的背景，按理宜謹言慎行」[5]的時代氛圍下，僅能作為一種引介或消費性讀物的用途，對推理創作也未起鼓舞之效，使得台灣推理在戰後三十年間的發展呈現了明顯的斷裂。

一九七七年後，出版限制逐漸鬆綁，林白出版社以「松本清張選集」為起點，有計畫地推出日本推理小說；一九八〇年再創刊「推理小說系列」叢書，大量推出日本推理作品。值得注意的是，這一系列的叢書，以翻譯一九五〇——一九七〇年代如土屋隆夫、仁木悅子、西村京太郎、森村誠一、夏樹靜子、赤川次郎等人作品為主，顯示此時期引介進入台灣的日本推理作品，已具有特定的取向。

一九七八——一九八二年星光、水牛、遠景等出版社也陸續出版經典歐美推理小說；一九八四年《推理》月刊雜誌創立，以收錄日本推理短篇為主，歐美作品與台灣本土創作為輔，而後自一九八七年起希代、皇冠、志文、星光等出版社也推出日本推理小說叢書，一時間引起風潮；然而這樣的熱潮很快退卻，僅存林白出版社的「推理小說系列」以及《推理》持續發行；一九九〇年代初期「推理小說系列」停刊，一九九七年詹宏志與遠流出版社合作推出「謀殺專門店」，選出一百零一本歐美推理的經典之

4 陳國偉：〈本土推理・百年孤寂——台灣推理小說發展概論〉，頁55。

5 劉克襄：〈不遠之處，有礦——我和林佛兒推理小說的緣分〉，林佛兒：《島嶼謀殺案》（臺北：INK印刻文學生活雜誌出版有限公司，二〇一〇年），頁7。

作，並為每本書撰寫導讀與介紹，一九九八年另外成立臉譜出版社，則是台灣首次大量且有系統地引介歐美推理作品，以尋找推理文學的「傳統」與「本質」的理想，接續台灣推理小說的系譜。

總體而論，台灣本土作家的推理創作，約於一九七〇年代末重新萌芽，此一時期的創作與過去台日人推理的不同，在於這些本土作家以中文寫作，同時也逐漸建立了具有獨特書寫型態與關懷面向的推理敘事。一九八〇—九〇年期間的台灣推理創作，以發表或刊載於《推理》或於報刊副刊連載為主，其中大部分的作品由林白出版社收入「推理小說系列」叢書出版；一九八八年起希代、皇冠出版社也加入出版台灣推理作品的行列。

除單行本的出版外，自一九八七年起，林白出版社舉辦四屆「林佛兒推理小說獎」，前三屆入圍決選的作品集結發行，並在《推理》中刊載，成為當時台灣推理界中最重要且最具指標性的推理文學獎。

一九八〇年代起台灣推理創作的大環境中，外來推理文學傳統的引介對台灣推理創作造成頗深的影響，尤以日本推理為重；如一九八〇年代林白出版社將本土作家的單行本「收入」以翻譯日本社會派推理為主的「推理小說系列」叢書之中，希代與皇冠出版社更以出版翻譯自日本的推理小說叢書為先，台灣推理為後，都能觀察早期台灣推理創作的環境以及當時推理文壇的氛圍。

一九八四年起創刊的《推理》相當程度地反映了早期台灣推理創作的傾向與價值，雖然黃鈞浩曾呼籲應大力引進本格推理小說，以「提升台灣推理小說文化」，並使「讀者對本國作品漸漸有信心起來」[6]，傅博也提出相同的論點，並在《推理》的「島崎博專欄」介紹本格推理的流衍過程、寫作技法以及在推廣於台灣的期待，但這個時期的推理小說創作，普遍受到日本社會派推理的影響，並逐漸形成

---

[6] 見黃鈞浩：〈一些喜悅，一些建議〉，《推理》第六期（一九八五年四月），頁10。

了主流的美學價值與標準。一九八六年林佛兒在《推理》第二十三期的「主編記事」中開宗明義地說：

推理小說反映時代、社會的各種複雜現象，它跟時代的節拍密切吻合，重視邏輯與理性。是新寫實文學的最佳表現途徑。就因為他強烈深入的寫實性，可以較諸其他文學更具「潛移默化，直指人心」的效果。[7]

寫實性的落實，將社會性與台灣的地域性特徵相互結合，使得具社會寫實意義與價值的推理小說的推動，在台灣推理發展的初期，已具有某種程度的典範意義。

一九八七年黃鈞浩認為台灣本土推理與外國翻譯作品相較下的優勢，取決於「台灣的語言、習慣、觀念、風土民情」[8]所建構的社會背景，易為台灣讀者接受，而且這些「基於對台灣社會、文化」為背景的作品，在有意無意中會溶入在地的感情、意識與鄉土味，他說：

不僅可以使讀者在娛樂中還能不忘記台灣人的苦難環境，並且可以對其他創作者產生不同層面的刺激、鼓勵與示範作用，從而使得推理小說在台灣得到紮根伸葉的能量與動力。[9]

「紮根伸葉」的追求，在早期台灣推理的創作中，具有強烈的主導作用，而當時的作家與評論者共同

7 見《推理》第二十三期（一九八六年九月），頁10。
8 見黃鈞浩：〈向《美人捲珠簾》的作者致敬〉，《推理》第三十四期（一九八七年八月），頁20。
9 同前註。

尋找的方案，即是以「台灣」的地域性範疇為主，透過日常經驗反映社會現實，據以建立台灣推理的主體性。

一九九一年林佛兒針對台灣推理發展脈絡的回顧與其面臨的困境討論中，指出本土推理作為「追求真理與正義的另一種文學作品」[10]，在台灣從清領時期的化外之邦、日治時期受到的文化、教育上的壓迫，到動員戡亂與戒嚴時期的戰時文藝的壓縮，都讓推理在台灣的創作實踐失去發展的空間。

林佛兒的評述凸顯了兩個重要的事實：其一，推理在台灣本土的發展與「台灣」的地域性範疇與特徵存在著至關重要的關聯；其二，「真理與正義」暗示了早期台灣推理小說中強烈的社會性，使得一九八〇—九〇年這段期間的台灣推理小說創作，沿著在地化的歷程發展，一方面意圖建立屬於「本土」的推理小說類型，另一方面則是在內容、意旨上強化社會性的價值。這種具體的追求，在四屆「林佛兒推理小說獎」決選記錄中清楚地顯現。

關於「林佛兒推理小說獎」所具備的指標性與典範意義，仍回到「文學獎」對於文壇與文藝創作思潮的「權力」。向陽曾就台灣文學獎及其現象，論述「獎」的權力運作關係，他認為這個權力，首先來自「獎」從規章的設定、委員的遴聘到評選的展開，都是對文壇作者身分的肯定或拔擢，使得文學獎本身對「文學創作或風氣具有煽動、激發與生產的實質效果」[11]；其次，獎項的設立暗示了建立或鞏固文

10 見林佛兒：〈四百年來一片空白——推理小說在台灣的困境〉，《推理》第八十三期（一九九一年九月），頁13。全文原刊載於《中時晚報》（一九九一／七／二八），後經林佛兒擴寫為〈當代台灣推理小說研究之發展〉一文，收錄於林燿德、孟樊主編：《流行天下：當代臺灣通俗文學論》（臺北：時報文化出版企業有限公司，一九九二年），頁305—332。

11 見向陽：〈海上的波浪：小論文學獎與文學發展的關聯〉，《文訊》第兩百一十八期（二〇〇三年十二月），頁38。

學書寫的風潮的可能，它不但可能達到某種「建構、強化以及擴增文學班底的作用」[12]，特定意識形態的介入，也可能建立這個文類的典範意義與詮釋權力[13]。

從這個角度來看，第一屆「林佛兒推理小說獎」最重要的目的是「鼓勵更多同好投入推理文學的創作領域」[14]，同時也展現推理在台灣發展的初步成果。

在本屆的評審意見中，有兩個相當值得注意與觀察的現象。其一是這些入選的小說面臨「創新」的嚴重問題，例如景翔在評選的過程中，指出〈再一次死亡〉：「使用錄音機偽造案發時刻的設計，已見於內田康夫的淺見光彥探案《平蒙傳說殺人事件》。」〈最後的旅程〉：「有抄自日本推理小說之嫌。」〈公寓裸屍〉「頗有艾勒里昆恩那種反覆辯論推敲分析的特色。」[15]黃鈞浩也認為具有「歐美作品的味道」[16]等等，都反映出早期的台灣推理小說實踐，仍然受到外來推理敘事模式與詭計設計手法的深刻影響[17]；其二，傅博在「總評與建議」中建議「有生命的小說不要只憑空想，沒有把握的事，最好

12 同前註，頁39。

13 陳國偉亦指出「林佛兒推理小說獎」成立後，與《推理》雜誌、林白出版社互為連結，形成強而有力的權力結構。說明當時的作家投稿到《推理》雜誌或入選「林佛兒推理小說獎」，都可能在林白出版單行本，顯現了一個上下游完整的文學生產線與出版模式。見陳國偉：《越境與譯徑——當代台灣推理小說的身體翻譯與跨國生成》（臺北：聯合文學出版社股份有限公司，二〇一三年），第一章「跨國移動與知識譯寫——台灣推理文學場域的形成與世紀之交的重構」，頁45－46。

14 見〈第一屆林佛兒推理小說創作獎總評會議〉，思婷等著：《林佛兒推理小說獎作品集1》（臺北：林白出版社，一九八九年），頁207。

15 同前註，頁211－212。

16 同前註，頁212。

17 如傅博指出：「各篇我認為創作手法還很幼稚，尤其詭計的使用很古老，有的一百年前就有人用過，普遍缺乏創新。」或如景翔針對〈密室疑雲〉指出：「密室的設計與解開均無新意，不過整個結構顯得單純。」以及「總評與建議」中指出：「大部分作品都是二次大戰前的寫作方式，密室，錄音帶的使用太過陳舊了，既然小說是創作就應該要創新，推理小說也不例

去查資料，或以自己的經驗為寫作範疇」[18]，應和向陽所言：「涵蓋『多學廣識』、人的生活、生存與生命的探討」[19]對台灣大眾文學建立的期待，更重要的是這段話在基於「本著使推理小說能在台灣發皇的期待」[20]，讓新聞性與社會性話題與推理敘事結合，在文學獎的場域中，建立一種特定的典範意義。

第二屆小說獎評審意見的結論中提及的兩個特色，也表現出社會性與在地化之間的可能連結：

一是內容的本土化，像中文電腦、統一發票的對獎等等，令人感覺到確實是發生在目前社會的事件，因而產生一種親切的認同感，這是推理小說在本地紮根的基本要素。第二就是，作者普遍體認到必須以自己的經驗為創作依據，即使不能親身體驗，也要對所描述的人物、背景有深刻的認識，如此寫來，才不會僅是空泛的皮相。[21]

「在本地紮根」的敘述，清楚表明台灣推理小說正在進行的在地化歷程；就當時代而言，中文電腦的操作、統一發票的對獎，都展現當時社會的「實景」，因此讀者在閱讀後容易取得親切感與「認同感」。這些敘述及其反映的評選標準，將社會性與在地化兩者充分扣連，因此為了避免「空泛的皮相」，推理

外。」見〈第一屆林佛兒推理小說創作獎總評會議〉，頁209、210、213。

18 同前註，頁214。

19 見向陽：〈推之，理之，定位之——序林崇漢推理小說集「收藏家的情人」〉，林崇漢：《收藏家的情人》（臺北：林白出版社有限公司，一九八六年），頁16。

20 見〈第一屆林佛兒推理小說創作獎總評會議〉，頁214。

21 見〈第二屆林佛兒推理小說創作獎總評會議〉，余心樂等著：《林佛兒推理小說獎作品集2》（臺北：林白出版社，一九九〇年），頁270。

敘事更必須導向「反映現實」，包含人物個性的設定、小說場景的描寫、情節對話的語言等，都強調作者個人的「體驗」與「經驗」。

所以，可見評審意見如鄭清文認為〈借火〉一篇「對目前太富足的社會頗有啟發作用」[22]，葉石濤認為〈獎〉全篇最可看之處在於「環保街頭訪問時，無意間錄到兇嫌一事」[23]，都強調社會事件與社會意識對於「社會現實」展顯的積極意義。換言之，本屆評審們評選過程中所表現出來的總體意識，仍朝向社會性與在地化結合的期待。

第三屆小說獎入選的作品與評選意見，更反映了台灣推理小說在文藝本土化的發展傾向下，在地化類型的建立與其典範意義的完成。如周浩正評〈一貼靈〉：「描寫人被壓迫到那麼卑微、渺小的情況下，仍努力求生存的掙扎，寫人性面寫得非常深刻。」[24]楊青矗評〈遺忘的殺機〉：「寫出了時下年輕人在國內考不上大學，想盡辦法到日本留學，但事實上不少女性到異國後，為生活所迫淪入風月場所的那種辛酸。」評〈復仇〉：「裡面所寫的人性都是善良的，即使暗伏的殺機也是因誤會而引起。」[25]在這些評語中，「社會性」被特別標舉成一個重要的標準，楊青矗在評選過程中更直言：「既然是要選出公開徵文的首獎作品，我認為必須賦予特殊的意義，純以小說吸引人還是不夠的。」[26]這個特殊的意義，即是推理敘事外，所應具備的社會性與社會意識，他同時據此標準，明確指出了台灣推理小說的在

22 同前註，頁269。
23 同前註。
24 見〈第三屆林佛兒推理小說創作獎總評會議〉，葉桑等著：《遺忘的殺機》（臺北：林白出版社，一九九二年），頁244。
25 同前註，頁246、247。
26 同前註，頁246。

地化目標：

> 我覺得推理小說的情節往往受限於命案的發生，一旦追查出兇手後，讀者就不想再繼續看了，久而久之形成了一種公式，也使推理小說的路越來越窄。此次徵文有幾篇作品就擺脫了前人的窠臼，而且處理得很好，我希望這是國內推理小說超越單純的命案推理的契機。[27]

對照楊青矗的結語中「往往受限於命案發生」的小說情節以及「公式」，自然是針對受外來推理影響的作品而言，因此「擺脫窠臼」，即成為台灣推理小說發展的一致追求；而在推理敘事中結合社會性的方式，似乎也進一步開啟建構台灣推理主體性的可能。

一九九〇年底第三屆林佛兒推理小說獎的評選結束，恰好作為一九八〇—九〇年間台灣推理小說作者創作的背景，以及在地化、本土化路線確立的總結。值得注意的是，「社會性」在早期台灣推理小說中逐漸佔據一個與「推理性」同等重要的位置，甚至成為本格復興前台灣推理小說最具典範意義的標準與價值。

到了一九九一年底的第四屆小說獎，則產生了若干變化。朱佩蘭和林敏生共同指出參賽作品中「可以看到不少日本推理名家的影子」[28]的模仿，顯示台灣推理發展至一九九〇年代，仍無法真正脫離外來推理傳統的影響外，景翔總結了三項具體的變化：

27 同前註，頁248。

28 見〈第四屆林佛兒推理小說創作獎總評會議〉，《推理》第八十八期（一九九二年二月），頁15。

一是取材範圍普遍擴大，以往的作品多限定在謀殺案，本屆則出現多樣化的題材，在詭局上也較有新意。二是寫作技巧較變化，向現代人生活都會用到的電腦也被巧妙用上了。三是融入了特殊經驗，包括軍中環境、離島生活、特殊族群等，此種寫法的好處是，讀者可以接觸到新的人、事、物。[29]

從評審意見來看，進入一九九〇年代後的台灣推理文學的主流價值，仍然延續著以社會性貼近當時代的模式；例如〈考生之死始末〉中「電腦」的使用，被評審一致地讚賞為「新科技可以開拓題材及範圍」、「合乎時代性的推理作品」[30]，顯示如何反映當時社會中人們的生活景態，仍舊是推理小說中最為關切，也是最被看重的部分。

然而，這屆小說獎入選的作品，包括受評審推薦的首獎作品〈M16A2與M16〉與〈考生之死始末〉，與過去幾屆的獲獎作品相較，則更強調推理性的展現；但於此同時，評審們卻似乎又比前幾屆更加執著於推理小說中「社會性」與「時代性」的意涵，在文學獎的場域中，主流觀點在社會性與推理性之間產生了明顯的擺盪與偏移。

總合來說，在本格復興以前，一九八〇年代起本土作家的創作，逐步建立起「本土推理」這個反映台灣推理在地化歷程的類型，因受到文學獎與出版社、媒體的推動，至少在一九九〇年代中期以前的台灣推理文學場域中，仍然具有一定程度的典範意義。

29 同前註。
30 同前註，頁15、14。

一九九二年安克強於〈生命的推理〉一文中指出本土推理小說在台灣發展的初期，因為日本與歐美推理書籍的傾銷，向來不受消費者或評論者的青睞，而本土推理作家因為總是必須通過對外來推理作品的轉譯，才能入其堂奧，品略妙處，則成為這段發展歷程中的難題；然而他也認為一九八〇—九〇年代推理作家的嘗試，以及林佛兒藉由出版、媒體與文學獎推廣的努力下，已開始打破外來文化壟斷的僵局[31]；換言之，安克強除了肯定早期台灣推理小說的價值外，也從建立台灣推理文類主體性的角度，展望未來的發展。

一九九三年楊照〈「缺乏明確動機……」——評台灣本土推理小說〉一文，雖然站在質疑台灣主體性建立的立場，指出台灣推理小說的在地化因為「本土特殊性」的匱缺，使他認為：「台灣的本土推理小說到目前為止成就還相當有限，尚未脫離觀摩學步的階段，既不曾形成鮮明的文類性格，也缺乏可辨識的流派傳承。」[32]他並以余心樂、馬波的推理小說為例，指出異國風情、外來推理傳統模式的套用，模糊了台灣推理小說中的「本土焦點」，因此，楊照認為台灣推理小說發展最嚴重的阻礙是「本土推理並未因其本土性而開發出異於一般歐美、日本推理小說的讀者」而喪失了「本土」意義[33]。但他同樣以一九八〇—九〇年之間的台灣推理小說為討論對象，也將「關懷本土」視作建立文類「鮮明輪廓」的特殊性甚至主體性的重要途徑，因此即使他認為早期台灣推理小說結合社會性與在地化的嘗試尚不能抵抗

31 見安克強：〈生命的推理〉，葉桑：《為愛犯罪的理由》（臺北：太雅出版有限公司，一九九二年），頁3。

32 楊照：〈「缺乏明確動機……」——評台灣本土推理小說〉，《文學的原像》（臺北：聯合文學出版社有限公司，一九九五年），頁142。

33 同前註，頁144。

「強大的歐美、日本陰影籠罩」[34]，但這樣的觀點，也正好反映了台灣推理持續朝向「本土」型態發展，並且建立「在自己的社會吸引一般大眾的重要資源、能力」[35]的期待。

當然，楊照的評論也受到不少挑戰。一九九三年十月陳銘清在《推理》發表〈超越模仿，推陳出新的期待〉一文，大量引述楊照的文句，甚至以完全相同的作品例證，逐一反駁他的觀點。其中最大的爭議點在於台灣推理小說所面臨發展困境的主要原因，陳銘清認為：

> 本土推理作品的最嚴重發展障礙，並非因欠缺本土化而導致不能吸引讀者；唯推理小說因被一些文學作家輕視為雕蟲小技，加上不能在大眾文學中確立一席之地才是真正的發展障礙。[36]

這段評論表現出他認為推理小說朝向純文學的表現形式發展，卻又同時受到純文學作家的輕視，使得台灣推理小說無法因應現代生活的緊促步調而逐漸增加的娛樂趣味性的閱讀需求而陷入困局，才是陷入發展困境的真正原因。

由此可知，陳銘清反對以「本土性」嚴厲審視台灣推理小說，因為他認為本土作家受到外來推理典範模式的影響，與展現在小說中的文字風格或地方風景並不一定相關，因此不能直接認定小說中的異國異地或是類近外來推理文學的套式就是「翻譯舶來品」[37]；但是，他最後仍回到「超越模仿」的角度，

---

34 同前註，頁144－145。

35 同前註，頁146。

36 陳銘清：〈超越模仿，推陳出新的期待〉，《推理》第一百零八期（一九九三年十月），頁14。

37 楊照：〈「缺乏明確動機……」——評台灣本土推理小說〉，頁144。

期待本土推理作品具有「更高層次且富含創意」與「推陳出新」的「原創物」[38]，仍然表現了台灣推理小說建立自身主體性的期待。

二、台灣推理的「風向」：從社會派、風俗派到本格派推理的討論

一九七七年林白出版社成立「松本清張選集」，是台灣首次以單一日本推理作家為主題的書系。陳國偉以一九五七年松本清張的《點與線》，指出日本社會派推理的特色：

> 他主張將犯罪動機連結上「社會性」，藉此對社會與現實提出問題，成功地創造出日本推理小說有別於歐美的嶄新風格，並引領風騷將近三十年之久。[39]

林白出版社對日本社會派推理的引介，除了「正式將日本體系的推理知識，引渡到台灣的推理文學場域之中」[40]外，一九七七年至一九九〇年間，松本清張的社會派推理對台灣推理界產生廣泛的影響力，並成為創作書寫的典範[41]，推理敘事中基於社會問題與社會現實的觀察，展現的「社會性」，也成為早期

38 陳銘清：〈超越模仿，推陳出新的期待〉，頁17。

39 陳國偉：《越境與譯徑——當代台灣推理小說的身體翻譯與跨國生成》，第一章「跨國移動與知識譯寫——台灣推理文學場域的形成與世紀之交的重構」，頁44。

40 同前註，頁47。

41 例如林佛兒在《推理》創刊號的發刊詞中即表明：「松本清張社會派推理小說的誕生，是由於日本戰敗後，社會結構的變化，包括舊財閥的解體，農地改革，小家庭制度的興起，當然，更重要的是其民主主義的確切保障，這種自由社會，人權至上的基礎，使得松本氏能比前人更大膽地擴開他胸中的計策、塊壘，以及豐富的社會使命感。」見〈總是一份期待〉，《推

台灣推理小說的書寫主軸。

張騰蛟指出早期推理小說最終會對兇手進行社會正義的制裁，而帶來強烈的警惕性，使這些小說「至少會告訴人們，只要你犯了罪，不論掩飾得多麼周密，總是會有被破的一天」[42]，顯示出小說的社會性偏向，將產生社會教化的功能。

一九九〇年代後期，詹宏志與「謀殺專門店」取代林佛兒與林白出版社在台灣推理文學場域中的主導地位，象徵知識典範，由日系轉變為歐美系文化資本[43]。早期推理在台灣的發展，是透過林白出版社的引進，先接受日本社會派，一九九〇年代後才普遍地引介、推出歐美古典推理，並有系統地介紹推理的「正統」源流與歷史。

「社會性」在台灣推理小說的發展歷程中，佔據先天優勢的情形，恰好對應了台灣推理小說的在地化歷程；日本社會派推理藉由「社會性」自成類型與脈絡，並且成功地創造出與歐美古典推理不同的風貌，這都是台灣推理發展過程中十分核心且急切的追求。但是問題是對日本推理文壇而言，率先引進的是歐美古典推理，社會派推理是基於「本格」而變化的「變格」；然而，台灣推理文壇首次有系統地引介外來推理，是原屬「變格」的日本社會派推理，直至一九九〇年後期，古典推理的「本格」源流、傳統才接續引進，使「本格」在台灣推理文學場域中，似乎成為了社會派的「變格」。

本／變格輸入的錯位，引發不少討論與焦慮。詹宏志「謀殺專門店」的誕生，根本原因也是他不滿

理》第一期（一九八四年十一月），頁13－14。

42 張騰蛟：〈推理小說新氣象〉，《推理》第二十期（一九八六年六月），頁24。

43 陳國偉：《越境與譯徑——當代台灣推理小說的身體翻譯與跨國生成》，第一章「跨國移動與知識譯寫——台灣推理文學場域的形成與世紀之交的重構」，頁50。

當時的翻譯作品或本土創作，俱以日本、社會派推理小說為主流，他回顧說道：「台灣當時還僅只流行日本推理小說，對真正推理小說的源流介紹還不多。」[44]然而，「真正推理小說」一詞，也暗示在知識典範轉移下，對「推理」採取的正本清源行動，即如陳國偉指出的「合法方式」：「唯有回到這個系譜所形成的『傳統』中去尋求『位置』，才能給予其合法性，而評述出正確的價值。」[45]這個合法的方式與原則，某種意義上是為了恢復推理在台灣發展歷程中的本／變格錯置。

歐美古典推理的引進，雖引起知識權力與典範意義的轉移，但一九九〇年中期以前的推理作家，仍延續「社會性」為主要的書寫方針，持續進行他們的創作實踐。

台灣推理文壇中，社會派推理對本格推理所造成的焦慮，也因其核心價值的差異與扞格，產生權力位置與知識體系的對立。這種對立，主要採取對日本社會派推理傳統以及日本文化資本的貶抑視角，並將早期台灣推理小說視為「風俗派」。

一九八五年鍾肇政已曾日本推理界的趨勢，指出「受了寫實主義的洗禮之後，推理小說的面目幾乎是脫胎換骨，但也因而形成了風俗性作品的氾濫」[46]，意即「風俗性」是由日本社會派的寫實性延伸而來的一種寫作形式，但和寫實主義的要求與趨向已有不同。鍾肇政雖未對風俗派提出指謫與批評，卻也提出了由社會落入風俗的危機。

44 詹宏志：〈私房謀殺：〈謀殺專門店〉的前世今生〉，《詹宏志私房謀殺》（臺北：遠流出版事業股份有限公司，二〇〇二年），頁ⅳ。

45 陳國偉：《越境與譯徑——當代台灣推理小說的身體翻譯與跨國生成》，第一章「跨國移動與知識譯寫——台灣推理文學場域的形成與世紀之交的重構」，頁55。

46 鍾肇政：〈美與哀愁的滅亡美學——寫在連城三紀彥「一朵桔梗花」前面〉，《推理》第十四期（一九八五年十二月），頁15。

一九八六年傅博分析林佛兒四篇推理小說後，則將其劃入「風俗派」的範疇，其具體的原因正在於林佛兒以「現代社會生活風俗下之人際關係的糾紛之描寫，男女間因關係紊亂引起的家庭悲劇」[47]為寫作重點。當時傅博雖未直言風俗派的負面性，但從他對推理小說「二次元美學」[48]的觀念中，已可窺見他對風俗派的排抑。

這樣的想法，於二〇〇七年與林佛兒的對談時再次提到：

> 林佛兒是台灣最初的推理小說家，這點功勞不可忽視。我曾經寫過評論，林佛兒的作品特徵是屬於風俗派，風俗派在日本被視為一九五七年以後誕生的社會派之一支流。[49]

然而，傅博對風俗派的界義，在此時也更直白地表明「大多是以寫實手法所撰寫之缺乏社會批評精神」[50]，杜鵑窩人呼應此說法，認為風俗派甚至不是社會派推理的一脈[51]。他們指出風俗派的「變質」，

47 島崎博：〈推理小說在台灣（下）〉，《推理》第二十五期（一九八六年十一月），頁57。

48 傅博認為：「推理小說是兇手與偵探鬥智的小說。要構成一部推理小說，原則上以兇手與被害者及其身邊的登場人物之人際關係為經，偵查人員的偵查活動、過程為緯。事事都是『對立』的。」此即為他自述的「二次元美學」。見島崎博：〈推理小說在台灣（下）〉，頁59。

49 見陳瀅州整理：〈推理小說在台灣——傅博與林佛兒的對話〉，《文訊》第兩百六十九期（二〇〇八年三月），頁77。

50 傅博：〈新本格推理小說之先驅功臣島田莊司〉，島田莊司著，杜信彰譯：《高山殺人行1／2之女》（臺北：皇冠出版社，二〇〇七年），頁3。

51 杜鵑窩人曾說：「很多人一直有一個錯誤的觀念，凡是日本社會派的作品都沒有什麼詭計可言！抱歉，如果依照台灣文藝評論家傅博老師的標準，那叫『風俗派』，而不是社會派的推理小說。」見〈2011／01月推理藏書閣嚴選《蒸發》：風華重現，經典再見〉，【博客來・BookPost】，二〇一三年四月九日，網址：http://post.books.com.tw/bookpost/blog/41183.

著重在以誇張筆法描繪社會黑暗面，忽略推理小說必備的邏輯推理精神的層面，而遠離「本格推理」的推理敘事[52]。這些批評，則重回台灣推理文壇一九九〇年代後期對「合法方式」價值標準的追求。

三、台灣推理的新／舊分界：推理小說的文類界定

推理在台灣的發展由日本社會派推理的引介為開端，某種程度上，讀者一開始接受的是推理文學發展史中的「變格」，而非純正的「本格」，這種錯置於一九九七年以降，因知識典範權力的轉移，本／變格接受的再次翻轉，亦成為「本格復興」工程中最為直接、強烈的訴求。

在此歷程中，「本格復興」對早期台灣推理小說最激烈的批評，在於推理小說與純文學的高度重合關係上。

傅博曾將「純文學」定義為「『為文學而文學的作品』。作品所追求的是人性，故事性並非最主要的條件」[53]，同時指出早期台灣推理文壇對日本社會派推理的喜好與引介，除了因為關鍵的主導者林佛兒對松本清張的喜愛外，也與大部分的作者們都出身於「純文學」場域相關。陳國偉從《推理》雜誌的編輯顧問、刊登的作者，以及「林佛兒推理小說獎」的部分決審委員名單中，發現純文學界的作家比例極高，甚至他認為「林佛兒在一開始時就將『推理小說』定位於純文學的一種形式，而非通俗文學」，因此未能擺脫「推理小說與知識分子」的必然連結宿命[54]，意即在陳國偉的觀察中，早期台灣推理小說

---

htm。（二〇一五／一／五作者讀取）

52 杜鵑窩人：〈台灣推理創作里程碑〉，《台灣推理作家協會傑作選1》（臺北：台灣推理協會，二〇〇八年）。

53 島崎博：〈認識大眾文學〉，《推理》第二十四期（一九八六年十月），頁19。

54 見陳國偉：《越境與譯徑——當代台灣推理小說的身體翻譯與跨國生成》，第一章「跨國移動與知識譯寫——台灣推理文學場域的形成與世紀之交的重構」，頁48－49。

與純文學界線的模糊與重合，以及針對推理小說應該放置在哪個文學類型底下閱讀、討論的思考，除了形成知識典範的權力轉移可能，也是「本格復興」下台灣新／舊推理小說產生分界與斷裂的焦點。

然而，早期台灣推理小說與純文學、通俗文學[55]、大眾文學[56]彼此間的關係及其界定範圍的建構，似乎還有深入探討的空間。筆者在此主要以早期幾位重要的台灣推理「評論者」的觀察作為探索的起點，考察他們的知識與話語權力建構了怎樣的台灣推理的框架與想像。

（一）「文學」作品與「通俗」小說的分殊

一九八四年《島嶼謀殺案》出版後，苦苓在《工商日報》發表了一篇評論，除了評介《島嶼謀殺案》的情節與成就外，更針對當時台灣的文學創作環境進行了一番析論：

55 早期「通俗文學」的定義，通常和「俗文學」、「大眾文學」、「民間文學」等因其來自民間的生命力與傳承，而被歸納為同一範疇，這些作品與「正統」的傳統文學讀物不同，而具有與「知識階層」強烈的對立性。然而台灣當代的通俗文學，則特別關注與當代社會變遷的關係，其出版也以追求經濟效益為目的，表現的手法簡單、親近大眾的常識與基本情感，而容易為讀者接受。鄭明娳認為當代通俗文學的特色包括「娛樂性」、「教化性」、「文學包裝」、「時效性」、「程式化」等特點，其創作的目的以迎合當代時空與讀者心理情境為主。因此，當代通俗文學和純文學之間不僅書寫型態、核心宗旨出現差異，在小說的閱讀市場上，也明顯地產生兩極化的發展。見鄭明娳：《通俗文學》（臺北：揚智文化事業股份有限公司，一九九三年），第一章「緒論」，頁13－40。

56 陳國偉指出「大眾文學」在台灣文學的傳統中，幾乎等同於「通俗文學」，而且被普遍地接受。然而他認為「大眾」的概念應來自於「群眾」，即大眾文學的接受者並不具有社會階級的區別，因此作品中具「時效性」的「當代共鳴」所連結的讀者身分與想像，較能擺脫「不具知識性」、「品味不雅」等「通俗」的意象。見陳國偉：《類型風景——戰後台灣大眾文學》（臺南：國立臺灣文學館，二〇一三年），頁11－14。

「島嶼謀殺案」即使只就書名研判，也可以察覺到它是充滿通俗性的；然而正因為其通俗，普遍性強、感染力就大，足以爭取更多讀者，在眾口紛紛，提倡「文學大眾化」的今日，以實際的創作行動提供給大眾可以接受的文學作品，才是真誠不虛矯的態度吧！[57]

這段評論，基本上是站在純文學作家的立場，認為在「文學大眾化」的思潮下，「武俠、言情、科幻、推理」這些「通俗小說」，雖具有高度的通俗性而擁有廣大的讀者，卻「無益世道」、「腐蝕人心」、「對於提升社會大眾的文學水準有害而無益」，反觀林佛兒投入創作通俗小說，完成了「文學的」通俗小說；換言之，「文學」的推理小說和「通俗」的推理小說的差別，在於「文學水準」的提升，而且在當時被認為是可敬且成功的嘗試。

陳寧貴亦有類似的評論，他指出「文學的」推理小說在這個時期出現，是因為文學作家們「對純文學失去了信心，甚至認為純文學將在二十世紀末消失」，所採取的「用推理小說形式，來表現純文學」[58]的理想方案，而這樣的小說仍然是藉由通俗性的特徵，傳達文學性的內涵與價值。因此，他認為林佛兒「不祇是寫一個懸疑故事，而是寫一部文學作品」[59]；也就是說，一九八〇年代台灣推理小說的創作，從一開始似乎就被期待成為「提升通俗文學水準」的表現形式，主要原因正是「文學」可以深化「通俗性」的內涵，意即在評論者的視域中，「好的」推理小說必須是「文學作品」。

57 苦苓：〈林佛兒的第一步〉，《工商日報》一九八四年九月十三日。此據《推理》第十一期（一九八五年九月），頁8。
58 陳寧貴：〈夜讀「島嶼謀殺案」〉，《新書月刊》第二十三期（一九八五年八月），此據《推理》第十一期，頁11。
59 同前註，頁13。

具體來看，早期台灣推理界的評論者是秉持著以通俗性為形式，文學性為內容的期待，看待本土作家的推理小說創作，其思考也表現出明顯的純文學本位色彩；例如鍾肇政認為推理小說中所設計的詭計、解謎鬥智的過程，偵探與兇手都必然是「高智能」的角色，因此「推理小說的讀者，多以知識分子階層為主」[60]；他進一步指出推理小說與純文學、通俗文學之間的關係：

> 它是消遣性讀物，這一點應無可爭論，然而它的讀者局限於知識階級，消遣之外，在推理的過程中，似乎也頗有益智的成分，就這點而言，較之頗富「腐蝕性」的愛情故事、畸戀小說、武俠小說，則又勝似許多了。[61]

這段敘述，除了再次強調通俗文學的「腐蝕性」對文學場域的破壞之外，也說明推理小說既是具有消遣性的通俗讀物，主要讀者卻又以知識分子為主；就內容趣味而言在於懸宕與解謎，又與通俗讀物輕鬆愉快的閱讀經驗不盡相同。鍾肇政雖然沒有很清楚地表明他的界定與判斷，但他以國外推理小說「試圖進入文學境界的嘗試」，表現「未來發展應是頗令人期待的」[62]的期許，仍然肯定通俗文學加入了文學的書寫型態與思考後，可能展現出的一番新風貌，而台灣推理小說的實踐即是一個實例。

鍾肇政的觀點，已表現出台灣當代通俗文學與大眾文學間的差異，是在於閱讀受眾的不同。如林佛

---

60 鍾肇政：〈淺談推理小說——兼介《島嶼謀殺案》所帶來的訊息〉，《島嶼謀殺案》（臺北：林白出版社有限公司，一九八四年），頁5。
61 同前註，頁5－6。
62 同前註，頁6。

兒一九八五年六月在中國青年寫作協會的演講中，以《三國演義》與《水滸傳》為例，認為成功的大眾小說雖然因其大眾性，而有時空上較廣遠的流傳，但以當今讀者而言，並不會有人認為它不登大雅之堂。因此他指出「純文學和大眾文學是一個平行的東西」[63]，只有喜好不同，而沒有高級、庸俗的差別；林佛兒先將文學類別分為純文學、大眾文學、通俗文學，並將推理小說的位置擺放於純文學與大眾文學的「中間」，他指出：「當你們起步正要邁入文學的殿堂時，不要對推理小說以偏概全，人云亦云，投以『通俗』的眼光，須知推理小說也是文學的一種。」[64]在這樣的觀點中，推理小說中文學性和通俗性的並存成為非常具體的創作傾向，但是「大眾文學」框架的出現，事實上又表示台灣推理小說並不是「純文學」小說，而是進入「文學殿堂」、靠近主流文學價值的文學作品。

向陽曾在一九八六年對「已現而未明」的台灣大眾文學[65]進行了定義：

> 大眾文學是以大眾化為目標，以當代社會大眾關心、興趣的題材為內容，運用創作者多層面的人生知識，透過大眾傳播媒體的推介，以吸引讀者娛樂為手段，達到作者與讀者共同思考人類命運為目的的一種文學。[66]

63 林佛兒：〈推理小說的點點滴滴〉，《推理》第十二期（一九八五年十月），頁20。

64 同前註，頁20、21。

65 向陽認為林崇漢的推理小說兼有大眾文學「大眾化、傳播化、趣味化」的形貌，以及純文學的深層探討。見向陽：〈推之，理之，定位之——序林崇漢推理小說集「收藏家的情人」〉，頁16。

66 同前註，頁17。

向陽將台灣推理小說放置在大眾文學、文化的脈絡中討論，除了反映當時的文學場域對大眾文學的接受外，更重要的是他認為大眾化與大眾性，最終必然回歸從個人出發，並以社會為主要書寫題材的前提，而非僅只是流於通俗文學的消遣性與娛樂性。

一九八〇年代不少純文學作家投入「文學大眾化」的潮流中，展開了他們早期的推理小說創作，因此常見「拿純文學的標準來攻擊大眾文學、拿大眾文學的影響來嘲諷純文學的『批評錯亂』」[67]之情形；而向陽大致上肯定大眾文學的傳播與理論的建立，並且在文化發展的脈絡下，對於「高文化」或「高品質純文學」的累積具有正面的助益。

只是這樣的思考，雖然試圖拉開推理小說與純文學的距離，卻仍表明了某種通俗性為文學性服務的理路。例如他以林崇漢的小說為例，認為其中表現的多學廣識是「大眾文學厚實的一面」，值得純文學工作者參考與引為警惕，同時小說主題的思考，也證明林崇漢「具有文學大家的資本」，而且大眾文學雖然具有其大眾化的形貌，但「本質上依然與純文學無異，只是殊途，卻同樣指向人的生活、生存與生命的探討」[68]。在向陽的評述中，表顯出具有大眾文學性質的推理小說，仍然需要具備深厚的純文學底蘊，才可能作為跨越純文學與通俗文學兩個範疇的橋樑，並作為兩者之間調和的可能。

何懷碩相似地指出純文學與通俗文學的區隔，即在於「文學價值」，他以推理小說為例，表現拉近推理小說和純文學距離的期待：

> 社會上不少人讀書消遣，讀的除「流行小說」之外，以武俠、科幻與推理小說居多。這三種小說，

67 同前註，頁9。
68 同前註，頁16。

一般視為通俗的大眾讀物。但是，不論如何通俗，作品本身價值的高下，應以文學成就論，不能以文體與體裁而先存偏見。世界上有最好的哲理詩，卻也有最好的通俗文學。[69]

這段評論事實上並沒有站在純文學的立場批判通俗文學讀物，他反而認為推理小說是「理智的遊戲與文學的盛宴」[70]相互結合的創造，即推理小說可以承載文學性與通俗性的特質。但他的視角似乎又暗示了不具文學性與文學成就的推理小說，即會成為「一般的通俗大眾讀物」，而失去了它作為「文學」的重要價值。

一九九二年林佛兒在〈當代台灣推理小說研究之發展〉一文中，總結了他過去散見於《推理》的記事或評論，指出「好的」推理小說甚至比純文學還具有深度與思想性，展現出與前人不盡相同的思考徑路：

我覺得一個好的推理小說作家，他的見識、能力和經驗，不一定會比純文學作家差，因為推理小說，它發掘問題和探討人生的各個層面，需豐富的體驗和閱歷，不能無病呻吟，一篇純文學的作品可以用五千字，咬文嚼字來說一個夢，但推理小說可不行，它要像一把解剖刀一樣……[71]

69 何懷碩：〈理智的遊戲與文學的盛宴〉，《推理》第八十五期（一九九一年十一月），頁7。

70 同前註，頁7。

71 這個觀點，最早見於林佛兒：〈推理小說的點點滴滴〉，頁21，林佛兒在〈當代台灣推理小說研究之發展〉一文中，則以更多的例證進行系統性的闡述。見頁326。

當然，林佛兒論述的前提，是推理小說必然不完全隸屬於純文學、通俗文學或大眾文學的任一方，一方面他以松本清張為例，認為其思想性、文學性、藝術性都超越了某些純文學小說，因此俱以「通俗」的眼光觀察推理小說並不正確；另一方面，他又指出推理小說中與純文學不同的書寫模式，以及它所需要透過邏輯與知識系統而推演的條件。林佛兒更進一步地說：「希望推理小說在將來能像日本一樣，成為大眾文學的主流」[72]，某種程度上認為推理小說能夠調和純文學與通俗文學各自領域範圍內的特徵，而成為「新」的主流大眾文學型態。

這些論述，事實上都強調純文學和通俗文學的分隔，因為這些主要以知識分子為主的評論者，都不斷地提醒讀者不要以「通俗」的眼光看待推理小說，或是強調推理小說是「知識性」的讀物，特別形塑了純文學以知識分子為主的讀者，而與通俗文學讀物的產生對比甚至對立，使得兩者之間越來越顯分殊；如何懷碩認為「推理小說的興趣只提供具有邏輯頭腦的人，有反智傾向的讀者必無緣享受」[73]，知識分子的「崇理尚智」，才能透過推理過程洞悉人心；或如朱佩蘭認為「推理小說的創作，需要有文學的根基」，她以松本清張先獲純文學大獎芥川獎，後改走推理路線，證成「即便是社會派推理小說，也深具文學的美」[74]，強化了推理小說的文學性似乎越來越成為必要具備的條件。

因此，當時評論者們明顯認為早期推理小說並不是通俗文學，但他們對「文學性」與「文學作品」的追求與期待，反而讓討論的焦點聚焦在推理小說是否等同於純文學？或者推理小說是否作為表現純文

72 這個觀點，最早見於林佛兒：〈四百年來一片空白——推理小說在台灣的困境〉，頁17。同見於〈當代台灣推理小說研究之發展〉，頁326。

73 見何懷碩：〈理智的遊戲與文學的盛宴〉，頁7。

74 見朱佩蘭：〈不算序文的序文〉，葉桑：《遙遠的浮雕》（臺北：皇冠出版社，一九九二年），頁5。

學的形式？

（二）純文學與大眾文學的關係

一九八〇年代的評論者大多主張推理小說不是通俗文學，例如傅博指出：「近三十年來，推理小說成為暢銷書的主流，也成為大眾文學發展的重心」是他觀察當時推理在各地發展的總結，但他也特別附註說明因為「整個故事的進展中，卻給予讀者思考的機會」，因此推理小說「與通俗小說不同」[75]。然而，當時的推理文學場域用以凸顯推理小說與通俗小說差異的方式，主要是透過從純文學形式而來的文學性、思想性與主體關懷，促使推理小說雖然是以「文學作品」的方向創作，卻總是隱含著「純文學」身影。

換言之，當推理小說被形構成「文學作品」時，雖然被同時期待具有文學性與通俗性的特徵，可是這個過程中，反而穩固了純文學在推理小說中的主流導向，並以知識分子的知識性取向，形成對普羅大眾的排擠。傅博即指出他長期以來的不滿：

> 大眾文學的影響力之大，純文學遠比不過它。但是在臺灣，從來沒有人關心過它。……大眾文學即是以通俗的文字、感人的故事來表達「文學」，使得者對文學產生興趣，以期達到文學的普遍化為目的，而且還具啟蒙以及提供大眾的知識之功能。[76]

75　島崎博：〈祝《推理雜誌》創刊〉，《推理》第一期，頁11。

76　傅博：〈續・推理小說縱橫談〉，《迷詭・偵探・推理：日本推理作家與作品》（臺北：獨步文化出版社，二〇〇九年），頁25—26。

傅博的看法，事實上是將「文學」獨立出來，凸顯早期台灣推理評論家習以主流純文學的價值導入推理小說創作，並在這樣的認知下產生的「文學作品」的根本謬誤。

然而，在早期推理視域下文學性偏向並非一直都是穩固且未受挑戰的價值與標準。一九九〇年在第三屆林佛兒推理小說獎的評議過程中，即出現了一個嚴重的認知問題，即在決選會議進行之初，評審之一的周浩正提出了對〈一貼靈〉參獎資格的質疑：

> 在討論之前，我想先徵詢兩位的意見，以確認〈一貼靈〉是否可真正歸為推理小說。因為這篇作品的推理過程不足，缺乏抽絲剝繭的層層發展，只是一個現象觀察完，再換另一個現象，沒有邏輯感。但是就文學的意義來看，卻是參賽作品中最好的，……假使今天是選年度小說，我一定非它莫屬。因此，如果說它具備了參加推理小說獎徵文比賽的資格，那麼，這篇小說的優點就更多了。閱讀其他的作品，只是在閱讀過程中享受推理的喜悅，感覺過癮，而看完〈一貼靈〉後，內心深處會受到牽動，這是它最大的特點。[77]

周浩正提出的懷疑，雖然當場立刻受到楊青矗肯定的答覆，他說：「〈一貼靈〉以小說來看，確實具有文學價值，而且以推理小說的手法寫出人性被扭曲的現象寫得很成功。」[78]但這段敘述凸顯了一九八〇年代本土作家意圖在台灣推理小說中調和文學性與通俗性的嘗試似乎面臨嚴重的困境，因為周浩正所提出「參加推理小說獎徵文比賽的資格」，無疑是參獎的作品必然是「推理小說」，但他卻認為〈一貼

[77] 見〈第三屆林佛兒推理小說創作獎總評會議〉，頁244。
[78] 同前註，頁245。

靈〉因為它的文學性及其價值高的特點，反而形成它可能不是推理小說的懸疑。同為評審的林崇漢，則認為〈一貼靈〉「不像」推理小說的原因，是「很多推理小說都朝故意誤導讀者下伏筆，但此作卻似乎唯恐讀者不能聯想，處處佈下正確答案的似有意似無意的暗樁」[79]，這樣的敘事手法，讓推理小說中的謎團所帶來的懸疑性大幅降低，再加上其文筆的經營與對社會犀利的諷刺，使其敘事軸線偏向文學性的塑造與社會性的闡揚發，產生推理小說與純文學小說型態的高度重合。

值得注意的是，即使在當屆小說獎徵獎中，〈一貼靈〉遭受了推理小說本質的質疑，卻仍因其為「文學藝術之上乘」，讓「所有評審委員都不敢忽視本作，也都認為雖不能列第一名卻也不能淪為佳作。於是建議設一個特別推薦獎給它」[80]。換言之，在當時推理文學場域中的主流價值與美學標準的強力運作下，〈一貼靈〉仍然獲得了當時最重要的推理文學獎的肯定，但關於這次決選過程的討論，已經顯示出早期台灣推理小說發展歷程中出現的某種矛盾，即必然會開始出現「它是推理小說嗎？」等類似的問題。

楊照的評論某種程度上強化了這樣的觀察，他追究台灣本土推理小說發展困境的來源，除了是早期推理在台灣發展歷程中大量模仿外來推理傳統之外，更重要的原因是普遍缺乏向純文學領域汲取知識、技巧等資源，因而無法探觸「本土關懷」，他指出這種趨向的後果：

> 推理小說完全外自於台灣文學傳承的內在關懷，不管是早期的鄉土寫實、後期的敘事革命、魔幻

79 林崇漢整理：〈第三屆林佛兒推理小說獎贈獎典禮評審致詞〉，《推理》第七十八期（一九九一年四月），頁17。

80 同前註。

> 寫實及後設實驗等等，都完全未在本土推理作品上留下任何痕跡。[81]

也就是說，楊照認為早期台灣推理小說因為取法於部分已經成為經典的歐美、日本推理作品，各方面的書寫型態都受到其廣泛的影響，使得對外來文學傳統的接受遠高於對台灣自身文學場域的了解與嘗試，這個趨向所造成的危機就是本土性的失落，連帶使「台灣推理」的地域性特徵消失，更「放棄參與自身文學論述的機會」[82]。

因此他認為推理作家們不僅需要擺脫外來影響而回歸本土，更需要辨明純文學與大眾文學在其各自特徵上的分殊，並且回到純文學的脈絡下進行創作實踐；楊照雖然也將純文學和大眾文學分開來，但對台灣本土推理小說的走向，卻採取了截然不同的看法：

> 大眾文學最迷人的地方往往就在其作品中大量記錄了一時一地的生活細節。純文學的價值系統中強調原創性、強調獨特性；相對地，大眾文學卻必須在一般讀者中喚起普遍共鳴，而要將讀者吸引進閱讀經驗的最佳途徑之一，便是堆砌和讀者生活邏輯近似卻有略有不同的種種細節。[83]

楊照認為台灣推理小說「乞靈」於「別人大眾文學的傳統」的現象，具體地表現在本土作家主要移用了日本大眾文學中「堆砌和讀者生活邏輯近似卻有略有不同的種種細節」的形構，但卻普遍忽略了這個大

81 楊照：〈「缺乏明確動機……」——評台灣本土推理小說〉，頁144。
82 同前註，頁145。
83 同前註，頁146。

眾文學的價值與特色，仍然需要以純文學的技巧讓「堆砌細節」成為「經營細節」，進一步讓「準確、豐富的細節來包裹推理主線」；而一味延續外來推理小說的大眾文學傳統，一方面台灣推理的地域性特徵的削弱造成文類主體性的失落，另一方面只是與外來推理相似的細節與生活景態的堆砌模式，而非進入自身文學場域的探尋與思辯，造成對自身社會文化吸引資源與能力的喪失。

楊照的核心思想，無非是認為推理小說雖然不等於純文學，但是至少應該以純文學的角度與方式表現台灣社會的本土性，才能夠獲取比較深刻且是具有獨特意義的人性或社會性本質，用以區隔歐美、日本推理文學傳統。

而陳銘清針對楊照的論述，則提出非常嚴厲的批評：

> 把台灣推理小說的困境歸咎於鮮少汲取純文學資源而自外於文學傳承的內在關懷，毋寧是一種鴕鳥心態。大眾文學講求滿足讀者，「文以載道」絕不是它們的特性。而時空的影響也可能模糊純文學和大眾文學的界線。[84]

陳銘清以《紅樓夢》與《莎士比亞作品集》為例，認為兩部作品當時都屬於大眾文學的範疇，但現今卻以純文學的角度在觀看、研究，因此以文類界線描述推理小說呈顯的內容頗為不當。另外，他也認為推理小說就是大眾文學的一部份[85]，它在創作的背景以及要求上，本來就與純文學的嚴肅作品不盡相同，

84 陳銘清：〈超越模仿，推陳出新的期待〉，頁15。
85 值得注意的是，到了一九九〇年代後，台灣推理小說的「界線」討論的已是「純文學」或「大眾文學」，但是「通俗文學」這個概念與範疇並沒有在理論脈絡中消失，某種程度上「大眾文學」和「通俗文學」因性質上的接近，彼此間時常被混用，

大眾文學作品可能因應時代的需求與出版考量，減少文學性的比例，而增加娛樂與趣味性，藉以吸引讀者閱讀的意願。因此他認為：「一味考慮文學性，無異是要台灣的推理小說自絕生路。」[86]陳銘清的看法在當時的推理文學場域中相對特別，尤其他認為比較甚至找尋推理小說與純文學之間的共通性是「一廂情願」[87]的，否定了一九八〇年代以來以「文學作品」作為推理小說創作的方針。

面對推理小說與純文學、通俗文學與大眾文學的重合與分殊，當時也引發出一種「讓推理只是推理」的聲音，如王家祥認為：

> 推理小說自始至今便始終獨樹一格，自成系統。進入推理小說的世界，毫無道理地被它的疑局與情節故事吸引著走，從來沒有成功或試圖跳脫出來看清它的格局，分析結構一番。[88]

王家祥雖言他並未試圖釐清推理小說的格局或應歸屬於哪個範疇，但是這段敘述隱然暗示的是推理小說的「疑局」，才是吸引大眾接觸，並且擁有愉快的閱讀經驗的關鍵，強調的是「大眾性」與「娛樂性」；或如周衍延續著推理小說在純文學或大眾文學發展取捨的討論，提出了比較折衷的方案：

> 在台灣的「純文學」和「大眾文學」的發展取向，予一般的印象大抵有「高不可攀」的純文學和

---

86 陳銘清：〈超越模仿，推陳出新的期待〉，頁15。然而兩者的「通俗性」仍舊是辯論的焦點，顯示推理小說始終作為文學作品表現形式的主流價值。

87 同前註。

88 王家祥：〈推理只是推理，葉桑就是葉桑〉，葉桑：《水晶森林》（臺北：林白出版社，一九九三年），頁6。

「俗不可耐」的通俗文學兩極化的觀點。

然而，「純文學」與「大眾文學」之間存有的「灰色地帶」倒是頗值得有心於推理小說創作的人去思考的。……不論「純文學」的嚴肅、「通俗文學」的娛樂性都能兼顧的推理小說家也所在多有。[89]

周衍的評論，仍以松本清張為兼有「純文學」與「通俗文學」特徵的代表，雖然沒有超脫過往的論述，也沒有提出「灰色地帶」的具體型態以及實際表現的方式，但從他的見解中，也可以綜觀一九八〇年代以來台灣推理小說在純文學與通俗文學界線上的曖昧難解。

一九九〇年代台灣推理小說的發展，受到一九八〇年代以來普遍認為「好的推理小說，她的文學性和社會性，包容廣闊，境界深遠，不下於一般的文學作品」[90]的主流美學價值影響，這個價值強調的通常不是推理性，而是文學性，使得一九九七年詹宏志「以他原來在純文學場域的豐厚資本，快速地佔據了推理文學場域內的重要位置」[91]，同樣得以運用當時推理小說與純文學重合的創作背景與基礎，通過「出版者、翻譯者、中介者、作家」等各種層面的權力位置[92]，將這個問題與衝突推向了最高峰——一九九八年「第三屆時報文學百萬小說獎」的徵獎與二〇〇〇年結果公布後的爭議。

89 周衍：〈推理小說在台灣的發展與限制——兼談創作過程的雜感〉，《推理》第一百三十一期（一九九五年九月），頁32－33。

90 林佛兒：〈展現推理文學的春天——推理雜誌五周年有感〉，《推理》第六十一期（一九八九年十一月），頁12。

91 見陳國偉：《越境與譯徑——當代台灣推理小說的身體翻譯與跨國生成》，第一章「跨國移動與知識譯寫——台灣推理文學場域的形成與世紀之交的重構」，頁50。

92 同前註，頁51。

時報文學百萬小說獎是一九九〇年代台灣最重要的全國性文學獎之一，第三屆以「推理小說類」為主題，徵件的宗旨也以「鼓勵文學創作，歡迎推理、偵探、探險……等各類大眾題材作品」為主。值得注意的是，當時時報文學百萬小說獎的定位，與九歌文學獎、聯合文學獎相同，都是「純文學」的大獎，因此這個「純文學」的大獎，以「大眾題材」的推理小說作為徵件主題，某種程度上回應了一九八〇年代以來推理作家與評論者「讓推理進入文學殿堂」的期待。

然而，這個嶄新的嘗試與創舉，卻也同時曝露了長期以來推理小說與純文學曖昧關係下的嚴重問題，即複審、決審評審除了俱以純文學作家為主，他們的評審意見也多以「文學性」等文字問題作為考量，最後的結果讓推理終究只是一種表現形式，作品仍然必須達到純文學的價值標準，才可能脫穎而出。

事實上，同樣的問題，已在第三屆林佛兒推理小說獎已經出現一次爭論，楊照與陳銘清也曾針對台灣推理小說文學性與通俗性的走向及其主流路線爭奪進行過辯論，但因時報文學百萬小說獎的規模更大，受到全國性的矚目，使得它相當廣泛的影響並導致後續關於文學性與推理性的辯論與新世代推理，透過「本格復興」重新建構台灣推理的書寫典範的改革[93]。

台灣推理「本格復興」的最關鍵人物是以《魔法妄想》投稿第三屆時報文學百萬小說獎卻落選的既晴。二〇〇一年既晴、杜鵑窩人、藍霄等人籌設「台灣推理俱樂部」，二〇〇二年舉辦第一屆「人狼城推理文學獎」。值得注意的是，既晴推動的推理文學獎中，透過評審的挑選，除了顯現了他對於主流純文學價值的反動之外，同時也塑造了新的推理文學中心，如陳國偉所述：「他們一方面接受著《推理》時期建構的典範意識，也就是日本知識體系；一方面卻又因為經歷了主流文學場域的介入，因此重新協

[93] 相關的研究與考察，可見同前註，頁55－72。

商出的結果便是遠離文學性、社會性的走向，重新擁抱推理小說的『本格』路線。」[94]以此，筆者發現「本格復興」最終仍然具有對抗當時主流推理文學體系的意識，同時，透過遠離文學性與社會性的美學價值標準，樹立推理文學內部新的典範意義與價值。

至此，台灣推理的新／舊分界儼然形成，而這個分界，明顯是透過「純文學／大眾文學」的對立中，所隱含的「文學性／通俗性」、「社會性／推理性」的辯證，通過二〇〇〇年後「本格復興」的宣言，以及大量新世代作家投入創作、網路傳播的流通等因素而建立；二〇〇八年起，「台灣推理俱樂部」更名為「台灣推理作家協會」，其舉辦的文學獎亦更名為「台灣推理作家協會徵文獎」，成為台灣推理界最大也最重要的組織，更強化推理文學與主流純文學典範標準的殊異，並且繼續以「台灣推理」的框架，接續起推理在台灣的在地化歷程。

第二節　台灣推理小說的面貌

早期評論者基本上將推理小說視為「文學作品」，但又因採取「純文學」的文學性作為其價值判斷的標準，因為推理小說「如果抽離推理成分，仍然具備了純文學的醇度和條件」[95]，使得推理被認為是一種表現純文學的形式；另一方面，從早期對日本社會派推理的引介與接受，認可台灣的「社會性」能夠進一步與「地域性」結合，並可據以與外來推理分庭抗禮、相互區隔，使得本格復興前的台灣推理小說，出現了頗為一致的特徵。

94 同前註，頁81。

95 林佛兒：〈我的推理小說之路〉，《文訊》第兩百七十期，頁80。

經過前一節對於早期台灣推理小說的創作背景，以及在時報文學百萬小說獎後產生的新／舊世代推理分界的討論，可以發現台灣推理小說發展歷程中「文學性／通俗性」的交會與「社會性／推理性」的某種偏移；但是，早期台灣推理小說實際的作品表現，似乎不完全吻合評論者們對於「文學作品」的純文學想像，因此筆者在本節中，將參照胡柏源整理的〈推理雜誌上的本土作家名單及作品〉[96]，以及廖師宏等人撰寫的〈台灣推理小說目錄及提要一九八〇—二〇〇七〉[97]等早期台灣推理小說最為完整目錄，依照作品發表或出版的時間順序，再次探究這些議題。

一、文學性與通俗性的交會

（一）文學性與通俗性的雙向軌跡

當代台灣推理文學場域的認知，普遍將大部分本格復興前的台灣推理小說劃歸為純文學的範疇，除了表現了文學場域內典範意義的重塑外，某種程度上也形成某些誤解。也就是說，早期評論家雖然反覆地論述推理小說理應具有的純文學本質與價值，但就實際的創作而言，本土作家的推理小說並不是純文學小說，而是一方面以純文學的身分趨近大眾文學的書寫模式，另一方面仍期待推理小說以「文學」之姿形成新的大眾文學傳統。因此，文學性與通俗性存在著相互交會的雙向軌跡。

96 胡柏源編製：〈推理雜誌上的本土作家名單及作品〉，「胡柏源隨筆」，網址：http://www.share543.com/html/articles/sunny/list_of_writers.html，二〇〇八年五月二十五日。（二〇一五／一／六作者讀取）

97 廖師宏等人撰，陳國偉校訂：〈台灣推理小說目錄及提要一九八〇—二〇〇七〉，《文訊》第兩百七十期（二〇〇八年四月），頁95－102。

從這個層面來看，儘管一九八〇年代台灣最早的幾位推理作家，多半具有純文學作家的身分，可能也帶著純文學的意識創作推理小說，但觀察他們的推理小說，卻是在某些敘述文句、對話語氣或形容詞等，難以擺脫純文學的腔調，而產生了明顯的文學性。

林佛兒一九八二年起在《美洲中國時報》發表〈島嶼謀殺案〉，被當時的主編周浩正譽為「台灣推理小說第一人」[98]，後來於一九八四年與〈人猿之死〉、〈東澳之鷹〉集結出版《島嶼謀殺案》，也被傅博認為是「台灣人用華文創作推理小說」的「第一人」[99]。不過，傅博指出林佛兒是以「散文家的手筆仔細描寫登場人物的一舉一動，而以詩人的感情敘述故事」[100]，因此全書的筆調「與早年寫詩與散文有關」[101]；然而「過於偏重近似心理反應的動作描寫」[102]的特點，讓其敘事主軸反而集中在「男女主角不尋常的生活環境與心理感受」，其主題「與他之非推理小說的主題相同」[103]，使得推理小說也應作為作者與讀者鬥智場域的期待落空。

傅博的評論可以觀察出幾個重點：其一，純文學作家創作推理小說時，很難避免投注「散文家」、「詩人」等純文學作家的眼光與觀察；其二，《島嶼謀殺案》毫無疑問地是一部推理小說，但它的主題卻和林佛兒「非推理小說」的主題相同，也間接證成林佛兒對推理小說中的純文學本質的觀點；其三，推理小說中偵探與兇手的對決，似乎也應該成為開放讀者參與相互鬥智的過程。

98 見周浩正：〈細草謀殺案——序林佛兒的《美人捲珠簾》〉，《推理》第三十期（一九八七年四月），頁9。
99 傅博：〈林佛兒的推理文學軌跡〉，林佛兒：《美人捲珠簾》（臺北：INK印刻文學生活雜誌出版有限公司，二〇一〇年），頁8。
100 島崎博：〈推理小說在台灣（上）〉，《推理》第二十四期，頁25。
101 傅博：〈林佛兒的推理文學軌跡〉，頁8。
102 島崎博：〈推理小說在台灣（上）〉，頁25。
103 見傅博：〈林佛兒的推理文學軌跡〉，頁8、9。

具體而言，林佛兒推理小說的形式與架構設計上，充滿純文學的色彩，例如《島嶼謀殺案》、〈人猿之死〉、〈東澳之鷹〉三篇小說的開頭，都有一段充滿文學性，卻似乎與推理情節與敘事本身不太密切相關的「楔子」：

> 長滿熱帶叢林和矗立高樓大廈的島嶼，像一道折射的陽光，像消失在生命中的一段日子，充滿埋伏和危機。[104]（《島嶼謀殺案》）
>
> 飛翔在懸崖上的鷹鷲，姿態優美，而當牠凌空俯衝下平野，剎那間，銳利的眼，勾的鼻，利的爪。[105]（〈東澳之鷹〉）
>
> 鸚鵡能言，不離飛鳥。猩猩能言，不離走獸。——《禮記》[106]（〈人猿之死〉）

這三段楔子，不只是在修辭上或是描述上，都具有高度的文學性，甚至直接引用了《禮記》作為全篇小說的「開場白」；更重要的是，這些形容與敘述，本質上與推理敘事脫節，即它們既不是故事中主要描寫的對象，對小說結局的暗示也顯得不足，而出現相當突兀的文字表現。這樣的情形，在林佛兒於一九八七年出版的推理長篇《美人捲珠簾》中更顯普遍。

104 林佛兒：〈島嶼謀殺案〉，《島嶼謀殺案》，頁9。此據一九八四年林白版。
105 林佛兒：〈東澳之鷹〉，《推理》第三期（一九八五年一月），頁35。
106 林佛兒：〈人猿之死〉，《推理》第四期（一九八五年二月），頁61。

《美人捲珠簾》同樣引了李白〈怨情〉詩作為整部小說的開場[107]，其後的每一章，都仿照《島嶼謀殺案》的形式，創作了一段深具文學性的「短文」或「短詩」，例如第一章「最後的床戲」：「微曦中，她褪下了衣衫，光裸相對的時候，有淙淙水聲，輕輕溢出，而塵封的秘密騷然。」[108]或如第四章「一朵出岫的雲」：「露階生涼，繁花落過，像一朵雲，一朵出岫的雲，緩緩地在這世間地女子心上升起哀愁，啊，人影飄忽。」[109]第七章「奇峰疊嶂」：「沒有回來的旅人在域外點燃了鄉愁，彷彿，生命的沙漏已流盡，而南方的大城奇峰疊嶂，是嗎？是一石二鳥？」[110]等等，這些文字，在整個推理敘事的連貫脈絡上，表現出一種嚴重的岔出，意即它們與不論是案件情節或謎團詭計都沒有任何關聯，純粹成為作者展炫其修辭技巧、文學底蘊的途徑，當然也就成為當代評論者與研究者對早期推理小說與純文學相近甚至相互重合觀察的最佳例證。

接續林佛兒之後的創作者，是《推理》發行初期相當重要的作家溫瑞安與林崇漢、香港作家方娥真與時任《自立晚報》副刊編輯的杜文靖。這些作家的最早的推理小說，都在一九八五年於《推理》或其他報刊雜誌上發表或連載[111]，並由收入「推理小說系列」，發行單行本，被視為是林佛兒自《推理》中

107 見林佛兒：《美人捲珠簾》（臺北：林白出版社有限公司，一九八七年），頁17。
108 同前註，頁19。
109 同前註，頁131。
110 同前註，頁245。
111 如溫瑞安〈殺人的主動〉發表於《推理》第六期（一九八五年五月）、林崇漢〈我不要殺人〉發表於《推理》第七期（一九八五年六月）、方娥真〈艷恨〉於《推理》第十二期（一九八五年十月）至第十八期（一九八六年四月）連載，《桃花》也於三個地區不同報紙上連載、杜文靖《情繭》則在《自由日報》副刊連載。

發掘出的本土推理作家[112]。這些與林佛兒屬於同一系譜作家的小說，也同樣具有明顯文學性技巧與筆法的詞句與痕跡，例如〈被殺者〉：「他的心跳猶如『暴風雨』交響樂裡的琴鍵，一下下的和著定音鼓的雷聲，而他自己完全像置身於無處著力的漩渦中」[113]這類較具有斧鑿痕跡的形容與修飾。

不過，相對而言，這群作家在他們的作品中也展現了比較不同的嘗試，例如溫瑞安說：

> 它跟時代的節拍密切吻合，取材可以從古到今，毫無制限，卻更重視邏輯與理性。我們除了在感性世界縱慾之餘，不妨考慮在推理小說的機趣上獲得更明智的滿足。西方推理小說方面的成就，……日本推理小說也極受重視，已經成為日本文學界的風潮，……同樣作為東方民族的我們，毫無理由在這方面遲遲不起步，甘心落人之後，或不介意交白卷的。[114]

這段話清楚地表明了當時的作家在大眾文化、文學的風潮下，所創作的推理小說逐漸開始轉而汲取其優勢與特點的思考，然而溫瑞安的「起步」之說，是基於西方推理經典「早已成為文學史上的名字」，以及日本最受重視的文學獎「芥川獎」、「直木獎」都曾由「推理作家或推理成份極強的作品」獲得，雖仍表現了推理小說「進入」文學——甚至是純文學領域的期待，即這樣的思考可能還是站在純文學角度進行界義或意圖改變大眾文學的發展型態，但是從小說作品來看，本質上已然不再是創作一部「純文學小說」。

112 見林佛兒：〈四百年來一片空白——推理小說在台灣的困境〉，頁16；同見於〈當代台灣推理小說之發展〉，頁321。
113 溫瑞安：〈被殺者〉，《殺人》（臺北：林白出版社有限公司，一九八六年），頁35。
114 溫瑞安：《殺人‧序》，頁4。

值得注意的是，這些作家一方面一再地強調小說形式並不重要，表示只要寫得好，不管哪一類小說，都能成為文學作品[115]，另一方面又指出純文學應該向大眾文學學習、效法，如杜文靖說：

> 大眾小說一直都較純文學擁有更多的讀者，如果真要發揮文學的功能，真想藉文學去影響社會人心，從大眾文學著手，應該是可行的，且其功效甚至可能超越純文學。[116]

杜文靖強調大眾文學基於其大眾化與通俗性，較純文學更具有改變、影響社會的「功能」與「功效」。更重要的是，這些作家自覺地投入大眾文學的創作，也展現了純文學「走入」大眾文學的軌跡。

以此，台灣早期推理小說關於純文學與大眾文學相互「走入」的雙向軌跡，在文類上大致採取了比較開放的態度，並且肯定文學性與通俗性的交會。因此，以早期台灣推理作家所具有的純文學作家身分，直接連結推理小說的純文學定位，不見得公允。

換言之，推理小說中的純文學的痕跡，並不是刻意地顛覆推理小說的大眾性特質，而是嘗試將兩者並置，探索可能產生的相互激盪。例如林崇漢〈水墨與血跡〉中，透過偵探的角色與其他小說人物的對話，闡述了某種理論哲學性的思考，如鍾國壬和何慧君對犯罪嫌疑人嚴明山的爭論：

115 如溫瑞安：「當然，只要寫得好，處理得成功，不管是那一類小說，都可以成為文學作品。」見《殺人・序》，頁3；杜文靖：「事實上我也認定，只要想得好，小說形式並不重要，只要真能掌握人性、理念，即使推理小說也自有他可以傲立文壇的可能。」見〈走入大眾文學之路——「情繭」出版前的禱文〉，《情繭》（臺北：林白出版社有限公司，一九八六年），頁4。

116 杜文靖：〈走入大眾文學之路——「情繭」出版前的禱文〉，頁4。

「不對啦！人家有妻有女，而且是個正人君子。你不看他的畫清清淡淡，怎麼可能拈花惹草？再說，會拈花惹草的人那能畫出這種畫來？你真是小說寫多了，任何人都給你看邪了。」

「真的嗎？我不太以為然。在我看來，很多國畫家畫起花鳥畫來都大同小異的，根本已經形同公式了，和人格會有必然關係嗎？」[117]

林崇漢在這段對話後，指出何慧君和鐘國壬因為各自出發點的不同，而產生沒有結論的爭執。他特別說何慧君是「一廂情願的藝術道德合一論」者，鍾國壬則「追求人性的真相」[118]，但兩者都欠缺對事實的根據。這樣的敘述，自然激發了讀者針對「藝術道德合一論」以及「人性的真相」的想像與思考辯證，進而在推理敘事與結局中，判斷孰是孰非。然而，值得注意的是這個閱讀過程的停頓，實際上並沒有真正解決，甚至沒有回應推理敘事中的謎團與困局，它反而像是一種作者對讀者進行理論思辨的邀請，甚至更為激進地挑戰推理小說的本質，如〈我不要殺人〉中偵探杉山靖的自述：

「你的推理能力只有五十分。不過這也難怪，畢竟一般推理方式都很八股。我已經不想寫推理小說了，只因為大家總是要求推理小說一定要有謀殺案，我寫累了，也看累了。」[119]

117 林崇漢：〈水墨與血跡〉，《收藏家的情人》，頁152－153。
118 同前註，頁153。
119 林崇漢：〈我不要殺人〉，《收藏家的情人》，頁54。

有趣的是，鍾國壬在認為花鳥畫的「形同公式」，以及杉山靖認為推理小說都很「八股」，這種相似的看法都挑戰了作為推理這個文類的某些必然的傳統，同時仍然呼應推理小說中關於文學性與通俗性的雙向思考。

但是，這種雙向的思考，在後繼推理作家的作品中，反而促使純文學中的文學性價值更加廣泛地運用在推理小說之中，並在推理文學場域主流的詮釋過程中，逐漸被賦予了合理性，進而成為早期台灣推理小說最被辨識的特徵之一，其代表作家即是思婷與葉桑。

思婷的六篇推理短篇創作中，〈死刑今夜執行〉、〈最後一課〉、〈一貼靈〉分別獲得第一至三屆林佛兒推理小說獎，是《推理》獲獎「純度」最高的作家。因為文學獎的加持，思婷的作品也被認為足以表現一九八〇—九〇年代間台灣推理小說的特色。

一九八六年思婷發表第一篇推理短篇〈神探〉，這篇小說前半段寫古大洪一進入犯罪現場就踩到了兇手的腳印，只好對著巨大的抽風機發呆了一個多小時，他一心只想著：「無論如何，一定要等到他們兩個離開，我才能離開！最後走肯定不會錯！」[120]這種既逃避搜查行動，又唬弄下屬的荒唐行徑；後半段則寫「神探」岑永樂在醫院百思不得其解，最後由下屬告知古大洪看了抽風機一個多小時後，進而驚喜地破案。

小說的結局是破案的岑永樂在市公安局的全體大會中誠懇地說：「古局長一到現場，馬上看出抽氣風扇是破案關鍵，而我呢，想了一天一夜仍想不出來。慚愧啊，古局長才是真正的神探！」[121]，表現對「神探」一詞的極盡諷刺。路那即認為思婷小說中「荒謬感」的作用是「讓這一批小說同時也違反了推

120 思婷：〈神探〉，《推理》第二十三期（一九八六年九月），頁20。
121 同前註，頁30。

理小說讀者所慣常期待的故事架構，同時讓這樣的違反本身與小說主旨相應合，將之與小說敘述的荒謬情境相應合，從而取消了讀者對預期失敗的忿懣。」[122]也就是說，思婷小說中的「案件」本身就是一個「不值得被解決」的「假命題」，這些案件在小說中真正的功用，在於作者透過這種荒謬的情境，凸顯人們在這樣的社會情境中生存的苦難，以及嘗試逃離或反抗的行徑。

然而，思婷解決以閱讀推理小說為前提的讀者憤怒的方式，正好運用了對推理小說守則的玩弄或界線的逾越，使其遠離推理傳統敘事，而接近寓言型態的文學作品，至少使得讀者主動認知到這可能是一篇「不太像推理小說」的推理小說，這當然也就是後來在第三屆林佛兒小說獎中，評審對〈一貼靈〉是否具有參獎資格產生質疑的主要原因。

葉桑則是早期台灣推理小說家中，少數並非出身《推理》的作家，他的第一篇推理創作〈窗簾後的眼睛〉，於一九八七年發表在《偵探雜誌》，後收錄於皇冠出版社於一九九〇年出版的《黑色體香》中。當時評論者對葉桑的評價，大多針對他風格的特殊，如黃鈞浩將他與連城三紀彥相較，舉出的五點相似之處，其中包含「詞藻的華麗和句子的美妙，兩人不相上下」、「善用比喻與形容詞，而且用得很多」、「浪漫氣氛及夢幻情景之營造，兩人勢均力敵」[123]等，呂秋惠則訝異葉桑的作品形容詞豐富，「所借喻的事物往往都很普通，只是經過他重新組合後，便顯得特別鮮活貼切，呈現出一種淒美浪漫的氣氛。」[124]林佛兒也認為他的推理小說「摻雜了豐富的形容詞，以及大量的借喻手法，而且呈現出淒美

122 路那：〈以畸形與映像，凝成一個世界的荒謬——談思婷《死刑今夜執行》〉，思婷：《死刑今夜執行》（臺北：要有光出版社，二〇一三年），頁228－229。
123 黃鈞浩：《黑色體香・序》（臺北：皇冠出版社，一九九〇年），頁8。
124 呂秋惠：〈苦幹型的作家〉，葉桑：《夢幻二重奏》（臺北：林白出版社有限公司，一九九〇年），頁5。

浪漫的氣氛」[125]，在這些評介中共同提及「形容詞」的豐富、「比喻」的經常使用以及「浪漫」的氣氛，成為葉桑推理小說的重要特徵。

當然，這些特徵都暗示了葉桑推理小說中高度的文學性，在實際的作品中，仍然可以看見純文學針對真實人性思考的延續，例如小說敘述：

> 我真沒想到心理學醫生，也會如此激動。難怪現今的社會，人越來越不相信人，而去膜拜一些虛無縹緲的神，人實在太軟弱了。萬貫的家財、健壯的身體、高深的學問都無法補償受創傷的靈魂。[126]

同樣進行議題的思辯，這些生發於偵探/作者內心的疑惑與生命觀，同樣表現了推理敘事脈絡的岔出。

然而，相對於一九八〇年代台灣推理作家主要以開場白或楔子表現純文學的色彩，葉桑的小說幾乎全面地導入了文學性與技巧，例如他一九八八年首次刊載於《推理》的〈玻璃鞋〉，描寫憎恨妻子如鈺的仲先生，在酒店中邂逅了妮卡，並利用她的失憶症，穿著她的高跟鞋行兇，意圖嫁禍而未得逞的故事。但在這個主要情節之外，葉桑描寫大廈清潔工的噪音：「魔琴傳腦般的噪音不留餘地貫入我的耳膜，逼得我夾起公事包，恰似絕龍嶺的聞太師，被姜子牙逼得落荒而逃」；寫如鈺：「像塔頂白雲，飄逸嬌柔，有時虛無得無法捉摸，有時又像一場潑得你不知所措的驟雨，背後還深藏著抽得你殯體鱗傷的閃電呢」；寫妮卡：「正站在朱銘的雕刻作品前，身後的青天，一下子竟蒼老了許多；是永遠的妮卡，

125 林佛兒：〈當代台灣推理小說研究之發展〉，頁324。
126 葉桑：〈窗簾後的眼睛〉，《黑色體香》，頁129。

天不怕地不怕地獨自站在時空的交叉點，迎戰著命運」；寫仲先生的猶疑：「也許當時，微醺的夜，迷亂了寂寞的心，於是就……如今偏離的行星又納入正常的軌道，以致什麼都不記得了」、「一粒思想的孢子，隨風偶落在我枯木似的心靈。我不想去種植它，可是對如鈺的恨，以及妮卡的無奈和逃避，竟是靈效的肥料，不知不覺已長成了一株艷麗的毒蕈」；寫仲先生的幻想：「心想那名夜行千里的荒江女俠，翻了牆而消失，卻弱柳扶風似的出現另一位月下美嬋娟來」[127]等等，都展現華麗的文字風格和淒美浪漫的氣氛塑造。這當然更加明顯地顯現純文學與推理小說的重合，也表明當時的台灣推理文學場域中的主流價值，事實上是接納了這樣的敘事型態。

配合評論者的評介來看，早期台灣推理小說成為純文學表現的一種形式的勢態，看似大致已經底定，可是問題的焦點應該是文學性的展現甚至展示，是否真的影響了推理敘事的進行？更直接地問，這些具有純文學特徵的推理小說「是推理小說嗎」？

這個疑問如若無庸置疑是肯定的，那麼主流價值肯定的究竟是「推理」還是「文學」？

（二）知識階層／大眾的對應

回到《島嶼謀殺案》、《美人捲珠簾》、《桃花》的章節標題或楔子，其中文學性的文句事實上並未過渡到推理情節當中，也就是說，小說情節的敘寫基本上與楔子、章節分屬於兩個脈絡，即林佛兒所言的「平行的東西」，因而這些推理小說中的純文學痕跡，本質上是將「推理小說」拆解成「推理」、「小說」，進一步尋索或創造它們各自必須具備的要素；換言之，在這些小說中的文學性成分，在閱讀

127　以上文句，分見葉桑：〈玻璃鞋〉，《愛情實驗室》（臺北：皇冠出版社，一九九一年），頁9、12、12—13、13、17、14。

的過程中看似充滿突兀，卻反而凸顯這些作家有意識地創作「大眾文學」，而非「純文學」；文學性與通俗性的並置正好是「推理」、「小說」結合為「推理小說」過程的實踐，因此無論是推理小說走入文學領域，或是純文學需要走入大眾文學，學習通俗性帶來的傳播效力，實際上都是成立的。

從這個角度來說，葉桑的推理小說雖然充滿文學性的修辭與技法，凸顯了主流純文學的底蘊與價值，但這些敘述實際上並不妨礙推理敘事的進行。例如〈窗簾後的眼睛〉的推理過程相當繁複且完整，從葉威廉特意攤出的重要物件藍寶石耳環和銀鍊，到突破案情的錄音帶；找尋的證人從強尼、李醫師到林先生；鍾利倫與李醫師的兩具屍體，又連結到林太太的怪病和她與先生間的關係不睦等，偵探最後將所有的線索彙集起來，完成正確的推理並解開謎團；〈玻璃鞋〉中的檢察官雖然快速地斷案，但對於妮卡的高跟鞋、絲襪與仲先生的扭傷、腳指甲、變形的皮鞋等等物件的詳細觀察，透過推理破解兇手的詭計，事實上也都完成了推理小說從案件發生到偵探出場、解決案件的進程。

因此，早期台灣推理作家們並不意圖以純文學「改寫」推理小說，進而顛覆構成「推理」的先決要素，而是在不影響推理敘事進行的空隙，有意無意地加入靠近主流純文學的文學性價值。當然，有時候這些文學性描寫會過於龐大到壓縮了推理敘事的篇幅，但是「推理」本質的完整性仍然被穩固地建構。

據此，筆者認為早期台灣推理小說中文學性與通俗性真正的交會，似乎並不在於純文學與大眾文學性質與特徵的偏移，而是在知識階層／大眾的對應，這種對應大致上分為「偵探塑造」和「讀者受眾」兩個層面。

例如葉桑對他筆下的偵探「葉威廉」的敘述是：

他的固定職業是「葉氏翻譯社」，隨著業務的拓展，從租來的公寓換成湖畔的別墅辦公室。他沒有請助理，完全是一手包辦，他懂七國語言，包括英、日、西、俄、德、法和母語中文。最擅長是醫藥、生化及毒物方面的翻譯，並且和貝斯特生化研究所等高科技人員有所接觸，對於他的推理，提供最科學的證明。[128]

葉威廉有幾個特別的形象，首先，他自行創業，而且擁有一定的經濟基礎；其次，他是精通七國語言的天才神探；第三，他具備醫藥、生化、毒物的專業知識，同時能夠運用他的語言長才，進行專業的翻譯；第四，他平時交游的對象，除了高科技人員外，還有高雄的秦醫師、警官陳皓、J雜誌主編劉宜雯等具有一定社會地位的專業人士。

上述葉威廉的每一個特質，都和他的「偵探」身分有非常密切的關係。例如〈甜蜜控訴〉寫葉威廉來到新加坡：「他是應當地的華人寫作協會的邀請，到幾家學校做有關『語言學習』的演講。因為葉先生精通七國語言，如果能夠將學習的訣竅，系統性地教導給學生們，勢必有很大的幫助。何況葉先生翻譯了許多有趣的文章，小有文名，許多讀者也欲一睹廬山真面目。」[129]也就是說，葉威廉因為他的語言長才，除了更讓他得以接觸異國異地的人事物外，精通七國語言的他也獲取了「文名」，某種程度上具有「知名人士」的社會形象；〈無名的倩影〉敘述葉威廉在紐約畢倫街的酒店，不斷地用酒向華爾購買「故事」：「快講吧！要喝什麼酒，請自己點」、「葉先生注意到他的杯子空了，於是又叫侍者再端來

128 葉桑：〈側寫名探葉威廉及他的夥伴〉，《推理》第一百一十三期（一九九四年三月），頁21。
129 葉桑：〈甜蜜控訴〉，《台北怨男》（臺北：林白出版社有限公司，一九九一年），頁142。

一杯」[130]等。葉威廉因為具有「購買」故事的權力和餘裕，進而能過拓展生命經歷，並且遭遇更多不同的推理案件，是因其中產階級所擁有的經濟條件所支持。

在專業智識的方面，如〈突變的水仙〉鉅細靡遺地解釋蒲意靈性別的乍變：「法醫表示，蒲意靈的性染色體是XY，也就是說天生是個男的。可是，在胚胎時期，睪丸雖然分泌睪固酮。然而缺乏一種酵素，使睪固酮變成二氫睪固酮。二氫睪固酮是負責製造男性生殖器，缺乏了這種性激素，自然就變成了女性化。到了青春期，負責催化男性第二性徵的是睪固酮，而不是二氫睪固酮，所以潛在的男性就一點一滴地暴露出來。」[131]這段敘述詳盡的解釋了基因學與遺傳學上的知識，以及造成蒲意靈「雙性人」身分的原因，可以發現葉桑不斷調動他的醫學背景，也讓偵探推理的過程更具有科學性與合理性。

另外，〈窗簾後的眼睛〉描寫葉威廉從新聞中得知鍾利倫的死訊時，將展開的「追蹤假期」：「首先我打了一個電話給在醫院工作的表妹，麻煩她替我化驗一下沾在銀鍊上的血跡，且能做的檢驗項目全做，包括血型、Rh、各種免疫……」[132]也表現葉威廉所擁有的人脈與社會資源，或多或少都對他的解謎產生助力，特別是這些協助，終究基於葉威廉的經濟基礎、語言專才與專業知識上。

換言之，葉桑的小說中透過人物形象的塑造，強化了偵探的知識性，而偵探也必然透過他所具有的知識進行案件的推理，才能成功解開謎團。也就是說，偵探作為小說中作者的化身，也就反映了這些推理小說中知識性掛帥的書寫邏輯，因為偵探始終必須透過他擁有的知識，才能夠遭遇案件並且展開解謎；然而，不具知識力的他人，則永不可能接觸案件的核心與真相。這樣的取向，同時包含了作為偵探

130 葉桑：〈無名的倩影〉，《仙人掌的審判》（臺北：林白出版社有限公司，一九九四年），頁34、52。
131 葉桑：〈突變的水仙〉，《黑色體香》，頁195。
132 葉桑：〈窗簾後的眼睛〉，頁118。

的高知識分子，在社會中較易取得國家機器（警察）或其他社會資源（醫師、媒體）協助的有利位置，讓推理敘事的焦點，鎖定在最具知識力的偵探的演出，並讓知識性成為推理成功與否的最重要關鍵。

知識型偵探的形構，普遍見於早期推理小說中，因此無論小說中負責推理、解謎的偵探是具有警察系統身分的組長、刑警、警官或檢察官，或天才神探的類型，都因為他們的社會地位、條件與累積的社會資本與一般人的不同，使他們不須經過學習就先天具備了專業知識，一旦這些知識性元素成為破案關鍵，即會落入黃鈞浩所言的推理的「禁忌」：「依靠各種艱深冷僻的專業知識來破案，擺明了拒絕一般讀者參與推理」[133]，意即這樣的知識性建構，使得小說案件的敘寫與推理敘事，仍然趨近於推理的「古典」意義，構成一個相對「小眾」的閱讀與傳播範疇。

相對而言，思婷〈一貼靈〉雖然也見大量的中藥配方、藥材，每一種藥的藥性，以及藥材組合後產生的療效，也很難為一般大眾讀者理解，但是作為偵探的小趙並沒有以藥性的專業知識為解謎線索，而是以被一再特別強調單一、簡單的熬煉手法與過程著手，就展現出「難中求易，深入淺出」[134]的構思，使得這樣的推理敘事比較不會因專業知識的冷僻而不易使大眾接受。

一九九二年楊寧琍出版六本推理短篇小說集，其中的偵探「丁昭琳」即表現出與知識性不同的性格。例如〈弱者悲歌〉對丁昭琳的日常描寫：

> 又是一個平靜的早晨，什麼事也沒有發生。
>
> 丁昭琳在廚房煎蛋，早餐是家庭主婦重要的工作，人家說抓住男人的胃等於抓住了他的心，不過

---

133 黃鈞浩：〈創作推理片面觀〉，《推理》第六十九期（一九九〇年七月），頁15。

134 見黃石甫：〈純中國風味的推理——看七七期《一貼靈》有感〉，《推理》第八十期（一九九一年六月），頁20。

她懷疑這兩個焦黑的蛋，會使大德開心？不讓他開刀就好了。[135]

在這段敘述中，丁昭琳是一個家庭主婦，對她而言最重要的日常工作就是維持家計，以及讓丈夫大德得到生活的基本滿足。因此在小說中，時常可以看到一些重複舉動的敘述，例如〈失去觸角的蝴蝶〉：

昭琳忙呼呼地清掃客廳，為了名流的事，家裡亂七八糟，而大德是每天嘮哩嘮叨，逼不得已，只好來個大掃除。[136]

有趣的是，丁昭琳的家常生活其實才是她的本業，而她的偵探身分，則如何震球所評論：「喜歡幻想，愛管閒事，總是樂於幫助別人解決困難，雖然常會遭到老公的埋怨，但是當事到臨頭的時候，她也從不退縮。」[137]即建立在她愛打抱不平的個性上，因此她既不是具有高知識性的天才偵探，也因為家庭主婦的身分，也不具有充分的經濟條件以獲得其他社會資源的奧援，甚至她是不是「偵探」，都是一個懸而未解的問題，例如她的「偵探訓練課程」：

這是她替自己訂的偵探訓練課程，一個世界級成功的大偵探，除了高超卓越的智慧外，再來就是體能的堅強韌力，忍耐——就是必要的條件。……

135 楊寧琍：〈弱者悲歌〉，《童話之死》（臺北：躍昇文化事業有限公司，一九九二年），頁155。
136 楊寧琍：〈失去觸角的蝴蝶〉，《失去觸角的蝴蝶》（臺北：躍昇文化事業有限公司，一九九二年），頁83。
137 見何震球：《失去觸角的蝴蝶．序》，頁6。

她穿上布鞋繫緊鞋帶，準備她的第二項訓練——跑步。
她來到附近一所中學的操場上，一鼓作氣跑了五、六圈——然後累倒在旁邊的草地上。
「我是——大偵探。」她自語。[138]
記憶力對於一名偵探是相當重要的，不論線索多麼系為繁瑣，都要以超強的記憶性把它歸納統一起來，尋求破綻，加以濃縮篩除，接著答案就會浮現出來……
她用最快的速度，弄亂家裡每一樣東西，直到差不多全部移動了位置，就面對著牆壁，拿著一枝筆記著。……
她一時想不起來剪刀放在那裡去了，這是偵探最困擾的事，最簡單，甚至剛剛放下的東西，一時忘了放在那裡。[139]

丁昭琳的「偵探訓練課程」，表現出她和知識型偵探最大的差別，正在於她甚至不具備任何的「知識」，知識型偵探根本不需要透過這些訓練課程，因為他們先天就具有了成為偵探的條件——知識性。換言之，不只是丁昭琳的體能訓練、記憶力訓練、耐力訓練等，幾乎都以失敗收場，更重要的是她雖然自詡為「超級大偵探」，但是卻不真的認同其知識性的設定，如〈藝術謀殺案〉：

一個超級大偵探，不能一天到晚只想著在家睡回籠覺，應該四處觀察，豎起靈敏的聽覺，張大眼睛，嗅著微弱但包含駭人的大危機……

138　楊寧琍：〈失去觸角的蝴蝶〉，頁13－14。
139　楊寧琍：〈弱者悲歌〉，頁156－157。

> 她下了一個結論，一個大偵探除了聰明的推理智慧之外，運氣是十分重要的，像她今天的運氣就令人失望了，就當做這是今天出巡的收穫吧！她準備打道回府，再睡個回籠覺。[140]

楊寧琍透過小說中的偵探丁昭琳改變了偵探角色的形象，從她「一天到晚只想著在家睡回籠覺」以及「運氣是十分重要的」的話語中，都可以發現不只是經濟條件、專業知識與社會資源的缺乏，她甚至迴避了透過偵探之眼主動接觸案件、拓展生命經驗的可能；這種敘寫讓偵探遠離了早期台灣推理小說中對偵探角色頗為一致的知識性想像與建構，而使得她更具有大眾性，成為普羅大眾的某種縮影。

也就是說，楊寧琍推理小說中的偵探，本身與其他不具有知識力的大眾並無二致，即知識力不僅不再是構成偵探的重要元素，也不是通往真相的唯一鑰匙，使得推理解謎的權力從知識階層擴展到社會大眾，更充分顯示了早期台灣推理小說知識階層／大眾的對應。

許多推理評論家皆已提到推理小說因為文學性與知識性的建構，使得主要的創作者與讀者，都必須具有一定的知識基礎，使得這個文類置於大眾文學的領域內，總是被懷疑其大眾性與通俗性的展現。

一九九〇年代後期，台灣推理小說的出版市場中，出現一些在讀者受眾的設定上，全然以通俗性作為考量的作品，如一九九七年余遠炫《救命啊！警察先生》與二〇〇二年蒙永麗《G的秘密》、《我是神探》等以青少年族群為主要閱讀對象的幾部具推理敘事的小說。這些小說雖然降低讀者受眾的年齡，使得它們的敘述文句相對的簡單易讀，推理的過程也比較不具繁複性，但仍然具有作為推理小說的基本進路。如〈擒兇記〉中蘇家姊妹的案件，謎團隨著警方辦案、推理的過程越來越龐大，蘇家珠死亡案又

140 楊寧琍：〈藝術謀殺案〉，《藝術謀殺案》（臺北：躍昇文化事業有限公司，一九九二年），頁10。

連結到徐雯麗強暴案與蘇家珍攻擊案，警察偵探最終重合了三起案件的共通點，才抓到真正的犯嫌，過程曲折且具可讀性；《G的秘密》通篇以「G」這個神秘的物件作為連貫，述說了畢家兄弟的度假過程中，發現海邊的屍體以及馬奇博士的失蹤案，最後解開神秘的「G」其實是基因武器，而一切的案件都因為不同世界觀與哲學觀的人士爭奪而發生。

在早期台灣推理小說的發展歷程中，這幾部作品呈現出了進入二十一世紀以前的不同面貌，相較於推理小說與純文學的交會或重合，知識性與大眾性的對照似乎出現了一個比較明顯的轉向軌跡，也提供二〇〇〇年以後「本格復興」工程對台灣推理小說文類範疇思考的基礎。

二、社會性與推理性的偏向

（一）社會性的開展

相較於知識性到大眾性的對應，或是文學性與通俗性的交會、重合軌跡，都必須經過比較繁複的論證，之間也顯現了不小的落差。而早期台灣推理小說因對松本清張所開創的日本社會派的接受，「社會性」就成為比較一以貫之的傳統與特徵。

以具體的作品而言，景翔與葉石濤分別對林佛兒《島嶼謀殺案》與《美人捲珠簾》做了以下的評述，共同發現並讚揚了小說中的社會觀察與關懷：

> 最重要的，還是他對社會的關注，林佛兒的推理小說，已經擺脫早期福爾摩斯式純粹在線索上推解的固定程式，而在案件推理之外，加入了對某一個或多個社會現象與問題的探討和描述。這種

風格，倒有些接近日本推理文學界幾位巨匠，如松本清張、三好徹等的社會派推理小說了。[141]它比任何台灣小說更直接的反應了八〇年代台灣的企業社會現狀，連帶地勾勒出韓國的政治制度、社會現況以及歷史和民族。我們常會在這本小說漫不經心的描寫中發現作者對台灣和韓國銳利的文化批評。這也許受到松本清張的社會風格頗濃厚的小說的真諦吧。[142]

當然，這些評論者直言林佛兒小說中的社會風格來自於日本社會派小說，包括林佛兒也自言他對松本清張的喜愛，及其所受到的影響[143]，因此他自覺地走向社會派路線，使得他的推理小說的主旨「就是要利用主題和故事，揭發社會黑暗的一面，把人性醜陋的隱藏的部分，也揭露出來，讓社會儘快達到公道正義的境界，至少，要有一股和黑暗抗衡的光明力量。」[144]因為這個強烈的意識，使得他的小說著重在揭發人性真實與社會醜陋的面向。如〈東澳之鷹〉陳冬貴的自白：「這一年來，我幾乎日日夜夜都生活在一場不能醒來的噩夢裡——我的太太，幾乎已變成一個人盡可夫的娼妓，祇要一喝酒，她跟外國人、跟她的老闆，甚至楊達德都可以上床。」[145]透過這段自白，可以了解兇手行兇的動機，來自於丈夫不滿且無法忍受妻子的不忠；《美人捲珠簾》除了寫丈夫葉青森「每每敷衍她，祇求在漢城能享受美妙的齊人

141 景翔：〈一些印象〉，《島嶼謀殺案》，頁8。此據一九八四年林白版。
142 葉石濤：〈評《美人捲珠簾》〉，《推理》第三十四期，頁15。
143 見陳瀅州整理：〈推理小說在台灣——傅博與林佛兒的對話〉，頁77。
144 林佛兒：〈我的推理小說之路〉，頁80。
145 林佛兒：〈東澳之鷹〉，頁67。

之福」[146]，也寫妻子李玲「戀姦成熟，通姦害夫」所犯下的「又殺夫又害公公的通姦謀財案」[147]，這幾起謀殺案件背後的主要肇因，都來自於社會問題，即行兇動機不會只是人性純然的惡意，所有的詭計也不具本格式的精巧設計，小說意圖反映的就是社會的現實與亂象，以及當時的人們如何在這樣的社會下生存的日常姿態。

一九八四年起林佛兒主編《推理》，發掘了不少台灣本土作家投入創作，而他的推理小說中的這種社會性的主體意識，也對這些作家產生極大的影響。如溫瑞安以他寫作武俠小說的經驗，說明推理小說的優勢在於能夠更進一步地「直接反映現代社會人性」、「反映時代與社會的各種問題」[148]，例如〈被殺者〉中蕭金洲雇請殺手謝玉謀殺鍾秀蘭，但謝玉最終卻在最後一刻選擇殺死雇主蕭金洲，受害者由鍾秀蘭變為蕭金洲最主要的原因，是謝玉理解了蕭金洲「對待女人，就像對待他養的狗、種的花、買的車一樣，都是『玩物』」以及「鍾秀蘭一天不死，屋子仍是她的，他不能變賣出去」[149]的想法，仍呈顯了男女情愛的不正常關係及其發展的「謀財害命」，探討的是人性的貪婪、醜陋與邪惡，謝玉最後的選擇，某種程度上更凸顯了社會公道正義的展現。

杜文靖也自述《情繭》的中心意旨在於「透過一個破碎的家庭，一對堅強的姊妹花，把社會上層出不窮的愛恨故事做了鋪陳，也多少給賦了自我認定一些淺顯的愛的定義」[150]，他向社會取材，也透過記

---

146 林佛兒：《美人捲珠簾》，頁96。
147 同前註，頁292、293。
148 溫瑞安：《殺人・序》，頁4。
149 溫瑞安：〈被殺者〉，《殺人》，頁52。
150 杜文靖：〈走入大眾文學之路——「情繭」出版前的禱文〉，頁6。

者身分，更深刻、透徹地觀察社會問題，並體現他的關懷；傅博即指出杜文靖給予被謀殺的江美韶、江美韻一對姐妹花「最大的同情描寫命運的無奈」[151]，而欲透過推理敘事凸顯人性善良與現實殘酷的相會，所造成的社會悲劇。黃鈞浩也認同這樣的看法，他認為《情繭》的社會意識濃厚，且包含「對台灣人悲慘命運的敘述」以及闡述「悲劇幕後的社會問題」[152]，是一篇極佳的創作典範。

《墜落的火球》也表現出相似的思考，小說敘述方偉明在西門鬧區目睹一起由高樓墜落的燃燒的女屍，最後確認死者程蕙珠是他學生時代暗戀的對象，而謀殺的主因是「程蕙珠懷孕後，吵著要他和姜雅薇離婚，即使不離婚也可以，卻非要華欣雄承認她的地位，保障她的孩子的權利。華欣雄為了要選舉，當然不可能讓緋聞影響他的選戰，最後只好設計出這個假自殺的方法」[153]這種因婚外情種下的殺機，以及個人權力私慾的滿足，表現出記者方偉明對「社會新聞的打打殺殺、搶劫放火」[154]等問題的厭倦與寒心，成為作者意圖透過小說傳達對社會的關切。

林崇漢《收藏家的情人》收錄六篇推理短篇，其中無論是〈收藏家的情人〉鈴木道久子對川島中雄「你有妻、有女，為何還來愛我」、對尤清二「世人，愛生命，愛虛名，愛地位，得以讓你這個騙子乘虛而入」、對中村健治「只曉得貪婪、佔有之輩」[155]的控訴，或如〈骷髏與聖女〉中複雜的男女關係、〈太陽當頭〉中母親長期與外遇對象苟合，不僅完全基於男女情愛與利益糾葛，同時也都被凸顯為當前

151 島崎博：〈推理小說在台灣（下）〉，頁52。
152 黃鈞浩：〈寫實型本格派之創作典範——解剖台上的《情繭》〉，《推理》第三十八期（一九八七年十二月），頁24。
153 杜文靖：《墜落的火球》（臺北：五千年出版社，一九八七年），頁330。
154 同前註，頁324。
155 林崇漢：〈收藏家的情人〉，頁114－115。

社會的普遍現象與價值，而作家透過推理小說處理的除了是表現、觀察這樣的社會問題之外，也亟欲透過兇手的謀殺與偵探的推理，還原人性失序的社會與世界。

第一屆林佛兒推理小說獎的舉辦，正處在這樣的創作傾向與氛圍中，因此入選並獲獎的作品中，都呈顯明顯的社會性導向。其中以當屆獲得首獎的〈死刑今夜執行〉為代表。

思婷〈死刑今夜執行〉以中國文化大革命時期為背景，敘寫「五十歲人，妻兒一堆，不會亂來；鄉下出身，大字不識一個，也就不會看地下傳單，不會看任何刊物，這種人沒有自己的思想」的死囚室守衛李由最後卻決定依照自己的「思想」幫助反叛份子，保住了他們的地下組織與「自由和民主的呼聲」[156]。這篇小說的重要性在於它展現了不同以往的社會觀察與關懷，思婷不僅透過李由「市場上幾乎沒有東西賣。菜籃子底，只有一些發黃的油菜」[157]的行跡，反映當時社會相當普遍的資源分配不均的情景，更從李由的兒子小山死前說：「我不想死，我不要文革，我想讀書」，以及女兒小虹被受到公安局壓力的學校的扣留時，李由的咆哮：「老子替你們賣命二十年，現在就站在這裡，有種的話你們上來抓我呀！」[158]凸顯了他對於社會思維的反動，已不再侷限在錯綜複雜的男女情愛關係，以及謀畫財產利益的貪婪，連結到他依照真實的事件，反映文革時期社會現象的創作動機，以及「推理小說原來也可以如此深刻地反映社會問題」[159]的自覺。

思婷的推理小說中的社會寫實與反映社會的意圖，很大一部份來自於他的創作觀，他曾以燈謎與推

156 思婷：〈死刑今夜執行〉，《林佛兒推理小說獎作品集1》，頁7、38。
157 同前註，頁28。
158 同前註，頁28、30。
159 思婷：〈弄斧號子〉，《推理》第四十五期（一九八八年七月），頁145。

理小說為例，認為「打燈謎絕對無法代替我看推理小說的樂趣，原因在於推理小說是文學作品，而燈謎充其量只是一種文字遊戲」[160]，也就是說儘管燈謎和推理小說在如「謎底」與「兇手」的預先設定、「謎團」和「謎面」將真相與謎底巧妙演飾以及共同具有的「公平原則」等本質相近，但文學作品帶來撼動人心的力量卻是燈謎無法提供的，因此思婷認為燈謎無法取代他對看推理小說樂趣的原因在於「推理小說是文學作品，而燈謎充其量只是一種文字遊戲」[161]，即當「小說」作為一種「文學」作品的表現時，才能彰顯人物性格與所揭示之社會問題的「力量」。在這樣的觀點下，他進一步指出「推理」和「小說」之間的先後關係：

> 首先把小說寫好，才能把推理小說寫好。當「推理」與「小說」有矛盾的時候，寧願犧牲前者，也不能削弱後者。
>
> 推理小說畢竟是小說，而不是燈謎。[162]

這段話可以解讀為推理小說作為純文學的一種表現形式，即推理小說的形式配合純文學的內容與邏輯思考，甚至文學性的考量高於其他的標準，這個觀點讓文學性在與通俗性的交會過程中推向最高峰。然而，它已然暴露了一種危機，即推理與純文學的過度重合，終將導致「推理文學」這個文類必然存有的「推理性」質疑。

160 思婷：〈燈謎和推理小說〉，《推理》第六十一期，頁18。
161 同前註。
162 同前註。

一九九〇年代的早期推理文壇中，另一個佔據相當重要位置的葉桑，於一九九〇——一九九四年陸續出版了十一本推理小說集，並在當時推理文壇最重要的林佛兒推理小說獎中，以〈再一次死亡〉、〈遺忘的殺機〉、〈鬼針〉分別獲得第一屆佳作、第三屆首獎與第四屆觀摩獎，使得他比其他任何一九〇〇年代的推理作家更具有某種程度的代表性，且在《推理》中，也相當少見地出現數位不同的評論家以其整本單行本為對象，進行逐篇評論的專文[163]，都相當正面地肯定了葉桑的努力與成就。

葉桑的推理小說中社會性表現的類型，除了常見的婚外情、外遇、男女情愛、名利慾望等幾個主題外，特別強化或設計更具複雜性的社會問題。例如「同性戀」，如〈情人分手的後遺症〉中兇手歐陽芬芬與死者黃明美的女同性戀關係，殺機也出現在「自從黃明美離開歐陽芬芬之後，她就設法報復，可是苦無機會，直到蔡淳博又見異思遷時」[164]，行兇的動機仍然是複雜糾葛的情愛，但是因為人物的同性戀身分，使得這個三角關係更顯得撲朔迷離；或如〈奔向日落之處〉，黃璇為了擺脫同性戀丈夫的婚姻關係，取得丈夫的精液後塗抹在死者屍體上，偽裝為性侵與謀殺，因為「丈夫沒有那方面的興趣，只好任由太太往外發展」[165]的理由，黃璇也與訓導組長發展出一段婚外情。也就是說，這篇小說表述的仍是社會上常見的婚外情以及夫妻貌合神離的現象，但是加入了同性戀的角色，則增添了感情關係的複雜性。

163 如林淑慧：〈解謎又解情的《夢幻二重奏》〉，《推理》第七十五期（一九九一年一月），頁12－14。李反統：〈《台北怨男》的幻想與推理〉，《推理》第八十七期（一九九二年一月），頁12－14。陳銘清：〈精益求精——讀《台北怨男》有感〉，《推理》第八十九期（一九九二年三月），頁10－12。黃鈞浩：〈《水晶森林》的迷宮與陷阱〉，《推理》第一百零一期（一九九三年三月），頁10－12。楊金旺：〈美麗的結晶——《水晶森林》讀後感〉，《推理》第一百零六期（一九九三年八月），頁16－18。

164 葉桑：〈情人分手的後遺症〉，《黑色體香》，頁169。

165 葉桑：〈奔向日落之處〉，《黑色體香》，頁207。

然而，這些不斷出現的類似敘述，最終可能意圖反映的是當時社會的「恐同」以及對「AIDS」的疾病恐懼，如〈愛情與圓周率〉中小紀得知詹適伍是「同性戀」而且得了「愛滋病」之後，他「趕緊把座位拉離桌子遠一點」，以及「不知道是不是受到詹適伍的驚人之語所影響，小紀接觸到孟德爾那雙漂亮的眼睛時，竟有些彆扭起來」[166]，都敘述了對同性戀的偏見與錯誤想像，也連結到〈真正的幸福〉中敘寫邵驊身為「薔薇男孩」，並且介入了李湘媛和賀春生的愛情關係當中，促使李湘媛欲借邵驊的牙醫師身分，以毒藥填入賀春生的假牙中進行謀殺，她對邵驊說道：「對於你們之間的事，必定握有資料和證據，說不定哪一天會來勒索你。雖然這個社會光怪陸離，但是對於同性戀依舊存有相當程度的排斥」[167]，大致上也表明了這種普遍的社會氛圍。

此外，葉桑也描寫因應科技、醫藥、化學的與時並進，所發展出新的犯罪手法的型態，其中可能隱藏的社會問題或人性本質，如〈嚙臂斷情〉于振霖因為不願意與盧潔的感情曝光，因此運用了他在貝斯特生化所的專業知識，將「那種促進食慾的化學物質，塗在盧潔的右臂上，企圖招來動物的啃食，就造成自然破壞的現象」[168]；或如〈博士之死〉中董博士以一部「專門製造紅外線」[169]的機器，遠端加熱易揮發的化學溶劑，使得邱博士在獨自實驗的過程中身亡，製造出不在場證明。這兩篇小說雖然犯罪背後的動機仍然反映的是常見的社會問題，但無論科技或醫藥化學等新型態犯罪手法，都在小說中加入了更符合社會發展情境的時代性，因此推理小說中的社會性，也能夠更加趨近於真實的社會現實。

166 葉桑：〈愛情與圓周率〉，《顫抖的拋物線》（臺北：皇冠出版社，一九九三年），頁167、168。
167 葉桑：〈真正的幸福〉，《仙人掌的審判》，頁76。
168 葉桑：〈嚙臂斷情〉，《夢幻二重奏》，頁119。
169 葉桑：〈博士之死〉，《黑色體香》，頁26。

葉桑對於早期台灣推理小說社會性的開展，基本上仍然沿著實際可能發生的社會問題進行更深層的探索，例如〈月光下的愛與死〉對當時法律制度本質意義的探討：「其實，法律的制裁是表面而薄弱的，唯有良心的判決才是深刻而永久。」[170]〈玩具手鎗〉中透過對惡整銀行行員的范德萊先生「對生命不抱著愛與同情」[171]的批判，樹立小說家所肩負的社會功能；以及〈為愛犯罪的理由〉趙士勳悲哀的感嘆：「合理而科學，哈哈，那都是騙人的，這個世界到處充滿了謊言，為了愛情，可以騙人；為了名利，可以說謊；那麼請問：為了保護自己，就不可以欺騙嗎？」[172]正因為這個看似合理、科學卻又充滿謊言的社會，才衍生出各種犯罪的事實，也就成為葉桑推理小說中的社會性的最深沉質疑。

楊寧琍的推理小說則更加具體化這種質疑的實景，通常透過社會底層人物受到不平等待遇時的默不吭聲（如〈弱者悲歌〉中的煮食婦），或貪小便宜的異想天開（如〈失去觸角的蝴蝶〉中的陳太太），或對社會公義據理力爭的姿態（如〈武器〉中的丁昭琳）等，都如何震球對楊寧琍推理小說評介的總結：「她總是不能忘懷這世間四散的人性溫馨，也絕不放過任何對社會正面的批判。她的小說裡，沒有愛恨情仇的謀殺事件，更沒有冷酷殘暴的血腥場面。取而代之的是：人性弱點的揭露，世風道德的批判，神奇冒險的刺激和人與人之間最珍貴的愛。」[173]意即早期台灣推理小說發展至這個階段，雖然強調社會觀察與關懷，並且反映社會現實的「社會性」一直都是最重要的創作意識與意旨，但已然可以發現社會性的轉向軌跡，由社會事件或現象的表層，逐漸深化至人性道德層面以及人對於自我的自省與對社會的回應，也展現了推

170 葉桑：〈月光下的愛與死〉，《夢幻二重奏》，頁24。
171 葉桑：〈玩具手鎗〉，《夢幻二重奏》，頁103。
172 葉桑：〈為愛犯罪的理由〉，《為愛犯罪的理由》，頁145。
173 見何震球：《失去觸角的蝴蝶・序》，頁4。

理在台灣的在地化趨向。

（二）推理性的實踐

一九八〇年代以來台灣推理小說在社會性與推理性的向度，雖然一直意圖維持「推理」和「小說」之間的平衡，例如身為評論者的黃鈞浩認為的理想類型是「巧妙的溶入社會意識並且保持本格推理要素、堅守本格推理條件的作品」[174]，或如身為作者的林全洲在〈復仇〉獲得第三屆林佛兒推理小說獎後的感言中提到：「人性的推理小說、文學的推理作品，應該結合在一起，才有可看性」[175]等，但不論是表述維持此平衡的困難，或是正、反不同的意見，都仍然明顯且突出社會性寫作意識中，「推理性」發展的空間不斷地被壓縮的實景。

當然，這和日本社會派推理的「三大通病」有一定程度的相關。黃鈞浩指出絕大部分號稱為社會派推理的作品，都會出現以下的缺陷：

一、過分強調寫實，以致喪失神秘感、趣味性與遊戲性。
二、要求有日常性，以致偵探和兇手都成了智商極低的笨蛋。偵探方面須完全根據偶然巧合、直覺預感、恐嚇套話、跟蹤監視、化驗結果或兇手突然良心發現自白才能破案。
三、為了表現人性，時常採用全知觀點；但因標榜推理小說，為了保持意外性，需隱藏一些真

174 黃鈞浩：〈寫實型本格派之創作典範——解剖台上的《情繭》〉，《推理》第三十八期，頁25。
175 林全洲：〈左手寫新聞；右手寫推理〉，《推理》第七十九期（一九九一年五月），頁51。

相，於是只好使用「選擇性的全知觀點」來逃避，將遊戲的公平性完全的犧牲掉。[176]

黃鈞浩雖然是以日本社會派自松本清張之後某種程度上逐漸「沒落」的現象進行探析，卻也完全表顯了早期台灣推理小說的書寫型態在一致性朝向社會性的偏移過程中，凸顯出的問題。

如偵探的推理時常很大程度地依賴「靈機一動」甚至超自然力量破解案件的情況，舉例而言，葉桑〈只有銀斑蓮知道〉敘述白素心陳屍在自己的公寓內，唯一的嫌疑人李樹祥卻擁有不在場證明，因此警方的辦案陷入膠著，而請求偵探葉威廉的協助。葉威廉在聽完陳警官的案情敘述後，小說形容他以「一種漫不經心的口吻」說：

> 不論是虛構的推理小說，還是有關犯罪偵查的教科書，總會強調第一個發現屍體的人涉嫌最重。[177]

事實上，葉威廉在還沒有進行推理之前，就斷言發現屍體的李樹祥具有最大的嫌疑，接著他要求陳警官調查李樹祥是否自行開車，或向公司申請公務車等資訊。當然，陳警官詢問的結果，應證了偵探的「料事如神」，因此案件迅速的被偵破，兇手毫無疑問的就是李樹祥，也坦承了犯行。

值得注意的是，這篇小說中的結局，事實上並沒有非常堅實的推理基礎，因為葉威廉幾乎在沒有推理的情形下，就依照他的直覺告訴陳警官整起案件包括犯罪手法、詭計設計等的來龍去脈。然而，小

176 黃鈞浩：〈從水上勉作品看社會派推理的困境〉，《推理》第八十九期，頁13。
177 葉桑：〈只有銀斑蓮知道〉，《水晶森林》，頁97。

說卻詳細的交代了李樹祥和白素心的關係：「或許不是真情的愛，所以並沒有見他流露悲痛欲絕的神情」、「對於她的伎倆已經習以為常，根本不放在心上」，而會來到白素心的別墅發現她的屍體，是由於他在公司聽到同事們的「男女感情糾紛」[178]而感到些微的歉疚等等，都以寫實的手法強調小說的重點是在人性疏離以及情殺的動機，因此推理性的敘述及其可能帶來的神秘與趣味也就不那麼明顯。

另外，如〈奔向日落之處〉中的梅若雪為了解開弟弟梅如風的死因，並抓到真兇，在長時間的奔走後，發現每個犯罪嫌疑人都具有穩固的不在場證明，因此毫無頭緒。最後破解謎團、釐清真相的兩個關鍵，其一是梅如風死亡前和黃焰的相處情景，竟是再現於梅若雪的「夢境」之中，即葉桑以夢作為對現實細節的過渡，讓梅若雪不需要再去析理這些畫面，探索事件背後的真相；其二是梅如風的真正死因，根本不是謀殺，而是光纖不慎刺入血管的意外，而這個死因在小說最後一頁才由屍體解剖報告揭露，除了證實梅如雪的所有偵查行動都是白費工夫之外，甚至暗示了事件的真相根本不需要偵探進行推理，就能以一個相對簡單的「驗屍」被發現。這種特殊的敘寫方式，更進一步地削減了推理性在小說情節的重要性。

推理性的必要性降低，看似是推理小說創作中一個頗為弔詭的現象，但實際上，早期台灣推理小說時常意圖快速地導入社會性的觀察，甚至省略了大部分注重邏輯推演的推理情節，特別某些小說在最終謎團真相的揭曉前夕，偵探即已退場，話語權則由兇手的自白承接。

例如林佛兒〈人猿之死〉中小兒子在家書坦承了他殺害了猩猩阿吉的犯行，他表明殺害阿吉的原因，除了「不知何時阿吉一隻手竟然伸入我的褲檔裡，抽著我的生殖器，這樣可惡的動作牠竟然若無其事」的羞憤，同時也具有「把阿吉苦難的生命解脫了」[179]的深刻同情。小兒子的自白，一方面證實先

178 同前註，頁95、96。
179 林佛兒：〈人猿之死〉，頁78。

前吳刑事的推理判案完全錯誤，另一方面也暗示了小說在社會性與推理性兩者間明顯偏向了前者。類似的敘事型態出現在《島嶼謀殺案》中白里安的「酒後吐真言」；溫瑞安〈被殺者〉中謝玉的自我剖白；林崇漢〈我愛你〉中巴地的自白信、〈收藏家的情人〉中策劃自己死亡的鈴木道久子的遺書、〈水墨與血跡〉歐陽子玲最後留下的自白日記；蒙永麗〈怒〉蘇修透過鄧克禮留下的日記解謎；陳明宏〈電影放映室之死〉王清的認罪供詞；葉桑〈流向心靈深處的河〉、〈烙上紅A的新娘〉、〈台北怨男〉也都以兇手的自白作為整起案件的結束；甚至葉桑〈殺人日記〉完全以日記體記錄了兇手的所有行動與內心思考等。在這些小說中，由於兇手的自白某種程度上已經被認為是「真實」的「真相」，偵探實際上並不需要以繁複的推理再次驗證，因此這些小說在偵探退場後留有大量的空間發展社會性，讓作者透過偵探的角色，主要探查案件發生的社會背景與兇手行兇的心理動機，以及將真兇「繩之以法」的社會公道展現。

黃鈞浩就針對當時市面上許多「推理小說」實際上只是「諷刺小說」或「犯罪小說」的現象：

> 雖說純粹的解謎推理已無法滿足所有讀者，必須在手法與題材上不斷翻新，而產生了強調人性善惡與社會正義，但不注重解謎方式與推理樂趣的「社會派推理」。……但也正因小說中社會意識的高張，推理成份隨之減到最低。……這些小說對人性的剖析及社會的關懷等「絃外之音」也許都很強烈、很有意義，讀者也不會抱著動腦思考的態度去閱讀，因此讀起來很輕鬆。[180]

這樣的看法，已經顯現出社會性與推理性在比例上的過於失衡，所導致推理小說中「公平性」與「合理

180 黃鈞浩：〈寫實型本格派之創作典範——解剖台上的《情繭》〉，《推理》第三十八期，頁25。

性」的失落，大大降低了可看性與可讀性，進而弔詭地落入無「理」可「推」的窘境。

當然，在早期台灣推理小說的系譜中，仍然可見如藍霄、余心樂、莊仲亮等人相對強化並維持小說中推理性的創作，即他們的推理小說穩固了推理性之於推理敘事的必然性與必要性，也提升了推理小說在解謎推理過程中的趣味。例如藍霄分別獲得第二、四屆林佛兒推理小說獎的〈醫院殺人〉、〈情人節的推理〉，即是相當重要的代表作品。

〈醫院殺人〉展現其推理性的重要特色，在於對案發場景「齊氏綜合醫院」的外圍環境、建築物本體與內部配置有些當詳盡的描寫，如：

> 地下兩層都是停車場，地上一樓有各科門診室、急診處、X光室、掛號處以及繳費、領藥室，二樓則有手術室、檢驗室、物理治療室以及總務處等等，三樓到十一樓則是病房所在，每層的空間除了各科主任專屬的寬敞辦公室、各樓護理站、電梯樓梯間外，就是依等級劃分的病房，所以格局差不了多少，最頂樓則是「齊氏綜合醫院」的會議室。[181]

這些描述，是作者調動醫學院的背景與知識，為筆下的偵探構築專屬的推理空間，意即偵探必須在作者提供的有限條件中，試圖找出關鍵的指證，進而破解謎團、找出真兇。在這層意義上，偵探推理的過程是一種反覆辯證的嘗試，例如許大山說：「可是我發覺在追究證據及動機時，使我十分疑惑的是，我的推理滯礙不通」[182]，因此偵探必須不斷的整理已獲得的線索，並且在情節中清楚的條列出來，邀請讀者

181 藍霄：〈醫院殺人〉，《林佛兒推理小說獎作品集2》，頁123－124。
182 同前註，頁174。

共同解謎[183]。〈情人節的推理〉更展演了一場弄假成真的「推理劇」，小說中的偵探高雄，在一場刻意安排的推理劇中被設計為謀殺的兇手，高雄從一開始「我的聲音在發抖，思緒紊亂，辭不達意，兩眼茫然地盯著O桌下那一團白布」到「在抑制自己慌亂的心情後，不合理性隱然浮現」[184]的心境轉折，都表現了作為偵探的敏銳觀察。更重要的是小說開始敘寫他推理解謎過程，都是以一種偵探自我對話的方式進行，其中鉅細靡遺敘述了現場眾多角色的種種疑點，並且「在壓力的環伺下，被壓抑的腦力也掙脫束縛開始運作，疑問的組織串連成一條鮮明的推理脈絡」[185]，雖然高雄認為這些推理「純屬臆測」，但也有足夠充分的信心採取行動，最後關於「推理劇」的這個事件謎團，也完全如他所預料一般被解開。

也就是說，藍霄在他的推理小說中採取的書寫策略及其偏向，明顯在於偵探必然需要通過極具推理性的思考以及實際行動，才具有解開謎團的基礎；換言之，偵探在小說中最重要的功能，是為讀者找尋線索、拼湊真相。

當然，兩篇小說仍然有其社會性的關懷與其時代語境，例如〈醫院殺人〉依舊因為「儘管在中、小型醫院感慨經營不易的環境下，附近的各種醫院、診所卻如雨後春筍般林立著，大至各科別的說明，小至各種曖昧手段的廣告看板」[186]這種社會大環境的變遷，所導致醫院內部人事權力鬥爭的肇因之一；〈情人節的推理〉後半部分讓原本演出的推理劇成為真正的謀殺案，彩雲被劉醫師謀殺的原因，仍回到

183 例如許大山和謝教授討論後列舉的三個「開槍行兇者的條件」：「第一、能知道景福戲院那條秘密通道。第二、能從林國實身邊拿走白朗寧。第三、對景福戲院和『齊氏綜合醫院』有一定了解，有特定目標狙擊。」詳細地列出了偵探推理的過程與思緒，強化小說中的推理性。同前註，頁175。

184 藍霄：〈情人節的推理〉，《推理》第九十一期（一九九二年五月），頁38、40。

185 同前註，頁43。

186 藍霄：〈醫院殺人〉，頁122。

劉醫師「那時妻子並不在我身邊，因此開始了這次玩火式的婚外情」以及彩雲「竟然瞞著我懷孕了，分明不僅想毀掉我的家庭，也想毀掉我的一切」[187]這些社會問題上。然而作者並沒有著力處理這些社會性所可能暗示的社會情境，偵探甚或警察也不需要肩負社會正義展顯的責任，而是在小說敘事中集中展現了推理性的思考與作為，形成與強化社會性連結的推理小說不盡相同的面貌。

余心樂一九八九年首次發表於《推理》的〈松鶴樓〉，也初步展現了他對推理性的要求。這篇小說主要寫漢瑞在瑞士的「松鶴樓」餐廳兼職，一個工作繁忙的晚上，發現了員工安娜屍體的一起命案。作者透過施乃德探長傳訊相關證人後的綜合分析，以及所製作出的各人不在場證明表格[188]，提供偵探漢瑞進行後續推理的基礎；探長最後得出的結論是「幾乎每個人都有無懈可擊的不在場證明」[189]，也建構出一個令人費解的推理空間。有趣的是，作者更在小說中現身表明：「（至此，讀者諸君大致上似已可根據各種已出現的線索，發揮豐富的想像力，做一番初步推理分析了！）」[190]而漢瑞被賦予的責任，就是運用他的推理代替讀者破解謎團，取得事件的真相；因此，他必要地再整理一次每個人物間的關係，並且清楚地對讀者說明[191]，最終得出「經過一番更深入的研析，則發現每個嚴密的不在場證明之後，多多少少仍有那麼一絲弱點和漏洞」[192]這個經過偵探抽絲剝繭的推理過程完成的結論，同樣呼應藍霄所演示

187 藍霄：〈情人節的推理〉，頁53。
188 見余心樂：〈松鶴樓〉，《推理》第五十六期（一九八九年六月），頁71－75。
189 同前註，頁75。
190 同前註。
191 漢瑞分析如金衛賢、馬力歐、賀松雅、賴蜜雪、黃仲達與自己跟案件的關係程度，以及他們在命案發生當晚的行蹤。同前註，頁78－81。
192 同前註，頁81。

基於推理性的積極思考與作為，才使得偵探取得接近真相的權力身分。

余心樂亦曾以〈生死線上〉、〈真理在選擇它的敵人〉獲得第二、三屆林佛兒推理小說獎，在他的得獎感言中，通過寫作過程的回顧與堅持，更加闡明了他在推理小說創作中的推理性追求，具體而微地表現在「詭計」的設計上：

深怕辛辛苦苦觀察體驗得來的新創詭計（均經一一上山下海親身試驗，確定實際可行）為別人捷足先登，所以常要多費一番心神去留意中外坊間的偵推作品，有無他人正在運用類似詭計，有時乍見小說標題似與自己構想中的情節相關（譬如火車時刻推理），往往觸目驚心，緊張得寢食難安。[193]

余心樂自述在創作推理小說時，首重的是詭計的「新創」，也就是說這些詭計非但不能與自己或他人重複，更需要經過仔細設計安排甚至實際演練其合理性，才能於小說中使用。因此，他敘說自己的寫作習慣是「先將小說中各個人物、各種狀況，以及邏輯偵推的過程一一在草稿紙上記下，配上自己繪製的圖表，經過大約兩週的紙上推演，並實地操練詭計的可行性」[194]之後才展開寫作。

作家創作的習慣與堅持，反映了小說中對於推理性與邏輯辯證思考的重視。例如〈生死線上〉中李立勉以繁複的火車時刻詭計殺害胡柏，並以「那天我搭十三時十二分由洛桑開出的火車回比艷，十三時三十九分我的火車正駛離義為東三分鐘，我整個人活生生在這班火車上，而且還在車子剛進義為東站

193 余心樂：〈娛人自娛乎？或娛人自愚？〉，《推理》第六十四期（一九九〇年二月），頁25。

194 余心樂：〈善意的偷工減料〉，《推理》第七十八期，頁25。

時，從火車上打電話給你，怎麼可能同時在比艷登上另外一般完全相反方向的列車去殺人呢？」[195]作為最有力的不在場證明。以此，偵探漢瑞一開始為了證實李立勉的清白，針對死者死亡的時間與火車時刻的關係進行了梳理，也就販賣員提供的資訊繪製了簡表[196]；漢瑞在整篇小說不斷以條列式方式提出他對相關人員涉案動機的分析與判斷，並且製作了多張火車時刻表作為引證，甚至作者在漢瑞與兇手進行最後的對決時，仍不忘告訴讀者「請參附圖A」、「請參附圖B」[197]，除了在小說敘事中表明他「非得把其背後所隱含的真義挖掘出來不可」[198]的決心，這些細節的敘述，都展現了推理性的介入，意即即便偵探本身並不具有高度知識力身分的象徵，但是他依然通過推理的過程與方式，建構了以推理性為主的小說敘事，完成非常高度的推理性實踐。

余心樂的推理小說即使以推理性作為主要的經營目標，但在當時推理文壇的大環境普遍以社會性為價值的氛圍下，最後勢必需要回歸到社會問題與人性的探索上。如〈松鶴樓〉在漢瑞完成推理後，加入了對人性探討的段落，並將柯安娜的死歸結到「她大概以為在瑞士找個有事業基礎的外國人，較之找個瑞士人容易達成她的企望」所表現的「中國人的自卑情結」[199]，而兇手的犯罪動機仍然還是基於男女情愛與商業利益等交織出的人性複雜；〈生死線上〉李立勉算盡機關謀殺胡柏的原因，是李立勉「在華、洋圈子裡算是個有頭有臉的人物」，他的身分和地位不容許他有「訂購色情畫報和錄影帶」的消遣，而在郵購公司

195 余心樂：〈生死線上〉，《林佛兒推理小說獎作品集2》，頁22。
196 同前註，頁40－41。
197 同前註，頁78、91。
198 同前註，頁59。
199 余心樂：〈松鶴樓〉，頁98。

上班的胡柏抓到了這個把柄，「分別好幾次將色情影帶或畫報裝入信封內」並且「接二連三『免費奉送到家』」[200]的勒索，導致殺機。這些敘述，都還是回到社會情境，透過推理的過程揭露社會問題與亂象，但是偵探同樣不需要負擔以正視聽的社會責任，即成為與其他高度社會性的推理小說明顯的區別。

莊仲亮〈Ｍ１６Ａ２與Ｍ１６〉於一九九二年獲得第四屆林佛兒推理小說獎首獎，評審對於本篇的優點，大致上分為「整個詭局設計合理」、「主犯能利用排班表，把這些時空因素穿插得恰到好處」，以及「推理氣息達到最高潮」[201]兩個層面。就小說敘事內容來看，這一群意圖偷槍並且嫁禍給連長的士兵，主要利用軍械室的配置與開關，以及六人的衛哨排班表，策畫偷槍、換槍的過程。作者同樣清楚繪製了軍械室的配置圖以及偷槍行動路線示意圖，也在小說敘述中提醒讀者必須參閱這些附圖[202]，作為與讀者共同推理的連結。

這樣的連結自然表明了小說中偏向推理性的書寫主軸，例如六人輪流站哨時，從三點四十分到六點整這段時間的記錄，以及偵探白少峰一一抄錄下這幾人的外出情形，都作為破案的重要線索，而這些線索也同時如實展現在讀者的眼前，推理小說成為作者與讀者之間互動的場域。第二把假槍出現後，除了增添了小說敘事的懸疑性外，也刺激了白少峰進行更進一步的推理，而推理過程如〈情人節的推理〉一般，完全以他第一人稱、自言自語的自述完成[203]，最終也吻合了真正的主犯所設計的詭計。

台灣推理小說的發展，到〈Ｍ１６Ａ２與Ｍ１６〉的獲獎與受到好評，已經展現出與一九八〇年代

200 見余心樂：〈生死線上〉，頁75、76。
201 見〈第四屆林佛兒推理小說創作獎總評會議〉，頁14、15。
202 見莊仲亮：〈Ｍ１６Ａ２與Ｍ１６〉，《推理》第八十八期，頁30－31。
203 同前註，頁53－55。

創作相當不同的推理敘事，最明顯也最具影響力的層面，即是社會性不再只是當時主流價值中「好的推理小說」的唯一評斷標準。

然而，藍霄與余心樂畢竟是一九八〇—九〇年代間比較少數以推理性為主要敘事型態的本土推理作家，而且一九九〇年代新的一批作者如莊仲亮、雷鷹等人在獲獎後，也不再有其他推理小說公開發表或刊載，顯示當時推理文學的主流價值，仍沒有因此趨向推理性，反而絕大部分具有高度社會性的推理小說，普遍存在推理性的失落或具不完整性的特徵，推理性的小說作品也時常受到評論者基於「社會性」的眼光與視域的批評。例如林崇漢直言〈真理在選擇它的敵人〉「只是為了營造一個曲折的破案過程而引入一個局外人，以達推理解謎的戲劇性趣味效果」[204]，或楊照批評〈生死線上〉、《推理之旅》等作品中「勉強和台灣扯上關係的往往只有從台灣移民過去的名探『漢瑞』」所表現出的「代我」的睿智表彰「『中國人』的驕傲，『和台灣社會的一般價值脫節得很」[205]，都凸顯了早期台灣推理文壇以社會性為主流的創作意識與型態。

更值得注意的是，莊仲亮在獲得第四屆林佛兒小說獎後的得獎感言，也表述他「仔細研讀以往首獎得主的寫作方式，找出他們得獎的原因」，顯示他對主流價值的效仿，並且以「不能只注重好的文筆，必須也重視犯罪的動機夠不夠強，並儘量跟真實的人物相仿」為準則，但卻又說小說軍中環境的背景「並不會有什麼懸疑事件發生」，因此「只能儘量運用想像力」[206]；換言之，〈M16A2與M16〉一方面意圖依循當時文學獎評選「社會寫實」的主流標準，另一方面又強調小說的「純屬虛構」，是以

---

204 林崇漢整理：〈第三屆林佛兒推理小說獎贈獎典禮評審致詞〉，頁17。
205 楊照：〈「缺乏明確動機……」——評台灣本土推理小說〉，頁143。
206 莊仲亮：〈得獎感言〉，《推理》第八十八期，頁61。

想像力連結了具推理性的詭計佈局，在創作動機上，反而造成不論由推理性或社會性來觀看的另一種懸疑。

因此，早期台灣推理文學的推理性嘗試，某種程度上仍然廣泛地受到社會性偏向的主流價值影響，使得二〇〇〇年後逐漸在推理文壇上嶄露頭角的新興推理作家，在閱讀這個時期的作品時，對於「推理小說」文體秩序喪失的焦慮，並沒有因為藍霄、余心樂、莊仲亮等人的嘗試與被肯定而有所消解，反而成為推動「本格復興」過程中亟欲扭轉典範價值的焦點。

第三節　「台灣推理」的想像

一、錯誤「假設」中的共同期待：台灣主體性

經過前一節的探析，筆者發現台灣推理小說的發展歷程中，評論者與實際作品中對於「推理小說」的期待、要求與界定，雖然都是不斷地在「推理」和「文學」間找尋平衡，但仍顯現出不盡相同的想像。特別是一九九三年楊照與陳銘清辯論推理小說究竟是「純文學」或「大眾文學」，即兩者認為推理在台灣發展的困境，雖然都在於文類界線的模糊化，然而應以「文學性」或「通俗性」作為台灣推理小說的價值標準，則莫衷一是。

這種出現在早期台灣推理界間的認知落差，在於評論者認為一九八〇年代本土作家們在投入推理小說創作時，已認定推理小說是與「通俗讀物」相對概念下的「文學作品」，但因為它又不完全隸屬於純文學之下，又因讀者受眾的基本設定，使得他們轉以「大眾文學」的概念與型態，賦予新的（文學的）

推理小說的期待與想像；但早期的推理創作實踐，已充分顯現出作家創作大眾文學，而非純文學的意識，這個現象在一九九〇年代後更加明確；換言之，純文學的文學價值已經不是被表現的主體，反而成為一種表現推理小說的形式。

也就是說，早期推理小說在評論與創作上主要因為「以推理的形式表現純文學」的假設而產生落差，使得直至歷經本格復興的典範轉移後的當代推理文學場域，仍存在著對這些推理作品等同於純文學的嚴重誤識。

另一方面，當小說敘事的主軸與焦點普遍在於「社會性」的偏向，即強調社會寫實、反映社會問題、發揚社會正義與社會關懷的「社會性」，成為早期台灣推理小說最主要也最核心的寫作動機與宗旨時，自然而然壓縮了強調「推理性」、邏輯性思考的推理小說發展空間。

就實際作品而論，早期小說並不明顯地反映或突出純文學和大眾文學的衝突關係，因為即使如《推理》草創時期特別具有文學性的幾篇推理小說，如《島嶼謀殺案》、《美人捲珠簾》、《桃花》等，它們的文學性基本上與推理敘事不相勾連，意即這些作者並沒有將推理小說創作為純文學小說的意圖；思婷〈一貼靈〉在小說獎徵選時面臨「不是推理小說」的爭議，真正爭論的焦點也不是高度的文學性（甚至因為它的文學性使其獲獎），而是推理性的不足；被認為最具文學性筆法的葉桑，也是因為在小說的描寫中普遍地出現文學修辭與技法。

換言之，評論者執著於推理小說作為純文學的表現形式，無論是批評推理小說因為太強調文學性而遠離推理文學的本質，或者是認為推理小說因為不具純文學、嚴肅文學的文學思考而服膺於外來推理文學的大眾傳統，基本上都是一個不準確的「假設」。一方面，作家們本來就沒有意圖將推理小說寫成純文學小說；二方面，文學性與推理性在小說敘事中是平行的概念，而早期推理小說正是進行兩者並存的努力嘗試；三方面，造成推理敘事中解謎過程推理性衰弱的主要原因，事實上是小說敘事與社會意識的快速結合所致。

但是這個不準確錯誤的假設，在一九九八年時報文學百萬小說獎以及二〇〇〇年得獎名單公布後，因為複審、決審評審對推理小說的「文學性」要求，以及他們所具備的純文學身分與資本，而產生「懂不懂推理小說」的「失格」[207]疑慮，以及評選的「是文學而不是推理文學」[208]的憤怒，連帶地讓早期台灣推理小說因其作者的純文學作家身分，被賦予了純文學的標籤，成為新的典範價值建構下被刻意忽略的一段歷程。

如若跳過文學性／通俗性、社會性／推理性繁複辯證的泥淖，事實上亦可以發現早期台灣推理界評論者與創作者的共同期待，卻都是「台灣推理主體性」的探尋與建立。

例如台灣推理界頗具權威性的評論者傅博，深入解析林佛兒、杜文靖、林崇漢推理小說的風格，以及各自可能的淵源後指出：「今後，他們若能把自己的特色發揚光大，我相信台灣的推理小說之前途是很光明的。」[209]傅博先將三人作品風格分別歸入推理傳統中既存的流派，如風格派、本格派、獵奇派，後又認為他們的推理小說能夠在日後開展「台灣的」推理小說的前景，頗具有推理在台灣朝向在地化發展的期待；另如《推理》重要的評論者黃鈞浩針對《美人捲珠簾》評道：

207 見陳國偉：《越境與譯徑——當代台灣推理小說的身體翻譯與跨國生成》，第一章「跨國移動與知識譯寫——台灣推理文學場域的形成與世紀之交的重構」，頁60。

208 見杜鵑窩人：〈Re: 關於評選〉，【謀殺專門店・推理擂台】，二〇〇〇年三月八日，網址：http://www.ylib.com/class/topic3show2.asp?No=42608&Object=stage&TopNo=13903。（二〇一二／五／十二作者讀取）

209 島崎博：〈推理小說在台灣（下）〉，頁55。

> 首次看到台灣人能寫出國際水準的長篇推理小說時，真是嚇了一大跳，尤其《美人捲珠簾》之情節安排能夠處理得勝過許多外國作品，真使人又吃驚又興奮。[210]

這段評述更表現出對台灣本土推理作品「勝過」外國推理作品的驚喜，而在台灣人「能」寫出國際水準的敘述中，也顯示在當時台灣推理文壇的目標，即是如歐美、日本推理作品一樣，將台灣推理推向國際推理文壇。這些期待，也普遍見於譯者或讀者的反饋中，如丁世佳在《推理》創刊五周年時說：

> 身為文學愛好者，我欣見《推理雜誌》在國內文壇打出一片天下，更祝它日益茁壯，為國內偵探推理文學發掘出更多人才，使得有朝一日台灣也能在世界推理界佔有一席之地。[211]

丁世佳是《推理》中的重要譯者，他充分了解歐美、日本推理的特色以及足以建構其文類主體性的基礎，因此這種「佔有一席之地」的期望，除了反映當時台灣推理小說還不具有這樣發展規模之外，更凸顯了台灣推理小說邁向世界推理文壇的渴望與追求；身為創作者的楊金旺也在〈公寓裸屍〉獲獎後的感言中提到：「希望能經由這類比賽的舉行，多發掘具有潛力的新人，使我們的推理小說能逐漸並駕於日本，甚至能迎頭趕上歐美的先驅、前輩們」[212]，則是創作者的角度對「我們（台灣）」的推理文學產生未來的想像。

210 黃鈞浩：〈向「美人捲珠簾」的作者致敬〉，《推理》第三十四期，頁19。
211 丁世佳：〈推理雜誌五週年慶有感〉，《推理》第六十一期，頁19。
212 楊金旺：〈自己兩三事〉，《推理》第四十七期（一九八八年九月），頁45。

在這些評論呈現出如出一轍的期待，如傅博：「推理文壇所期待的就是台灣的愛倫坡、江戶川亂步等的出現吧。」[213]「期待明天的《推理雜誌》能出現台灣的愛倫坡和克莉絲蒂。」[214]巫姿慧：「使台灣早日出現能媲美江戶川亂步或克莉絲蒂等偉大作家的人物，讓我們的推理小說迷不再受『崇洋媚外』之議。」[215]陳銘清：「期待《推理》能培養出我們自己的『橫溝正史』或『仁木悅子』來。」[216]都可以發現評論者期待的是「我們」的愛倫坡、克莉絲蒂、江戶川亂步，都一再地顯示出台灣推理建立自身主體性的強烈期盼。

同時，除了長期關注推理小說及其發展的評論者之外，許多具有純文學作家與評論者身分的文學巨匠，在談論台灣推理小說時，也出現類近甚至更清晰的觀察，如葉石濤評《美人捲珠簾》：

> 最難能可貴的，可能是這本推理小說是屬於「台灣」的產物。小說的結構、情節、描寫也許受到外國作家的某種影響，但是小說具有的根本精神卻是紮根於台灣的土地、人民、風俗等獨有的傳統民族生活。[217]

這段評介中對舉了「台灣」、「外國」，強調即使寫作手法受到外國作家影響是明顯的事實，但是小說

213 傅博：〈讀「推理雜誌」有感〉，《推理》第四期（一九八五年二月），頁10。
214 見《推理》第二十五期，「名家賀詞」，頁14。
215 巫姿慧：〈讀推理雜誌一至四十一期本土創作綜合感想〉，《推理》第四十二期（一九八八年四月），頁17。
216 陳銘清：〈一切重頭〉，《推理》第六十一期，頁21。
217 葉石濤：〈評「美人捲珠簾」〉，《推理》第三十四期，頁15。

的「精神」卻是道地的「台灣」的產物，而成為這本小說最為重要與可貴的價值，深化推理小說與「台灣」地理環境與社會現實的密切連結，並藉以區隔外來推理作品，反映「本土」的政治意義，顯示「台灣推理」中「台灣」所涵涉的地域性與地理空間，具體定位「『台灣』推理」的位置，使得藉由「本土性」落實「主體性」的創作與思考徑路，成為一個極具開展可能的書寫型態。

這種思考的方向與嘗試，不只是個別評論者或作家的獨特見解，更是當時相當普遍的氛圍。《推理》作為當時台灣推理文壇最重要的據點，扮演最重要推手的林佛兒在創刊十周年的感言中說：

> 《推理雜誌》經過了改版、修正編輯方針，強化作家陣容，但萬變不離其宗，最大的一個心願，便是提倡及發掘本土作品和本土作家的崛起。[218]

這種有意識的挖掘、栽培本土作家從事推理小說的創作，存在著三個重要的背景因素：其一，在此之前，台灣推理幾乎沒有「本土」創作的開展；其二，「台灣產推理作家」的培養，能讓台灣的本土推理小說與國際、世界推理文學接軌[219]；其三，歐美、日本等推理作品的引介，造成台灣推理小說的寫作手法與書寫型態受到外來推理文學的影響甚鉅，因此「開創屬於我們自己的推理文學」[220]就成為《推理》肩負起台灣推理發展歷程所追尋的首要目標。

---

218 林佛兒：〈圓夢——推理十周年感言〉，《推理》第一百二十一期（一九九四年十一月），頁14。

219 見林佛兒：〈推理小說的點點滴滴〉，頁19。

220 見《推理》第三十七期（一九八七年十一月），「主編記事」，頁11。

「自己的」推理文學，必然樹立了與「別人的」——外國推理文學的分野。《推理》及早期本土作家的創作嘗試與實踐，雖表現出對以日本推理為主書寫型態的效仿，但仍傳達出相當強烈的主體意識，即使到了一九九〇年代楊照與陳銘清基於兩人對推理小說的純文學或大眾文學的歸屬及其創作手法、具體關懷的立場迥異而產生的論辯，而引發頗為廣泛且劇烈的討論時，這種意識仍然使得這些看似「殊途」的爭論，最終仍「同歸」於「獲得閱讀歐美、日本推理所無法得到的獨特滿足」[221]與「唯有超越模仿，寫出更高層次且富含創意的作品，這樣才能存活，也才能期待推陳出新的本土推理作品」[222]所投注對台灣推理小說的本土創作與在地化歷程中「台灣」主體性的深切期待。

也就是說，不論文學性／通俗性、知識階層／大眾或社會性／推理性的對應、論述與辯證，如何形構現今以當代推理文學的視角，回觀早期台灣推理小說的某些定見，這些討論最終都聚焦在如何創造「台灣推理」；即使二〇〇〇年後的本格復興工程成功取得當代台灣推理文學場域的主流典範詮釋權力，卻還是保持著「台灣推理」的框架，即他們的創作仍然是「台灣推理小說」，也仍然尋求著推理在地化的可能並找尋屬於「台灣本土」的推理書系，這也表示「台灣」所指涉的地域性範圍與象徵，是台灣推理小說發展史中最穩固不變，卻也是最漫長的追求。

二、如何推理，怎樣「地方」？

評論者們對「台灣」的地方想像主要聚焦兩個面向：首先是作家身分的「本土」與否。林佛兒明確地宣示台灣四百年來本土推理小說陷入空白的主因，並不是因為這段時間完全沒有人寫作推理小說，而

221 楊照：〈「缺乏明確動機……」——評台灣本土推理小說〉，頁147。
222 陳銘清：〈超越模仿，推陳出新的期待〉，頁17。

是因為「根本沒有國人創作的作品」[223]。換言之，林佛兒提出的「本土」身分，至少排除了日治時期「在台日人」的日文創作以及台灣古典文人的漢文寫作兩種淵源，即必須具備「在台」、「台人」以「現代中文」寫作等要素，才能取得台灣本土作家的身分，他們所創作的推理小說，始得稱為本土推理小說，本土推理小說的類型，也才能夠進入台灣推理小說的文學場域中討論。

其次，是在小說敘事背景的本土／非本土，即故事情節是否以台灣本土為主要背景，成為首要判斷其小說是否具有在地性與本土性的關鍵。如向陽指出《收藏家的情人》的敘事場景的特點：

> 覆按「收藏家的情人」六篇作品，有三篇場景設在異域（分別是日本東京、美國舊金山及南美各地）、有一篇解索地點及主角為日本人，只有「我愛妳」與「太陽當頭」場景是在台灣（不巧，這兩篇又未臻完美）。[224]

這個異域場景的設定，對向陽來說無疑是無法表現台灣本土的缺失，因為他期待並建議林崇漢從「八〇年代的台灣」的時空持續寫作，並指出這個方向具有「本土推理的無限開發與創造的可能」[225]，快速地將台灣的故事場景設定與敘寫扣連了台灣的「本土」。

然而弔詭的是，從一九八七年開始徵稿的第一屆林佛兒推理小說獎，到一九九一年第四屆林佛兒推理小說獎評選結束，包括前三屆的首獎〈死刑今夜執行〉、〈生死線上〉、〈遺忘的殺機〉，第三屆評

223 林佛兒：〈當代台灣推理小說之發展〉，頁317。
224 向陽：〈推之，理之，定位之——序林崇漢推理小說集「收藏家的情人」〉，頁15。
225 同前註，頁14－15。

審推薦獎〈一貼靈〉與各屆佳作〈真理在選擇它的敵人〉、〈來者不善〉等，在敘事中都有很大比例以異國異地為故事背景，而非以台灣本土為敘寫對象的推理小說，即這些小說故事完全在中國、瑞士、日本、紐約等地發展，在以「台灣」與「本土」密切連結的地方性視域下，這些作品完全無法聯繫所謂的「台灣的推理小說」的意涵與概念；可是，在一九九〇年代以前台灣最具指標意義的推理文學獎中，這些以異國異地為敘寫對象的推理小說，卻又囊括了最高的獎項，反映出至少在一九八〇—九〇年代間，台灣推理文壇對於推理小說中以「台灣」為主體的地方想像，事實上還充滿著不確定性。

直到楊照一九九三年對台灣本土推理的定義，某種程度上才將台灣推理小說地域性特徵的界義理論化。他首先將「本土推理」廣義的定義為：「原作以中文書寫，並在台灣發表的推理小說」[226]，即它基本上延續了林佛兒所認為的「本土」，應具有地方意義與語言的在地化特徵；然而，楊照顯然認為僅只是廣義定義，仍然無法表現本土推理小說真正的本土內涵，因此他進一步狹義的解釋：

> 尋求台灣社會為背景，在推理探案過程同時描繪、探索本土特定面相的作品。[227]

廣、狹義定義與解釋的最大不同，即在於「本土特定面相」的探索，同時這個探索必然基於「台灣社會背景」。然而，楊照實際上並未具體明言「本土特定面相」所指為何，不過他對余心樂「小說中和台灣相關的成份極其稀薄」，以及林佛兒、葉桑、林崇漢等一起寫小說的「台灣土生土長的作家」，也都「忍不住要在作品裡加些異國風情」，並對馬波「援用翻譯名著內容於鄰家命案時創造出一種特殊的

226 見楊照：〈「缺乏明確動機……」——評台灣本土推理小說〉，頁142。
227 同前註。

更文張力」[228]的種種批評，都暗示了在這層定義中，「本土」已不完全是「土生土長」的台灣身分得以涵蓋，更重要的是推理敘事是否能以「台灣」的地景與本土風情和台灣社會扣合，並反映一般的社會價值。這樣的思考，似乎重回向陽對當時台灣推理小說發展的期待。

楊照發表了他對本土推理的定義與意見後，陳銘清反駁指出：

若一個作家創作仍侷限在以台灣社會為背景，汲汲於探索、描繪本土特定面相，則格局未免太小了些。所以對「本土推理」只宜以「作品以中文書寫，並在台灣發表的推理小說」來規範，而不應再加上一些無稽之談來限制。畢竟所有文學作品的創作之濫觴，作者無可避免會先以自身熟悉的人、事、時、地、物來創作，限制作品的取材範圍，無異於作繭自縛，以此去苛求別人，可就不太厚道了。[229]

這段話大致上有三個層面可以更深入的理解：其一是他明顯為了「旅歐」作家余心樂進行辯解，楊照認為余心樂作品中唯一與台灣相關的，還是「移民」去瑞士的偵探張漢瑞，但陳銘清卻認為「時空都在瑞士，讀者雖不熟悉，卻不致有排斥感」[230]的原因，在於作者創作時習以身邊熟悉的事物為取材範圍，他認為這是所有「文學作品」創作的必然途徑；其二，針對楊照批評台灣本土推理小說習於加入「異國情調」，象徵外國推理文學傳統的成規對本土推理的主導與干涉，陳銘清則認為「描寫異國風情絕非深受

228 同前註，頁143。
229 陳銘清：〈超越模仿，推陳出新的期待〉，頁12。
230 同前註，頁13。

外國作品影響」，除了因為他舉日本森村誠一、山崎洋子的推理小說將故事場景延伸到台北、香港，根本不是受到台、港作家與文學傳統的影響外，更重要的是「詳究這些外國的場景，也不是沒有必要的牽強附會」[231]，表示這些異國異地的書寫，在小說中具有表述作者親身經歷與體驗的功用；其三，陳銘清認為「本土特定面相」是一個格局狹隘的觀看方式，他指出台北的「國際性」，反而才是在與「拜交通便捷之賜，世界已宛如一個地球村」的跨國連結中塑造台灣主體性的方式。

楊照與陳銘清對台灣推理小說發展的本土推理路線與走向的討論，看似南轅北轍，但共同的是，他們都沒有舉出實際的「解決方案」。例如楊照提出台灣社會與本土面相的扣連可以建構台灣主體性，並用以突破外來推理傳統的陰影，但是他並沒有具體指出如何的形構方式可以達到這樣的效果；反而是陳銘清認為作者創作時「會先以自身熟悉的人、事、時、地、物」作為取材範圍的思考，補充了楊照論述的空缺，但他的論點只是合理化台灣推理小說中「異國」的相關敘述，意即這些異國異地，剛好成為台灣推理小說走向國際化的最佳示範與途徑。

不論如何，楊照與陳銘清的辯論，都反映出當時的評論者對於台灣「地方」的想像是相當簡化的；以台灣為故事背景的推理小說即具有台灣的在地性與本土性，或是異國景致的敘寫即足以象徵台灣在國際化潮流中所佔有的位置，都是從地方表象的「本土／非本土」作為判斷標準；所以從對楊、陳兩人對本土推理的定義中，仍然發現在比較具有交集的定義下產生許多的「特例」，如具有香港作家身分的溫瑞安、方娥真，作品同時在香港、台灣進行發表或連載刊行；本土作家思婷所有推理小說創作都在台灣發表，但是每一篇都以中國文革時期的社會背景作為主軸；旅歐的余心樂雖然以瑞士為故事背景，但小

231 同前註。

說情節內容，卻往往只記述與具台灣身分的角色互動等等，都顯示這個定義必然存在著某些與實際的推理創作脫鉤的面向。

另一方面，早期台灣推理文壇對社會性追求的核心價值，在於社會性的建構可以達成本土性；也就是說，小說以當時社會問題亂象、新聞事件為主要的描寫對象，而且當這些小說的背景「是在台灣的台北市和高雄市，至少比東京或倫敦還有親切感」[232]，可以補足讀者可能受到小說中社會性的凸顯，而降低對推理性解謎樂趣的缺失。

換言之，推理小說中台灣社會性的描寫可能因為它貼近讀者所處的地域環境，而產生台灣本土的情境，本土性的建立又無庸置疑地與台灣的地域性特徵相互扣連，使得社會性直接替代了地方性的陳述，即社會現實與社會批判，所暗示的「台灣人」的命運、「台灣人」的生活處境，實際上都架空了作為「地方」的台灣的本質意義，它反映的仍然是台灣社會的寫實情境，而不是地方的意義與內涵。舉例而言，林佛兒在《推理》的發刊詞上指明推展台灣推理小說的重要目標與意義：

> 台灣的生存環境和社會變遷，已從三十年前的日出而作，日落而息的農業型態，變得紙醉金迷、城開不夜的墮落的、腐化的大染缸。偷竊橫行、男盜女娼、寡廉鮮恥，識者莫不搖頭嘆息。《推理雜誌》……也希望對心理建設、社會秩序、奮發朝氣有建樹和裨益。[233]

因為這個前提，使得幾乎所有早期台灣推理小說所描述的社會性，都帶著「台灣」的預設，即揭發人性

232 黃鈞浩：〈寫實型本格派之創作典範——解剖台上的《情繭》〉，頁23。

233 林佛兒：〈總是一份期待〉，頁14。

真實與社會醜陋面向的同時，都不只訴說台灣當時代的生存情境與變遷，也連帶指涉了台灣的地方環境與地理空間；然而，小說中出現眾多「事件」的組合而交織出的「社會」現實，是當時台灣推理評論界的主流觀點，甚至具有典範意義，反而「台灣」的地理樣貌與地域特徵，並不是真正被關切的重點。對筆者而言，這才是早期台灣推理小說發展所面臨的最大困境。

這樣的情形，顯示出早期台灣推理小說從社會性到地域性的連結、替代過程中，過於直接地把「台灣」放入社會情境，從社會寫實的本土性連結台灣性，致使在當代推理文學場域及研究的視域中，仍然出現類似的情形。例如陳國偉研究中反覆提到的「在地化途徑」，無論是挪移了台灣鄉野空間的自然恐懼，加入了在地性的民俗傳說，或是透過偵探身體重新描繪的都市地理，事實上都仍然是基於「台灣=本土」的假設，即只要小說敘寫的背景出現台灣地方的地名、地景或相關敘述，都能夠顯現台灣的地域性特徵，因此都仍然收編到「台灣推理小說」的框架下；但因為這個前提缺乏論證的過程，使得台灣推理小說的發展中，在不論是一九八〇年代向陽、一九九〇年代楊照、陳銘清或二十一世紀後陳國偉基於不同世代推理小說的觀察與評述中，竟一致透露出台灣推理發展的困境，是來自於在地化未能完成的訊息。

然而，較少有研究者注意到早期台灣推理小說中，其實已經出現非常繁複的「地方」思考與辯證，特別是「地方」在推理小說中的意義，不只是一個理性的、科學的空間，並作為小說發生的場景而已，更多的時候這些「地方」，往往暗示著在「人如何利用地方」以及「地方如何反映人的行為」的過程中所生產的在地性。

當然，早期推理小說的「地方」建構終究匯流為「台灣性」所暗示的台灣社會的空間與範圍，並用以扣連本土性與推理文學在台灣的在地化歷程，回應建構台灣推理主體性的企圖，但是通過在地性生產過程的理解，事實上也能夠釐清許多當時未能解決的爭論，及當代推理文壇回顧早期台灣推理小說的侷限。

第三章　台灣推理小說的「在地性」建構

「空間」和「地方」的意義，不僅在日常使用的詞彙中互有疊合，放置在人文地理學的理論脈絡中，更具有互為對照的意義。人們分析或探究事件或事物所發生或存在的所在時，必須同時理解其中的空間意義與地方意義，才能深入地了解作為空間或作為地方的不同象徵意象。

John Agnew認為「空間（space）」和「地方（place）」在地理學的討論中，最終不只是關於事件在「何地」、「何時」發生，進而解釋「如何」以及「為何」發生，更是聚焦在「空間」和「地方」兩者如何產生差異。他指出「空間」和「地方」兩者雖都與事件或事物存在於哪裡（where）相關，但是它們對「哪裡」的象徵指涉卻通常存在著不同甚至是相對的理解，最好的方式是同時檢查兩者，而不是分別論述[1]。

Edward Relph也認為定義地方時，應強調人的主體性和經驗，以及人如何透過地方表述個體或群體面對世界的態度[2]。早期地理學對空間與地方的界義，主要來自於人們感受與理解「空間」與「地方」

---

1 見John Agnew: 'Space and Place', in J. Agnew and D. Livingstone ed. Handbook of Geographical Knowledge（London: Sage, 2011）, pp. 316。

2 見Edward Relph: 'Place and Placelessness'. in P.Hubbard, R.Kitchen and G. Vallentine ed.Key Texts in Human Geography（London: Sage, 2008）, pp. 43－51。

所指涉的「位置」不盡相同，而產生這種差異的原因，即是「人」在這個位置中所扮演的關鍵角色。

Tim Cresswell在定義「地方」概念時，則用了「空間」去解釋它：

> 是什麼使它們成為地方，而不單單是房間、花園、城鎮、世界城市、新興國家和有居民的星球？有個答案是，它們都是人類創造的有意義空間。它們都是人以某種方式而依附其中的空間。[3]

他舉出報紙上大型家具商場「將空間改造成地方」[4]的廣告，說明「地方」是因人們因為依附而被創造或生產的「有意義空間」，意即人們可以透過兩者各自涵涉面向的不同，理解個體或群體的生活經驗、身體實踐及主觀感受，以及這些「人」的行為如何促使空間轉變為地方。綜合而論，地方是被人們創造出的有意義空間，這個意義來自人的主動賦予，而反映人們的經驗；同時，這個空間也因為承載了人們豐富的經驗，而成為地方。

Cresswell對地方概念的詮釋，表現出幾個很重要的思考面向。首先是空間和地方的範圍與意義雖然可能疊合，但之所以人們可以稱某個空間為地方，更重要的原因是人們賦予這個空間特定的意義；其次，從空間到地方的過程中出現了兩個關鍵問題：「為何要創造地方？」以及「如何創造地方？」意即從人們指稱一個空間到指稱這個空間為一個地方時，在他們的視野中，空間與地方的概念和意義已然不盡相同。

3 Tim Cresswell: In Place／Out of Place: Geography, Ideology and Transgression（Minneapolis: U of Minnesota Press, 1996），此據王志弘、徐苔玲譯：《地方：記憶、想像與認同》（Place: A Short Introduction）（臺北：群學出版有限公司，二〇〇六年），頁14。

4 同前註，頁16。

人文地理學家著力探討從空間轉變為地方的因素，以及人們究竟覺得哪裡不同、為什麼不同。Agnew以「區位（location）」、「場所（locale）」、「地方感（sense of place）」[5]等三個面向界定地方涵涉的本質；Cresswell則據此分類，進一步認為，當地方進入了這樣的定義討論時，就表示地方的概念至少應該包含一個相對客觀的「地理環境」、發展人際關係的「社會場域」以及人基於地方的「主觀感情」三個面向[6]；換言之，個體在某個特定的地理空間中產生群體行為的社會關係時，個體或群體的經驗勢必創造「這裡」或「那裡」的不同指涉，而這種經驗一旦積累到無法再用「這裡」或「那裡」指稱一個空間時，「地方」就會被獨立出來。此過程及意義的被凸顯，在本書的論述中，即是「在地性」的生產與建構。

從在地性的角度思考，當Cresswell對地方進行一個更直接與常見的定義：「有意義的區位（a meaningful location）」[7]時，空間即以一種更具體的「區位」概念變為地方。從英文字源做簡單的考察，由地方（place）到區位（location），在地性（locality）必然被生產，或催化了這種轉變。Yi-Fu Tuan認為：「空間轉換成地方，地方獲得定義和意義。」[8]意指當陌生的空間變成如「鄰里」的形式，其中必然包含空間概念的描述，以及一種地方的親切經驗，這樣的經驗，指向在地性的表顯。因此，他進一步認為：「人類不僅識別自然界的幾何圖型而在腦海中創造抽象空間，同時也將他們的感覺、想像和思想注入實體的環境物件中，……地方和對象物給予空間幾何學的個性而使空間有明確的定義。」[9]

5 John Agnew: 'Space and Place', pp. 326－328。
6 見Tim Cresswell著，王志弘、徐苔玲譯：《地方：記憶、想像與認同》，頁14－16。
7 同前註，頁14。
8 Yi-Fu Tuan著，潘桂成譯：《經驗透視中的空間與地方》（Space and Place: The Perspective of Experience）（臺北：國立編譯館，一九九九年），頁129。
9 同前註，頁14－15。

人類感官經驗的投注，將使空間具有獨特的意義，空間與地方也因此產生差異。

Allan Pred指出這種「差異」顯現於地方的內在經驗、外在世界，以及社會參與過程中，伴隨個體間的共同參與和互動，表現在制度與規劃中。他明確地提到：「被我們感覺到的地方，是不能被凍結的，而是個體（或集體）積極參與時空之流的結構歷程的不斷變化的副展品，所有的……人造物，和相關聯的活動，透過『佔用地方』或是佔用和轉換空間與自然，而共同建構、維繫和塑造了地方。」[10]也就是說，人們的主觀感受或意識形態，對經驗與生活的空間出現某種目標或意圖，進而產生日常實踐，人將與空間產生互動與相互的影響；意即人的日常經驗與實踐、想像與感受，可能促使空間轉為地方，而成為自身情感依附的對象，產生情感的認同。

「地方感」即是人在由空間轉變為地方的過程中，所凝聚的「認同」。Yi-Fu Tuan認為地方感的存在，源於人在移動中的停頓，使得這個停頓的地點變成主體感覺與價值的中心，經過與其他地點的觀察與比較後，可以確認人類對某一地方的感性深度與依賴感[11]；Mike Crang則認為這種感性與依賴，可能構成「歸屬感」，這對於人類而言是至關重要的，因為「人群並不只是定出自己的位置，更藉由地方感來界定自我。」[12]所以，人們對於某個地方有了主觀情感的依附和歸屬，就會形成「地方感」，它反映了人類建構地方意義的同時，地方也作為個體主體性本身建立的依據[13]，而地方感也體現了人們存在地

10 Allan Pred: 'Structuration and Place: ON the Becoming of Sense of Place and Structure of Feeling', Journal for the Theory of Social—Behavior, 13(1), 1983, pp. 45－68，此據許坤榮譯：〈結構歷程和地方——地方感和感覺結構的形成過程〉，夏鑄九、王志弘編譯：《空間的文化形式與社會理論讀本》（Readings in Social Theories and the Cultural of Speace）（臺北：明文書局，一九九九年），頁89－91。

11 見Yi-Fu Tuan著，潘桂成譯：《經驗透視中的空間與地方》，頁130。

12 Tim Cresswell著，王志弘、徐苔玲譯：《地方：記憶、想像與認同》，頁14。

13 見Jeff Malpas: Place and Experience: A Philosophical Topography（Lonton: Cambridge University Press, 1999）, pp. 35。

方的經驗事實[14]。

如果說，在地性推動空間轉變為地方，地方感即具備形成與展現的基礎，那麼，從在地性建構，觀察本格復興前的台灣推理小說時，可以發現這個過程固然聯繫了台灣推理發展的在地化與本土化歷程，但是，小說敘寫的人與其所在地方兩者間的關係，卻顯現出不同的區位類型，進而造成在地性光譜的移動，這種移動顯示出早期台灣推理小說中社會關懷的主軸，以及衍生出文類主體性的辯證，可能還有許多討論的空間。

本章在以下的幾個小節中，將由「區位」、「場所」、「地方感」的建立與形成，探究地名或地景作為一種區位、日常景態發生的場所以及在地記憶與地方認同的構成等等議題，尋索台灣推理小說在地性建構的特色與其重要價值，進一步討論台灣推理小說從「在地性」到「台灣性」的歷程中的面臨的困境與反思。

第一節　建立「區位」：在地性的邊界

一、區位的涵義

Agnew認為「區位」是「地方」的三個基本面向之一，區位的判定與建立，是界定「空間」與「地方」具有不同意涵的重要方式。他指出我們時常將地方與空間兩個概念同質化，或者認為我們生活、

14 見Tim Cresswell著，王志弘、徐苔玲譯：《地方：記憶、想像與認同》，頁55。

生存的空間就是地方，但這樣的觀念，實際上已經表現出人們所認知的「地方」，已經因其特殊性而從「空間」的概念中被區別出來[15]。在Agnew的觀點中，那個與地方同質化的「空間」實際上是「區位」，因為這些空間通常是人類所創造出來的地景、建築物或社會型態，並且是人們熟悉的生活空間，這和單純的空間概念已有了意義上的轉化。

因此，區位背後所代表的意涵，實際上就是「人」的日常生活經驗，也就是在人文地理學的理論當中所強調「人」在空間轉為地方意義的主導位置；因此，Cresswell認為地方一詞在日常用語中經常就是區位[16]，例如「我住這個地方」，或是「我是這個地方的居民」，這些話語中的「地方」，除了可能表現一個如地名或某個地景等相對客觀的地理環境或空間存在外，還表示放置某事物或為特定目標而標定的一個地區、範圍；反過來說，地名或地景可能作為某種客觀的背景條件，但同時也可能具有在地性的意義。

因此，人對在地知識的掌握，成為了解地方的重要途徑之一；人們了解地方，不太可能只是知道其地名或有什麼地景，更關切的可能是為什麼會有這些名稱、景觀，以及表現了何種在地生活，蘊含了哪些風土民情；換言之，作者或敘事者必須充分具備對地方的認識與知識，才能妥切地界定出地方的範圍，尋繹蘊藏其中的在地性，才可能使區位被建立。

「地名」是人們指稱一個地方最直接與最習慣的方式。當一個空間或地方不再只是「某地」、「這裡」、「那裡」，而是以一個具體的名稱進行不論是地理方位的定位或概念上的說明時，已表現出屬於這個地方的在地性逐漸被建構，這個地方因指稱地名而產生強烈且具體的指涉意義，具有足以和其他地方區別的獨特內涵。

15 見John Agnew: 'Space and Place', pp. 316。
16 見Tim Cresswell著，王志弘、徐苔玲譯：《地方：記憶、想像與認同》，頁14。

地名具有連結在地經驗的可能外，地景也是討論區位如何被建立的重要線索。Cresswell認為地景結合了局部陸地的有形地勢（可以觀看的事物）和視野觀念（觀看的方式），在大部分的定義裡，觀者位居地景之外[17]。Cresswell的理論，以觀者的位置，將地方和地景區分開來；有形的地景固然是應當被注意的對象，但觀看地景的方式，可能是更重要的關鍵。這樣的思考，便和本節探討的在地知識趨近地方，而建立區位的模式有了相互映證的可能。

但是，必須注意的是人們的歸屬感、對地方的認同等，都受到在地性的尺度與邊界的影響，即在地性的範圍越大，其邊界越不明確[18]；換言之，在地性暗示著邊界內、外的個體或群體，將分別擁有各自的在地性特徵（包含了不同的在地經驗、記憶、情感、認同等），進而產生互動甚至衝突，這樣的關係，似乎更加確立了本格復興前台灣推理小說的幾種不同的區位類型，形構出不同的地方型態。

本節以下將針對早期推理小說中的地名與地景，討論透過在地想像確立地名與相對地理環境的關係，或透過觀看地景，凸顯標定一個地區的特殊意義，在於連結在地經驗，呈顯以在地知識趨近地方的在地性生產模式，這個模式使得文本中的空間更接近於一個具有地方意義的區位，其中也隱含了不同區位類型的思考。

二、地名的暗示

區位的建立具有劃定範圍的意義，即必須確立足以區別一個地方不同於其他地方的特殊性，才能讓空間產生獨特的地方內涵。以林佛兒《美人捲珠簾》為例，小說中葉青森命案發生在韓國漢城，而漢城

17 同前註，頁19－21。

18 見楊弘任：〈何謂在地性？從地方知識與在地範疇出發〉，《思與言》第四十九卷第四期（二〇一一年十二月），頁5。

的在地性建構，則透過葉青森與朴仁淑的對話呈現：

「我覺得我們漢城太窮了，內戰時期所受的創傷至今尚未恢復，要不然我們可以做得更好更多……豈只地下鐵而已，我們想辦亞運、想辦奧運……我們有很多理想，唯一的理由，便是我們要生存、要進步，不進步，不突飛猛進，便會被我們的敵人消滅了……」[19]

一九八〇年代漢城正密集地發展現代化的建設，朴仁淑在這段對話中是以「地下鐵」及「亞運」、「奧運」的舉辦為指標，進而使得韓國、漢城與日本、東京形成明顯的對比[20]。人們想像「地方」的過程，也逐漸塑造地方的區位特性。

首先，作者以「地下鐵」工程為主的現代化建設的興建，說明當時漢城處在都市型態轉變的歷史現實中，不僅如此，對於在地居民而言，這種轉變更是一種愛國情操的表現。也就是說，這種積極性的地方改造，反映出「如果不進步，就會被消滅」的危機感，在文本中構築了漢城作為一個地方的獨特面貌，其中的區位意義，也表現在漢城被劃歸為一個向東京學習、模仿、競爭，甚至希望取而代之的城市。

19　林佛兒：《美人捲珠簾》（臺北：林白出版社有限公司，一九八七年），頁74。
20　在《美人捲珠簾》完成之前，亞洲地區僅有日本東京於一九五八年舉辦過亞運、一九六四年舉辦過奧運。因此朴仁淑所言：「我們想辦亞運、想辦奧運」，明顯是以日本為對照、比較的對象。一九八六年九月南韓舉辦漢城亞運，一九八八年十月接續舉辦漢城奧運的歷史事實，也完全符合小說中人物的話語和期待。

換言之，「漢城」這個地名，透過正在興建中的工程以及舉國上下為了舉辦亞運、奧運的決心，清楚地指稱了一個「地方」，並在歷史中切實地被應證；更重要的是，這樣的指稱源自於「在地居民」朴仁淑的觀察，並且在與「外地旅客」葉青森的對話中再次被驗證，意即漢城得以作為一個區位的範圍與意義，於在地經驗與外來者的觀察互動中更加被凸顯。

透過地名所暗示的在地經驗，最積極的作用在於明確地將地名和地方扣連，人們往往透過地方特性劃定他們身處的地理空間，使其具有獨特的內涵，也就表示小說情節發生的地理空間不僅不是憑空想像、杜撰的架空世界，而更偏向真實存在，並且足以被「證實」的地方。然而，這種在地經驗的敘述，實際上也蘊藏某種在地知識的闡發與介入。

例如林佛兒〈東澳之鷹〉中的「東澳」，即藉由在地知識的介入，確立了地方的區位特性。小說最初始的場景，是彭慕蘭參加公司舉辦的員工旅遊，搭乘遊覽車從台北往花蓮的途中：

> 車子正開向濱海公路。沿途景色宜人，右邊是青翠的山嶺，左邊的大海碧綠而廣大，白浪沖向路邊的礁石上，壯觀而且發出嘩嘩的聲響。[21]

這段敘述顯示兩個當時台灣的地理事實：其一是從台北到花蓮，遊覽車只能走北部濱海公路到宜蘭後，往蘇澳接蘇花公路；其二是敘述中的「右邊」是中央山脈，「左邊」是太平洋，顯示這群人的移動路線，一面向南，一面遠離城市。以下兩段敘述加強了移動位置的敘事角度，同時也強化了對蘇花公路

[21] 林佛兒：〈東澳之鷹〉，《推理》第三期（一九八五年一月），頁45。

的「想像」：

> 然後來到蘇花公路的起點——蘇澳。……車子正式進入蘇花公路，左側的蘇澳港停泊著一、二艘大油輪，在澄碧的陽光下冒著煙，再過來是南方澳漁港，也停滿了像積木般的小漁船，把南方澳擠得彷彿一幅市街的地圖。[22]
>
> 出岬出去，就是東太平洋最美麗的大海，蘇花公路沿山盤旋，氣勢驚險壯觀，把那些第一次經歷蘇花公路、坐在車內的小姐們嚇得花枝亂顫，哇哇大叫。[23]

自一九七〇年代始，蘇澳港和南方澳漁港已是台灣東部海上交通、漁業作業並肩負分擔基隆港貨運、促進蘭陽地區經濟發展的重要輔助性港口[24]，因此小說中沿濱海公路南下，依次敘述蘇澳、南方澳「大油輪」和「積木般的小漁船」的風景，不僅記錄當時所見景象，也保留了台灣歷史性的場景。

行文至此，作為篇名以及案件發生地的地名「東澳」雖尚未現身，但作者透過描寫北部濱海公路、蘇花公路等台北到花蓮的必經通路之見聞與場景，以及車內的乘客對公路的蜿蜒險峻感到驚嚇與恐懼的情

22　同前註，頁45。

23　同前註。

24　蘇澳港三面環山，一面濱臨太平洋，原南方澳及內埤兩漁港合併而成的小型漁港，可停泊大小漁船約一千艘。鑒於基隆港擴建不易，而決定闢建蘇澳港作為輔助港，並自民國六十三年起施工，民國七十二年全部興建完成。見林思聰編著：《臺灣省交通建設史蹟》（臺北：臺灣省政府交通處，一九九五年），頁205。

景[25]，已然說明了當時台灣東部交通與地理偏遠與阻隔[26]，及其引發的地方想像。

小說對東澳的描寫是：「當車子經過很高的陡坡再往下降時，可以看到前方一片瀕太平洋海濱的小小平原，海岸線一條細白，像鑲著花邊的裙裾——這個地方，就叫東澳，值得開發的一個世外桃源。」[27]「世外桃源」之形容，表示東澳在當時並不容易抵達；接著，作者即以在地知識切入了在地性：

> 所有經過蘇花公路到花蓮去的車輛，在這個第一個管制站，是他們互相會車的地方，因為前面那段叫清水斷崖，狹窄險要，所以交通單位把它規劃為單行道。從台北開到東澳的第一次管制是九

---

25 臺灣省交通處記載：「北迴鐵路通車（一九八〇年二月）前，蘇花公路是東部對外聯絡的唯一孔道，因限於天候及地質不良影響，道路之維護實屬不易。……原為碎石子單車道。」見林思聰編著：《臺灣省交通建設史蹟》，頁152－153。另可參照錢大群編著：《台灣公路巴士之沿革》（臺北：台灣省公路局，二〇〇一年）所述：「一天早午各一趟自花蓮蘇澳兩地對開，需時四小時，除第一輛外，後面的車輛幾乎在黃沙飛揚之煙霧中前進，到了蘇澳人都快散了。」等記錄，頁36。

26 早期的台灣推理小說亦有相似的描述，例如江川治：〈晨跑‧旅行殺人事件〉敘述白教授搭乘遊覽車從台北前往花蓮旅遊的沿途風景。車行路線上頗有類同：「車子經由高速公路北上行駛，在金山交流道駛往濱海公路，中途曾在宜蘭大理天公廟停留。……中午旅行團在宜蘭南方澳吃午餐，在這個以海鮮聞名的漁港。……車子自此開始駛上蘇花公路，由於部分路段管制單向行駛，因此走走停停，經過四個多小時，終於抵達花蓮。」其中對當時台北至花蓮唯一通路濱海公路、蘇花公路，以及蘇花公路的單向管制的東部交通公路史記載，都與〈東澳之鷹〉相同，記錄了其偏遠與阻隔的地理特性與歷史現實。見思婷等著：《林佛兒推理小說獎作品集1》（臺北：林白出版社有限公司，一九八九年），頁69、70、71。另如溫瑞安：〈撕海〉對「蘇花公路」的形容，包括「陡成九十度的臨海峭壁，上不著天，下不落地，盤旋曲折，驚險萬狀」、「視線所及，全是嶙嶙斷崖和茫茫大海，斷崖路、走不斷，前面的車子，轉一個彎，就不見了」等記述，也都強化了這條唯一的交通要道的險峻與不便。特別的是，這篇小說中還以公路開闢史的角度，描寫眾多「開路先鋒」們在穿鑿山洞、填放炸藥的過程中「走避不及，或被炸死，或為巨石壓斃，甚至墜崖身亡」的真實事件，具有強化地方地理特性的作用。見《他在她臉上開了一槍》（臺北：皇冠出版社，一九九〇年），頁86－87。

27 林佛兒：〈東澳之鷹〉，頁45。

點半，第二次十點，餘下每隔半小時一次，因此遊覽車開到這兒，一定休息半個小時，……從台北到東澳車程需二、三小時，再到花蓮也要二小時，……[28]

參照民國三十八年（一九四九）公布的「本省花蓮至蘇澳公路行車管理辦法」：「經指定該路全線蘇澳、南澳、大濁水、新城、花蓮等站為管制站，並在東澳加設一站，增派崗警駐守，嚴格執行車輛交會時間，不論軍、公、商車均應接受該線各站指定時刻行駛。」該辦法第二條：「凡行駛花蓮至蘇澳公路之公私汽車（包括軍用汽車）均應向公路局宜蘭設所轄各車站請領通行證方准通行。」第三條：「領有通行證之汽車應遵照各車站指定行車時間開行並服從各站站長之指揮。」[29]都說明蘇花公路在早年單線通車時期，南下北上車輛均需依管制規定放行。該辦法公告後至民國七十二年（一九八三）始進行拓寬計畫，民國七十九年（一九九〇）拓寬完成[30]，開放雙線通車，管制站功能始逐漸消失；〈東澳之鷹〉於一九七八年完成，此時蘇花公路仍施行單向通車管制，且必須要領有通行證才能進出東澳，強化了「世外桃源」的地方想像。由此可探知，作者在地知識的掌握，即展現於對東部台灣公路發展史的了解，因而選定東澳作為案件發生之地。

另外，吳組長最後的判案，是另一個在地知識建構區位的例證：

28　同前註，頁45－46。

29　見中華民國交通部公路總局建置「公路總局歷史回顧：歲月痕跡首部曲」網頁，〈蘇花公路演變及通行管制由來〉中所附之檔案（案號：0038／401／40／12／001，檔案日期：民國三十八年八月），網址：http://history.thb.gov.tw/index.html。（二〇一三／五／十二作者讀取）

30　詳可參見陳俊：《臺灣道路發展史》（臺北：交通部運輸研究所，一九八七年），頁611－618；臺灣省政府交通處：《臺灣交通回顧與展望》（南投：臺灣省政府交通處，一九九八年），頁166。

> 這三小時的時間，就是你從東澳飛快趕回台北的時間，我還可以更確切地說，如果你不是住在松山區，而是住在士林區，三小時以內你是趕不回來的，還有如果濱海公路還未打通，來回要經北宜公路，三小時也是趕不回來的，更重要的一點，如果交通工具是汽車的話，還會受到東澳站交通管制的影響，三小時更是困難和沒有把握，唯一可以解決這個問題的方法，就是騎摩托車！[31]

陳俊考述民國六十五年（一九七六）北部濱海公路的修闢情形：「公路自基隆市市郊八斗子漁港之碧砂橋起經深澳、瑞濱、水楠洞、鼻頭、龍洞、澳底、福隆至頭城，……頭城經二城、礁溪、宜蘭、羅東、冬山、新城至蘇澳港段，……合計全部施工路線九九公里。……六十八年八月完工。」[32]因此「如果濱海公路還未打通」之語義，直指〈東澳之鷹〉案件發生的時間，即是北部濱海公路通車之年，也因如此，兇手才能利用交通工具與路線製造不在場證明，並完成謀殺。這顯示作者對於地方的認識與知識，得以建構文本中的地方的特殊性。也就是說，這段敘述透過了時間、地理相對位置[33]與區位概念，包含對東澳的理解，及其在台灣東部交通的樞紐位置與管制站的認識，讓東澳成為謀殺案件中獨一無二的場景。換言之，如果東澳不存在其特殊的區位，往來蘇花公路的遊客就並非絕對必須在這個地方停留，那

---

31 林佛兒：〈東澳之鷹〉，頁65。

32 陳俊：《臺灣道路發展史》，頁498－499。

33 此處的松山區和士林區的範圍與目前台北市行政區域雖不盡相同，但據黃宇元主編：《臺北市發展史》（臺北：臺北市文獻委員會，一九八一年）記載：「松山區內有麥克阿瑟公路，可直接通往基隆」，見頁99。即抵達基隆後，可接北部濱海公路至蘇澳，再接蘇花公路至東澳，相較之下，士林區則無如此便捷的交通方式，因此成為吳組長判案時的重要依據；地理的相對位置，實是詭計是否能夠完成的關鍵，必須憑藉對在地的充分了解和知識始得形構，從中亦顯現與在地性的關聯。

麼謀殺案就無法成立；反之，則更加圈限出「為特定目標而標定的一個地區和範圍」的區位特性。

林崇漢〈骷髏與聖女〉則是另一種區位類型的展現。小說中受害者葉佩玲對男友錢鎮宇居所的描述：「這一帶住民一入夜似乎就很少出門，……這一幢公寓的盡頭就是漫山遍野的墓地。」[34]對她而言，這是一個十足的「鬼地方」。

當然，「鬼地方」環境與氣氛的塑造與想像，確實暗示了後續情節中「人頭戀」、「死人屍骨」的詭計設置，但在區位的討論中，作者一直到小說中段後，才透過葉佩玲的友人楊同與林琳的對話，設定了場景的區位：

> 現在寸土寸金，活人與死人爭地，好多建築商找不到地皮蓋房子，把公寓蓋在墳堆旁，照樣住滿了人。……妳家不是在公館附近嗎？汀州路在三十多年前還是鐵道，公館附近過鐵道就是一片亂葬崗。搞不好妳家的地板底下還有古人的骸骨呢！[35]

對話中的「亂葬崗」與地下骸骨，呼應葉佩玲一開始對於「鬼地方」的想像，同時也透過地名，落實在「公館」與「汀州路一帶」。據《臺北市地名與路街沿革史》的記述，汀州路原是台北鐵道株式會社所屬之新店線，民國五十四年（一九六五）拆除後改建道路，民國五十七年（一九六八）完工[36]，〈骷髏與聖女〉在民國七十四年（一九八五）以前完成，楊同所言「三十多年前還是鐵道」、「公館附近過鐵

34 林崇漢：〈骷髏與聖女〉，《收藏家的情人》（臺北：林白出版社有限公司，一九八六年），頁195。
35 同前註，頁210。
36 見湯熙勇主編：《臺北市地名與路街沿革史》（臺北：臺北市文獻委員會，二〇〇二年），頁242。

道就是一片亂葬崗」的話語，大致上符合民國四〇、五〇年改建道路前的樣態，同時描繪了兩個不同年代公館與汀州路的差異。這段對話在小說中的意義，即是「區位」的建立，公館、汀州路在小說寫作當時及之前的地理樣貌與環境現實，正與葉佩玲的感官經驗相互吻合，也讓小說中謀殺的場景具有在地性的意涵。

葉桑〈再一次死亡〉也運用類似的技巧，小說描寫汪俊義前往土城的化學藥廠上班的路程：「不知不覺馳過了華江橋、板橋、土城，並噗、噗、噗的闖入工廠門口。」[37]從華江橋到板橋、土城的路線，對小說情節雖不具關鍵性的影響，但在當時從台北市到土城選擇走華江橋而非光復橋，更是在「不知不覺」的情況下馳過華江橋，顯示汪俊義的出發地（很可能是其租屋處）必然是在中華路以西、和平西路以北的龍山區[38]。

這個區域的暗示，說明了幾件地方的歷史。其一是一九五〇—六〇年代，台北市的發展重心主要在「三市街」的西區，一九七〇年代都市發展重心逐漸向東轉移，西區相對成為城市古舊和老化的象徵；其二是萬華是早期（一六六二—一八九五）台灣都市以「一府二鹿三艋舺」為核心成長的寫照，但時至一九七〇—八〇年代，鹿港、萬華在都市發展中幾乎成為邊疆地帶[39]；從繁華到衰落的地理特性，也符合小說中對汪俊義「因為本家不在台北」與「一個藥學系的畢業生，沒有錢自立門戶，也不想再繼

37 葉桑：〈再一次死亡〉，《愛情實驗室》（臺北：皇冠出版社，一九九〇年），頁112。

38 龍山區即今日的萬華區。《臺北市地名與路街沿革史》記載：「民國七十九年三月，台北市調整行政區時，將龍山區、雙園區及城中區部分（三里）、古亭區部分（十二里）合併為本（萬華）區。」見頁132。

39 見李文朗：《臺灣人口與社會發展》（臺北：東大圖書股份有限公司，一九九九年），頁29—30。

續深造」[40]的人物設定。此外華江橋自一九九一年六月起因為排洪考量進行拓寬工程，汪俊義仍能通行華江橋至土城，也間接證實了其創作時間，並展現當時的交通景態。

然而，不論〈骷髏與聖女〉中楊同與林琳的對話，或是〈再一次死亡〉中汪俊義的車行路線，對整篇推理小說的情節結構而言，似乎都多此一舉；小說作者即使不暗示案發處的正確位址，也不會影響推理的結果。但在這些小說中，作者仍透過自身的經驗，通過如公館、汀州路或華江橋、板橋、土城等地名連結小說情節與在地性之間的關係，其性質同樣是「為特定目標而標定的一個地區和範圍」，即這些地名是作者在推理小說中特別圈定的地理範圍，雖顯示作者的在地性追求，但與〈東澳之鷹〉不同的是這樣的區位限定，並沒有與推理的情節產生鏈結，這些地名的暗示，通常也僅表現當時地理環境的現實；換言之，這樣的邊界是比較模糊的，即它們的地理空間並沒有因為推理敘事而出現明顯的限定，使得這兩者之間的在地性尺度與邊界範圍，在小說中的作用就產生了明顯的差異。

三、地景的暗示與想像

除了地名外，地景（landscape）也可能形構一地的區位特性。人文地理學家談論的地景，通常具有人為的意涵，因此不完全是某種自然的景物，或即便它是自然景物，也必然會存在著人們對這個地景的定義或詮釋。

以《美人捲珠簾》為例，葉青森主要活動的範圍與場景被設定在韓國漢城，但作為一個外來者，他對漢城的地景卻沒有特別的興趣，小說寫道：

40 見葉桑：〈再一次死亡〉，頁104、103。

> 我覺得漢城沒有什麼特色，除了景福宮稍有些歷史遺跡外，明洞就跟我們台北的西門町一樣，人來人往而已，我倒希望妳帶我去看看你們的貧民區。[41]

這段敘述，表現出在外來者的觀察和認知中，漢城與葉青森在台灣的生活經驗並無二致；從另一個角度來看，因為葉青森缺乏漢城的在地經驗，使得他必須轉由對地景的比對獲得對該地的初步認識，如「明洞就跟我們台北的西門町一樣」之語，因此他轉而對比較屬於韓國本土地景的「貧民區」產生興趣。這正好顯示出在地經驗與外來觀點的衝突，如朴仁淑的回答道：

> 貧民區有什麼好看的！其實，你喜歡看古蹟，我應該帶你到慶州去看，慶州古城面積很大，比景福宮好看得多了。[42]

也就是說，地景雖然具有建立區位的作用，但對在地人與外來者的意義並不相同。因此，作者選定的視角，以及如何運用這樣的視角呈現在地經驗，便反映了他的態度。

葉青森和朴仁淑最終決定轉往仁川。朴仁淑說：「明天我帶你觀光仁川，當年內戰時，麥克阿瑟就是從仁川登陸反攻成功的。現在山頂上有他的銅像，是遊覽勝地。」[43]朴仁淑仍希望帶葉青森前往具有

---

41 林佛兒：《美人捲珠簾》，頁79。
42 同前註。
43 同前註，頁97。

觀光價值，且通常具有對外宣稱本土精神與象徵的「遊覽勝地」；他們搭著計程車，耗費不少時間抵達北山公園，來到麥克阿瑟的銅像紀念碑後，葉青森卻逗留不到五分鐘，小說敘述道：「他們祇好用自拍器照了一張相，就迅速躲進車廂了。於是，車子祇好下山，繞了幾個圈子，就又開上另一個小山坡。」[44]這仍舊呈現某種內／外的辯證與拉扯，同時這兩個「祇好」，讓北山公園、麥克阿瑟銅像等地景在葉青森的眼中幾乎不具實際的指涉意義。

行文至此，葉青森自然知道自己身處於一個不同於自我生長經驗的地方，並透過各種方式尋求、界定漢城、仁川的區位意義；同時，朴仁淑提供的在地經驗，卻又只是單向地建構了屬於韓國本地的在地性，因此作為外來者在觀看這些地景時，並未通往當地的獨特內涵，反而推向具同質性的地理空間。

他們離開銅像後，來到「舊社區」，小說描述：「這裡蓋著一些比較老舊的房子，不管一樓或兩層的造型，都像中國式的建築，紅瓦斜層，大門開著圓月形，關著的朱紅色兩扇木扉，用大毛筆字寫著對聯，像吉祥、如意、迎春、納福等等。」[45]作者對舊社區側寫的內容較北山公園銅像的敘述詳盡，葉青森對「舊社區」的關注與興趣，也明顯濃厚許多，這代表外來者對地景的觀看，仍取決於作者對當地的認識與認知。例如仁川舊社區除了房屋的造型充滿著中國式風格外，毛筆字、紅色對聯等物件，皆指向了中國文化，不僅如此，當地的居民學習的是中國話，也使用台灣來的教材，儼然是一個中國人的社區；然而，在韓國的傳統社區當中，特別突出了中國文化的影響，除仍舊反映了在地／外來觀點的不同焦點外，更明確地指出了一種「現實」，即「排華」的議題：

44 同前註，頁104。
45 同前註，頁105。

「在這裡，你們排擠華人嗎？」

「民族性和愛國心我想每個人都有，這裡的華人雖然都已入韓國籍，但到底還是華人，多少有點排斥，不過並不嚴重，因為他們不像在南洋的中國人一樣，獨佔和壟斷了當地很多的資產和財富。……我們的民族性雖然強悍，但不至於不講理，我們國家有移民政策，在南美洲的新興國家，政府鼓勵有組織的移民，因使我們已有很多人落籍在國外，幾十年後，他們也會形成一種勢力，就像現在華人在世界各地一樣……」[46]

這段對話表面上只在談述國家的移民政策，但是，從一個被特別凸顯其意義的地景來看，韓國的中國式舊社區實際上具體化了韓國的排華情形，即從地景出發，當不同的民族及其民族性並存於仁川時，可能反映了哪些衝突，或是在地觀點如何看待這些可能是外來的、入侵的文化形態；同時，仁川不僅作為朴仁淑的故鄉，她所使用的中文更是在這個舊社區中的華僑中學裡學習，小說寫道：「葉青森雖然從朴仁淑的言行裡，觀察到她對中國文化的崇仰，葉青森有時候甚至想到，朴仁淑對他那麼癡迷，可能一半因為他是用漢文、台灣人的關係。」[47]這也表示仁川的舊社區，既表現了台灣與韓國間的互動關係，又保留了當時韓國對於華人的態度以及相關的政策，而葉、朴二人又分別是台、韓籍身分，並且具有脫於常軌的情慾關係，也兼具小說情節的重要元素。

以仁川為例，起先參觀北山公園、麥克阿瑟銅像時，地方內涵並沒有被凸顯，小說人物反而快速地離開這個具韓國在地性的地景，使得地理空間因為未被詳實敘寫，而產生模糊性與同質化；然而，離開觀

46 同前註，頁105—106。
47 同前註，頁107。

光勝地，轉向一個甚至沒有特定名稱的地景，但更接近在地生活經驗的舊社區時，地景即產生獨特的意義，即在韓華人如何自處，以及如何與韓國文化互動、交流的過程，凸顯出書寫這個地方的獨特意義。

但更進一步來說，透過地景而讓空間轉為區位，進而指涉地方的過程，是藉由作者的在地知識介入而完成；也就是說，不僅是外來觀點（葉青森）擷取了地景中的中國文化符碼，也讓在地觀點（朴仁淑）表述了對中國文化的嚮往，甚至以「學習中文」、「中韓文翻譯」、「愛上台灣人」等等作為對中國文化身體力行的實踐；換言之，這個重要的地景旨在傳達或保留這樣的訊息：韓國對中國文化的吸納，而且在實際的移民政策中，也認同了某種落籍在世界各地的民族性勢力。更重要的是，作者透過書寫，見證了一種實然發生的景況，因此這樣的書寫策略是雙向的，一方面促使空間轉為有意義的區位，而表顯其中的在地特性，另一方面，以對在地知識的想像介入地景的觀看，保留共時性的記憶片段，進而反映某種真實的樣態。

《美人捲珠簾》的仁川舊社區可能出現在韓國任何一個地方，每一個地方，都可能呈現出相近的在地經驗；然而林佛兒的另一篇作品〈人猿之死〉，則是另一種類型。本篇故事場景明確地設定在台北市華西街，小說如此描述華西街的巷弄以及攤販：

> 白天行人稀少，偶爾年輕人騎著摩托車呼嘯而過。可是一到黃昏，走動的人群就多了起來，擺攤的小販從四面八方地擁過來，賣冰水的、賣草藥的、賣海產的、賣肉羹貢丸的，甚至賣毒蛇的，把本來就窄小的街，擠得像一條壞了的盲腸似的，人與人都要擦肩而過，交通為之阻塞，不要說機動車了。[48]

[48] 林佛兒：〈人猿之死〉，《推理》第四期（一九八五年二月），頁61。

作者觀看的位置在地景之外，即他是以一個外來者的角度觀察舊華西街的景象和樣態[49]。例如「坐落在一處古舊、老化的市區裡」的描述，除了反映出萬華的沒落以外，也說明了自台北市升格為直轄市後，行政區多次的重劃[50]。

行政區重劃的意義，在於縣市內部因本身地理環境資源條件不同而存在發展的差異，在整體資源有限的狀況下，行政區的整併實際上是結合地理與生活圈機能，使得資源可以獲得最有效的利用[51]，〈人猿之死〉所敘寫的華西街的景觀，即是台北重新規劃都市各區發展型態前的樣貌。也就是說，作者在觀察舊華西街時，採取的視角具有見證台北市發展區域轉移歷程的意義。所以，〈人猿之死〉對華西街也會出現具相同作用的描述：

> 這條夜市街在夜晚的氣氛和盛況，有若香港九龍彌敦道後面的廟街，和新加坡的牛車水：〈鹿囷〉集的黃臉孔人，搖晃的燈光，此起彼落的吆喝聲。型態還是典型的一種農業社會的市集，只是在街頭販賣了多一些現代化的產品罷了。[52]

---

49 現今的華西街位於台北市萬華區香火鼎盛的龍山寺附近，被桂林路分隔成兩段，是台灣專門規劃的第一座觀光夜市，以販賣各式山產、海鮮及野味小吃為大宗，其中以蛇店最為引人注目；但是，由文本寫成的時間來看，〈人猿之死〉於一九七八年完成，華西街改建為觀光夜市實是民國七十六年（一九八七）之事，因此林佛兒所觀看以及敘寫的當是未經重劃的老華西街。

50 《臺北市地名與路街沿革史》中提到台北市升格為直轄市後：「合併了南港、內湖、木柵、景美、士林、北投，成為現今台北市的主要範圍，民國六十一、六十三、七十年皆進行行政區域之調整」，而華西街所在的萬華區，在民國七十九年大幅度改變原有行政區前，屬於台北市的龍山區。見頁46、374－375。

51 見張瑞鑫等著：〈行政區域重劃之研究〉，《T＆D飛訊》第九十六期（二〇一〇年六月），頁2。

52 林佛兒：〈人猿之死〉，頁61。

此段敘述反映出當時的華西街非但不是一種現代性的進步象徵，而是城市迅速發展而遺留下來的某種老舊記憶。鄧景衡曾指出：「萬華在台北市發展的脈絡中，原是碼頭的出入口、對外交通的樞紐、吞吐貨物的嘴巴，後因城市商業中心、運輸系統與經濟重心移至中山北路、忠孝東路，才由『口腔』吞吐轉變為『生殖器』、『肛門』的排泄功能。」[53]這同時也是〈人猿之死〉中「擠得像一條壞了的盲腸似的」的現實。

當然這樣的現實，必須倚賴對城市發展的理解與知識建構，才能準確地敘寫處於都市發展過渡時期的地景華西街。最具體的實例是李漢洲的老大黑點與老二白花叫賣「神勇補腎丸」的賣詞：

「神勇補腎丸」大罐兩百元，小罐一百元，從來沒講價，但是今日阮要特別優待，特送大家寶品一項，這種東西拿到寶斗里去用，保證查某還要貼錢給你，這是什麼呢？這就是『羊仔目』，什麼叫羊仔目？幹！三歲囝仔不知道，你一定知道。這因為東西不多，只買大罐的才送，只限十位，快！只限十位……[54]

寶斗里是鄰近華西街的風化區，黑點與白花在華西街叫賣壯陽藥，把「羊仔目」當作「寶品」贈送，藉此吸引更龐大的買氣以及利益，意即在地生活的呈現，同時展示地景作為區位——作為特定標定的一個地區範圍——的概念。這樣的標定和在地想像與生活經驗密切相關；鄧景衡認為：「華西街的週邊地區為非正

53 鄧景衡：〈暴力、草莽、土地、情色、權慾——華西街的成人童話〉，《符號、意象、奇觀——台灣飲食文化系譜》（臺北：田園城市文化事業有限公司，二〇〇二年），頁173。

54 林佛兒：〈人猿之死〉，頁67。

式部門所圍繞，地下經濟乃是台灣經濟命脈與都市底層人們的生活息息相關。」[55]同樣說明這樣的觀點。這些透過外來者視角所觀察的在地性，立基於在地經驗，並在過程中保留了某種真實的景態，這種模式也促使文本中的空間更接近於一個具有特定區位意義的地方。

但是，地景並非在所有台灣推理小說中都扮演同樣重要的角色，例如葉桑〈風在林梢〉寫道：

> 紅燈亮了，劉宜雯煞車，不遠處正是永琦百貨。有個黃衣少女正大包小包地走過來，經過斑馬線時，還向等在一旁的駕駛人微笑示意。好可愛的少女，劉宜雯一面看，一面心中讚賞，卻因而想起了另一張面孔——陳品涼的堂表妹鄒盈琳。[56]

劉宜雯在經過永琦百貨時，突然想起鄒盈琳，而鄒盈琳又是引出嫌疑犯曹安鼎的重要關係人，但作為敘事中重要地景的永琦百貨，儘管具有作為以台灣本土企業引進日本百貨技術與資金的百貨公司，以及早期台灣三大百貨公司之一的特殊意涵，但在小說中，它只提供偵探推理的靈光一閃，而和透過在地知識建構在地特性的過程不盡相同。這種情形同見於〈竹葉林的秘密〉：

> 龍山寺的飛簷一隅，刻畫在紫霧迷離中，彷彿一隻號角似的，嗚嗚咽咽的吹出一首，不知在哪裏

---

55 鄧景衡：〈暴力、草莽、土地、情色、權慾——華西街的成人童話〉，頁175。

56 葉桑：〈風在林梢〉，《魔鬼季節》（臺北：皇冠出版社，一九九二年），頁193。

聽過的悲歌。[57]

在這段敘述中，龍山寺是具體的地景，且具有明確的歷史氛圍與地理環境，而這些氛圍和環境，又同時是小說中所描繪一九七〇—八〇年代的台灣景況，但問題在於此處的龍山寺，單純被視為一個地理景觀或建築物，它在小說中雖然足以圈限出一定大小的區位範圍，但幾乎不具有區位意義。也因此，根據這些地景所投射出的在地性，就具有極高的彈性，亦使得其尺度與邊界也顯得特別寬泛。

四、可／不可替代性：台灣推理小說的兩種區位類型

通過前述對台灣推理中小說地名、地景暗示與想像的區位特性，及其在地性與地方建構的討論，筆者發現早期推理小說並不以模糊的地理空間迴避地方的概念和指涉，顯示作為推理小說情節敘述核心的謀殺案件，勢必因為區位的被建立，而與身處地方之中的人相互鏈結。

舉例而言，當謀殺案件發生在〈東澳之鷹〉中的「東澳」這個地方時，這些與案件牽涉的人、事、物必然與當地有所關聯；另一方面，更因「東澳」在蘇花公路的開拓史中具有的歷史性符碼，被「東澳」這個「地名」指稱的「東澳」這個「地方」，就具備其地理的獨特區位，進而避免地理空間趨向同質化。

從故事情節來看，〈東澳之鷹〉的謀殺案必然發生在東澳的原因，是東澳作為蘇花公路管制站的區位特性，所以不論警察的推理，或兇手企圖製造的不在場證明，都必須以東澳的區位為核心；另如《美人捲珠簾》敘說的跨國戀與跨國謀殺案，其推理敘事也必然圍繞一九八〇年代向日本學習、並且意圖超

57 葉桑：〈竹葉林的秘密〉，《愛情實驗室》，頁201—202。

越的真實地方「漢城」，及透過朴仁淑和葉青森的互動所暗示東京、漢城與台北彼此的區位關係上。

當然，台灣推理小說中也存在另一種區位的類型，如〈骷髏與聖女〉中透過公館和汀州路今昔的對比，運用趨近真實的地理圖像，營造出符合小說情節的氛圍，亦凸顯謀殺案件與其發生場景和地方的連結，〈再一次死亡〉則從上班的車行路線，確立地理區域，進而圈限發生謀殺案件的特定範圍。然而，這些因地名而限定的區位範圍，卻與文本情節沒有直接關聯。

在地景方面，無論《美人捲珠簾》中的仁川舊社區，或是〈人猿之死〉的台北華西街，雖不一定被某一個特定名稱指稱，但它們都不僅是作者觀看的地景，更是一個被標定的範圍，並與特別是當時人們的生活情境密切連結，而這種連結則基於作者觀看地景的方式以及視角。

更具體地說，作者明顯以「外地」觀點觀看《美人捲珠簾》和〈人猿之死〉中的地景，反映出外來者的想像。這種在地想像，讓區位得以因其特殊性而被建立。而作者確實有權力透過想像與敘寫在文本中呈現完整或部分的在地性，意即文本的內容，或許不一定完全等同於真實的「在地」，但這並無礙於在地知識趨近地方並且形構區位，進而呈顯在地性的模式。

另一種針對地景的區位類型，顯然不具如此複雜的脈絡。例如《美人捲珠簾》的北山公園、〈風在林梢〉的永琦百貨和〈竹葉林的秘密〉的龍山寺等，作者雖有意識地透過具體存在的地景，確立地理範圍，這些地景在某種程度上也都讓小說情節落實在近乎於真實的時空情境下，但卻因只對歷史氛圍或背景進行描寫，相較之下與以在地知識形構區位特性較不相同。

這兩種對地名的暗示、地景的召喚或想像，皆通過區位的建立促成在地性的生產，但因為觀察視角或地名、地景本身在小說中所扮演的角色、被賦予意義的不同，將產生在地性尺度與邊界的範圍差異，更具體地說，這些區位範圍，究竟是否具有「可替代性」？

回到對「區位」的理解，人建立區位的同時，空間將轉變為地方，除了因為「區位」的概念與範圍由人界定外，人們基於在地經驗，主動賦予客觀地理環境的主觀感受，亦使空間逐漸具有限制性，而趨近地方。

這種「趨近」傳達了一種可能：區位的特殊性與限制性越高，在地性的生產與指涉會被限縮在越小的範圍內。例如〈東澳之鷹〉的東澳具有獨一無二的區位特性，當時所有遊覽車要通過蘇花公路時，無一例外地需在東澳停留半小時，這段時間恰好被兇手利用進行謀殺與建立不在場證明。這些敘寫，完全限制此起謀殺案只能發生於東澳，而非其他甚至具有相似管制站功能的城鎮，意即東澳高度的區位特性，使其在地性也必然完全扣合東澳才得以展現。

同樣的，〈人猿之死〉的華西街，包含歷史情境、生活機能等地景書寫，也因蘊含台灣文化的歷史符碼，使小說文本所敘寫的夜市街道具有不可替代性，連帶地讓在地性，得以透過外來者的視角再現於當地的生活景況中。

〈東澳之鷹〉與〈人猿之死〉，具體演示台灣推理小說具「不可替代性」的區位類型，地方因其區位特性而產生獨特意義，也讓這類型的小說中出現明顯的外來／在地觀點的互動。另如葉桑〈畢氏定理之謎〉描寫孟德爾、小紀和一群朋友一趟「翻過山的那個小鎮」的「金山之旅」：

> 沒有汽車的噪音，只聽見規律的潮聲，以及點綴在其中，幾句分不清是什麼的大自然音樂。[58]在兩個大海之間的他，突然感覺渺小起來，莫名的恐懼感油然而生。彷彿頭上的「大海」即將倒

---

[58] 葉桑：〈畢氏定理之謎〉，《顫抖的拋物線》（臺北：皇冠出版社，一九九三年），頁141－142。

下來，而腳邊的大海正湧上來。[59]
天空藍得如此平靜，一種令他從未領略過的空靈，令他無法呼吸。[60]
此時，一朵歪七扭八的雲，沿著海平面，愉快地奔跑。沉默的大海和天空無視於它的喧嘩，因為
他們明瞭，只要再來一陣風，它就會消失無蹤。[61]

孟德爾來到金山後，立即從「海」的存在以及面對自然景象時所感知的渺小與恐懼，與「從未領略」的體驗，感受到小鎮與城市的差異。這些敘述呈顯出金山環海的區位特性，這樣的特殊區位，建立在當地人「小鎮的作息大致上相同，十二點左右吃午餐，吃個飯頂多一、二十分鐘」[62]的生活情景中。

而發生謀殺命案後，維他命對小紀說：「因為我們C大一票人突然造訪海邊，又發生了那種事，我怕警方會來找我們談話。」顯示這群外來者「突然」的造訪，對在地的侵入或擾動，而在地人對這種入侵似乎充滿敵意，如受害者哥哥宋大哥說：「那一天，除了你們這些大學生來這裡之外，根本就沒有外地人……。」[63]然而這種外地／本地互動關係的殊異，通常又具有中心／邊緣、城市／鄉村、人為／自然的對立，都取決於「台北」和「金山」擁有各自不同的在地性呈現。

59 同前註，頁142。
60 同前註，頁143。
61 同前註，頁145。
62 同前註，頁151。
63 同前註，頁150、156。

由此，早期推理小說可能出現另外一種區位類型，即作者在創作推理小說時，仍透過在地性意圖建立區位，但是這些區位的意涵與範圍，卻具有一定程度的「可替代性」。

然而，「可替代性」並非指地名、地景得以任意、隨機替換，而是在相近的區位條件下，具有限度置換的可能。例如〈畢氏定理之謎〉的金山，在不改變情節敘述、詭計、指證、推理解謎的情況下，似乎能改換成另外一個同樣環海，也同樣與台北具有中心／邊緣、城市／鄉村、人為／自然等對應關係的地方，這種替換得以運作的主因，是小說中的在地性與推理情節之間並不具有必然的連結。

這種區位類型的推理敘事，雖仍具有追求在地性與地方意義的前提，但因為生產在地性的「地方」，某種程度上可替代成其他具有相近區位特性的城鎮，使其在地性的邊界與第一種類型相較之下顯得更為寬闊。在地性邊界的廣闊，讓〈畢氏定理之謎〉的謀殺案，以及作者希望通過命案傳達的社會關懷，在可以替代為其他不同地方的情況下，輻輳出更廣泛的可能。

〈骷髏與聖女〉和〈再一次死亡〉即屬於第二種區位類型。現今台北市民權西路、塔城街等街道，皆由舊鐵道改建而來；從華江橋到土城的車行路線，也可以改換經由華中橋到板橋、土城，意即變換或替代了其地名或地景，並不直接影響到小說對區位的建構。換言之，這種區位類型的推理小說，仍注重區位特性的營造，例如的公館與汀州路只能有限度的替換成其他符合鐵道改建的道路與其周邊地區，或如華江橋、板橋、土城的車行路線所指涉「龍山區」的居住地域，雖然可以替換為「雙園區」或「古亭區」等臺北市其他行政區，但也必須符合某些特定的區位特性與歷史現實；汪俊義身為一個沒有積蓄、沒有抱負的社會新鮮人，所可能居住的具有沒落、廉價象徵的地理區域等，這些區位特性與小說情節或人物設定上仍具有一定程度的相關，因此這個區位類型的「可替代性」，實質上僅發生在相同或相近的區位條件下的其他地方。

雖然，這些地方不再只圈限於特定的地區或地域，也不再與推理敘事或核心詭計產生密不可分的關聯，但它仍然回應了透過在地性建立區位的過程，只是因為在區位特性相近前提下的替換作用，使其區位範圍較為廣闊，在地性所涵涉或召喚的在地經驗與情境也隨之擴大。

總結而言，本格復興前的台灣推理小說已具體演示了在地性邊界越廣，地方在相近區位條件下具有可替代性，使得區位範圍越大。如〈再一次死亡〉的故事情節可以發生在如龍山、雙園、古亭等區位特性相近，又於一九九〇年後合併為萬華區的行政區，華江橋也可以替換為光復橋、華中橋等同樣作為連接台北市與板橋的橋樑，也讓小說中的在地性能夠指涉的地方範圍越大；反之，在地性的邊界越窄，被敘寫的地方具有高度的不可替代的獨特性，如〈東澳之鷹〉故事只能發生在東澳，〈人猿之死〉也只能發生在華西街，使得其區位與在地性涵括的範圍越顯限縮。

然而，這兩種早期推理小說展現的區位類型，也能連結到當代台灣推理小說在地化歷程思考的議題。例如呂仁於二〇一四年發表的〈ETC殺人事件〉[64]。這篇小說採取「交換殺人」的模式，最核心的詭計是利用高速公路計程收費的盲點，製造不在場證明，並以台北到三義的區間為主要執行詭計的場景，其中國道的湖口服務區與民間私營的車亭休息站，除了直接影響了兇嫌詭計與不在場證明的成敗之外，更從地方的角度限定了兇手作案的區間。

進一步來說，這篇小說中所出現的地名、地景雖然基本上都可以置換，事件可以不發生在台北，作案區間也可以替換成如新竹到嘉義（惟需符合相近的里程距離），但作者一方面讓許書銘居住於「台灣泰國殖民地（桃園）」，也將鍾昌達設定成「足不出台北市，又不開車」的「死天龍人」，另一方面，

64 呂仁：〈ETC殺人事件〉，台灣推理作家協會編：《平安夜的賓館總是客滿：台灣推理作家協會第十二屆徵文獎》（臺北：要有光出版社，二〇一四年），頁8－66。

車亭休息區又是縱貫高速公路旁唯一的民營休息站，仍然建立了這些地名與地景與情節、人物間的相對關係，進而連結區位特性與在地性，使這篇小說的區位看似具有可替代性，但又因其區位的限定，又具有某種程度的不可替代性。因此，〈ＥＴＣ殺人事件〉似乎可以被認為是本格復興前台灣推理小說兩種區位類型至當代台灣推理的延續與變化。

更積極地說，當今台灣推理文壇以「本格復興」作為台灣推理新、舊時期的劃分，在某種意義上將本格復興前的台灣推理小說劃入純文學的範疇，藉以建立新的典範意義的轉移。然而，在地化歷程中區位建立的嘗試，實際上與這些早期的作品仍有淵源，可以作為重新觀察當代台灣推理小說發展的新向度。

第二節　「場所」精神：在地性具象化的場域

一、何謂場所精神？

在早期地理學觀點中，「場所」一詞雖還未從「地方」中獨立出來，但已開始被關注與討論，Relph指出人們嘗試理解地方現象的兩個主要原因：其一是人們在意與自己相關的一切，特別像是各種作為體現生活、體現世界的基本表述形式；其二是增進對地理環境的知識，有助於保存與操作既存的地方以及和被創造出的新地方之間有形與無形的特質[65]，例如景觀、建築、歷史、文化等。值得注意的是，Relph

[65] 見Edward Relph: Place and placelessness（London: Pion, 1976）, pp. 44。

提出的兩個理解地方的動機，都顯示出人與其外在環境的互動，可能包含由內而外的各種體現表述，或是透過對外部的認識，加以理解或認知人們身處的環境。

換言之，人使空間產生轉變，也逐漸讓它們具有特定的意象，這種意象在某種程度上也作為人的某種創造物而存在。Relph引Philip L. Wagner的論述，具體談到地方、人、時間和行為構成了一個不可分割的整體，人要成為自身，必須要在特定的地點、適當的時間之下做一些明確的事[66]。有趣的是，Wagner所言「人要成為自身（to be oneself one）」，與Relph認為促使人們理解地方的其中一個原因是「我們在意與自己相關的一切（it is interesting in its own right）」，可以說是相互呼應一種從自我（人）出發，進而理解人們身處的這個地方的徑路。因此，Relph主張地方無法概括性的被建構，它的定義以及被理解的基礎，仍然和空間意義、人的行為以及所身處的語境密切扣連[67]。

不過Relph等人在談論這個獨特的區域時，仍然使用"Place"一詞概括，主要是為了釐清地方究竟具有何種獨特的身分或特性（identity），而人們在這個地方中的表述與體現，也展示或確立了自我的身分，並從這樣的關係中，展現人對該地的認知或認同。

Agnew則較明確地界定場所為日常生活具體發生的場域，他指出一旦人們以「場所」的概念來思考地方時，這個「地方」除了包含區位所指涉地理環境的相對關係外，還涵括社會生活與社會環境可能的改變。他以辦公室、家、購物中心、教堂、車輛為例，說明這些空間之所以被定義為場所，原因在於透過社交關係，這些空間可能使人建立自我的價值觀、態度與表現的行為[68]。Cresswell進一步解釋如果區

66 見Philip L. Wagner: Environments and Peoples（Englewood Cliffs, N.J.: Prentice–Hall, 1972）, pp. 49。
67 見Edward Relph: Place and placelessness, pp. 44。
68 見John Agnew: 'Space and Place', pp. 326。

位是一個比較單純的地理觀念，指涉的是一個被特定標示的地區和範圍，那麼「場所」將是社會關係的物質環境，也是一個更為真實的地方樣貌[69]。

Agnew和Cresswell不約而同地認為場所比區位更接近真實地方的原因，在於「社會關係」。社會關係最簡單的定義是人們在生產和共同生活過程中形成的人與人之間的關係[70]，它強調社會大眾在共同認可及遵守的行為標準規範下的互動；也就是說，個體在特定空間中的日常活動與經驗，會使得這個空間與人產生連結。

另外，Christian Norberg-Schulz定義場所為：「具有物質的本質、型態、質感及顏色的具體的物所組成的一個整體。這些物的總和決定了一種『環境的特性』，亦即場所的本質。」[71]簡要地說，人對其所存在的空間，會因與環境及他人長期互動而產生感知或情感，因此從最初的物件組成到場所，實際上是從人的角度出發，嘗試辨認人與場所間相互存在的意義，而發展出場所精神[72]（genius loci）。Schulz強調場所精神保存生活的真實性，藝術家和作家都可能依場所獨特的特性，將日常生活詮釋成地景或都市環境，同時這個被詮釋的地景和都市環境，是由「一種既有的且透過自發性經驗的整體性」[73]所確立。Cresswell也把這種精神，解釋為人以各自的身分在地方生活而成為的一種具體形式，包括有形物質或建

69 見Tim Cresswell著，王志弘、徐苔玲譯：《地方：記憶、想像與認同》，頁15。

70 參見Andrew heywood著，楊日青譯：《Heywood's政治學新論》（臺北：韋伯文化國際出版有限公司，二〇〇九年），頁84－86、呂亞力：《政治學》（臺北：三民書局，二〇〇九年），頁472－474。

71 Christian Norberg-Schulz著，施植明譯：《場所精神——邁向建築現象學》（Genius Loci: Towards a Phenomenology of Architecture）（臺北：田園城市文化事業有限公司，一九九五年），頁7－8。

72 同前註，頁18。

73 同前註。

築以及人與社會的聯繫關係[74]，這也表現出場所除了是人類住所的具體形式外，也是人們在地生活經驗具象化的空間。

據此，Mark Treib定義下的「場所精神」就有幾個特質應該被注意：「突顯其地方性格、不應過度壓抑、大地和氣候不影響其展現、當地居民的需求（包含心理上的）應該優先考量、並且符合所謂的時代精神。」[75]就此定義而言，場所精神更指出社會關係對地方的重要性，而地方性的凸顯，以及如何切合時代精神或反映社會現狀，成為首要關切的面向；因此Crang認為場所精神是某個地方獨一無二的精神，是接近於地方意義的本質[76]，更直接且具體的表顯在地經驗與在地性。

本節中意圖進一步思考的問題，是「日常」作為個體經驗與群體關係的基礎，且在人文地理學的理論脈絡中，場所又作為地方基本內涵的重要元件之一，那麼在地性與日常經驗的連結如何在小說中完成？換言之，從空間轉變為地方的過程中，場所顯示出人與人、人與空間之間互動關係的重要性，那麼在這些日常互動的過程中，地方又如何被建構？

---

74 見Tim Cresswell著，王志弘、徐苔玲譯：《地方：記憶、想像與認同》，頁15。

75 Mark Treib, 'Must Language Mean?', in Simon R. Swaffield ed. Theory in Landscape Architecture: A Reader（Philadelphia: U of Pennsylvania P, 2002），pp 89－101。

76 見Mike Crang著，王志弘等譯：《文化地理學》（Culture Geography）（臺北：巨流圖書股份有限公司，二〇〇三年），頁59－61。

二、日常景態：趨近「地方」的途徑

（一）場所與日常生活經驗

在〈東澳之鷹〉中，作者透過在地知識建立東澳不可替代的區位特性，進而界定出一個地方的範圍後，不同身分的人的在地性體驗也藉著此區位範圍內的場所逐一體現。如：

> 東澳祇有一條街，兩旁開了些飲食店和雜貨舖，如果沒有外地來客，通常都顯得冷冷清清，在街頭和小店旁，偶爾還可看到一、二個老年女原住民，她們臉上的刺青。[77]

「外地來客」以及「老年女原住民」、「臉上的刺青」等敘述，都是東澳街道、飲食店、雜貨店等場所具現的特徵。東澳雖只有蘇花公路的第一個管制站的區位特性，但它仍處於相對偏僻、荒涼的崎嶇山間，因此在這條比較熱鬧的街上所開設的飲食店和雜貨店，絕大部分是為了外地遊客而存在，東澳居民的經濟來源也來自外地遊客，某種意義上，是基於其區位功能的日常展現；另一方面，敘事者特別強調在冷清的街道旁「偶爾」可以看到一兩個「老年」女「原住民」和她們「臉上的刺青」，這些敘述混合了日常經驗與敘事者的地方想像，在敘事者的眼中，首先映入眼簾或最早注意到的他者，是和自己的外貌或族群、身份最不相同、又最符合在地文化象徵的原住民以及刺青。

77 林佛兒：〈東澳之鷹〉，頁45。

所以在這樣的描述中，可以清楚看見東澳的地方特性，以及作為一個外來者（遊客）在尚未影響、介入當地生活前的景象；〈東澳之鷹〉繼續寫道：

> 車子一停妥，立刻圍來了一群賣零食的小販，賣肉粽、茶葉蛋的，賣削好的紅甘蔗和蜜餞等等不一而足。把下車的門口堵塞得滿滿的。那些鄉下的婦女，戴著斗笠，包著頭巾，誠惶誠恐地為賺點蠅頭小利而拋頭露面，也是一種無奈。[78]

這段敘述，明顯與前段引文的視角有所差異。載滿外地遊客的遊覽車因管制而暫時停留東澳半小時，對遊客而言這可能是相當短暫的時間，但對東澳居民來說，「外地遊客」是一種群體的指稱，即這是人與社會環境、人與他人長期互動而產生的一種自然反應；因此「把下車的門口堵塞的滿滿的」、「誠惶誠恐」、「蠅頭小利」、「拋頭露面」等等的敘述，生動表現出在地人民的需求（賺得利益），也顯示出場所精神（居民與外地客的互動，實際上傳達一種長期的社群關係與情感）。比較兩段敘述，當外地遊客進入東澳這個地方的社會關係以及物質環境時，原先的冷清街道瞬時間轉變為熱絡，卻又帶著在地居民某種為了生計的無奈，將他們的在地經驗具象化。

〈人猿之死〉中也寫道：「漢洲國藥號跟它右鄰的毒蛇店，以及左側的山產行都是連幢的二層樓，同樣的格局和同樣磨石子的店面，同樣的都是做夜市生意。」[79]華西街是一條販售商品的夜市街，晚間熱鬧非凡，白天店門深鎖，這整條街的建築物都是相當單一的連幢兩層樓，大到格局、小到地面都有相同的設

---

78 同前註，頁46。

79 林佛兒：〈人猿之死〉，頁61。

計。在地居民長期共同生活於具單一、封閉且老舊特質的地方，他們在夜市生意中也接觸各式各樣的外來者，消費的型態也直接地影響了在地生活與經驗。因此，李漢洲在回憶二十多年間華西街的變化時說：

> 這條街經過了二十幾年的演變，想不到除了飲食攤以外，幾乎變成了一條專賣「補腎」藥材的夜市，山產的鹿鞭鹿茸、猴腦猴鞭，以及蛤蚧粉，海產不是龍蝦就是鱉和鰻。[80]

在區位的觀念下，華西街代表的可能是一個被都市發展中心東移所遺棄的地方，而這個地方又因「風化區」的特性被標示或劃歸出來。這樣的變化與變遷，深切影響著倚賴這條街生活、生存的在地居民，由李漢洲之口所透露的「演變」，表明空間或區位可能近似相同，但場所精神已隨之演變的狀況；所以從飲食攤販到專賣「補腎」藥材的夜市，「鹿鞭鹿茸」、「猴腦猴鞭」、「蛤蚧粉」、「龍蝦」、「鱉」、「鰻」這些盡指向一種壯陽的、性的暗示，文本敘寫中自然出現在地經驗的反射，而這種反射，表現出社會實景與時代的意義。〈人猿之死〉寫夜市的日常生活道：

> 老牌字號的「漢洲神勇補腎丸」的生意受到了相當的影響，……，譬如在漢洲斜對面的「神州館」，他們竟然從泰國學回來，把猴子和毒蛇關在一個籠子裡拚鬥，雖然很殘忍，卻吸引了不少的顧客。正對面的「大力士國術館」，賣的是固精丸，操拳練武說葷話之外，兩、三個年青少年家，穿著像游泳衣似的短褲頭，露出結實的三角胸肌，和毛茸茸的大腿。這些玩意兒都是漢洲國

80 同前註，頁63。

> 藥號的勁敵。這些新玩意兒不是在漢洲的左右就是前面，所以打得漢洲毫無招架之力……[81]

此段敘述和〈東澳之鷹〉中在地的婦女為了生計，在遊覽車停妥後蜂擁而至的畫面相當類同。不管是利用動物或是人體的展示，或是後來漢洲國藥號買來人猿作為宣傳的噱頭，都是希望能在夜市人潮最洶湧、旺盛的時刻獲取最大的利益，然後維持生活。因此，敘事者特別將整條華西街聚焦在漢洲國藥號及其附近店家，「這些新玩意兒不是在漢洲的左右就是前面」說明了夜市生態中，時常可見販售同類型商品的店家群聚，彼此競爭的實況；換言之，文本敘寫的時間點，華西街正作為都市發展過程中被棄卻的象徵，在地居民與使用者日常的夜市生活經驗及其居住的環境等，相互形構屬於華西街的地方特性，意即如果從人的角度出發，他們的日常生活連結了人與地方的互動關係，也展現了個體與群體的在地經驗。

如果對比早晨與夜間的華西街，可以清楚地發現其冷清安靜與喧囂嘈雜的差別，取決於夜市的生活型態，而這種型態即是屬於華西街這個地方的「精神」，在地居民對這個地方的環境存在辨認與情感，所以一方面與當地商家競爭，一方面又共同分食外地觀光客帶來的利益，最後構成近於真實地方的樣貌。

作者透過在地想像，經營與創造這個類近於真實地方的景態與社會現象，它不一定客觀而全面，但在小說文本中，仍可以探知其中的地方經驗喚起的在地性；然而正因為文本描述與呈顯的景象，和一九七〇—八〇年代的老華西街沒有太大的落差，作者讓謀殺案件發生在具有高度在地性象徵的地理空間時，文本敘寫的地方，和實際的地方即有了相互對應的可能。場所及場所精神的敘寫，也表現作者在這類型的台灣推理小說中，時常意圖透過詭計、謎團、解謎的過程，凸顯在地經驗與在地知識與想像的介入，逐步透

---

81 同前註。

過日常景態的描寫，形構更進區位概念一步的場所精神。

於此，必須思考的是，如果早期推理小說預設某個謀殺案或推理事件發生的場所，這個場所就必然被放置在某個具有區位特性的「地方」之中，那麼場所和地方在敘事的脈絡中，必須要有明確且實質的區位連結（否則其地理空間就將產生同質化而模糊或淡化了其中在地性的指涉）；可是，日常景態的被敘寫在小說結構中，本來就可能是一種書寫的策略，其目的只是在描述事件發生的場景，不必然要與地方本身有著內在的連結，也不見得能夠完整地體現關於一個地方的在地性，這也表示早期推理小說如果意圖從場所來趨近地方，或許還有更重要的推動力量。

（二）從「場所」趨近「地方」

「如何趨近地方？」的議題，似乎是另一個思索的方向。〈東澳之鷹〉、〈人猿之死〉和《美人捲珠簾》都描寫某一地的日常景態，〈人猿之死〉的華西街是在地居民們日常經驗具象化的場所，而《美人捲珠簾》中的迪化街，也存在類似的描寫。在葉丹青謀殺案中，宋組長為了解開屍體之謎，而鎖定嫌疑犯黃種，並由他口中得知葉丹青經常到迪化街的一家有緻茶室，並與其中的女服務員紅杏有著不尋常的關係。

宋組長與黃種進入茶室後觀察發現：「店面不寬，大概只有一丈三，但是卻很縱深，在店裡頭的內角，橫梁上掛著一架二十吋的彩色電視機，正放映著歌仔戲。而下面的桌椅一字排開，約有七、八排，每排桌子有六個位置。」[82]這段敘述，大致把茶室的幾個特徵表現出來，例如店裡很縱深且有許多內角與死角，七、八排桌椅也表現出這間茶室客人不少，也頗有名氣。小說描寫女服務生的形象：

[82] 林佛兒：《美人捲珠簾》，頁148。

眼看來了三個客人，從角落裡一擁而上，嘴裡哇啦哇啦地叫著：「人客，來坐啦，來坐啦！」酷似訓練有素的鸚鵡叫聲。[83]

這段對白，與〈人猿之死〉中叫賣「神勇補腎丸」的賣詞有異曲同工之妙，都透過口語，描繪小說人物的身分，並展現她們因其職業而表現出的殷切態度。而這樣的行為反映出她們的日常經驗，因為客人一進門，她們「一擁而上」且「訓練有素」的熱切招呼，又與〈東澳之鷹〉的在地攤販具有相同的情態。女服務生們得知宋組長的刑警身分後的直覺反應，真實地表現出她們的日常經驗：

「我告訴妳們，我是刑事組長，我在問話，妳們要據實給我回答，聽到沒有？我再說一遍，把紅杏叫出來！」

一聽說刑警，三個女人都嚇得拔腿而逃，年輕的助手這時派上了用場，他轉身去擋住她們的去路。

「不用怕，我知道妳們是賣肉賣身的，但今天不辦妳們這個，快叫紅杏出來就好了。」[84]

女服務生的態度從殷切到倉皇的原因，在於警察的出現，讓她們的秘密無所遁形，而心虛奔逃。這段她們與警察互動與反應的敘述，自然地寫出了女服務生們在迪化街有緻茶室的日常。如果回到Relph的理

83 同前註。

84 同前註，頁150。

論脈絡，人與人的行為具有描述地方特性的作用，地方的特徵也會在人、行為反應和地方之間的關係中被顯現出來。

宋組長離開茶室，回到葉宅詢問李玲時，不斷提到「死者常常去迪化街喝老人茶」，在這些對話中，迪化街、老人茶室都是一個偏向客觀的空間，因為還有沒具體的日常經驗發生。然而，當小說敘述女服務生們在茶室的工作內容，以及他們對警察的懼怕，這個茶室的場所意象就被清楚地顯現出來；茶室作為人（女服務生）、行為（茶室的工作）與地方（迪化街）互動關係下的具象化場所，地方的內涵在這樣的敘述中也被呈現出來。

然而，小說行文至此，仍難以證成這種日常經驗的記述，就表現場所與地方相互連結，並生產出在地性，因為就情節故事的角度來看，當警察進入了茶室，這些日常的經驗與反應的描寫，是在一個合理的、可以想像的範圍中。因此必須從另外一個角度討論從場所趨近地方的方式。

首先，有緻茶室作為一個場所與否，實際上影響了兩個層面：其一，茶室在文本中是否得以作為迪化街在地景觀的代表？其二，迪化街是否能夠作為某種特殊經驗的匯聚，作為台北在地性的展現？

小說中對茶室的地理位置有特別的描述：

> 車子從重慶北路轉入民權西路的慢車道，進入台北大橋下。計程車在橋下臨時工人聚集區轉了一圈，駛入狹窄的迪化街。不久，有緻茶室的市招就映入宋組長的眼簾。計程車在離有緻茶室還有五、六個店門口的地方找個空位倒車停妥。……穿過騎樓下一些橫七豎八的機車和雜物，到了有緻茶室。[85]

85 同前註，頁148。

在「如何趨近地方？」的議題下，宋組長等人前往茶室的路線即顯得十分重要。如下圖所示，倘若搭乘計程車從重慶北路到迪化街，途經民權西路時，並不會選擇右轉，而是直行至民生西路或南京西路再右轉進入迪化街商圈，原因是現今迪化街是朝北的單向道，無法從民權西路左轉進入迪化街。但是作者卻描述他們在民權西路先行右轉，並且進入台北橋下，繞行迴轉道後再轉入迪化街。

這個路線，傳達兩個與場所及其在地性密切相關的關鍵訊息：其一，從「為什麼要右轉民權西路？」的問題為開展，以交通地圖來看，南行重慶北路至民生西路或南京西路後右轉進入迪化街，只需再在與迪化街的交叉路口右轉一次，整體的路程不僅縮短，還可以避免「駛入狹窄的迪化街」，但是宋組長一行人乘車卻不走這條比較便利的路線，反而刻意挑選了難以通行的道路，最重要的目的，就是帶出「台北橋」及「橋下臨時工人聚集區」的景觀。

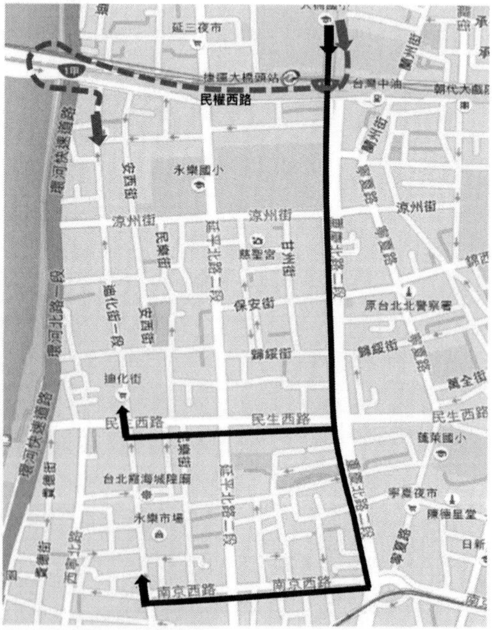

圖一、《美人捲珠簾》迪化街行進路線與現今車行路線圖

迪化街一、二段為大稻埕最早的街肆，其建街的歷史可溯自一八五一年，從日據時期到光復，迪化街的發展都以台北橋為界，以南為發展商業為主，為大稻埕的核心區域，以北是通往大龍峒的必經道路，都

市發展以住宅區為主[86]。《台北市路街史》記載了道路鋪設的歷史：「台北橋以南寬六點六公尺，柏油路面，以北為石子路面，嗣後全面改鋪柏油，一段亦經路面改善，拓寬為八公尺。」[87]再三強調迪化街一、二段俱以台北橋為分界，且發展以南優先於北的趨勢。另外，「狹窄的迪化街」描寫的是從光復後至今迪化街路面仍舊維持著八公尺的寬度，一九七七年台北市政府曾核定「變更迪化街寬度案」[88]，希望將路面進一步拓寬至二十公尺，但因牽涉到古蹟文化存廢的問題，該案已於一九九五年中止。

從這兩條史料來看，《美人捲珠簾》創作的年代，迪化街的拓寬案未完全中止，作者特意安排宋組長等人從台北橋下進入迪化街一段，以當今觀點，即具有歷史記憶與圖像見證之意義；具體地說，大稻埕的發展核心在台北橋與民生西路間，小說人物因推理、解謎的過程，進入一個具有特殊意義的場所時，需要一個明確、清楚的物件進行指向，才能表顯地方的在地意義，繞行台北橋下再由區分的界線進入發展的核心區域，某種程度上也是對迪化街的歷史進行一次巡禮。

此外，騎樓下雜亂的機車與雜物象徵的日常景態，來自於不敷使用的「狹窄」意象，因此「臨時工人聚集區」更清楚地指出迪化街歷經的拓寬沿革；也就是說，前往迪化街的過程，實非必要卻又特意途經「台北橋」、「臨時工人聚集區」，即在確立在地性的同時，保存了歷史敘述，使讀者得以趨近地方。

其二，這一條車行的路線，也說明了一件事實：在小說被寫成的時間點，迪化街尚未明訂改為單行道，因此他們一行人才能暢行無阻地進入迪化街，甚至能夠「倒車停妥」。一九九五年「變更迪化街寬

86 以上資料，綜合參考黃淑清編著：《台北市路街史》（臺北：臺北市文獻委員會，一九八五年），頁270－274、趙莒玲：《台北城的故事》（臺北：臺北市政府新聞處，一九九三年），頁25－37、湯熙勇主編：《臺北市地名與路街沿革史》，頁191－193。

87 黃淑清編著：《台北市路街史》，頁273。

88 參自台北市政府：「府工二字第43828號」。一九七七年十月十八日。

度案」中止後，台北市政府在經濟發展考量與文化觀光的政策下，於一九九六年試辦「年貨大街」，因為反映熱烈，迪化街一、二段遂配合改為單行道，以紓解停車與交通問題。因此，《美人捲珠簾》的這條車行路線，是現在已無法重複的軌跡，因此當時的日常生活與情形，也將在文字敘述中被保存。

筆者從而發現早期推理小說中趨近地方的方式，雖常透過日常生活與當時景觀連結在地經驗，進而凸顯文本中的在地性，但在《美人捲珠簾》中，更強化與歷史記憶的連結；意即有緻茶室這個「場所」緊密連結了「地方」，使其具有明確的內涵，也避免了地理空間的同質化。

若以這樣的概念回顧先前討論的〈東澳之鷹〉與〈人猿之死〉，東澳與華西街作為在地經驗與日常景態發生的場所，背後真正連結在地性與地方意義的關鍵，仍在於歷史記憶與圖像的保存，例如東澳的在地居民長期與外地遊客形成的特定的商業行為，一方面透過日常生活的記錄而深化了場所精神，另一方面仍然保存了東澳的區位意義，即在東部交通的發展歷史中，東澳仍舊是不可被取代的管制站。當人的日常行為、活動在與地方連結時，也必然與這樣的歷史記憶緊密扣合。

或如〈人猿之死〉中的華西街是一個未經改造的舊華西街，在新、舊的觀點下，除了保留台北的發展史外，舊華西街居民以及他們的夜市生活也成為一種獨特的歷史圖像，這些記憶和圖像都是現今「新地方」被創造出來後，無法再經歷甚至難以再想像的，但在小說文本中，卻反而得以通過「場所」的重建，形塑出一個地方獨一無二的特性。

不過，早期推理小說中的場所敘寫，似乎仍有另一個脈絡可以追索，如林崇漢〈太陽當頭〉中最為重要的場所「山坡公園」，其中兩條主要路線「石階群」和「斜坡道」的敘寫是：

> 要上山的人，除了初臨此地要見識一下石階的宏偉以及利用石階做運動的人之外，腳踏車、摩托

車甚至小包車都可以從斜坡道上山。不管從哪裡走，最終終點都是神社。[89]

山坡公園是主角崔益群自年幼到成人對家鄉最重要的記憶。例如他在十二、三歲時第一次跟蹤母親時的印象：「樹道末端右轉是一條可以上山坡公園的斜坡路，離轉彎處不遠就有一條山渠。渠上有座小水泥橋。附近有幾戶人家錯落在渠旁坡下。……自己也只有放假時和同學騎腳踏車到山坡公園玩才會經過此地。」到了高三升大學時的暑假，他與簡佩琳下課後騎腳踏車上山坡公園溫習功課的情景：「從學校穿過街道，另有一條路經過鳳凰樹盡頭直上山頭的斜坡道，也就是當年他把母親跟丟了的水泥橋。……已經五、六年了，……路雖然好走多了，但是夏天的炎熱似乎更甚於當年。」[90]由此兩段回憶可知山坡公園離崔益群的鄉下老家與就讀的高中並不遠，而因為母親的詭異行為，使山坡公園及其必經道路斜坡道與水泥橋，成為與崔益群行為息息相關的場所。

小說敘述崔益群在前往山坡公園途中巧遇母親後，就天天在公園守候，意圖探知母親怪異的行為舉止，必經的斜坡道與公園的水泥橋因而成為他最重要的日常景觀。如「經過水泥橋時崔益群還回頭望了一下」、「經過水泥橋時還向附近望了一眼」、「自己一到中午就拿著書本到斜坡道水泥橋不遠處一棵相思樹下守候」[91]等等的敘述，都呼應這個日常景觀的建造；而崔益群為了理解母親的行為，也因為他知道「母親也都在中午路經水泥橋」[92]，於是讓自己日復一日地重複著相同的作息與經驗，亦使得水泥

89 林崇漢：〈太陽當頭〉，《收藏家的情人》，頁247。
90 同前註，頁243、247。
91 同前註，頁250、251、254。
92 同前註，頁248。

橋成為小說中別具意義的場所。

但是，作者在〈太陽當頭〉中並未言明崔益群的鄉下老家究竟位於何處，甚至刻意迴避或拒絕提供這個地理資訊，如新聞媒體針對崔益群殺害母親的外遇對象的兇殺案的報導：「【××訊】××山坡公園玉坡路三巷四號簡陋的木屋昨日下午三時發現男屍，……」[93]報導中的「××訊」、「××山坡公園」完全不願指明和透露任何地名或地區，但整篇小說卻不斷構築的場所「山坡公園」和「水泥道」，又不如存在架空世界一般的與現世人際、社會毫無關聯，卻仍造成場所精神與區位無法相互扣合、鏈結的情形。

同樣的書寫型態，也出現在楊寧琍〈弱者悲歌〉中。這篇小說分別讓工廠作業員徐玉蘭、企劃組員工方友生和伙食部的鄭月琴各自描述他們的日常工作，以及與伙食婦的關係和所目睹的兇案現場，如徐玉蘭：

> 工廠裡有個伙食婦，怎麼形容呢？一臉「垂垂」的倒楣樣，沒有人見到她會不想踢她一腳的，……
>
> 把她當作生活上的調劑品，已經是工廠茶餘飯後的正常事。不論你如何取笑她或是將她絆倒，抓她頭髮，甚至吐她口水，她永遠是一副無辜甘願受罰的樣子。
>
> 工廠內一個人也沒有，今天是她的幸運日，她最早到工廠，當然還有伙食婦，這個可憐的、無趣的、令人討厭的悲劇人物，就在廚房中，做著她永遠做不完的工作，……臉色青綠的蹲在那裡。[94]

93 同前註，頁274。
94 見楊寧琍：〈弱者悲歌〉，《童話之死》（臺北：躍昇文化事業有限公司，一九九二年），頁143、145。

或如方友生：

工廠的作業十分繁忙，剝削每一位員工可以喘息的機會。他們不交談，不苟言笑，一個個都像部機器似的，在有限的時間內，按部就班地完成每一樣規定作業。之後，他就不斷看見大家欺負伙食婦的情景，不是找她的碴，就是惡意辱罵她一頓。……起先他會同情她，但是久了以後，也習慣於同事這樣的態度，畢竟繁重的工作壓力，他沒有時間再去理會其他。有時他的心情沉悶，脾氣暴躁，想做一些力氣上的發洩，伙食婦是他唯一想到的人……。[95]

以及如鄭月琴：

油煙污濁薰黑了她的臉，刀板肉屑浸爛她的手，最不能忍受的是，員工總是用鄙視的眼光，對她召來喚去，使他失去自信失去尊嚴，在自覺的眾人嘲笑下無法抬頭。她四處尋找伙食婦的蹤影，奇怪的是，她並沒有待在廚房中，不知道跑到那裡去了。她猶豫地慢慢搜索，莫非是伙食婦忍受不了，拒絕承受工廠員工的虐待，辭職不幹了？[96]

從這三個目擊者的敘述中，可以整理出作為場所的工廠的日常景況：所有員工的休息時間被剝削，有著

95 同前註，頁147、148－149。

96 同前註，頁150、151－152。

似乎永遠都做不完的工作，在廠內具有高壓的階級統治，以及他們俱將伙食婦當作情緒宣洩的出口。

伙食婦這個角色的個性和表現，也正好回應這個日常現實，如「她等待著伙食婦的質問或大呼小叫，可是什麼都沒有發生」或如「她蹲下身，慌亂地拾起破碎的玻璃，割得滿手是血……伙食婦聽了兩手發抖地捧著茶盤，乾扁的臉堆上笑容，搖晃顫巍走回廚房」[97]，都描繪伙食婦受到不公平待遇、惡意、欺凌時逆來順受的反應。

伙食婦在工廠日常工作下的處境，自然和後續推理情節高度相關，也和偵探丁昭琳對廠長胡春貴所言「貪圖營利無血無淚的人，你把工廠變成一座沒有情感的冷凍冰庫」[98]的指責與其社會關懷相互連結。然而這種日常景態的書寫，卻因為在小說文本中並不存在著某種區位的特性，而未實際指向特定的地方。

不過，〈弱者悲歌〉所表顯的日常，仍然構築場所與場所精神，即從工廠內員工的行為、感官感知、情緒等總和決定某種環境特性，也反映了這個場所的本質。小說中的推理案件，則進一步地將這些總和複雜地混合，並且從中生產特定的批判意味與社會觀察，也顯示出人與社會環境間的關係與連結。

概括而論，〈太陽當頭〉、〈弱者悲歌〉與〈東澳之鷹〉、〈人猿之死〉在場所和場所精神的形構形態上存在著某種程度的矛盾，最重要的關鍵在於小說中對場所的建構，似乎可以完全跳過區位特性的建立，而生產場所精神。進一步而言，這種場所精神實質上仍然回應了場所的本質，以及場所的使用者的日常經驗及其感知的景觀，因此無法在第一時間發現其中的在地性特徵。

但是，從〈太陽當頭〉和〈弱者悲歌〉的場所精神延展出更具社會意識的關懷，這層社會關懷，實

97 同前註，頁144、148。
98 同前註，頁202。

際上還是表現了至少是創作年代時的社會景觀，例如婚姻關係、血汗工廠的控訴、職場階級霸凌、人性惡意等等，傳達了某種程度的在地性意義。也就是說，這些小說的場所精神雖並不針對特定區位所框限的範圍，但它仍然隱然指向一個具有在地性的範圍或區域，即是本章第四節將要深入探論的從在地性到台灣性的辯證。

從以上的例子中，筆者發現本格復興前的台灣推理小說中形構場所精神的意義，除在特定區位的範疇下，自然體現了關於地方的獨特在地性，而趨近地方外，也依然回歸了從空間到地方的轉化過程外，在場所的概念下，表現日常景態，並涵括人與居住空間與地理環境的互動關係；人們在場所的活動行為與展現的情感與態度，碰觸對社會底層的關懷。

這兩種不同的形態，最終仍回應推理小說中的在地性生產，並且開啟了地方性與台灣性的辯證和討論，此外也從「如何在地？」的疑問中，形成了不同台灣推理小說在地性光譜的游移。

三、如何「在地」？——台灣推理小說的在地性光譜

以人文地理學的理論脈絡下的地方是具有「意義」的，也因為這層特殊的意義，讓地方與空間兩個看似充滿疊合的概念，實際上有所區別。

在早期台灣推理小說中，這種區隔也明顯展現於在地性視域下的「場所」建立與「場所精神」的描述。意即同樣的推理情節與敘事，發生於「地方」或「空間」，將有截然不同的結果。

前述幾個小說的例子中，至少能夠探索兩種場所與場所精神的型態。其一，如〈東澳之鷹〉、〈人猿之死〉等延續了區位的討論，讓小說中的場所與明確的區位特性緊密連結，在地居民因其日常景態與經驗，匯聚人際與社會網絡，投射出對地方的深刻描繪；其二，如〈太陽當頭〉、〈弱者悲歌〉等不強

調或刻意淡化區位特性，而集中透過單一或某些象徵在地意識或價值的使用者的日常思想及其舉動、行為，形塑立基於在地經驗與情境的場所精神，此精神一方面具象化了在地性的場所，另一方面開展了更大向度的社會關懷。

這兩種因書寫型態所造成場所類型的殊異，有幾個重要的觀察面向。首先是〈東澳之鷹〉與〈人猿之死〉先建立場所，即先從區位特性形塑東澳街道實景與華西街的「空間」，再透過在地居民的日常經驗與互動關係，讓這個具有區位意義的空間更進一步地具有場所精神。雖然小說中主要的敘述視角是台北觀光客的所見所聞所感，或李漢洲自述的身世經歷和主觀感受，但仍通過在地的「群體」行為而使場所具象化，例如〈東澳之鷹〉是「一群」小販圍到遊覽車的出口，〈人猿之死〉也在開篇時描述華西街如何作為集體經驗的總合等等。

但〈太陽當頭〉和〈弱者悲歌〉兩篇小說，因未指明地名或具辨識度的地景，因此很難從區位的特性連結在地居民的日常生活景觀；換言之，這兩篇小說並不存在明顯的區位。〈太陽當頭〉專注描寫的是崔益群從年幼到成長過程中，在山坡公園、水泥橋窺探母親的日常經驗，這個經驗具有重複性，且對推理敘事有關鍵的影響，〈弱者悲歌〉則敘述伙食婦在工廠內所受的不公平待遇，與其忍氣吞聲的姿態，這些日常經驗先行塑造了人際與社會網絡的場所精神，場所精神因為完全基於特定場所而產生，連帶使場所得以具象化。

然而，這個場所能夠再放回在地性的脈絡討論的原因，除了是這些場所仍基於在地居民的日常經驗之外，其隱含或甚至明言的社會性具有強烈的關懷，這種關懷雖然並不針對某個特定的區位，但仍因其歷史情境，探觸了「台灣」這個更大的區位範圍。此外，這個型態中，因為優先描繪了場所精神，因此通常以單一的在地使用者為主要描寫對象，如〈弱者悲歌〉也是並列了三個敘事者對單一對象的觀察，這也與前一種型態以群體經驗塑造場所特性的敘事策略不盡相同。

在早期台灣推理小說中，思婷〈客從台灣來〉則具體演示了關於上述兩種場所敘寫型態相互結合的可能：

「從香港開往廈門去的『白鷺號』客輪，即將啟航，請乘客們登船……」廣播喇叭傳出清脆的女聲。[99]

太陽出來了。「白鷺號」鳴著汽笛，緩緩駛入廈門港。薄薄的晨霧很快散去了，站在甲板上，可以清楚地看見碼頭擠滿了接客的人群。一輛白色的小轎車停在碼頭上，這是「台胞聯誼會」派來迎接太平的爺爺。[100]

〈客從台灣來〉描繪解嚴後台胞返鄉探親的場景，其中「白鷺號」作為場所的意義，在於它是當時欲經由小三通往返台陸間最重要的交通工具，即此場所的建構，也通過使用者群體的經驗而完成。

有趣的是，這篇小說的場所是移動的，即白鷺號是一艘航駛於香港與廈門之間的交通船，因此這個場所的本質意義並不完全扣連香港、廈門或台灣任何一個地方，也就是說白鷺號所象徵的群體經驗，雖受限於當時歷史現實的區位特性，但它實際上並不只回應哪一個特定地方的在地性。

然而，在對歷史回顧的過程中，仍可以感受、感知到某種「獨特」，即這些被保存下來的畫面，是如今已不存在的景況。呂仁即認為〈客從台灣來〉「至少寫出了當時台灣民眾即使在政策開放可去大陸

---

99 思婷：〈客從台灣來〉，《推理》第五十五期（一九八九年六月），頁71。

100 同前註，頁92。

的狀況下，仍舊必須透過第三地香港轉機、轉船的政治現實」[101]，而此「現實」，又能透過發生在白鷺號這個場所裡的推理故事，讓讀者得以重入那個特定時空中，嘗試理解當時的社會環境與情懷。意即這篇小說雖然開篇就從群體經驗建構「白鷺號」這個場所，但最後卻仍透過場所精神的形塑，使這個場所更增添了一種獨特的歷史定位。這層特殊的意義，再從曾是紅衛兵的吳強對張太平一家人的迫害與批鬥，牽引出人物對於身處時代的恐懼與困惑，表現更深層的社會性的關懷，也清楚地指向使用者的日常經驗，進而達到某種回應那個移動中的區位特性的可能。

〈客從台灣來〉呈現出早期推理小說的在地性，並非一種固定的圖像，而是如光譜一般，具有移動的可能，即小說敘事角度於光譜中的偏移，可能折射出不同的在地敘事。

本書在討論在地性的邊界時，即發現在地性的範圍受到區位特性的強弱程度，而產生寬泛或限縮的不同型態。當在地性的範圍越侷限，其地方的區位特性就越強；反之，在地性的範圍越廣闊，區位特性就越不明顯。台灣推理小說中場所的建構與場所精神的形塑，實際上與在地性的範圍連結的區位特性頗有相關。

〈東澳之鷹〉與〈人猿之死〉的場所與其場所精神，明確地從東澳、華西街的區位特性而來。也就是說，小說中地方的區位特性直接影響其場所精神的形構，又因為這樣的區位類型具有不可替代性，連帶使得場所與場所精神在小說敘事中被賦予獨特且不得置換的意義，更成為推理、解謎過程中的關鍵。相反的，〈太陽當頭〉與〈弱者悲歌〉淡化了小說場景的區位特性，轉而專注於描述使用者的日常生活經驗，構築具有在地關懷意味的場所。然而，區位特性的淡化，恰好有利於小說中社會性的傳達，因為

101 呂仁：〈重讀思婷，台灣推理小說的特異拼圖〉，《死刑今夜執行》（臺北：要有光出版社，二〇一三年），頁8。

在地性並不侷限在特定的區位範圍內，反而能夠投射出對台灣社會更大的關懷。

這兩種型態，顯現出「場所」作為在地性具象化的場域，雖然本質上還是回歸區位特性與範圍的思考，但實際上場所的建構，仍然可以完全迴避區位的條件，前提是這個場所，仍然必須處於在地性的視角下，意即「在地」居民或使用者的「日常」經驗，還是在地性生產的主要方式與途徑。

換言之，在地性的視域下，通過區位特性而形構的場所和場所精神，回應具有高度特性的地理範圍，使這個場所象徵的日常景態，基本上與此區位特性有著密切且不可取代的關係；而跳過區位的建立，以場所精神連結場所建構的類型，將區位特性降到最低，使在地性範圍最大限度的延展，生產某種「放諸四海皆準」的社會性。

這兩種型態看似置於台灣推理小說在地性光譜的兩端，並從場所的構成過程中，隱然暗示了「地方性」和「台灣性」兩種範圍和意義不盡相同的在地性表徵；然而，在這兩端間的其他台灣推理小說的表述也值得探論，例如葉桑〈窗簾後的眼睛〉敘述葉威廉進入「龍翔大廈」內為某企業家進行翻譯工作時，遇到的一起謀殺案。

「龍翔大廈」在小說的敘述中位於「仁愛路」，小說寫道：

> 台灣的九月，陽光依然曬得人們熱烘烘的，金亮的道路依然有許多車輛和行人，我招了輛計程車。當我把地址告訴司機老大時，他反射似地發動引擎，像太空梭升空似地向滾滾黃塵深處飛馳而去。[102]

102 葉桑：〈窗簾後的眼睛〉，《黑色體香》（臺北：皇冠出版社，一九九〇年），頁109。

由此可知「龍翔大廈」的區位條件，是由「仁愛路」所定位出台北市的熱鬧市街、道路交通繁忙等現實，同時描繪城市以及城市使用者的日常觀察與經驗而來。然而，一旦葉威廉進入龍翔大廈，某種程度上他就離開了這個區位的限制，因此無論指涉區位特性，或反映日常景態，這個場所都失去了它的意義。有趣的是，當謀發案發生，葉威廉走出大廈後，作者也採用新聞報導方式：

（台北訊）台北市仁愛路昨天發生一起驚人命案，死者鍾利倫慘遭殺害後，歹徒殘酷的將屍體以電線綑綁，丟棄於龍翔大廈的地下停車場。……[103]

這則報導，場所（龍翔大廈）又被拉回區位範圍（台北市）中，雖然小說對區位、場所沒有深入的描寫，但又不斷傳達出「難怪現今的社會，人越來越不相信人，而去膜拜一些虛無縹緲的神，人實在太軟弱了。萬貫的家財、健壯的身體、高深的學問都無法補償受創傷的靈魂」的社會觀察，或如解開謎團後葉威廉的感慨：「縱使事情鬧開來，社會人士也會對綠雲蓋頂的丈夫，紛紛施以同情。畢竟這個社會對於性不滿足的女人，總是視為淫婦，而萬惡淫為首。」[104]這些關懷都已放大到「台灣」的地理範圍，但小說中對場所、場所精神形構實際上是懸缺的，確實也是早期台灣推理小說中為了快速達到社會批判而產生的一種書寫常態。

103 同前註，頁118。
104 同前註，頁129、137。

另如余遠炫〈三點半槍殺案〉敘述銀行的日常景觀：

和往常一樣，銀行一到下午三點半就要拉下鐵門停止營業。拉下鐵門以後並不代表沒事可做，相反的，事情才正要開始呢！銀行裡的每一個行員正在結算並核對今天的帳目，只要帳目不符，那就夠讓人捉狂半天，就算搞到半夜也要把短少的金額找出來。三點半一到，最後一位領款人離開後，自動門又突然打開。通常在這個時候，銀行的工作人員會婉轉的告訴客人，銀行已經休息了。但是走進來的這個人，卻讓銀行裡的每個人嚇傻了眼。[105]

兩段敘述，生動地描述行員的「日常」，以及搶匪闖入造成的「異常」，這個場所也是日常經驗的匯集，卻也不提供明確的區位範圍。問題在於〈三點半槍殺案〉中的銀行，實際上並不來自於「使用經驗」，因為行員並沒有表述他們的日常生活，也沒有呈顯出人際互動網絡的場所精神，而是比較簡化地被一個類近全知觀點的敘事者以概括的方式陳述，最後仍不忘總結兇手「在頭七那一天焚燒紙錢給死者」的罪惡感，以及「小強畫了一幅畫，送給王明組長，畫裡的他，腳踏著青草地，頭頂著白雲，二線三星的警徽亮晶晶。」[106]這種象徵正義與邪不勝正的價值批判，甚至在文末附上了一段「如何安全的自提款機領錢？」的注意事項與操作指南，快速地導向對台灣社會的具體關懷。

〈窗簾後的眼睛〉和〈三點半槍殺案〉兩個例子，演示了置於台灣推理小說的在地性光譜兩端之間的幾種不盡相同的敘寫型態和敘事視角，不同的區位特性與範圍，雖然最後皆導向社會關懷，但已然出

105 余遠炫：〈三點半槍擊案〉，《救命啊！警察先生》（臺北：皇冠出版社，一九九七年），頁96－97。

106 同前註，頁111、113。

現「地方性」或「台灣性」的分殊。

綜合上述，大致能將本格復興前台灣推理小說的在地性光譜以下圖示之：

值得注意的是，即使兩端型態具有其各自的特殊性與指標性意義，但在本書研究範疇中小說文本，是以第二種為主要的書寫型態。而這種對早期台灣推理小說場所形構的認識，也有助於對當代台灣推理小說的理解。例如林立坤《悲傷回憶書》中被特別敘寫的「柳營」與兇手薇琪姐的住宅：

> 柳營農場海拔雖不高，不過面積廣闊，範圍不小，許多山莊就搭蓋在半山腰上。……向當地住戶詢問過後，得知左方山頂上單獨一間華麗的建築物就是他們的目的地。……屋內以淺薔薇色為主色，壁磚是以幾何圖形拼貼而成，金箔手工描邊。家具與擺設雖是現代化設計，卻融合歐洲中古時期古堡式風格。整個空間給人時空交錯的幻覺，隱隱襯托出屋主的不平凡。[107]

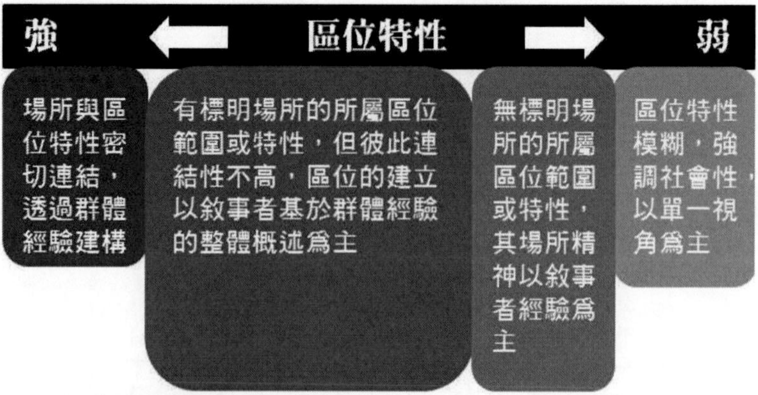
強
區位特性
弱
場所與區位特性密切連結，透過群體經驗建構
有標明場所的所屬區位範圍或特性，但彼此連結性不高，區位的建立以敘事者基於群體經驗的整體概述爲主
無標明場所的所屬區位範圍或特性，其場所精神以敘事者經驗爲主
區位特性模糊，強調社會性，以單一視角爲主

圖二、本格復興前台灣推理小說的在地性光譜

107 林立坤：《悲傷回憶書》（臺南：台南縣政府，二〇〇七年），頁262。

《悲傷回憶書》作為「復興本格」號召下的本格派推理小說，被認為具有「本格派推理並不是獨立於台灣地理空間之外，而是建築物內部的空間和設計往往被認定是事件主要的發生場域」[108]的特徵，因此，雖在小說的敘述中明確指出「柳營」的地理位置，但因作者更專注刻劃建築物的內部空間，「柳營」的區位特性相對薄弱，也幾乎無法召喚任何的日常生活經驗。

此外，「柳營農場」被預設在：「到了午夜，商家歇業，邊關的荒郊只剩萬籟俱寂。山林野間稀少住家燈光微微將山的稜線勾勒出，風吹過，樹被月華映射出的殘像不真實地妝點著黑暗角落」[109]的鄉野空間，同樣被小說家們賦予了異域化的想像，即這些「被恐懼」的自然鄉土，因其偏遠和異常，而成為某種「死亡地景」的象徵。

然而，這種場景或場所的敘寫，在本格書寫中一方面是一個經常被使用的書寫型態與技巧，另一方面，它仍承續、轉化或顛覆了早期推理小說在場所與區位的討論，顯示出台灣推理小說在此議題上，不因「本格復興」的實踐而產生涇渭分明的斷裂。[110]

108 陳國偉：《越境與譯徑——當代台灣推理小說的身體翻譯與跨國生成》（臺北：聯合文學出版社股份有限公司，二〇一三年），第五章「翻譯的在地趨力——身體劃界與空間的再生產」，頁222。

109 林立坤：《悲傷回憶書》，頁52。

110 關於「本格復興」前、後台灣推理小說在地性實踐的討論，筆者另有專論，可見〈台灣推理小說的「在地性」實踐——以《美人捲珠簾》、《悲傷回憶書》表現之差異為討論範疇〉，《文史台灣學報》第九期（二〇一五年六月），頁93－124。

第三節　「地方感」的形構：在地認同與身分

一、地方感的形成

透過區位與場所精神的角度，討論本格復興前的台灣推理小說如何呈顯在地性，及其類型、型態與可能指向的議題，筆者發現其途徑受到作者在地知識的介入，以及敘事者以不同角度、面向的在地經驗觀看地景的影響。

這樣的取徑，並非表示文本中的在地性，必然與現實社會關係或時代精神完全吻合，而是作者透過敘事者的視角，依其在地想像凸顯文本中的地方特性，並且記敘人與地方間相互的辨認關係。

在長期的互動關係中，人們的主觀情感將依附於地方，Pred指出：「地方感浮現之背後的經驗，也不能發生在個人經歷的真空之中。一個地方感的個體感覺，不會獨自出現，不能和他的發展和知識，以及一般的意識形態分離。」[111]因為人與地方的關聯，使讀者在閱讀文本時，「地方感」將被喚起——我們知道「置身那兒」是怎樣的一種感覺[112]；「置身那兒」的重要性，在於人們肯認了在地的價值，即如Schulz提出「定居」的概念，他認為當個體身處某個空間中，會因其場所特性塑造主觀經驗，發展出方向感（orientation）與認同感（identification），人們「必須曉得自己身置何處」，同時也「得在環境中

111 Allan Pred著，許坤榮譯：〈結構歷程和地方——地方感和感覺結構的形成過程〉，頁88。

112 見Tim Cresswell著，王志弘、徐苔玲譯：《地方：記憶、想像與認同》，頁15。

認同自己」[113]。也就是說，人們在空間的長期居住或互動，建立起社群關係，並對這個地方有了主觀的依附感與歸屬感，進而形成在地認同。

從Agnew地方的三個面向來看，區位偏向地理空間的特性，因而劃定出一個意義的範圍，場所則是人在這樣的範圍中，個體或群體於其日常生活中，一方面通過日常行為建構在地性，另一方面在與地方的互動關係中，展現出某種獨特的經驗。

而Agnew對地方感的定義則和人的認同有關，人們如何想像、經驗進而認同了地方（包含了具獨特性的社群、地景），進而形塑出道德與秩序[114]。地方將作為一切行為與經驗實際發生的場域，因此它已不是一個被觀看的對象，而是成為與個體或群體經驗緊密結合的地理空間。Agnew指出人產生這種對地方的歸屬感，將有意識地透過日常行為展顯，如實際的參與和地方相關的事務等，進而反映出地方感。

Relph對「地方感」的定義是：「指認不同地方以及不同的地方特性或身分的能力。」[115]此定義的前提，是必須要確知這些被指認的地方具有各自不同的特性；他引述了Harvey Cox的說法：「地方的連續（continuity）感必須來自於人們的真實感受。」[116]說明人們的情感建構地方的特性，Relph更強調通過回應不同地方特性或身分的移情作用之能力，產生與地方的巨大聯繫，返以個體的生存經驗為開展[117]。

113 Christian Norberg-Schulz著，施植明譯：《場所精神——邁向建築現象學》，頁19。
114 見John Agnew: 'Space and Place', pp. 327。
115 Edward Relph: Place and placelessness, pp. 63。
116 Harvey Cox: 'The Restoration of sense of place', Ekistics, 25, 1968, pp. 423。
117 見Edward Relph: Place and placelessness, pp. 63。

地方感有時將成為社會團結或集體行動的必要前提，但是，地方感的形成並不是一種極權式的形態，也不是透過反抗，排拒或排除其他對象的不同情感趨向或不同身分，而是回應不同的個體經驗於社會關係中的實踐。

因此，在推理小說文本中有許多表現地方感的方式，可能在於人在不同生活空間所展現的價值選擇，也可能從時間歷程中逐步取得對地方的認同；通過這些方式呈現出的地方感，雖不見得必然是普世皆準的共相，但這些經驗若立基於相似的日常情境時，將獲得相近的地方感。換言之，地方感可以讓人們回溯某種具在地性指涉意義的生命歷程。

以下將從小說文本出發，觀察並分析其中人物如何透過對地方認識與理解，呈顯地方感；另外，人們主觀情感如何依附於地方，表現出何種歸屬感，甚至佔有、佔據的行為，這些面向又將如何通往在地認同。

二、從「家屋」認同到「在地」認同

Gaston Bachelard曾說：「我們的家屋就是我們的人世一隅，許多人都說過，家屋就是我們的第一個宇宙（Cosmos），而且完全符合宇宙這個詞的各種意義。」[118]意即「家屋」是人們真實經驗發生的空間，它的意象，反映人的親密、孤獨、熱情的感知，因為「家屋不再只是日復一日地被經驗，它也在敘說的線索中、在我們說自己的故事時被經驗到」[119]，即人們與家屋可能共同保有與共享記憶；他進一步

118 見Gaston Bachelard著，龔卓軍、王靜慧譯：《空間詩學》（The Poetic of Space）（臺北：張老師文化事業股份有限公司，二〇一〇年），頁66。

119 同前註，頁67。

地說家屋作為一個庇護地的特性，除了安全、保護等等意義外，更為重要的就是私密領域的吸引力[120]。也就是說，家屋對人們的意義，絕不僅止於空間的意涵而已，更多的是和私密情感經驗相關，因此，Bachelard說：

> 只要稍微提及、稍加描述，它們就可以重新憶起。在此，微小的差異便會顯出色彩。因為觸發了真實，一個詩人的字眼便能撼動我們存在的最深處。[121]

家屋的庇護性與私密感，可能作為一種「夢境」般的存在，如果人們希求返回這種感覺，就必須讓自己「棲身」在過去的時光裡，而此時，家屋就可能以夢為形式再次體現；家屋由人們的日常經驗與私密情感構織而成，因此在早期台灣推理小說中對它的想像，就呈顯通過棲身到定居，最終取得在地認同的過程。

（一）從「棲身」到「定居」

《島嶼謀殺案》中白里安對於家屋的想像，是他在李卻所居住的頂樓木屋時，雖目睹淡水河的落日美景，卻「祇一心一意要早點看到李卻，他渴望接觸李卻的肉體」[122]。身體的親密接觸，反映出家屋的私密性對白里安身體、心理的強大吸引力；或如李卻在出院後，主動表達結婚的意願，兩人「享受這種

120 同前註，頁74－75。
121 同前註，頁75。
122 林佛兒：《島嶼謀殺案》（臺北：林白出版社有限公司，一九九五年），頁21。

寧靜而甜美的時刻」[123]，呼應Bachelard所界定的「場所之愛（topo-phylia）」[124]，即真正的私密與私密空間都可以由「幸福感」的吸引力所指認。

這種私密空間的吸引力，促使李卻的室友將這個頂樓木屋「有成人之美地讓給他們」[125]，除了「家」的私密感外，也傳達這個「家」所帶來的訊息。如小說描寫白里安第一次到李卻家的情形：

> 站在這個陽台上可以看到台北火車站的全景，起起落落的旅客，跑來跑去的火車頭在調車的情景，甚至機械撞擊的聲音，台北車站報告車次的一個慣性的女聲。白里安第一次到這兒來，他就非常喜歡這個環境。[126]
>
> 一枚渾圓大夕陽正垂掛在淡水河上，四射的餘暉光暈和灰塵混在一起，把淡水河裝飾得金碧輝煌，像鍍一層金似的。[127]

白里安第一次到李卻所住的頂樓木屋時，就表明他「非常喜歡這個環境」，其中「頂樓」、「面街的陽台」、「全景」、「火車頭」、「機械」、「灰塵」等等，這些詞語匯聚成「視野遼闊」與「現代化」的空間意象，這個頂樓木屋便以一個「家屋」的形態，成為白里安和李卻「他們甜蜜享受新婚生活和躲

123 同前註，頁23。
124 Gaston Bachelard著，龔卓軍、王靜慧譯：《空間詩學》，頁74。
125 林佛兒：《島嶼謀殺案》，頁24。
126 同前註，頁21。
127 同前註。

避風雨的一個窩」[128]。

這個「窩」隨著白里安帶著李卻從檳榔嶼來到香港時，轉移到他們所入住的「伊莉莎白女皇套房」：

> 當他把她帶到頂樓臨街的房間，白里安為她推開了一扇白色的木造拱形窗門時，李卻簡直快樂得像中了愛國獎券一般，她雀躍著，看到窗外漆咸道的路樹倚在窗前，樓下有濃蔭，遠方好幾幢大樓的玻璃帷幕牆，反射著下午黃色的陽光。旁邊還有一片空地，起重機像巨大的怪手般在那兒上上下下，繁忙地操作著。[129]

「伊莉莎白女皇套房」與台北頂樓木屋存在著近乎一致的描寫，「頂樓」、「臨街」視野同樣遼闊，「玻璃帷幕牆」和「起重機」也展示著城市的現代性。換言之，在空間科學的概念上，白里安從台北移動到了香港，但在地方意義上，事實上只是台北頂樓木屋的移置[130]。從Bachelard的理論來看，這種置換涉及私密空間的延續，即不論是台北或是香港，這種遼闊的、現代性的場所與「非常喜歡」、「雀躍」的幸福感和歸屬感相互連結，這些敘述同時展演了白里安對台北的地方想像與認知，並以「家」的形式再次體現。這種體現，在文本中一一取得映證，例如白里安在李卻死後，在香港伊莉莎白女皇套房的

128 同前註，頁24。
129 同前註，頁58。
130 筆者認為《島嶼謀殺案》中並沒有具體的描寫台北作為地方的特性，反而是以檳城和香港的景觀雙重界定而成，其中表顯的仍然是關於台北的在地性。相關論述，將於第四章「台灣推理小說中的城市與犯罪空間」中詳細討論。

回憶：

> 他從床上下來走到窗前，推開玻璃窗，一陣冷風吹進來，他覺得舒服多了，他一面朝窗外吐著煙圈，一面望著黝黑的天空深處，不知不覺地想到在遠方的台灣，以及他的亡妻李卻。[131]

李卻死後，白里安雖持續原先跑單幫的生意，但逐漸減少回到台灣的次數，轉往香港定居。文本敘述：「李卻逝世不到一年，他已很少去想到她了。偶爾會從噩夢中醒起，身邊女人的溫暖，便使他的夢境馬上煙消雲散。」[132]由此可知，白里安在空間上已經遠離台北，但他並沒有失去或丟棄關於台北的想像與經驗，反而不斷地重述。

這樣的情緒，也解釋了一個文本懸而未決的疑問：「在香港落籍的白里安，就住在滲咸道的『伊莉莎白女皇套房』，……他會租下這個地方，並不是特異的，也說不上一種什麼緣由。」[133]筆者認為這個緣由就是對於台北的地方感與歸屬感，使他即使轉換了空間，卻仍自然而然地選擇了一個與在地經驗最相仿，甚至是仿製在地經驗的場所作為「家屋」。

「家屋」在小說中成為白里安第一個認同的地方，也作為他的「棲身」之所。因此從「棲身」到「定居」，除了表現行為發生的具體空間外，也凸顯人們主觀情感與地方有了更為緊密的連結；長期的日常互動經驗，產生對地方的依附或歸屬感，則是一個人能否建立在地認同的關鍵。

131 林佛兒：《島嶼謀殺案》，頁125。
132 同前註，頁122。
133 同前註，頁120。

以此觀察《美人捲珠簾》的「仁川舊社區」，除了表現日常生活經驗的在地景觀，具有一個地方足以與其他地方區別的特性，並通過在地想像建構其區位意義外，「舊社區」更重要的意義，在於它是朴仁淑的「家」。葉青森與朴仁淑初次於韓國見面時，曾有過一段對話：

「妳的中國話講得很標準，哪兒學來的呀？」

「我的家住在仁川，山上有一所華僑中學，鄰居都是華僑，所以學了一點。」[134]

葉青森時常到外國出差，旅途中與外國人應對時都使用英文或是日文，朴仁淑是第一個聽懂他的中國話的外國人，更是第一個能用中國話與他溝通的外國人。因此，他當下就興奮地說道：「太好了，太好了，他鄉遇故知，……」[135]表達他的雀躍和欣喜。

但是，這個直覺的反應立即出現一個問題，「他鄉遇故知」的語義應是在韓國遇到其他使用同一種語言的台灣人，朴仁淑雖然會說一些中國話，但不論外表或國籍身分，都是道地的韓國人，葉青森也才會稱其為「外國人」；換言之，在兩人初次見面的場合中，葉青森說出「他鄉遇故知」存在著一種邏輯上的矛盾：「在韓國遇到一個會說中國話的韓國人」，這個韓國人在仁川成長，他卻在台北成長，兩人的生長環境截然不同，又如何能稱得上「故知」？這個矛盾卻隱微地指出了葉青森的「家」認同。

在後續的情節裡，葉青森和朴仁淑決定造訪仁川，小說中敘述了一段葉青森的話：

134 林佛兒：《美人捲珠簾》，頁30。

135 同前註，頁31。

「我到韓國這麼多次，認識妳也有一、兩年了，仁川卻從未來過，我想如果沒有認識妳，我這一輩子是不會來這個地方的，說起來，人生的際遇真是充滿了奇特和緣分……」他說到此深情地凝視她，又說道：「妳要好好帶我逛逛仁川哦，因為她是妳的故鄉，也等於是我的故鄉！」[136]

仁川是朴仁淑的家鄉，是因為她從小在此地長大，仁川是她最熟悉，也是日常生活具體發生的地方，但是對葉青森而言，他甚至是將要首次遊訪仁川，為什麼仁川也等於是他的「故鄉」？

當然，從情節脈絡來理解，可以將其視為愛屋及烏的表現，但小說中描寫、呈現的仁川，特別是朴仁淑成長的舊社區，卻反而充滿中國式的建築元素，當地以中國話進行教育，也使用來自台灣的教材等等葉青森熟悉的景觀，因而葉青森認為：

中國人實在太厲害，遍布在整個地球上，幾乎有人跡的地方，就有中國人。……他不得不佩服中國人的刻苦耐勞與無遠弗屆。現在的仁川，竟然還擁有中國人的社區，使用自己母語的中、小學，真是出乎他的意料之外。[137]

這段敘述，首先證實了「他鄉遇故知」的想像，意即朴仁淑雖是韓國人，但卻是在一個和他成長背景或知識認知裡相當類似的環境成長，而這個地方也具體保留或表現了他所熟知的文化內涵，因此讓他自然而然地同化了朴仁淑這個外國人為自己的「故知」。

136　同前註，頁100。
137　同前註，頁105。

然而，這種同化的背後，也象徵了仁川舊社區這個空間的移借或置換。也就是說，葉青森為何會認為這些景態如此熟悉、親近，甚至會讓他聯想到中國人在全世界的影響力，或即使在排華嚴重的國家仍具有強韌的生命力？皆因他已將眼前的仁川舊社區想像成他所成長的台灣，「華僑中學」就是一個最強烈的象徵。

對葉青森來說，在仁川舊社區中，從小學到高中不僅學習「自己的母語」、使用台灣的教材，不僅與他的成長背景完全相同，「母語」也指涉了對語言、環境的認同；因此在異國使用台灣本土的語言，才會給予葉青森如此強烈的震撼與驚喜。也就是說，雖然他身處異地，但在地方意義上，葉青森已回到他的故鄉——台灣某個他從小到大成長的社區——同時也是他的「家」，因此他表述「這裡也是我的故鄉」時，也存在著一個台灣本土的想像基礎。換言之，在異國異地出現屬於自我本土的在地想像，正反映出人與地方之間的地方感，並主動將異地空間轉換為貼合自我日常經驗的地方。

這種「他鄉遇故知」概念的操作，在早期台灣推理小說中十分常見，也存在著許多不同的變形。例如林崇漢〈我愛你〉將小說場景放置在與台灣或華人文化關係更微弱的巴拉圭與巴西，小說的主角湯姆森和沈婷為了生活的需要，雇請當地黑人巴地負責煮飯、打掃等日常事務。小說敘述巴地「一面做傭人該做的任何粗細工作，除了幫湯姆森處理帶回來有關電腦的工作之外，夫婦兩人更激賞他的烹調功夫。對沈婷而言，更讓她喜出望外的是巴地竟然會說中國話」[138]，沈婷的「喜出望外」，是基於她從台灣來到人生地不熟的南美洲後，遇到了一個當地的黑人，但因為語言能夠相通，亦使她產生「他鄉遇故知」的錯覺。

[138] 林崇漢：〈我愛你〉，《收藏家的情人》，頁121。

沈婷對巴地的熟悉感，與《美人捲珠簾》中葉青森對朴仁淑的一見如故，都存在著「故知」的矛盾。沈婷先前從未到過南美洲，巴地也未曾到過台灣，但當沈婷帶著自身的在地性與在地文化，進入巴地所代表的異地文化時，陌生的異域與異文化經驗，刺激沈婷將異地空間轉換為自我熟悉的日常經驗，與其實際生發的地方，如小說描述：

> 沈婷之所以嫁給湯姆森，無非就是一般中國年輕人的崇洋心態和一窩蜂的苟且逃難觀念所促成。那想到來到國外多年，華人都群居一處，她跟的是洋人，一年到頭難得說幾句中國話。巴地這麼一來，她經常故意和她說中國話，幾乎把他當中國人了。[139]

沈婷從剛開始的崇洋心態，到旅居國外多年後，面臨「華人都群居一處，她跟的是洋人」的現實，並陷入情感空缺與匱乏，因此巴地這個雖然作為外表、膚色迥異於自己，卻能精通中國話的異域代表，能與之日常溝通的人物，就成為沈婷召喚與回溯自身在地性與文化的關鍵。

小說情節中沈婷雖因病滯留巴西，無法回到台灣，但其中受限於空間置換而無法充分調解的地方感的矛盾，被巴地這個「故知」留下的訊息具象化：「你們中國人怎麼跟我們黑人一樣，只知道自私、虛榮。捨棄真實的同胞愛，為了自身的安全、享受，不惜拋棄自己的國家、土地，跑到這舉目無親的美洲。……你趕快回自己的國家吧！我們只有各自努力了！」[140]關於「同胞愛」、「自己的國家」、「土地」等敘述，仍回應沈婷身處異國異地對自身本土文化的追尋，最後「趕快回自己的國家」的呼告，也

139 同前註，頁122。
140 同前註，頁137—138。

應證了人物內心的真實渴望。

在《島嶼謀殺案》中也有同樣的現象。白里安的身分設定和描述上頗有值得注意之處：「他是華裔的馬來西亞檳榔嶼人，他是在他祖父那一代遷徙到馬來西亞的福建人，所以他能講一口很道地的閩南話，除了膚色較黑外，看不出他跟中國人有什麼兩樣。」[141]白里安在台灣就學七年，利用僑民的身分往來各地販售商品牟利，他的國籍身分雖是馬來人，但學習和使用的語言是國語和閩南語，另外他的生活環境以台北為主，並以販售往來香港、日韓帶回的舶來品維生。據此些敘述，在相對概念上，白里安對台北是從陌生到熟悉的，這個過程依賴實際生活於此的在地經驗，使其得以辨識地方，進而產生理解與認同。

因此，探索台北的頂樓木屋與香港的頂樓伊莉莎白女皇套房的敘述，可知「地方感」並沒有隨著空間而轉換，即地方感仍舊屬於台北，文本中白里安的歸屬感或私密感，也仍指向以李卻為象徵、初次對家屋產生認知與經驗的台北，使得整篇推理小說的定調，與台灣意識密切相關。

（二）取得在地認同

台灣推理小說常藉由「移動」來呈顯地方感的存在，例如葉青森、沈婷造訪異國異地，自覺地通過想像「故知」的存在，將空間置換回自己熟悉的地方，即使「定居」在異國異地，但關於台灣的地方感仍固定不變。透過置換空間後固著的地方感，形塑小說中的人物對地方的記憶與認同，同時連結人與地方間的緊密關係。

141 林佛兒：《島嶼謀殺案》，頁13－14。

這樣的方式以空間的移動作為主要觀看視角，最終往往集中在對「家」的認同感，然而在地認同的取得，可能藉由另一個變項——時間的遞嬗——顯現。如〈人猿之死〉中李漢洲生長於貧困的家庭，在他十五、六歲時就開始到台灣各個鄉鎮跑江湖賣藥，小說寫道：「那時候他們一夥五、六個人，擠在一部破舊的貨車裡，夜以繼日從南到北，到台灣的各鄉鎮奔跑。」[142]由此可知李漢洲在他成長的時期，曾有一段近於流浪的經歷，直到與彩雲相識相戀後，才投入他「日夜夢想的繁華台北」。

就文本敘述來看，李漢洲初臨台北時大約二十出頭，但因人生地疏，很快就要餓倒街頭，此時在華西街裡擺租書攤的同鄉介紹他到街裡的一家藥鋪打雜，才就此落地生根。李漢洲的身世由「日夜夢想」到「餓倒街頭」，由「人生地疏」到「落地生根」，都是從在地經驗形成在地認同的例證。因此小說繼續描述：

> 李漢洲到現在還常常在午夜夢迴的時候，想起它最初到這條小巷的事兒。那時候剛好是梅雨季，半個月裡整天不停的下著雨，天色陰暗，巷子裡到處有窟窿積水，濕濕的。它與彩雲窩居在他同鄉的廚房邊，每個晚上，都可以聽到漏水滴到鋁質面盆的清脆聲音，以及點點滴滴地滴在草蓆上，他與彩雲只有緊緊抱在一起，擠在也是潮濕的牆角。[143]

在地生活經驗的記憶喚起了他置身於此的地方感，起初台北和華西街與想像中的繁華已有相當大的落差，「陰暗」、「潮濕」、「擁擠」成為了華西街最重要的意象；然而儘管生活的環境惡劣，李漢洲和

142 林佛兒：〈人猿之死〉，頁62。
143 同前註。

彩雲仍然不得不以一個初來乍到的外來者的身分，與地方產生互動，即他們需要擁有在地的生活經驗，才能夠擁有經濟能力以及選擇的權力。所以即使違建的屋舍簡陋、難以居住，他們還是「只有緊緊的抱在一起」，努力維持著他們的生活空間。

在幾年的在地生活過後，李漢洲「終於在巷中的地段，花了二萬元買下一間屬於自己的店面，自己經營起漢洲國藥號來」[144]，建置一間屬於自己的店面，充分凸顯了他的地方認同，因為當他擁有一定的積蓄和經濟能力後，事實上就已具備了離開此地的權力，但李漢洲最後仍選定華西街作為「自己的」店面，表明他把主觀的情感投射、放置且依附在這個地方。往後的敘述，亦應證了這樣的觀察：

> 李漢洲與彩雲生了三個小孩，都是兒子，除了老三比較內向外，老大、老二都可以繼承他的事業。因此忙碌了一生的父母終於比較閒情起來。尤其彩雲四十歲以後，由於物質生活的不缺乏，她變得白白胖胖，益發標緻起來。[145]

一個外來者經過最初的辨識與經驗的積累，最後落地生根、開枝散葉，即是一個人由觀看空間至依附地方的過程，所以李漢洲不僅擁有自己的店面，還生育了三個孩子，並認為可以由他的子嗣繼承家業，至少表現出他與地方的情感牽繫；另一方面，過了二十年後，地方的景觀，如巷弄、屋舍、攤販等都有一定程度的演變，但李漢洲並沒有改變他的在地生活圖像，也沒有因為這些歷時性的演變，拋棄過往寓居於此的記憶。換言之，作為地方的區位和場所精神在二十年間可能都隨著時間演變而產生若干變化，但

144 同前註，頁63。
145 同前註。

人對地方的依附卻根深蒂固且不易改變。

猩猩阿吉的出現，更具象化這種強烈的地方感。對李漢洲而言，阿吉拯救了他的事業，使其物質生活得以持續被滿足，但從另一個角度來說，漢洲國藥號作為家屋的象徵，而家屋又與在地記憶、經驗與認同密切連結，因此如果生意一蹶不振，就會危及李漢洲一家人的地方感建構，在地認同也可能因此消失，這是在地生活二十餘年的李漢洲最核心的焦慮；而這種焦慮，反映在李漢洲親眼見到被謀殺的阿吉的遺體時「幾乎要腦充血，他眼前突然一片昏黑」這種震驚與哀慟的描述，所以當李漢洲堅定地說：「我把阿吉當做人看待，把牠當做我的兒子看待……」[146]時，已隱含更為重要的意義。

猩猩阿吉在〈人猿之死〉中扮演著至關重要的角色，牠維繫著個體（李漢洲）與地方（華西街）的關係；更具體地說，阿吉代表著李漢洲取得在地認同的再現，即李漢洲因為阿吉的出現，得以持續建構個體與地方間的地方感，猩猩阿吉就像是李漢洲生世的翻版：作為一個初到華西街的外來者，同樣在夜市的日常生活中透過身體展演或實踐，取得在地的經驗；同時，黑點與白花教導阿吉說人語、打手槍等猥褻動作，體現了人在初始陌生環境中掙扎、生存最終取得地方感與在地認同的過程。

當阿吉被訓練得可以配合著叫賣詞說出各式人語，進而到牠總是可以親近地喚著李漢洲「阿公」之時，牠與地方的深切互動，及屬於牠的地方感亦隨之形成。因此，阿吉的死，在人透過地方感進行地方建構的概念範疇上，也將造成某種焦慮；反過來說，人們為何會產生這種焦慮，以及為什麼人們的地方感與在地認同需要透過被符號化的象徵物再現？最終指向的仍是人與地方的相關辨認與依存：地方作為人們主觀情感或意義依附的載體，人們作為創造或形構地方特性的主要驅力。

146 同前註，頁70。

當然，經過前述通過區位、場所的討論，已經可以發現本格復興前台灣推理小說的在地性存在不同的類型與型態，例如在地性的邊界影響區位特性及其範圍，或是在地性光譜的移動折射出不同的日常景態與場所精神。以此，倘若地方感是人與地方密切連結後必然的產物，那麼另一部份不特別強化區位特性，以及刻意淡化場所與區位關聯的推理小說，又如何通過地方感取得在地認同？

進入這個脈絡討論之前，必須理解在以在地性視角觀察早期推理小說時，本質上已預設這些小說中存在著一個「地方」，這個「地方」也都具有在地性的意涵、象徵或指涉。

在地性在早期台灣推理小說中的運作，固然看似皆通往在地的、社會的關懷，並針對現時現況進行普世價值的評斷，但這個「地方」如何形構，仍回到人如何通過日常建構屬於自我的主體性，而這個主體性的建構，事實上也存在許多不同的可能。

舉例而言，葉桑〈薔薇刺青〉敘述蕊兒與小說中的地方的關係：

> 她的小名叫蕊兒，是個從小就不知道父母是誰的孤兒，養父母雖待她不薄，可是心志比天高的她不願意在貧民窟裡埋沒青春，小學一畢業就離家當女工。隨著年紀增長，出落得益發漂亮，從朋友或同事所得的讚美，使她對自己產生了某種期盼，於是離開工廠，投入繁華炫麗的都市洪流中，那年她十六歲。[147]

這段敘述與〈人猿之死〉中李漢洲身世的掙扎相當類似，「年紀增長」除了暗示時間遞嬗下人與地方關

147 葉桑：〈薔薇刺青〉，《耶誕夜殺人遊戲》（臺北：皇冠出版社，一九九一年），頁24－25。

係的改變外，從「埋沒青春」到得到「讚美」而產生「期盼」，最後投入「都市」的歷程，也隱含了空間置換的意涵，更重要的是在這個過程中，人投入主觀情感，進而賦予地方某種意義。相似的還有〈顫抖的抛物線〉對陳倩梅身世的描寫：

她姊姊只大她四歲，所以在國中畢業那年就被狠心的母親推入火坑。等到陳倩梅也面臨國中畢業時，她姊姊假裝要介紹她去那種地方賺錢，才騙過她母親。其實是接她到台北，讓她繼續升學。

本來他們姊妹一直都住在一起，因為陳倩梅考上C大，才離開台北。[148]

小說人物基於時空的轉換，日常生活產生的變化，以及隱含在敘述之中的情感，誠如王效瑜所言「每到一個地方，就會將自己改頭換面，以便和人打成一片。到了另一個地方，少不了又要辛苦一番」[149]的現實處境。

然而，〈薔薇刺青〉和〈顫抖的抛物線〉營造的地方感顯然相當片面，例如蕊兒投入都市後的下場是「淪落到地下酒家」，並對人生感到徹底絕望，最終在二十二歲時被帶到異國日本；一方面〈薔薇刺青〉並沒有明言區位，另一方面，蕊兒被敘寫的日常生活都發生於日本，二十二歲以前的經驗，都是日後她在日本被中國作家寒修殺害的隱喻。也就是說，蕊兒對台灣的地方感當然存在，且成為整篇小說中推理、解謎的重要關鍵，但作者並未探討這種地方感反映的人與地方的深層關係為何。

148 葉桑：〈顫抖的抛物線〉，《顫抖的抛物線》，頁28。
149 同前註，頁37。

相似的是，〈顫抖的拋物線〉雖然言明了陳倩梅就讀的C大可能的區位範圍，可是這段時空轉換所形構的地方感，亦並不對應陳倩梅的身世經歷，反而是她姊姊安琪租屋處的管理員「只是……只是這裡的環境不太好」吞吐的言詞與揶揄，強烈地暗示了安琪在台北的日常生活經驗，卻和當時已離開台北，就讀C大的陳倩梅沒有直接的關聯。

這兩篇小說的地方感實際上都不指涉「家」與私領域，反而對應他們所身處的大環境，涵括了遭遇的困境、與現實不得不的妥協等等。以此，小說人物在地認同的產生，仍相當後設地受到作者所意圖引入的社會關懷所影響；換言之，讀者通過閱讀小說後，將可能對社會現實不滿，或對人物處境產生同情或情感上的認同。

因此，早期推理小說中，許多的地方感書寫，是延續著作者的在地關懷，而影響小說人物與讀者的在地認同，葉桑〈血在燒〉是一個相當典型的例子：

> 接近黃昏的時刻，走在紅磚道上的行人，或奔馳在道路上的車輛，都給人一種寂寞的感受，彷彿融在昏光中的影子，隨時都會在天涯處消失。……這種情懷就如同西天的彩暉，絲絲屑屑地沉澱到地平面下面。[150]

這段敘述描述偵探葉威廉對所在城市的所見所感，值得注意的是「黃昏」、「行人」、「車輛」帶來的寂寞感，一方面來自於他的日常工作場所是單調、重複性高的翻譯社，另一方面則來自於警界好友陳皓

150 葉桑：〈血在燒〉，《耶誕夜殺人遊戲》，頁78。

所帶來的B街謀殺案。

這個案件的命案現場相當離奇，嫌疑人杜鶩又擁有完美的不在場證明，但更重要的關懷在於杜鶩被設定為「政府還沒有開放觀光時，跑過單幫，可能見好就收，或是有什麼風聲走漏，雖然有走私毒品之嫌，可是沒有證據」的風塵女子，在與譚法聽結婚後，又「迷戀那種燈紅酒綠的生活」，並且「威脅到家庭的經濟」[151]，因而受到「暴力傾向」的對待，可見作者期望透過這個故事關切當時社會的家庭問題。因此，偵探的地方感，對應的仍是在地性範圍較大的社會關懷，和產生地方感的地方雖有關聯，但並非被深究的層面。

「地方」如若是主觀情感或意義依附的載體，人們就會主動創造或形構其地方的特性，但這個過程在台灣推理小說的敘事中，已可見分歧，即地方的在地性可能回應的是產生地方感的主體的主觀經驗、感受與認同，但也有可能只意圖對應範圍較大的社會性面向，使小說中在地居民與使用者與地方之間的關係，跳脫了經由區位、場所的形構過程，直接從情感導入作者的在地關懷，再回頭建構在地認同與在地性。

三、從「家」到「國」：「台灣」身分的建立

在先前的討論中，筆者發現許多早期的台灣推理小說都展示了文本中無論是空間或時間作為變項，人與地方的關係仍相當厚實緊密，其地方感近乎穩固不變。另一方面，如《島嶼謀殺案》的李卻及《美人捲珠簾》的葉青森身處異國，卻不斷興起對台灣或台北的地方感，並與其所處的異地環境與文化產生相互置換，某種意義上，更積極地促使「家」認同擴展至「國家」認同的層面。

151 同前註，頁79。

台灣推理小說的發展，受到日本推理的引介影響極深，因此如何突破外來推理的既有框架，建立具有自身文化主體性或本土性的推理敘事，一直都是台灣推理最重要的努力目標。本土推理的實踐，也是意圖藉由地方感的建構嘗試回應這個問題。

在這些小說中，可見人物時常透過不同國家、不同文化脈絡下的辯論，表述、凸顯或甚至讚揚「台灣」的身分，進而貶抑異文化的書寫型態。例如葉桑〈傷弓之鳥〉中端木先生對費滋羅先生所說：

> 「外國人，」我忽然感到膩，不僅是對這個人，我那破碎的婚姻，還有整個虛偽的社會。就說：「除了愛情，難道沒什麼可談的嗎？……不要跟我談你們的西方思想，我去過貴國，瞭解貴國的人民，他們和我，以及大部分的台灣人一樣。那些嬉痞、雅痞只是大眾傳播創造出來的名詞，就像貴國批評台灣是個貪婪之島，傷了大部分善良百姓的心相同。[152]

端木先生是土生土長的台灣人，但卻因為「端木」的複姓，常被消遣是日本人。因此，端木和費滋羅這個英語使用者的外國人的互動，就存在著特殊的意涵。

例如端木先生對「外國人」這個語詞的煩膩與反感，來自自己經常被誤認為「外國人」，讓他對費滋羅所代表的西方思想與文化充滿排斥與敵意。這種敵意反映在兩個層面：其一是「貴國人民，他們和我，以及大部分的台灣人一樣」，端木認為費滋羅所舉出「現在的台北不就流行這個嗎？……愈好吃的東西愈容易膩，愈刺激的東西愈容易厭倦」[153]的愛情觀點，不僅片面曲解了西方的思想，還以外來觀點

152 葉桑：〈傷弓之鳥〉，《仙人掌的審判》（臺北：林白出版社有限公司，一九九四年），頁131。
153 同前註，頁130。

挑戰或質疑在地性的本質；其二，端木很快地將「貴國批評台灣是個貪婪之島」作為指責與反擊，「傷了大部分善良百姓的心」採取明顯的維護立場，這個立場隱含了端木自身從姓氏開啟的台灣身分認同，以及區別西方與台灣兩種在地文化與在地性的雙重面向。

然而，值得注意的是這段對話在〈傷弓之鳥〉的情節推演與推理解謎的過程中毫無意義，即台灣身分的建立和認同，以及意圖對台灣在地文化主體性的形構，都和發生案件的緣由或其關鍵指證沒有直接相關，使這個段落像是刻意附加於小說行文中，成為作者刻意回應在地性的安排。

相似的例子還有葉桑〈鬱金香公路〉，小說中同樣土生土長的台灣偵探黃敏家，和跟隨丈夫定居美國的何雁之間的談話。

這篇小說人物關係的設定，採用「土生土長」和「定居外國」的對立觀點，因此在談話過程中，黃敏家一直不適應何雁「已經被感染成外國腔」的國語，但何雁卻因黃敏家「了解中國人那種害怕失去家園的感覺」[154]產生親近感與熟悉感，某種程度上這仍然運作「他鄉遇故知」的邏輯，也同樣回應了台灣在地與外國異地的辯證關係。同時，藉由黃敏家「原本只想來這裡唸唸書，回去教書或弄個研究工作」[155]的自述，回歸他對台灣本土的認同。然而，〈鬱金香公路〉的這段對話，在整篇小說情節亦無推進作用，它的意義在於作者意圖提示或提醒讀者那個「土生土長」的在地性與台灣身分的存在。

也就是說，早期推理小說在從「家」到「國」的在地認同形構過程中，致力於「台灣」身分的建立，即便這個身分的建立並未對推理敘事產生任何推進或關鍵影響，它仍在小說中有相當重要的意義。

154 葉桑：〈鬱金香公路〉，《水晶森林》（臺北：林白出版社有限公司，一九九四年），頁187。
155 同前註。

當「台灣」作為一個明確的「地方」，地方感就得以召喚出大部分讀者對台灣地理環境、情感與記憶的認同，因此用以喚起這種感受的語境也值得分析。如《美人捲珠簾》中葉青森對於仁川舊社區使用中國話進行基礎教育的驚訝與驚奇，又如〈人猿之死〉中夜市攤販的吆喝和叫賣，雜揉了地方語言、語彙，如白花的叫賣詞：

你們大家可能對這隻猴會不會講話，懷疑很大吧？也莫怪，到底猴子不是人，今仔日，大家有緣份，我就給你們開開眼界，尤其阮的猴王阿吉，不只會講話，還有一項天大的本事，講出來你可不要吃驚，看不到要見羞……[156]

這段叫賣融入台灣話的語法和方言語彙，具體且生動地呈現夜市的景況，使讀者容易產生共同的記憶，透過閱讀能夠獲取在地的想像甚至經驗；《島嶼謀殺案》也運用同樣的方式顯現在地性：

這時批發店的老闆走出來，訓著白里安……「我有錢，有錢就犯法啦？幹伊娘，用那種目睭看我……」白里安用台灣話叫著。[157]

這段白里安在香港「台灣人貿易公司」門口與老闆爭執的對話中，白里安明明身處香港，但在酒醉、理性意志薄弱時卻使用台灣話的粗俗語彙，某種程度上，小說人物以及閱讀文本的讀者將被喚起關於台灣

156 林佛兒：〈人猿之死〉，頁67。
157 林佛兒：《島嶼謀殺案》，頁129。

的地方感，更強化了《島嶼謀殺案》中空間與地方的辯證關係。

此外，葉桑〈毀容的月光〉寫在秀君在茶室工作時遇見傳福音的年輕人的情景，作者通篇使用道地的台灣話呈現對話，例如秀君的阿母：

> 咦？郎客呢？講了一港水的話，怎麼沒進來。恁這查某真是沒路用。郎客想要跑，不會拖住伊，或是強取伊的物件，眼鏡啦，證件啦……不驚伊不來。[158]
>
> 恁是目睭青瞑？莫看著伊的額頭全是汗。伊是一腳長、一腳短地趕來看恁，恁攏不知，冰塊也比恁的心肝夠加燒。[159]
>
> 恁們這些死查某鬼仔，一仙比一仙卡沒路駛，親像倒在棺材裡。看看秀君伊嘛，今仔日就有卡多的郎客……[160]

透過這些對話，可以了解茶室的生態以及秀君在其中的處境，並透過台灣話的文字記述，深化故事與在地性的連結。另一方面，〈人猿之死〉或《島嶼謀殺案》的方言主要表現在人稱或某些單詞，〈毀容的月光〉則直譯語言，讀者即必須以台灣話的發音或使用其語境進行閱讀，才能充分理解其意義，也召喚出更獨特的地方感，這種地方感源於語言連結的在地情感與記憶，同樣也來自於在地使用者的日常經驗和景觀。

158 葉桑：〈毀容的月光〉，《耶誕夜殺人遊戲》，頁177。
159 同前註，頁178。
160 同前註，頁179。

在地語言的使用除了能連結對一地的情感與認同外，可能還有更積極的作用，如葉桑〈秋霧〉中阿蜜嫂與少奶奶和金桃的一段對話：

「老身和少奶奶講話，妳插什麼嘴，囝仔人有耳無嘴。」阿蜜嫂雖然大聲喝住金桃，但是滿面春風，一絲怨怒亦無，又在我耳邊低語說：「這個月有來沒有？」我不解地望著她，她用日文說：「月物呀！」我低下頭，用手托住了羞熱的臉頰。

「阿蜜嫂，咱是台灣人，講什麼日語，又不是四隻腳。」金桃在身後，沒聽清楚阿蜜嫂說什麼，吵著要再聽一遍。[161]

阿蜜嫂對少奶奶說的日文「月物」，立刻受到金桃的大聲批判，直指講日語的是「四隻腳」。然而，金桃的氣憤並不是因為她聽不懂日文，而是因為「咱是台灣人」，所以只能說「台灣話」。在此，小說中的台灣話對話就有了兩種意義：其一是它穩固地聯繫了人際間的關係，從人與地方的關聯營造出具有在地性意義的範圍，其二是講台灣話作為比講日語更「正確」的價值評斷，暗示人物對台灣身分，以及以台灣為地方主體的堅持。

因此，在這些小說中，語言可以連結甚至具象化日常生活與景態，進而展顯人與地方的互動關係而生產在地性，且以「母語」連結在地經驗和地方想像，將更清楚地指涉其中的本土內涵。

當語言作為地方想像的共同體，台灣話或台語對話，可能產生某種閱讀上的熟悉感，因為這些語言

161 葉桑：〈秋霧〉，《愛情實驗室》，頁209－210。

確實是在地居民與地方互動的共同生活經驗與學習過程的表徵，因此更能夠連結台灣人的在地認同；更明確地說，「台灣」的「地方」意義將會明顯地被凸顯。然而這樣的書寫策略是否具有更深層的意義，或能與推理小說中在地性的建構有產生更密切的關係？

〈人猿之死〉、〈毀容的月光〉、〈秋霧〉等篇的台灣話對白與方言詞，當然可以視作在地居民經過長期和地方的當地社群的互動後，取得在地認同而具有在地的、「台灣人」的身分象徵；而《島嶼謀殺案》和《美人捲珠簾》透過對異國異地由外而內的回觀，或如〈傷弓之鳥〉、〈鬱金香公路〉在情節中附加本土與外來觀點的互動，則顯得「台灣」身分的建立更具急迫性。

也就是說，這些文本中明確地表明即使身體所處的地理空間或環境都不是台灣本土，但是因為人們的地方感穩固地建立，使小說人物在與不同地方、不同個體或群體的互動過程中，展現了對台灣的地方認同。這種情形，最為具體的呈現在《島嶼謀殺案》、《美人捲珠簾》、〈意料之外〉的三具屍體上：

> 白里安一輩子也想不到，這完全起因楊吉欣熱愛書法和具有強烈的台灣意識和愛鄉觀念，他在每一件每一項自己喜愛的物品上，包括他死時所穿的那條卡其褲，都用毛筆寫著：**台灣人楊吉欣**。[162]

《島嶼謀殺案》中楊吉欣的屍體在海中浸泡三天後才被發現，屍體因為泡水而浮腫不堪，但能其身分能立即被辨識，並迅速地鎖定兇手的原因，在於他身穿的卡其褲口袋內裡的「台灣人楊吉欣」六個毛筆字；《美人捲珠簾》中葉青森的屍體也被發現在漢城城南新生港灣，也因泡水許久，臉浮腫變形，但金

[162] 林佛兒：《島嶼謀殺案》，頁181。

刑事在辨別身分時亦特別說明：「台灣人也有可能，因為他的皮膚顯然受過比韓國更多的陽光。」[163]葉桑〈意料之外〉在日本池袋公園發現一具臉皮被完全剝去的屍體，但連一般民眾閱讀了新聞報導後，都以「因為死者全身的衣物，包括內衣褲和運動鞋，都標示著Made in Taiwan」[164]為由而認定為台灣人。不論是泡過水不會漫漶的毛筆字、透過皮膚的顏色或衣物的產地判定屍體為台灣人的推斷，都展現這些屍體與台灣本土的關聯，因此即便屍體在異國必然是一具「無名屍」，但總會有一些關鍵的物件或特徵能夠讓人辨識出他們的台灣身分，而這個物件或特徵，也必然具有地方感的象徵意象。

然而，這種接近於個體和國家間的雙重指涉，雖然顯示了穩固不變——連同時改變時間與空間形態的死亡都無法改變——的地方感的形構，作者在急欲建構人物台灣身分的同時，因為這種相對強烈與超乎現實的處理方式，反而表現出台灣身分的建立與本土文化主體性失落的可能。

四、我是哪裡人？——台灣推理小說在地化歷程中的在地性失落

推理在台灣的在地化歷程，事實上就是「台灣推理」主體性的建構過程，而以在地性作為觀察的視角，也應合「台灣」作為一個有意義的「地方」所涵蓋的地理範圍與其象徵意涵。因此，在本格復興前的台灣推理小說中，如何表徵、宣示台灣身分及其主體性，就成為小說中普遍關注的面向。然而，這種主要透過人們取得在地經驗與認同的地方感，連結台灣的在地化歷程，卻產生某種集體的焦慮。

焦慮的產生必然因為台灣身分與台灣主體性的建立出現斷裂的可能，意即小說中雖然透過人物的身

163 林佛兒：《美人捲珠簾》，頁260。
164 葉桑：〈意料之外〉，《黑色體香》，頁12。

世設定，或是與異國異地的人群、文化的對應互動，呈顯不受時空轉換、固著的地方感，但在這個過程中「地方」卻仍然可能不具實際的指向。

這種焦慮的展現，以林崇漢〈水墨與血跡〉最具代表性。這篇小說中的偵探是舊金山日本城華人刑警鍾國壬，其他幾個人物都是美國華人社會中頗具知名度的畫家，文本情節主要描述畫家之間複雜的情感糾葛關係。但這篇小說中最重要的意義是鍾國壬直接諧音了「中國人」，因此小說中有許多的物件、物證都環繞著這個隱含的意涵，例如三封匿名的「預告殺人信」：

> 一看到信封，他就感覺到這是一封奇怪的信。因為，除了收信人鍾國壬以及收信地址是用英文打字的之外，寄信人位置上卻用中國字寫著「（內詳）」。他的朋友或讀者從來沒有人是這樣寫信的。[165]

鍾國壬是舊金山少數的華人刑警，且娶台灣畫家何慧君為妻，可知他的日常生活經驗仍然偏向華人群聚的社會型態。因此，這封奇怪的信上，以中文寫的「內詳」二字因為趨近於他對華人文化的理解，而特別引起他的注意和好奇。所以當鍾國壬拆開信封，發現中國花鳥畫、唐詩詩句、草書落款或篆刻印章等具有中國文化的內容時，除了驚訝的感受外，也因為對文化的熟悉度與嚮往興發了更大的好奇心與解謎的動機。

165 林崇漢：〈水墨與血跡〉，《收藏家的情人》，頁146。

此外，鍾國壬和「外國人」的互動與相互的觀感，表現出某種緊張的關係，例如他與中國城唐人街的刑警史蒂芬間的互動：

鍾國壬來到現場的時候穿的是制服，該管區的刑警史蒂芬從未見過他，又見他是個有色人種，口氣聽起來令人覺得很不舒服。[166]聽說白人警察很自以為是，看來也頗有幾分真實性。[167]後來鍾國壬打了好幾通電話去問史蒂芬有關案情的發展，起先對方口氣還好，只表示正在進行偵查中。後來就不對勁了，竟至發怒反問鍾國壬說：「你是什麼東西？有什麼資格來查問我們的查案狀況？」[168]

鍾國壬和史蒂芬的關係，與他和日裔同事川合昭二的親近，以及他對長官基卡警官「佩服得五體投地」的敘述相較，有非常大的差別。其中最重要的原因，倒不在於「口氣」的好壞，而是當鍾國壬收到第二封預告信與山水畫，詢問川合昭二是否認得畫作的畫家，川合不加思索地說：「當然認得，這是日本城大大有名的中國畫家沈二，怎麼你這中國人反而不知道。」[169]顯示他對中國文化的認識與造詣，甚至還比鍾國壬還高；另如基卡警官質問嫌疑犯時，拿出一本鍾國壬搜出的中文小說，還據此本小說推演出「母親雖是日

166 同前註，頁148。
167 同前註，頁150。
168 同前註，頁153。
169 同前註，頁155。

本人，父親卻是中國人，因為住在日本就歸化日本國籍了」[170]的關鍵論斷，也顯示他和史蒂芬不同的地方在於他甚至看懂得中文，也能分判中國人和日本人的差別，而不以「有色人種」概括地替代。

這篇小說中「中國人」的諧音意義、重要物件所隱含的中國文化以及鍾國壬的兩個搭檔的中國文化底蘊與涵養，使鍾國壬雖人處在異國異地舊金山，卻仍能成為明確的本土文化表徵，這個表徵，正好是解開謎團最重要的鑰匙。

小說最後以真正的兇手歐陽子玲以「中文」所寫的日記作為破案的關鍵，作者對這本日記的描述是「日本人雖然也用漢字，畢竟不容易看懂」[171]，基本上排除了川合昭二在第一時間理解事件真相的可能。換言之，正鍾國壬是中文使用者，因此他閱讀歐陽子玲的日記時並不會出現任何障礙，甚至還能將這整個事件改寫成中文小說[172]，發揚了在地身分與其價值。

當然，〈水墨與血跡〉受到當時政治情勢的影響，並未言明「台灣」身分的建立，但仍相對完整地演繹本格復興前台灣推理小說中對在地身分的形塑與追求，同時當這個在地身分是通往真相唯一的途徑，也開啟後繼者的更多書寫嘗試。

如〈我不要殺人〉中的日人杉山靖覺得「台灣民情固然與日本、大陸有所不同，人心卻是相去不遠」、「台灣女人似乎比日本女人漂亮多了」[173]，葉桑〈寶赫福車站的陌生人〉中來自美國，又替自己取了一個中文名字的鮑士駝，他在法國車站物色人選，最後選定「來自台灣」的偵探葉威廉，並將取

170 同前註，頁161。
171 同前註，頁175。
172 同前註，頁194。
173 林崇漢：〈我不要殺人〉，《收藏家的情人》，頁56。

得的情報以注音拼音對應鍵盤英數字的方式寫下交給他，用以破獲國際販毒中心[174]；〈流向心靈深處的河〉敘述遠在宏都拉斯的梅葉爾為了詐領保險金，自導自演一齣嫁禍於人的自殺案件，小說敘述：「梅葉爾尋覓著他心目中理想的觀眾人選……上帝聽到他的禱告，從千里之外的台灣，差遣了葉先生這位聰明絕頂、感情豐富的年輕人。……梅葉爾高估了葉先生的感情，低估了他的聰明。」[175]〈穿牆走來九幅畫〉寫法國的詩固曼夫人對來自台灣的葉先生的讚美：「你比我認識的中國朋友活潑多了，這可能和你會說流利的法文有關。」[176]〈甜蜜控訴〉獲得新加坡文學新人獎的鍾和，帶著來自台灣的葉先生閒逛新加坡東岸公園，「空氣中流動著熟悉的國語流行音樂。這些夏日的歡樂悠閒氣氛，使葉先生誤以為置身在台灣的遊樂風景區」[177]等等。這些早期推理小說都具備「土生土長」的在地觀點與「異國異地」的外來文化的互動關係，而且不論是對偵探特質的讚美，或是營造出某種與台灣相似的熟悉感，也都透過由外而內的地方感形構，俱強化這些小說人物即使身處異地，但都代表著穩定不變的在地性表徵。

然而，問題在於這些小說為了顯揚台灣身分或精神、價值，出現超乎現實的敘寫，或相對牽強地附加在小說敘事之中。如小說場景即使已然置換到非中文語境的異國異地，仍必須要有一個象徵台灣在地性的「土生土長」的主角（通常是偵探或受害者），並安排一個精通中文、了解中國文化、熟悉台灣在地性的外國人角色（通常是兇手或關鍵指證），並且毫無意外的是，這兩種觀點必然產生一定程度的互動，尤其一致地通過外國人角色的觀點凸顯、肯定或認同台灣的價值與主體性，這種特意從外來觀點強

174 見葉桑：〈賓赫福車站的陌生人〉，《仙人掌的審判》，頁81－93。
175 葉桑：〈流向心靈深處的河〉，《水晶森林》，頁168－169。
176 葉桑：〈穿牆走來九幅畫〉，《台北怨男》（臺北：林白出版社有限公司，一九九一年），頁11－12。
177 葉桑：〈甜蜜控訴〉，《台北怨男》，頁142。

化台灣身分或主體性的書寫型態，除了形製單一外，又和推理敘事本身無法結合，甚至沒有關聯。

舉例來說，這些小說習慣讓人物以「精通中文」作為取得台灣身分最重要的途徑，但是它所指涉的在地性其實是相當寬泛的，因為「精通中文」只是因為身處於非中文語境的異國異地時，才會特別產生某種特殊的地方感，這些小說因為先行預設了在地／異地的對應觀點與視角，一致通過語言使用或在地／異地的居民或城市使用者的互動關係形構台灣身分，進而確立台灣推理的主體性，事實上只是反映了台灣推理小說益加嚴重的焦慮與困境。

但是，從空間到地方的過程中，關鍵在於人如何賦予「空間」意義，因此從區位、場所到地方感，都環繞在居民或使用者的日常經驗如何與其發生的場域互動與連結，進而改變「空間」。

從這個觀點探究本格復興前台灣推理小說的困境，可以發現即使從在地性的邊界範圍可以推導出兩種分別指涉不同範圍的在地性意義的區位類型，或是從場所與場所精神的建構，發現小說書寫在地性型態的光譜偏移或取捨，會造成不同型態的推理與在地敘事；但一旦進入地方感的討論時，即很難從小說文本的敘述中，清楚地指認不同地方及其地方特性，大部分能見的情形是當小說人物身處異國異地情境時，以語言的使用、對文化的熱忱、與外國視角的辯論，召喚或聯繫特別是對於「台灣」的地方感；而若情節發生於台灣，大部分的小說似乎又因為其書寫型態表現的區位特性不高，使得在地性範圍寬廣，即因為在相近的區位條件下，人與地方的關係是可以置換與跳躍的，連帶地讓在地身分、在地情感呈顯出某種程度的「理所當然」。

例如余遠炫《119！急先鋒》、《救命啊！警察先生》都以在地居民為描寫對象，並如實地呈現他們的日常生活景況，也從人際網絡關係中，描繪人與地方的交集，但無論如〈烈火情深〉[178]寫一對夫

178 余遠炫：〈烈火情深〉，《119！急先鋒》（臺北：皇冠出版社，一九九七年），頁91－108。

妻經歷了台灣南部旅館遭遇火警與逃生的經過後，造成婚姻關係的改變，或如〈擒兇記〉[179]中刑警偵辦蘇家珠謀殺案與蘇家珍攻擊案時，直接賦予小說中的主要人物穩固的地方感，而且這個地方感不受任何區位的限制，即今天在台灣北部或南部，都市或小鎮，地方感都是一樣的；但是這種「一樣」，只表現在人物對在地的情感認同的表述與宣示與社會關懷裡，這種書寫雖然擴大了在地性的指涉範圍，卻表現出在地性表徵的嚴重失落。

有趣的是，不論是異地處境的地方感建構，或是本土處境下所呈現的在地身分的必然性，這些推理敘事最終卻都能整合在「在地關懷」的面向。也就是說，在地與異地的觀點辯證，或是在異國發現充滿台灣符號的屍體，最終不僅意圖凸顯所謂的台灣精神與價值，更從價值批判的角度，把所有的敘事都導向台灣的閱讀情境，作者透過推理敘事表現出的具體關懷面向，是無論發生的場景或情境為何，都可能發生在「我們」「周遭」的事，甚至它就是某個當時的社會案件或傳聞，而作者所建立的價值體系是隱惡揚善的社會正義，如景翔描述早期台灣推理小說創作的時代語境：

> 好的推理小說常常毫無隱蔽的，把一幕幕人生的場景、社會的實況披露給我們看。透過作家精巧的構思、玄妙的推理和文藝寫作技巧的呈現，與其說我們在推理小說中看到的是血的殺戮、情的糾結、財的貪婪、色的誘惑，不如說我們看到的是精彩的腦力激盪和社會縮影。[180]

景翔指出台灣推理小說的意旨應在於彰顯正義與公道的社會功能；換言之，通過這個社會功能，得以進

179 余遠炫：〈擒兇記〉，《救命啊！警察先生》，頁15－64。

180 見《推理》第二十五期（一九八六年十一月），「名家賀詞」，頁15。

一步建立台灣的地理性與主體性。

但是這些發生在「當時台灣社會」的「我們」、「周遭」的事，本身就是一種非常模糊的在地身分的界定，「我們」指的當然是區位範圍極大化的台灣人，但小說仍然敘述或描寫了具有某些特殊區位條件的地方居民，這使得早期推理小說的在地性範圍界定將呼應「我是哪裡人？」的疑問，一旦這個疑問沒有解決，推理敘事中的在地關懷所意圖涵涉的「地方」，及其實際指涉將顯得模糊，「周遭」最終回到一個介於空間與地方之間的模糊概念。這也是本格復興前的台灣推理小說嚴重的寫作困境，但追根究柢，這個困境來自於作者意圖在文本中建立台灣身分，以回應文類主體性的核心焦慮。

然而，筆者觀察當代台灣推理小說時，卻發現這層焦慮已然消失。這些台灣新推理作品不以小說人物台灣身分的建立為核心追求，最主要的原因是新興作家們認為推理敘事，不需要通過在地性的建構而完成，或至少張揚所謂台灣價值與主體性並不是小說的敘事重點。

如冷言《鎧甲館事件》敘述發生在九份鎧甲館兩起密室殺人的事件，小說對場景鎧甲館最重要的描述是：「這幢房子最早是在一九二三年落成，是日據時代一個在金瓜石礦區開採金礦的日本人所建造的。」以及其用途：「那名日本人於是把原本放在他日本住處的西洋鎧甲運來台灣放置在館內，並正式將建築物命名為鎧甲館。聽說鎧甲館的設計就是模仿他在日本的房子所建的。」[181]這些敘述不斷強調「鎧甲館」是根據日本房子的規格設計，而且還畫出屋房平面圖[182]，以證實其於日據時期的落成年代。

忠於日據時期、日人建造的日式屋房設計，坐落在台灣九份的鄉野空間，雜揉了日本殖民、礦產開採等歷史情境，以及具有區位特性的地理空間，這些元素應是極易透過在地／異地的觀點互動操作在地

181 見冷言：《鎧甲館事件》（臺北：泰電電業股份有限公司，二〇〇九年），頁33、35。

182 同前註，頁63。

性與台灣精神的揚發，但是《鎧甲館事件》不僅完全不形構小說中的在地性與地方，且更進一步地把所有的情節鎖入「鎧甲館」這個建築物內部，使得應該具有召喚地方意義的「九份」及其相關地景，已不再是小說中的重要描寫對象。

可是，《鎧甲館事件》帶來的懸疑，在於現今閱讀或研究台灣推理小說的視角，仍然以「台灣推理」的框架或脈絡為主，即台灣推理小說仍是以一種「台灣的」推理小說被接受，那麼小說中作為「地方」的「台灣」及其意識形態和身分，所牽涉的在地經驗、認同與在地文化的主體性等等，應該仍具有其必然存在，甚至是被明確指認的價值。本格復興前的台灣推理小說雖然意圖快速地將推理敘事導向社會關懷所隱含的在地性，但從區位、場所、地方感等面向的討論中，都還是能夠發現它們處於在地化的共同歷程脈絡下的思考與嘗試，然而相較之下，許多本格復興後的推理小說刻意去在地化、去地方化的書寫策略，使其小說敘事失去台灣性的想像。

更值得注意的是，早期推理小說以台灣身分與文類主體性的建立為最核心的焦慮，因此透過創作，寫實地描繪當時的社會現象，並且進行在地書寫與實踐，用以回應相對穩固的台灣地域性特徵；本格復興後的推理小說雖然不以敘寫地方為核心，看似不再具有早期關於台灣主體性的焦慮，但卻仍然以「台灣推理」的框架召喚讀者的主體認同，反而加深了「台灣」「推理」的分化，及其於發展歷程中面臨的困境與難解的矛盾。

第四節　在地性的反思：從地方性到台灣性

一、從邊界到「劃界」：台灣推理小說的地方性與台灣性

本格復興前台灣推理小說所選擇事件發生場景的區位條件，實質地影響在地性的範圍。也就是說，小說敘寫的在地性範圍主要受到區位特性強弱的不同，可分為「地方性」與「台灣性」的兩種表述型態。

「地方性」和「台灣性」的範圍具有明顯的殊異，最關鍵的原因是區位特性直接影響了地方的「可替代性」或「不可替代性」，意即區位特性高，地方因為不容易替代為其他地方，使其在地性範圍僅限於當地。因此，在地經驗的敘寫與其場所及場所精神的建構，也環繞這個地方的區位特性書寫；相反地，區位特性低，甚至區位在小說中的空缺，使作者專注於某地居民和使用者的日常景態與社會網絡，從中透露對當時社會強烈的關懷意識，因為這種書寫型態的區位特性不高，使得這個「某地」反而只要能夠服膺在地經驗的某種真實性即能成立，因此它傳遞的已不是無可替代的地方性，而是範圍相對遼闊的「台灣性」，反映整體社會環境甚至是時代氛圍。

「地方性」與「台灣性」表述，雖都是台灣推理小說的在地化歷程中的嘗試，但究其形構的過程與條件來看，廣闊的台灣性當然能夠指涉某些地方性，但因其區位特性的缺乏，使得這種指涉只能透過社會現象的呈現與地方的日常經驗相互連結；而地方性的範圍則受限於不可替代的區位特性，也難以無限地拓展成較大的台灣性的範圍，意即它無法無限制地指稱台灣的所有地方。

早期台灣推理小說的區位和場所建構，雖也展現出地方性和台灣性的分野，但在地方感的探討時，卻發現小說中的地方性和台灣性毫無例外地匯合成台灣性，所有的地方感的形塑，都是為了建立台灣身分與不論文化或文體層面的台灣主體性；地方性雖仍對推理、解謎過程產生某些關鍵指證的意義，但卻在推理小說結局消失，導向意義範圍明顯不同的台灣精神與價值。

也就是說，早期推理小說地方性與台灣性的混用，除了使地方意義產生模糊外，也讓這些文本中的在地性所傳達的不外乎是內／外觀點辯證下的台灣精神，或公理評斷後的社會正義，而趨向單一化與刻板化的描寫。

然而，這種混用究竟會造成什麼實質的危機？回顧一九八六年向陽與一九九三年楊照針對本格復興前台灣推理小說的評論，即可以探察其中的問題：

> 我們期待他從「八〇年代的台灣」這樣的時空中發揮他的長才。……[183]
>
> 尋求以台灣社會為背景，在推理探案過程同時描繪、探索本土特定面相的作品，那我們能蒐羅進來的就更有限了。[184]

從以上兩段的評論中可以發現，台灣推理小說從一九八〇年代跨越至一九九〇年代，那個「台灣的時空」、「本土特定面相」並未落實，甚至到了二十一世紀，陳國偉也指出整個文類還無法建立或「創造

183 向陽：〈推之，理之，定位之——序林崇漢推理小說集「收藏家的情人」〉，《收藏家的情人》，頁15－16。

184 楊照：〈「缺乏明確動機……」——評台灣本土推理小說〉，《文學的原像》（臺北：聯合文學出版社股份有限公司，一九九五年），頁142。

出真正屬於台灣的推理小說文體秩序，讓台灣的推理小說，能像日本一樣，走出有別於歐美的特殊面貌」[185]的問題。

向陽和楊照都指出早期推理小說作者習慣將發生的場景設定在異域，描寫異國情致，摻入異文化的色彩，台灣本土性的不足，使得推理文學在台灣的發展始終「彰顯了本土推理寫作不易」[186]，與「乞靈於別人的大眾文學傳統，弔詭地喪失在自己社會上吸引一般大眾的重要資源、能力」[187]。不過，台灣推理小說許多不合理的情節雖造成在地經驗的連結困難，但這些小說即使將場景置於非台灣本土的地理環境，最終都仍試圖透過台灣身分與認同的建立，回應台灣的主體性。因此，異域的描寫恐怕不是台灣推理小說主體性失落的最重要原因，因為它反而能夠重回「本土特定面相」的呈現與形構。

「本土特定面相」除了顯示出早期推理小說地方性與台灣性的最終匯流外，更直切地表現或映證地方性與台灣性概念與範圍的不同。楊照以「一時一地的生活細節」，以及作者必須「堆砌和讀者生活邏輯近似卻有略有不同的種種細節」吸引大眾讀者作為「本土特定面相」的補充，指出若只專注在社會關懷，發揚台灣性的精神與價值，實際上就沒有所謂的「特定面相」，因為區位的限制條件越少，其特性越低，那麼可以回應的在地性範圍就會更加寬廣，甚至具有同質性。

而同質性的出現只會將在地性導入千篇一律的套式；反之，區位特性下近乎於獨特的地方性的建立，反而展現「特定」的面相，即它勢必要出現明確的在地性表徵，才能如實召喚出在地居民或使用者

185 陳國偉：〈被翻譯的身體：台灣新世代推理小說中的身體錯位與文體秩序〉，《中外文學》第三十九卷第一期（二〇一〇年三月），頁78。

186 向陽：〈推之，理之，定位之——序林崇漢推理小說集「收藏家的情人」〉，頁15。

187 楊照：〈「缺乏明確動機……」——評台灣本土推理小說〉，頁146。

獨特的日常生活體驗，情感認同才有其生發的基礎。也就是說，地方性在台灣性中的「劃界」，或許才能夠凸顯台灣推理小說中的本土價值，並且真正的解決那個主體性的焦慮，並讓小說最後留下的社會關懷意識，得以深化至讀者內心的感受或反省。

然而，地方性和台灣性的匯流，事實上是反其道而行地淡化了建構地方性時所必然涵涉的區位特性，加上早期台灣推理小說的台灣性揚發，又專注在社會關懷與解決台灣身分的焦慮上，也適得其反地讓本土特殊性在文本中消失，使得在地化的實踐與敘事逐漸不被研究者與讀者重視，甚或承受批評。

二、想像的侷限：在地經驗的匱乏可能

在地性的定義，強調不同的地方，發展出各自有別的表達方式，這種表達方式，是由人通過在地經驗所建立。在許多本格復興前的台灣推理小說中，作者透過敘事者的觀察或行為，開展地方內涵與本質的敘寫，盡力地凸顯不同地方各自不同的特性。

如〈東澳之鷹〉呈現的在地性，表現在東部獨特的自然景觀以及小鎮居民的生活情景。在前述的討論中，東澳的區位概念形塑地方的特性，也因此讓在地居民有了共同的日常經驗，敘事者讓他們透過服飾、裝扮與身體的實踐，再現東澳作為蘇花公路交通管制站的獨特表述：一方面與外地客長期互動，另一方面在一個偏遠僻靜的小鎮中自給自足。

〈人猿之死〉則聚焦在台北都市發展演變的過程中，介於新舊之間的華西街。在某種程度上，華西街隱喻了一個城市的棄置物的總和，其在地性透過夜市的叫賣聲與店家間對空間爭奪的仇視與競爭顯現；在地居民擁有類同的城市空間與環境與在地經驗，同樣寫出一個狹窄陰暗髒亂的地方獨特性。

《島嶼謀殺案》透過台北、檳榔嶼、香港三者的城市空間的對照，進行在地想像與日常經驗的對

話，藉由強烈的台灣意識，說明台北的空間意象由從檳榔嶼到香港的線性連結界定，並反映華人在各生活圈的生活面貌，分別在城市的主體性的反思，以及城市使用者在全球化思潮與本土化之間的在地表述、認同與記憶關連的重要性。

文本要貼近個體、群體的生活與社群關係的社會本質，必然需要觀照人與地方的互動關係，意即地方感——通過經驗與記憶，個體的身分認同與地方空間獲得一致，建構起隸屬於當地的主體意識（想像）[188]——的產生，是界定內在者（insider）與外在者（outsider）的關鍵，即透過在地生活的體驗與實踐，產生對地方主觀感受的表述，會與透過外在者視野觀察或想像的方式有明顯的差距。〈東澳之鷹〉與〈人猿之死〉都運用日常體驗與情感記憶凸顯出地方感的形構，《美人捲珠簾》則將故事場景拉至異國韓國，以故事人物一方面排外，一方面認同本土的思考，敘寫台灣本土內涵的實際指涉。特別的是，這些文本的地方感不僅作為城市使用者在地經驗的聚集，也呈顯敘事者的地方想像。也就是說，作者透過敘事者的觀察與口吻，操作的是一種以外在者的身分和角度書寫，表顯內在者的經驗與實踐的模式，因此，這些外在者的在地想像，仍舊存在著透過在地知識的介入，對照或映證近於真實的在地經驗。

但是這些小說中，或多或少地迴避了「在地性是什麼？」以及「哪些是在地性？」的提問；在地性是一個複雜的表述，它同時受到各種力量的影響，並透過各種面向與方式呈顯出來。具體來說，如《島嶼謀殺案》以一個比較單一的模式，呈現在何種運作下，憑藉何種方式表現的在地性，而《美人捲珠簾》因情節比較龐大，需要以大量對話作串引，使得具體象徵或提示在地性的描述顯得較為分散；《島嶼謀殺案》

188 見范銘如：〈七〇年代鄉土小說的「土」生土長〉，《文學地理：台灣小說的空間閱讀》（臺北：麥田出版社，二〇〇八年），頁156。

和《美人捲珠簾》明顯在運作一種「表現在地性」的模式，即透過人——通常是作者／敘事者的角度——與地方產生某種頻率的互動，通過他的觀看與觀察，形構一個地方的區位或特性，藉此引發在地居民與使用者的情感依附和獨特表述，可是，這可能會陷入一個盲點，即這個敘事者——介於內／外在者之間——的角度，是不是、能不能表現在地性？

更進一步地說，作者利用這個敘事者角度建構出來的在地性，並試圖反映或表現當時的社會與時代，雖然的確是某種主體意識的想像，但它並沒有辦法如此有效度地透過區別內／外來凸顯充滿在地經驗的地方本質；但是，判斷有行與否的前提，似乎必須先回到「在地性到底是什麼？」的提問。

以〈東澳之鷹〉為例，小說中對於東澳的敘述、印象與記憶，實是建構於作為外地遊客的外來者的視角上，因此縱觀全篇，「偏僻的小地方」反覆地出現並形塑了地方的意象。所以東澳的在地性，只能轉而由在地知識（作為蘇花公路管制站與台灣東部公路發展的歷史）及觀光遊覽的視角（世外桃源）的介入完成，換言之，「在地」使用者的經驗在某個角度上是懸缺的。

同樣地，《美人捲珠簾》主要透過兩種形式建構在地性：其一是建立人與場所或地景間的日常關係，例如迪化街的老人茶室，明顯以台北橋為座標，保留發生在台灣本土的歷史圖像；其二是通過台、韓之間的對比與對話，表述或宣示台灣意識與價值，顯示人物對台灣本土的在地認同。因此，在小說中可以看見朴仁淑的家鄉仁川舊社區，在地方意義上成為來自台灣的葉青森熟悉的成長環境，基於對台灣本土地方感而產生了某種主觀的空間置換。

這兩種方式，是由在地知識（迪化街及周遭的發展沿革史）與外來視角（透過韓國回觀台灣）的介入而完成，在這個過程中，在地性在明確的地理空間中仍是被凸顯的重點，但這種地方意象的延伸與移置，是不是能夠作為一種展現在地性的方式？

在地性的特質固然可以通過對異國異地的觀察反思、反省本土的情境，進而顯現人們在地方的具體經驗、實踐與情感，在小說中，雖形成透過界定所產生本土與外地的內／外分野，但倚賴作者所想像的視角進行地方敘寫時，在地性的本質就勢必有所侷限。

在一九八〇—九〇年代幾位重要推理作家與作品中，衍生出一種特殊的情節，即在地視角進入異地環境後，透過在地性的運作轉換那個原本應該是相對陌生——至少會與台灣環境迥異——的語境與時態；在地／異地視角的人物在相互對話、溝通時，竟沒有任何的困難與違和感，其中最經典的例子包括〈我愛你〉中，巴拉圭的黑人男子巴地不僅能和沈婷以中文應答如流，最後甚至能夠留下兩封數百字的中文自白信，不僅有「同病相憐」、「苦口婆心」、「非我族類」、「假仁假義」等成語，還有「驚天地泣鬼神」這類化用自中國詩句的形容句或俗諺，幾乎讓人忘記「異地」（巴拉圭）的存在；另如葉桑〈穿牆走來九幅畫〉的法國人詩固曼夫人對台灣偵探葉威廉說：「如果誰出言不遜，請你儘管反擊回去，也讓我試試他們的能耐」[189]、女僕羅拉：「詩固曼先生本來是報界的聞人，由於他的關係，夫人美妙的歌喉，才能錦上添花似地受到眾人的喜愛」[190]等對話，「出言不遜」、「能耐」、「錦上添花」的詞彙也在不知不覺中被作者與敘事者轉譯。

〈淡紫的威尼斯之夢〉也記述從阿富汗到義大利學藝術的法拉妮對來自台灣的洛青說：「下個月要在羅馬開畫展了，所以正在臨時抱佛腳」[191]、「抱歉，如果你不介意的話，是不是能夠讓我先心無旁騖

189 葉桑：〈穿牆走來九幅畫〉，頁14。
190 同前註，頁6。
191 葉桑：〈淡紫的威尼斯之夢〉，《魔鬼季節》，頁149。

地完成這幅畫，否則光線一不對，那恐怕要前功盡棄了」[192]，雖這篇小說特別註明洛青是用英文和法拉妮搭訕，但「心無旁鶩」、「前功盡棄」、「臨時抱佛腳」並非英語語境中的詞彙，即顯示作為台灣人的葉威廉、洛青以及作者葉桑，都有意識地將英文的語義轉換成中文，它產生的效果與後果都相當類同地將「異地」轉為「本土」，異國異地因而顯得不存在，具台灣人身分的主角究竟身處巴拉圭、義大利或是其他異國環境也不再重要。

倘若是如此，那麼這些推理小說中意圖透過本土／外來的觀點辯證在地性的存在，正好落入了在地經驗匱乏的陷阱中，它當然還是去對應那個最大範圍的台灣性與台灣的地理範圍，但實際而言，只有在地視角與異地視角真正的產生互動、激盪甚至衝突，才有可能真的深化象徵台灣精神的在地使用者所附有的地方、本土意義，否則這個千里迢迢的跨國移動，並不具實質指涉地方的意義，反而強化文本情節中的矛盾。而這種矛盾，也將凸顯小說文本的情節敘事一旦無法清晰地體現台灣本土的在地性，或者在地性的本質產生一定程度的失焦與模糊時，它就可能與真正象徵台灣社會普遍的經歷脫節，反而無法對應到讀者實際的在地經驗。

三、本土界義下的在地幻景

於在地性的討論中，本格復興前的台灣推理小說所面臨最嚴峻的質疑，不僅來自在地敘寫與表述的懸缺，更是早期作者們先行地圈限了推理小說的發展可能。例如林佛兒自述《島嶼謀殺案》最重要的面向就是反映當時的社會現象，並透過文字使讀者有身歷其境的感受，小說實際上是作為「伸張愛台灣之

192　同前註，頁150。

必要的特別植栽」，[193]劉克襄的評論基本上認同了林佛兒的想法，他說：「台灣從農村生活轉型為工商社會，華人如何在他鄉異地孤身勇闖天涯，小人物在社會底層如何掙扎生存等等，整個世代的打拚奮鬥，以及社會光怪陸離、生猛嗆辣的亂象，藉由推理的探索筆法，都淋漓盡致地展露於情節中。」[194]劉克襄把林佛兒描述與敘寫的在地的社會與時代，界定在一個農業轉型為工商業的時間點，在日常生活與城市空間快速的變化的同時，社會底層的小人物的在地經驗以及實踐，就可能聚集、形構成整個時代的背景氛圍；因此他指出《島嶼謀殺案》特別選定工商和勞動階層作為故事人物或素材背景，並且透過直率而潑辣的推理寫實，反而更能貼近生活的本質[195]。

葉石濤則從社會性角度評介《美人捲珠簾》，他說：「這本小說不但超越了推理小說的限界，它比任何台灣小說更直接的反映了八〇年代台灣的企業社會現狀，連帶地勾勒出韓國的政治制度、社會現況以及歷史與民族。我們常會在這本小說漫不經心地描寫中發現作者對台灣和韓國銳利的文化批評。」[196]葉石濤強調小說本身與特定年代下的現實連結，同時作者也提出了自己的觀察與批評，反映了推理小說中的「本土」內涵以及界定，是基於台灣的地理空間及其精神，表現真實的在地情境，包含了人們的日常經驗、記憶和認同。

在幾篇針對葉桑作品的評述中，也可以看出這種普遍的「期待」，如景翔評《台北怨男》：

193 林佛兒：〈我的推理小說之路〉，《文訊》第兩百七十期（二〇〇八年四月），頁80。
194 劉克襄：〈不遠之處，有礦——我和林佛兒推理小說的緣分〉，《島嶼謀殺案》（臺北：INK印刻文學生活雜誌出版有限公司，二〇一〇年），頁7。
195 同前註，頁7－8。
196 葉石濤：〈評《美人捲珠簾》〉，《美人捲珠簾》，頁14。

除了故事和詭局之外，也加進了對社會現象的描寫與觀察，對社會問題的檢討與批判，讓讀者在解謎的同時，還得到一些啟示與教育，另一方面，由於時空背景和事件及所牽涉的問題都能貼近生活，也讓讀者更容易認同而起共鳴。[197]

或如鄭春鴻評《耶誕夜殺人遊戲》：

二十世紀的小說已經不再是填空讀者無聊時光的龍門陣，大多數優秀的作品，總要在逼真的情節背後，透過隱含的符碼賦予作品整體的意義，來表達作者對家園、社會、國家乃至於人性的關心、期待或控訴。[198]

這兩篇評論，表達出當時讀者所期待的是推理小說對社會現象的描寫和觀察，或是作者隱含的在地關懷能貼近的日常生活，甚或能夠引起共鳴的書寫方式；即小說故事情節與台灣社會的密切連結，成為「本土特殊性」最重要的表徵。

回到台灣推理小說的發展上來看，解嚴後地方意識的開展與強化，使得許多文藝都開始有了向本土化發展的轉化，在此一時期台灣推理小說也受到這波本土化的思潮，轉向「本土性」的追求；而當「本土推理」作為推理敘事的一種新類型出現，「本土」的取向或關涉，即成為當時作家、評論者討論的焦點。

197 景翔：《台北怨男・代序》，頁6－7。
198 鄭春鴻：《耶誕夜殺人遊戲・序》，頁4。

透過本格復興前的台灣推理小說的觀察，作者的在地視角加深了推理敘事內容與在地經驗的連結，其目的在於寫實地反映當前社會的現象，進而進行主觀的價值評斷，即敘寫特定時空背景的事件或故事，也就等於呈顯其中的本土意涵。楊照進一步地認為本土推理特殊性的建立，在於推理敘事中犯罪者底層心理和所處的社會環境的因素複雜的相互關係[199]，他的說法，是意圖藉由「本土特殊性」強化或強調「本土推理」的文類特殊性，因此，推理與探案的過程，不能獨立於本土特定面向之外，因為案件謎底揭曉的同時，也必然貼近當前社會環境，並試圖呈顯探索和反省，意即作品中必須具備「時代意義」，是最符合時代脈動的創作，不僅故事背景如此，連案件內容都與這些背景設定有關[200]。

這樣的認知，也影響本格復興後許多作家的創作意識，如林斯諺認為「本土性」絕不僅止於地域方面，更牽涉本土的精神以及意識，甚至帶有批判意味，而「本土性」的範疇，在於與「台灣」相關質素的緊密扣連[201]。這個論點，雖快速地將「本土／本土性」和「台灣」鍊結在一起，但通過本土地域環境以及精神意識，推理小說始終要處理與反映的仍是批判和省思，顯示本土性的追求被期待具有比較積極的社會功能。另一方面，本土性影響的層面包括結構故事情節的技巧或方式，即小說中發生的一切、調度的謎團詭計，除了台灣外，沒有其他地方或國家可以替代。吳哲硯就指出作者必須充分運用台灣特有的人、事、時、地、物，來調動讀者的本土心理原型，進而召喚出本土的國族寓言[202]。

199 楊照：〈「缺乏明確動機……」——評台灣本土推理小說〉，頁147。
200 呂仁：〈重讀思婷，台灣推理小說的特異拼圖〉，《死刑今夜執行》，頁5。
201 見林斯諺：〈大鵬一日同風起　扶搖直上九千里〉，陳嘉振：《布袋戲殺人事件》（臺北：小知堂出版社，二〇〇六年），頁9。
202 見吳哲硯：〈「本陣」＝「本土」＋「本格」〉，《布袋戲殺人事件》，頁14。

從林斯諺、吳哲硯的看法中可以發現，本格復興後的本土性討論，挪移了本格復興前關於區位特性與在地性範圍的可／不可替代性，並藉由區位的不可替代性，強化台灣的本土意涵。換言之，台灣意識的開展仍延續早期小說中地方性與台灣性的匯流而來。因此「台灣」不論是否作為實際的地理空間，都具備其「本土」的符號意義與象徵。

台灣推理小說明確轉向以「台灣」這片土地或社會環境，認定或認可其中本土的成分，雖仍必須通過某些「特有」的物件或媒介，進而取得在地認同，但它衍生出雜揉對政治現實的焦慮與不安，即在「本土」等於與必須等於「台灣」的論述中，隱含著同時對外及對內的某種劃界焦慮。

例如楊照認為：「台灣本土推理小說到目前（一九九三）為止成就還相當有限，尚未脫離觀摩學步的階段，既不曾形成鮮明的文類性格，也缺乏可辨識的流派傳承。」[203]即指出台灣推理小說中的本土型態明顯沒有蔚為風潮，其因在於推理敘事明顯取法於歐美與日本的推理傳統；本格復興後的評論如陳國偉同樣認為「歐美製造，日本加工，輸入台灣」的模式，除了相當程度的影響台灣古典文人的推理創作外，台灣的日本推理文壇，事實上與日本共同仿擬了歐美古典推理的美學傳統或法則[204]。

由此角度觀察，本土性與台灣環境和意識的緊密關係，恰好形成對歐美或日本推理傳統的對抗，即當推理敘事中強化台灣的特殊性，就能夠與外來推理產生區隔，進而建立穩固的台灣推理的文類主體性。

以此，「本土性」的意涵，實際上具有強烈的政治意義，如楊照所言：「如果本土作家寫的東西和

203 楊照：〈「缺乏明確動機……」──評台灣本土推理小說〉，頁142。
204 陳國偉：〈本土推理．百年孤寂──台灣推理小說發展概論〉，頁54。

翻譯的舶來品相距有限，是不是『本土』不就失去了其基本意義嗎？」[205]必須與外來推理文學有明顯的分野，始有必要稱作「本土」；而本土性的追求，也就成為一種被認為解決本土推理在台灣發展困境的良方。

然而，本格復興前的台灣推理小說通常透過比較強烈的方式表達「本土」界義的迫切需求，例如是屍體的象徵意義，明顯刻意地凸顯台灣意識或對於台灣本土的認同。

但是，回到文本來看，被丟棄在異國的幾具屍體雖已失去了任何足以從外表辨識身分的可能，卻仍留下他們不會磨滅的台灣人身分的特徵與關鍵物件；或如無論身處在何地，所有人物都以台灣的語言應答自如等，這些不合常理的推理，實則加深小說中界定台灣本土的迫切需求；換言之，台灣本土的內涵與價值必須透過異國異地（哪個國家不重要）、足以標明台灣身分的邏輯而建立。

不論情節意圖凸顯台灣精神或建立其地方本質，推理敘事所呈現的迫切性，都弔詭地反映出書寫中本土主體性匱缺的現實，即小說中不斷建構各個不同地方的在地特性，包含了區位的意義、場所的精神以及地方感的形構，科學的地理空間也在人的形構下成為具有地方的意涵；但是，早期台灣推理小說從在地意涵到本土性轉向的過程，地方性和台灣性被視為一體，它對應台灣本土的「地方」與地理空間，匯合為小說最終保留的社會性關懷。

也就是說，並非早期推理小說中的台灣本土不具主體性，而是那些深層的地方意義的空缺，雖透過內／外辯證模式補足從在地經驗到地方意義的建構，但當它必須要再進一步過渡到現實社會時，便產生某種幻景，這種幻景似乎對應著在地性，或更精確地說是區位特性，以及基於地方意義的場所精神表

205 楊照：〈「缺乏明確動機……」——評台灣本土推理小說〉，頁144。

述，但實際上仍是台灣性與社會性運作下的複製，使讀者無法投注屬於他們的在地記憶與情感，這種情形，當然也成為早期台灣推理小說所面臨的巨大困境。

不論是地方性或台灣性，在本格復興前的台灣推理小說發展中，最終還是回到對現實的社會批判上，由此可知，一旦關於地方、空間細節，或對於人物角色心理、背景的出現概念模糊或情節不合理時，就可能與實際的經歷脫節；而讀者的共鳴一旦無法取得，將使文本中不斷地試圖呈顯主體性受到文化衝擊產生的變動甚或匱缺，造成反覆的焦慮問題，這種焦慮，除了由於書寫上缺乏在地經驗與記憶的支持，使書寫對應或指涉的空間似乎是一個類近虛構的幻景，致使讀者更難以投注他們的關注與認同外，更可能使台灣推理小說弔詭地成為台灣推理界的評論者與作者們所一致排斥、具純然消遣性質的通俗讀物，形成文類發展的危機。

第四章　台灣推理小說中的城市與犯罪空間

本書在前一章的討論中，主要以人文地理學的地方理論為取徑，試圖探論本格復興前台灣推理小說的在地性建構，可能反映作為特定區位條件下的地方性，或以社會性關懷作為台灣本土指涉的台灣性。不過，地方性或台灣性俱以「人」作為出發點，即人透過與地方的連結——經驗、實踐、記憶、想像——以及人與人之間的互動關係為開展，以日常經驗與行為，將他們的生活「空間」定義為「地方」。進一步地說，人的行為將促使空間轉變為地方，而在此過程中，「空間」將會產生什麼變化？將是本章論述的主軸。特別是本格復興前台灣推理小說中的城市與犯罪空間，承載了哪些人們對空間的行為與態度，以及它們如何反映人與地方的關係。這些探究的面向，則是本書針對台灣推理小說「地方」建構議題提出的另一個觀察角度。

Mike Crang認為人們對都市地景的描繪，也表達社會與生活的信仰[1]，他並以偵探小說為例，說明城市在故事中絕對不只是行動的布景，而是城市表達社會生活的方式[2]。也就是說，城市不僅作為小說中人物們的生活空間，又可能以它的面貌「表達」人使用城市的經驗與方式，以及他們所建構的人際網絡與社會關係。換言之，在地性建構的目標是生產地方性或台灣性，據以強化推理小說中台灣本土的主體性，而作為故事場景的城市與城市空間，也會出現不同的型態與特性，對應與回應人的經驗與想像。

1 見Mike Crang著，王志弘等譯：《文化地理學》（Culture Geography）（臺北：巨流圖書股份有限公司，二〇〇三年），頁67－70。
2 同前註，頁66。

許多「城市」的定義，除了將城市視作一個實體的「空間」外，還表現出更深層的「地方」意涵。如Brian Robson曾指出：「我們經常把實體特性與人文特徵混為一談，而且，雖然我們從實體角度指出『都市』是什麼時，還頗有自信，但想要說明其社會意涵時，卻困難多了。」[3]據Robson的理論概念，城市不僅是實體景觀及其景觀意象的組合，還具有比較複雜的「社會意涵」。Steve Pile針對城市的社會意涵，指出每個人與每個群體的城市經驗都不相同，這些經驗會隨著個體或群體置身城市的位置不同，而有所差異[4]，說明城市與城市空間，除了會受到人的位置與經驗的不同，而產生不同的變化外，也可能影響城市裡的個體與群體間形成的各種社會關係，即城市可能成為一種生活途徑，是一種不同的人演出各種不同「社會戲碼」的方式[5]。

通過對城市界義簡要地爬梳，可以大致了解城市是涵括實體景觀與社會意涵的空間，人們一方面在城市中表現出各自不同的生活經驗，進一步將空間轉換為地方，另一方面，城市的型態與特性也回應了人們與地方互動所構成的社會關係。在此，筆者以Lynch Kevin對於「城市到底是什麼？」的回答作一個總結的界定：「城市可以被看作一個故事，一個反映人群關係的圖示、一個整體和分散並存的空間、一個物質作用的領域、一個相關決策的系列或者一個充滿矛盾的領域。」[6]范銘如針對其定義，進一步解釋個體在城市這個空間進行的相互詮釋，象徵了社會中各種勢力折衝的場域[7]，也就是說解讀與分析城

3 Brian Robson: 'The urban environment', Geography, 60, 1975, pp. 184。

4 見Steve Pile著，王志弘、溫蓓章譯：〈城市是什麼？〉（What Is A City?），《城市世界》（City Worlds）（臺北：群學出版有限公司，二〇〇九年），頁6。

5 同前註，頁19。

6 Lynch Kevin著，林慶怡等譯：《城市形態》（Good City Form）（北京：華夏出版社，二〇〇一年），頁27。

7 見范銘如：〈本土都市——重讀八〇年代的台北書寫〉，《文學地理：台灣小說的空間閱讀》（臺北：麥田出版社，二

市，就可以選擇呈顯這個空間裡的人以及與人相關的各種訊息。人的經驗實踐，會試圖重新建構、再現或再組織「自己的空間」，形塑空間與自我密切相連的意義，此即Henri Lefebvre所主張的「空間的實踐（spatial practice）」，他認為特殊的地方場所和空間社會將形構人們個別的社會認同和實踐的範圍[8]。另如Gaston Bachelard所言：「如果要對內在空間的私密特質做現象學研究，顯然家屋是一個再適合不過的存在」[9]以及Michel Foucault所言：「我們時代的焦慮與空間有著根本的關係」[10]的種種話語，都可以發現，空間與個體或群體的存在著密切的相互關係。

這些話語都顯示出「人」所扮演的關鍵角色，其作用在於透過生活經驗與身體實踐產生的地方感，促使空間成為地方；基於這樣的視角，推理小說中的城市場景與發生案件的犯罪空間，也留下值得進一步探索的線索，這些線索不僅推動了推理敘事的進行，透過這些空間敘事的分析，更可能重述人與地方之間的密切關聯。

Sharon Zukin曾在《裸城：純正都市地方的生與死》的導論中，以二十一世紀的紐約為例，認為它失去了「靈魂」。她說：「紐約一直靠著甩掉過去、拆除舊街坊和打造新市街而不斷成長，多半得經過一場又一場厚顏無恥的經濟利益之爭。」[11]傳統老舊建築物象徵了城市的「過去」，而閃亮的未來願

〇〇八年），頁207。

8 見Henri Lefebvre: The Production of Space（Oxford: Basil Blackwell, 1991）, pp. 33。

9 Gaston Bachelard著，龔卓軍、王靜慧譯：《空間詩學》（The Poetic of Space）（臺北：張老師文化事業股份有限公司，二〇一〇年），頁65。

10 Michel Foucault: 'Texts／Contexts of Other Spaces', Diacritics, 16(1), 1986, pp. 22－27，此據陳志梧譯：〈不同空間的正文與上下文（脈絡）〉，《空間的文化形式與社會理論讀本》（臺北：明文書局，一九九九年），頁401。

11 Sharon Zukin著，王志弘等譯：《裸城：純正都市地方的生與死》（Naked city: the death and life of authentic urban places）（臺

景，立基於資本與國家經濟力量的結合，綜合了媒體和消費文化的力量，並成為某種普世價值。但是，Zukin認為正因現今大城市看似一致的發展趨勢，反而讓城市居民陷入純正起源的尋根或城市的新開端與發展[12]的拉鋸之中。這種拉鋸，體現於城市空間其特性與具體利用上的變遷；換言之，在地居民勢必要依據城市空間的變化，才能反映他們對城市變遷的接受或是抵抗，再表顯為何接受／抵抗，以及如何接受／抵抗的選擇與途徑，而對城市產生「認同」。

小說中的城市與犯罪空間的敘寫，不只是故事的背景，更是人們體現生活經驗、記憶與想像的載體。因此本章將從早期台灣推理小說中的城市空間、環境與意象等幾個面向進行探討，如從描繪到構築「推理場景」的過程，反映出小說中的人物對城市的想像與界定；城市的在地空間如何成為「推理線索」；「犯罪空間」如何承載人們的日常與異常的心理反應與記憶；從「錯誤推理」中如何發現偵探身體與城市間的關係；「推理結局」的台灣性闡發等等，探究早期台灣推理小說中的城市與犯罪空間的深層隱喻，以及嘗試建構「台灣性」過程中的不同敘事型態與焦慮，並對後繼的推理敘事及創作產生可能的影響，試圖論證城市及犯罪空間與在地性的連結可能，及其在台灣推理發展的歷程中所具有的獨特意義。

北：群學出版有限公司，二〇一二年），頁9。

12 同前註，頁9－10。

第一節　描繪推理場景：城市的想像與追尋

一、陌生化[13]的城市

在人文地理學的地方理論脈絡中，在地性的生產，和人與地方的緊密互動相關，而這種人、地的相互關係體現在推理小說文本中，讀者即可以通過謀殺案件，探索人為何及如何與地方產生或親或疏的關係。

這個理論脈絡，必然預設了幾個前提：其一，在地性必然被「人」所生產，這就表示人是推動空間轉換為地方的唯一條件；其二，人在某個地方的日常生活經驗，將會使人與地方之間的關係更加緊密與穩固。在這兩個前提下，小說的情節展現，應該清楚地由人的角度出發，描述或記載他們的日常生活，且這個生活經驗必須要具體發生於具有「地方」性質的空間之上，才能夠確立其「在地」的性質。

但是，筆者發現許多早期推理小說，在開篇之處不約而同地對人所生存、生活的城市及其空間進行了某種單一化或匿名化的處理，形塑某種陌生感，造成辨認地方的困難；而這種陌生感，一部分在後續

13 「陌生化」的概念由俄國形式主義學家Viktor Borisovich Shklovsky提出，主要在闡明藝術的目的與技巧，他認為藝術的技巧讓客體變得「不熟悉」，讓形式顯得困難，並且增加理解的難度，而藝術性的本質在於理解的過程，客體反而不是最重要的東西。見Viktor Borisovich Shklovsky: 'Art as Technique', in Lee T. Lemon, Marion J. Reis ed. Russian formalist criticism: four essays（Lincoln: University of Nebraska Press, 1965）, pp. 12。因此在小說中，透過對城市的單一化設定，形構的某種陌生化的感受，可能促使讀者進一步的辨識或指認這座城市的具體形貌，此時這樣的「單一化」，反而在城市、城市空間的界定與想像的過程中，具有頗為特殊的詮釋意義。詳細的論述，可見本章第三節「推理的線索：城市中的在地性物件與元素」。

情節中，被其他物件或指標快速地定位，讀者不致混淆對小說人物所身處城市的指認，另一部分，則始終保持著其匿名性，即文本中的城市不具有必然的地理座標或客觀範圍。換言之，從小說如何描繪推理場景的過程中，已經隱含了作者對城市的想像及其意象的追尋。

（一）沒有名字的城市

「匿名化」的書寫策略，雖然讓城市在小說開篇時一致地「沒有名字」，但在某些小說中，又從後續的敘述中快速地取得了具體的地理方位，如楊金旺〈公寓裸屍〉開篇的城市場景敘寫：

> 這一段街正好夾在女子中學與國民小學兩校的側牆之間，……這一條街的盡頭是一條不很寬的路橫在兩所學校的後牆與一大片公寓式住宅區之間，路的另一邊街道縮成一條又窄又彎的長巷子，巷子的兩側還不規則的分岔出幾條更彎更窄的小巷。[14]

小說以「這一段街」、「這一條街」開篇，集中敘述某個城市的一條街道，它介在「女子中學」和「國民小學」兩間並未透露地理資訊的學校及住宅區之間，小林和明秋兩位偵探在一開始「再往前五十公尺左右，巷路往左一個九十度轉彎，右側有一座小廟及一條往右岔的叉路，轉角外側正對著一小片菜圃連接著一幢三樓五戶的公寓」等錯綜複雜的探查路徑中，體現了場景「不可思議的神秘感」[15]。當然，作為場景的小巷，以及不指明城市的名字或其地理方位的敘述策略，增添了後續推理敘事的懸疑性，但作

14 楊金旺：〈公寓裸屍〉，思婷等著：《林佛兒推理小說獎作品集1》（臺北：林白出版社有限公司，一九八九年），頁135。
15 同前註，頁139、140。

者卻又在這段敘寫後，緊接著說明關於這個場景的城市訊息：

嘉義警局與中分局就位於興中街與光華街交叉口，門口橫樑上的金黃色警徽映著稀疏的霓虹燈，顯得格外冷清。[16]

這段敘述，不僅指出「嘉義市」，甚至「興中分局」、「興中街與光華街交叉口」等敘述，也已十分明確地圈限了一個非常具體、精確的地理位置。這種以描寫城市詳確的街道名稱，而忽略或迴避城市座標的書寫策略，在早期台灣推理小說中亦相當普遍，例如林佛兒〈人猿之死〉開篇即敘述道：「這條街，只有三百尺長，可是在T市是一條著名的夜市街，遠近馳名，每天吸引了很多各種階層的遊客，包括外國來的觀光客。」[17]作者刻意地隱藏「T市」和「這條街」的明確地理方位；杜文靖《墜落的火球》開篇亦以「國慶日甫過，舉國的歡騰依舊，西門鬧區更是人來人往熱鬧非凡」、「就在方偉明拐向武昌街的一處巷道之際，……所有的市招霓虹燈燈影的閃爍中，突然有一輪火紅的亮光在對街花稼賓館的頂樓燃亮，它的光亮立刻成為整條夜街最亮的目標」[18]中的「西門鬧區」和「武昌街」界定故事場景的「台北市」；方娥真《桃花》亦相似地以「除夕，整個城市跌入暴動般的人潮裡。午夜十二點，人潮越來越擁擠。葉嬋和史桂華相約到維園花市看年花，史桂華順便替葉嬋拍新春特輯的照片。人潮向公園的花市

16 同前註，頁136。
17 林佛兒：〈人猿之死〉，《推理》第四期（一九八五年二月），頁61。
18 杜文靖：《墜落的火球》（臺北：五千年出版社，一九八七年），頁1。

流去」[19]中的維園花市界定香港。這些早期的推理小說，都略過了城市的名字及其具體方位，卻又類似地以街道或具指標性的地景作為對城市的再次召喚。

葉桑的小說也有頗多相似的例子，如〈顫抖的拋物線〉、〈青春歸納法〉：

這張書籤是小紀買書時附送的，他是C市某大學化學系的學生，酷愛推理小說，尤其是名翻譯家葉威廉所選譯的世界推理名著。[20]

舒鳳君挽著紫衣少女，並肩坐下，對小紀說：「這位是敦敦，是我的高中同學。今天特地來看我，也來看大名鼎鼎的C大校園。」[21]

兩篇小說中的「C市」與「C大」，都能發現作者刻意對城市進行的匿名化處理，而從後續人物的對話或敘述，如敦敦對鳳君說：「剛好有朋友要去新竹，就搭便車過來」[22]，才確知C市與C大即是新竹與清華大學；另如〈地獄行〉開篇的「T大」，也由孫益復對簡麗湖所說：「反正還有七、八個月才開學，妳先回台北，試著去面對人群，如果真的不行，再回來也可以呀！」[23]表明了「T大」是位於台北市的一所大學。

19　方娥真：《桃花》（臺北：皇冠出版社，一九八九年），頁13。
20　葉桑：〈顫抖的拋物線〉，《顫抖的拋物線》（臺北：皇冠出版社，一九九三年），頁7。
21　葉桑：〈青春歸納法〉，《顫抖的拋物線》，頁61。
22　同前註。
23　葉桑：〈地獄行〉，《水晶森林》（臺北：林白出版社有限公司，一九九四年），頁56。

從上述的例子中，可以發現早期這類型台灣推理小說中的城市，都在被匿名化後再被快速地具體定位。換言之，小說開篇對城市的匿名化處理所營造的陌生感，其實相當快速地在情節敘事中消失，即匿名化並不意圖製造一個疆界模糊的地理範圍，因為它最終仍然具體甚至更強烈地指出了特定的城市。

但值得注意的是，這些小說在開篇時，並不希望直接表明明確的地名或城市名稱，因此以T市、C市、K市，或是街道名、行政區域名作為一種借代，目的可能是後設地提醒讀者：「先不要這麼快認定文本中城市就是『那裡』（某個城市）——可能是，也可能不是，或者介於中間。」這樣的寫法當然是一種刻意架空或陌生化的策略，但究其意涵，其實回應了界義城市的過程中，所肯認的每個不同個體或群體構造的城市及其於城市中的日常經驗可能存有的差異。

如Ash Amin和Stephen Graham特別指出城市的三個關鍵面向，其中「作為時間／空間的混合體」的關鍵，在於「我們不能假設城市具有單一或支配性的時空向度」，其中的原因是「城市及其個別空間，乃是多重時空緊密交疊的地方」[24]。因此，文本中的敘事者，實際上不希望藉由集體對城市的既定印象，指涉這些推理小說發生的現實及其時代背景，而是希望從在地居民與城市使用者的城市日常經驗，循著人與城市間相互影響的模式結構情節中的推理敘事。

（二）同質化的城市

《美人捲珠簾》在小說開頭則採取了較為不同的城市陌生化策略，即「台北」——作為這個城市的名字——很快地透過葉青森之父葉丹青的生平被交代，但有趣的是，主角葉青森在整篇小說中，唯一身

[24] Ash Amin & Stephen Graham著，李素月等譯：〈連結與脫落的城市〉（Cities of Connection and Disconnection），《騷動的城市：移動／定著》（Unsettling Cities: Movement／settlement）（臺北：群學出版有限公司，二〇〇九年），頁34—37。

處台北的場景敘述是他位在天母的住所：

> 他的妻子李玲先後替他生下一男一女，一起住在天母一處大宅院裡，別墅平房，外牆用石塊砌起，建坪七十餘坪，土地近兩百坪。……因此天母的家，無論前庭或後院，都種滿了花花草草，尤其院子左側的玻璃房子，或掛或置滿了各種蘭花，滿室飄香。[25]

這段敘述中，「天母」雖具體定位小說城市場景位於「台北」的地理「位置」，但實際上，包括「大宅院」、「玻璃房子」等敘述，都不是為了營造城市的意象，而是仍然對未來即將發生的謀殺案場景進行特定空間的設定與想像。

這個現象，在本格復興前的台灣推理小說中也頗為普遍，例如葉桑〈誰殺死了偶像明星〉中何省橋的車行所聞：

> 那棟樓房原本是屬於K市植物園的實驗室，以研究木質纖維為主。因為地價上漲，正計畫遷移。[26]

或如〈愛情與圓周率〉中詹適伍對小紀提出的參觀邀請：

25 林佛兒：《美人捲珠簾》（臺北：林白出版社有限公司，一九八七年），頁22。

26 葉桑：〈誰殺死了偶像明星〉，《水晶森林》，頁102。

「如果我開玩笑，就不會選化學系了。」詹適伍用「信不信由你」的口吻說。「我歡迎你來我的私人實驗室參觀。」
「什麼時候？」
「Any time you like.」
「離學校遠嗎？」
「就在T市的附近。」[27]

在這兩篇小說中，故事雖發生在某座城市，但作者刻意地忽略其發生的具體所在，不僅是「K市」、「T市」的匿名化指稱，更重要的是小說迴避了指認城市的可能，其關鍵在於兩篇小說的主要敘事者何省橋與小紀的視角，都通過車行方式進行對這個城市的視覺觀察，例如以下的觀察記述：

何省橋騎著自行車，從兩線道的馬路插入左側的一條小黃泥路。月光照在稻田上，稜稜的影宛如排列整齊的屋瓦。一枝濃濃的樹椏正遮住了視線。……就在何省橋行駛而過的樹排之後，離黃泥路的一百公尺之遙的地方，是一棟看起來十分老舊的水泥樓房。[28]
小紀傻傻地跟著詹適伍，讓穿制服的司機替他們開門。兩人坐好後，似乎沒感覺到引擎發動，車子便向濃濃的夜色中穿射而去。……
經過鬧區，眼前盡是琵琶鯉似的女人和三腳魚似的男人。而在那低低的屋簷下，有多少翻車魚似

27 葉桑：〈愛情與圓周率〉，《顫抖的拋物線》，頁172。
28 葉桑：〈誰殺死了偶像明星〉，頁102。

的攤販，在生活的泥水中翻呀翻的！……

車子又駛入鄉村小路。不久就在一扇大鐵門前停下來。[29]

「K市」、「T市」都擁有「兩線道馬路」、「黃泥路」、「水泥樓房」、「鬧區」、「低低的屋簷」、「攤販」、「鄉村小路」等等物件或特徵；換言之，這些城市空間或物件的置入，並不會改變主要人物的經驗以及小說的推理敘事。

另外，這些敘寫，似乎都存在著由「城市」出發，推向「鄉野」的想像。陳國偉曾指出當代台灣推理小說為了製造「封閉性」，習以鄉野作為背景，建立一個具合理性的推理舞台，其關鍵在於「一旦只要建築在人來人往的都市中，所有的機關與陷阱便會曝光」[30]；陳國偉的看法雖然僅針對本格復興後，特別是本格派推理的書寫型態，及其成立其推理敘事的必然條件，但挪移這樣的概念來觀察早期的推理小說時，也發現這種刻意由「兩線道的馬路」轉入「小黃泥路」，由「鬧區」到「鄉村小路」的敘述，表現由「城市」而「鄉野」的傾向。

不過，城市匿名化所產生的鄉野想像，事實上與本格復興後台灣推理小說的意圖不盡相同。早期小說在開篇對城市的描寫，習以代號替換的方式，營造地理疆界短暫的模糊性；意即匿名化產生的陌生感，使得「K市」、「T市」彼此產生某種同質性，使得城市彼此之間似乎得以相互置換，而不影響推理敘事的進行。但這個陌生感與同質性，又不只是提供兇手與偵探對決的舞台而已，這些小說仍隱然暗

29 葉桑：〈愛情與圓周率〉，頁173－174。

30 陳國偉：《越境與譯徑——當代台灣推理小說的身體翻譯與跨國生成》（臺北：聯合文學出版社股份有限公司，二〇一三年），第五章「翻譯的在地趨力——身體劃界與空間的再生產」，頁224。

示著某些社會議題或問題的存在，並且提出諸如年輕人對偶像明星的風靡程度[31]，或如社會對同性戀、愛滋病的偏見[32]等具體的關懷。

因此，筆者認為早期台灣推理小說中的城市匿名化，最後推演的仍然是在地性範圍相對廣泛的台灣性與其社會關懷，城市的同質性或共同趨近鄉野空間的想像，最終雖然並不必然與推理情節密切扣連，但它仍然從社會性的角度暗示了台灣本土的存在與其建立主體性的積極意義。

然而，這種匿名化所造成的同質化城市，卻同時引發了在地性生產的隱憂。在地性的生產必然倚賴人與地方間的緊密關係，小說中如若要快速地顯現小說人物或敘事者本身的在地性建構，事實上不需要進行任何匿名化的處理；進一步來說，這樣的處理方式，反而使得小說中的人物在文本情節中，不再具有那種理所當然地、由在地經驗聯繫地方內涵的在地性生產的有利位置，甚至反而陷入了另外一種「在地幻景」。

例如《美人捲珠簾》的主角葉青森，他在韓國的視角與觀察，很大程度上是與他的生長環境——台北、台灣——相互參照，因此即使他身處異國，仍可以感知他的在地認同；但是在小說中，以台北的城市意象及其意涵的指向是空缺的。具體而言，作者在葉青森離境前寫道：「葉青森苦笑著，然後一轉身，便隨著人群走入關內了，彷彿滄海一粟，從李玲的視線中消失了。」[33]至此，葉青森未再回到台

31 如「任何有柳金樺的歌聲或影像出現的媒體，不是收視、收聽率猛漲，要不然是被搶購一空。做父母的看到了自己的子女迷到那種程度，都不禁搖頭嘆息。」見葉桑：〈誰殺死了偶像明星〉，頁104。

32 如小紀與孟德爾間的對話：「難道你認為同性戀很醜陋、很污穢、見不得人嗎？」、「同性戀可不是性別倒錯者的變態遊戲，而是彼此之間的心靈共鳴。如果想從同性之間取得純粹的肉慾滿足，就失去了本意。」見葉桑：〈愛情與圓周率〉，頁169。

33 林佛兒：《美人捲珠簾》，頁27。

灣。從這個角度來說，他的在地經驗也不再能夠實踐於台灣或台北這座城市；更值得注意的是，小說後續的情節中，不僅少見針對台北的敘寫，甚至連唯一能夠定位台北的「天母」，也只出現在小說開頭處，在作為某種場景的交代後，消失在小說敘事中。這種情形，同樣出現在〈公寓裸屍〉、《墜落的火球》、《桃花》等小說敘寫中，這些小說雖然迅速以各種表徵或物件界定了城市的地理範圍，也敘明了推理發生的明確場景，但是仔細地閱讀和觀察小說情節，嘉義、台北、香港這些城市，事實上也只是一種「場景」的描繪。

藍霄〈醫院殺人〉對城市匿名化在早期台灣推理小說中的在地性意義，則有具開展性的推演。本篇小說在開篇時對「齊氏綜合醫院」的描寫：

> 「齊氏綜合醫院」位於鬧區的心臟地帶。
> 那是個舊鬧區，從日據時代就具有發展成今日規模的雛形，歷史相當悠久。
> 在既有的格局下，聳立的大樓接二連三建起，把原有的道路擠得像是條小巷弄。
> 就這樣，老式的建築和巍峨的大廈交錯而立，五花八門的行業招牌紛紛出現，人潮車潮蜂擁而至，髒亂吵雜的現象就在所難免了。[34]

「齊氏綜合醫院」位於「日據時代」就存在的「舊鬧區」，表明小說場景必然處於某座具有特定區位條件的城市中。然而，〈醫院殺人〉中亦沒有指明城市範圍，而專注於醫院建築內部描寫，甚至鉅細靡遺

34　藍霄：〈醫院殺人〉，余心樂等著：《林佛兒推理小說獎作品集2》（臺北：林白出版社有限公司，一九九一年），頁122。

地繪出了醫院一、二樓以及三至十一樓的平面圖[35]，集中敘寫醫院周遭建築物如景福商業大樓、日泰戲院的相對關係。

有趣的是，這篇小說不斷暗示城市的存在，例如寫景福大樓：「當初這鬧區繁榮時，景福大樓也曾輝煌過，可市商業中心他移後，罪惡似乎逐漸蛀蝕這幢大樓。」[36]或如寫日泰戲院：「日泰戲院前身是景福戲院，當年也是市內首屈一指的戲院，如今這老舊的戲院，放映的不是二輪影片就是穿插色情鏡頭的煽情影片，平時觀眾並不多，經營狀況一直不好。」[37]這兩段敘述建立一個曾經繁華但又沒落的城市圖像，作者也繪出了齊氏醫院附近環境簡圖[38]，直接標明出齊氏醫院坐落於民權路與和平路的交叉口，配合街道名與「日據時代的舊鬧區」，讀者卻也似乎能夠透過這些線索的拼湊，對應其場景可能是某些同時具有「日據時代」、「舊鬧區」、「商業中心轉移」、「沒落戲院」、「民權路與和平路」等相似區位特性或地景的城市。

〈醫院殺人〉的城市匿名化特點，在於它一方面看似完全偏重建築物內部與建築物之間的相對關係，用以推演情節與詭計設計等推理敘事，另一方面卻又刻意透露某些訊息，讓小說敘述與城市相互結合，但又始終無法真正指出明確的城市名字。值得進一步探論的是，這篇小說並不將地理空間推向鄉野空間的想像，它實際上正演示了一種「即使在城市中也能完成」的謀殺可能，而讀者也能夠從不具地方性的城市替換間，取得諸如商業利益糾葛、情感糾紛等類似主題，表現對台灣社會的寫實與關懷，但不

35 同前註，頁123、125。
36 同前註，頁133。
37 同前註。
38 同前註，頁130。

論如何，〈醫院殺人〉的城市匿名化最終仍造成了城市在小說中的懸缺。

這種城市的懸缺，某種程度上都仍然存在著地理疆界模糊化後，用以對應台灣性的意義；即在地性範圍越大，且越具可替代的彈性，它能涵括的社會面向可能更為全面，因此這些小說中具體且明顯的社會性，即可能擴散至匿名化策略下的每一座同質化城市，更呼應了廣泛的「台灣性」。

對照當代台灣推理小說，尤其是本格復興一脈的推理路線幾乎完全沿用了早期小說這種城市懸缺的表象，但這些小說的核心目標，雖已非社會關懷，但始終不會放棄某些「在地」與「地方」的元素，它使得推理敘事仍然具有和台灣的在地性與本土性相互連結的可能；也就是說，即使推理情節最終與地方、城市不具有特別的關聯，但透過在地元素與地方、台灣的扣連，仍然能夠達到某種「台灣推理」的宣示作用。最特出的例子當屬寵物先生《虛擬街頭漂流記》中所設定的「二〇二〇年的西門町」。《虛擬街頭漂流記》預設二〇一四年桃園龜山大地震，萬華區成為台北市受災最慘重的區域：

> 滿目瘡痍的徒步區，以及不得不暫時停業的數家商店、百貨、電影院，雖然市內到處可見類似的情形，但是回歸的人群就好比鬧區的血小板，人潮一多，結痂的傷口就會慢慢復原。然而自二十世紀末開始，血小板濃度開始由西向東擴散，最後東區的人潮漸漸壓過西區，因此在大地震後造成的傷口，相對於東區的快速癒合，西區只能持續流血不止。[39]

這段對台北市發展中心由西向東轉移的歷史情境與現實的描寫，實際上與〈人猿之死〉等本格復興以前

---

[39] 寵物先生：《虛擬街頭漂流記》（臺北：皇冠出版社，二〇〇九年），頁20。

的台灣推理小說並無二致，但問題是，這個「二〇二〇年的西門町」本質上是虛構的，包含「龜山大地震」、「台北市重建」的敘述都是某種「想像的真實」，然而作者處理這種「想像」時，雖然既直白地指出台北市西區重要地景西門町，但西門町和台北市事實上仍然是通過想像建構出來的虛構場景，因此在《虛擬街頭漂流記》中可以清楚發現，這個城市與城市空間並無法承載在地性，意即它敘述的仍然是一個架空世界，只是賦予其真實存在的地名、地景與發展歷史等具在地性的元素或表徵；換言之，小說中雖有明確的城市與城市空間的指稱，但實際上仍然失落了其中的在地性支持，致使這篇小說通過最新科學想像而召喚未來的圖像，完全走向了本格的邏輯架構[40]。

二、城市意象的失落與追尋

本格復興前、後的台灣推理小說中城市意象的失落，雖然存在著相當類同的表象，但早期的作品因為其強烈的社會性以及台灣本土性建立的追求，使得城市意象的探尋成為小說中更為重要的命題之一，而在這個探尋的過程裡，也反映出意象失落的深層意涵。

舉例而言，《美人捲珠簾》刻意略寫台北的城市印象，在後續的情節篇幅中，也找不到能夠相互映證的內容，但卻可以看見如「李玲開著車子在台北市繞了一大圈，回到天母的家，剛好十一點半」[41]這種近乎無意義的舉動，凸顯出城市甚至不具有其意象的弔詭。意即在某種程度上，「天母」已不具有定位「台北市」的作用，因為本質內涵上的缺乏，使得它們具有「可替代性」，在小說中關於地理方位的

40 見陳國偉：《越境與譯境——當代台灣推理小說的身體翻譯與跨國生成》，第四章「典律的生成——從『島田的孩子』到『東亞的萬次郎』」，頁201。

41 林佛兒：《美人捲珠簾》，頁35。

必然性，便需要更多城市意象的連結始得成立。

這種情形也常見於葉桑的小說中，如〈靜夜的駝鈴〉：「十月的新生南路，浸在薄金的淡霧裡。……易絹所搭乘的黃色公共汽車，踽踽行過清真寺。」[42]或如〈窗簾後的眼睛〉：「我騎著鈴木五十，奔馳在寬廣的中山北路，把這件命案重新組合一遍。」[43]這些小說中的敘述者雖然途經「新生南路」、「中山北路」這些明確位於台北市的道路，但人物的舉動及這些道路所意圖指向的城市，卻不具有具體的關聯。然而，如果城市在小說中實際上並不具有地方的指涉意義，那麼這個刻意附加的在地符號的意義，就值得進一步討論。

回觀《島嶼謀殺案》中對台北的都市環境與城市空間的描寫，是透過白里安對台北及其城市空間的理解所表現，但卻也幾乎集中在他初次造訪李卻所居住的頂樓木屋前後的短暫印象而已。小說寫道：

> 李卻和三個同學租住在後車站附近的一幢四層樓頂加蓋的木屋裡，……黃昏時分，後車站一帶交通非常擁擠，他下了計程車一眼看見馬路邊那幢古舊四層樓的建築，白里安的心就有點收縮起來。[44]

此段落敘寫當時台北的都市環境，尤其是以火車站為核心發展的台北市擁擠的空間感，而白里安之所以可以「一眼看見」李卻所住的「古舊」建築物，代表這種「四層樓頂加蓋」的建築型態佔據了一個至少是台北火車站周邊的醒目標誌。在白里安上樓後，他卻非常喜歡這個地方的「視野」與「現代性」，是

42 葉桑：〈靜夜的駝鈴〉，《櫻吹雪》（臺北：希代書版有限公司，一九八八年），頁193。
43 葉桑：〈窗簾後的眼睛〉，《黑色體香》（臺北：皇冠出版社，一九九〇年），頁137。
44 林佛兒：《島嶼謀殺案》（臺北：林白出版社有限公司，一九九五年），頁20—21。

白里安心嚮往之的都市環境及其意象。

反過來說，《島嶼謀殺案》中唯一針對台北的描寫，即如Lefebvre所不斷強調空間是透過社會生產來建構社會的理論相似，他認為城市所建構的是都市功能和資本主義運作的過程，並透過地理與空間的物質形式的整合[45]；然而，這可能形成了另外一個疑問，為何在小說後續情節中，卻無法再找到同樣發生於台北的相似描述，用以加強這種城市空間的意象和城市經驗？也就是說，對白里安而言，如果對台北這個地方的地方感、歸屬感與在地認同不會因為空間置換而改變，那麼其城市空間的敘寫為何在小說中無法找到再次的映證？

葉桑〈水晶森林〉對台北市有類似的描寫，葉威廉藉由「馬蹄Pub」在城市中的位置，表現了城市的意象：

> 「馬蹄」是家小小的Pub，窩蜷在林森北路的小巷中，像一枚殘缺的貝殼，在夜台北輝煌的燈海中，寂寞地吐著泡沫。[46]

這段敘述將馬蹄Pub擬作貝殼，「窩蜷」在繁華熱鬧的台北市夜生活中，對比出城市燈火通明的鮮明意象；而後葉威廉離開Pub時的敘述，再次描寫了這層意象：

---

45 見Henri Lefebvre: 'Space: Social Product and Use Value', in Freiberg, J. W. ed. Critical Sociology: European Perspective（New York: Irvington, 1979），pp. 285－295，此據王志弘譯：〈空間：社會產物與使用價值〉，包亞明主編：《現代性與空間的生產》（上海：上海教育出版社，二〇〇二年），頁49－51。

46 葉桑：〈水晶森林〉，《水晶森林》，頁11。

我的車子是隻夜海鷗，掠過令人暈眩的斷崖，黑色的波濤，黑色的天空，方才那抹黯淡的月影不知轉移到何方。但是當我轉駛到市區的大路上時，它又出現了，不過益發黯淡，因為比不上霓虹燈的風華。[47]

都市功能與地理空間的相互關係，表現在「市區」的「大馬路」充滿著霓虹燈、燈海這些象徵著消費行為與人潮的物件，而「小巷」的殘缺與黯淡，似乎又暗示人們內心的陰暗面與複雜詭譎的關係。另一方面，馬蹄Pub的場所特性似乎處在「輝煌」、「風華」的城市意象的反面，小說的推理情節也從這個場所影射的複雜人際關係著手，推演出對於當時關於社會婚姻結構等等問題。

值得注意的是，當葉威廉解決這起案件後，他自述：「幾分鐘之後，我駕車往『馬蹄』駛去……。」[48]即葉威廉最後選擇返回「馬蹄Pub」這個場所時，又重新回顧或重新探尋了一遍城市的意象。但是，不可否認的是小說中的城市空間意象和城市經驗仍顯得薄弱；換言之，在地經驗應該切實於人與地方、人與社群、人與城市／城市空間的緊密關係，城市意象才會被落實於地方，而雖然能夠肯認白里安或葉威廉建構的空間符合一種社會生產的模式，但其中的連結仍然顯得孤立。

這樣的疑惑，牽涉了兩個層面。首先是回到那個類近於被匿名化的城市，文本提醒讀者城市環境和城市意象與真實之間的差異，但又因早期台灣推理小說的作者或敘事者並非意圖擬造一個完全架空的世界，而是投注了一個在地性範圍接近於台灣性的想像，並造成某種「像是台北，又好像不是」的城市陌生感，這樣的意涵當然涵括了個體的身分與經驗以及群體與社會的關係。

47 同前註，頁22。
48 同前註，頁29。

也就是說，這種陌生感重新反映出人對空間的定義以及地方塑造的過程，更將敘事的焦點凝聚在城市與城市空間的意象及其探尋上；但是另一個層面，作者看似並非單純的想要從架空／非架空談論想像與記實的辯證，而是從「陌生化」的角度，構造了不同的城市與城市空間之間具有的曖昧性，即空間轉換為地方的過程雖然是明確的，但空間是不是就必然被轉換為相對穩定的「這個地方」或「那個地方」，則可能有不同的思考。

以前述討論許多本格復興前台灣推理小說為例，筆者發現尤其是小說開篇時的城市敘寫，甚至反抗著真實地方的存在；換言之，匿名化所造成的城市陌生感，首先解開了人與地方間的關係，不論這個「地方」最後在後續的情節敘述中是否會被各種方式曲折地尋回，都讓城市回到一個需要再被界定的空間，以凸顯建構城市與構築推理敘事中的場景的意義。

第二節　構築推理場景：城市的界定與建構

早期台灣推理小說主要透過兩個面向，營造城市的匿名化與意象的陌生感：其一是在小說開篇以匿名化、代號化或舊有行政區、街道名稱、指標性地景作為城市的借代；其二是無論開頭進行了何種借代，整篇小說中對於城市的都市環境、城市空間的意象與象徵等等面向，都呈顯了單一化的傾向，這種傾向還具有一次性，即它很難在後續的情節當中獲得印證，因此無法單從小說中對城市的敘寫，理解在地經驗實踐的場所以及地方內涵。

然而，城市意象的懸缺實際上具有用來對應或回答「我如何看待（我所生長的）城市？」此一問題的作用。具體而言，城市意象在小說中的敘寫出現空缺，反而讓小說中的人物在情節、案件中以其他方式，確立自我存在的位置，來解決身分認同的焦慮，而這個確立的過程，在本格復興前的台灣推理小說中，很特別地由「雙重界定」的方向開展。

一、城市的過去／現在／未來

張騰蛟曾針對《島嶼謀殺案》的小說技巧進行以下的評述：

> 他把故事的背景擴散到台灣、香港和馬來西亞三個地方去發展，不但增加了趣味性，同時也增加了新奇性，對小說的情節與氣氛都會產生一些襯托的功能。[49]

這段評述已經注意到《島嶼謀殺案》故事地點的特殊性，及其可能具備的作用。以早期的評論作為考察線索，《島嶼謀殺案》雖然在台北敘寫的面向上採取比較單一化的策略，然而對於白里安所出生的故鄉「檳城」，以及他最後因工作與情感關係選擇定居的「香港」，這兩個城市，卻有比較詳盡且多元的描寫，將兩個檳城與香港的段落並置來看：

> 檳榔嶼的夜晚很涼快，海風從麻六甲那邊吹來，把白日的熱氣蒸發掉，因此島上就剩下星光、椰影，充滿了南國羅曼蒂克的情調，……倒是那些坐在地上的攤販，不管賣成衣的，或賣土產的，在自備乾電池所發出來的白色光束下，吆喝之餘一個個和藹可親，使李卻很感動。記得小時候在

49 張騰蛟：〈推理小說新氣象〉，《推理》第二十期（一九八六年六月），頁23。

鄉下，在廟口的三、兩家夜市攤販，也是這樣的；從檳榔嶼的夜市，可以體會到它生活水準的低，如果要與台灣比較，檳城至少落後了二十年。[50]

車子離開啟德機場，經九龍城、紅磡，然後直赴尖沙咀，沿途高樓大廈以及滿街掛在路中央的招牌，還有雙層巴士，使李卻看得眼花撩亂，因為這些景觀，都是台灣所沒有的。[51]

這兩個段落，分別描寫了檳城與香港的都市環境和城市意象，其中存在著一個關鍵的共通點：台灣／台北作為一個相互對照的對象；當然這兩段敘寫操作的語境是不同的，但卻同樣透過初次造訪的外來者「李卻」之眼，傳達她的主觀感受。如檳城的夜晚即使充滿南國風情，攤販也如台灣的廟口夜市一樣和藹可親，但島上「就剩下」椰影、星光的自然景觀，攤販是「坐在地上的」，且是在「自備乾電池的白色光束」下吆喝著，加上李卻在遊覽時，坐的是「人力三輪車」，對比在香港時，她和白里安搭乘可以殺價的「私家車」，都市樣態是「高樓大廈」、「眼花撩亂的招牌」、「雙層巴士」種種的現代化的、進步的象徵，呈現出明顯的落差。

由此可知，文本中敘寫的不只是檳城和香港的城市及其日常經驗的差異而已，李卻是一個先前沒有離開台灣的女人，當她有機會踏上檳城和香港兩個截然不同的城市時，檳城、香港和台北對她而言勢必存在著相互比對的關係，所以她認為「如果要與台灣比較，檳城至少落後了二十年」以及香港「因為這些景觀，都是台灣所沒有的」，立即界定了台北的「位置」。

50 林佛兒：《島嶼謀殺案》，頁48。

51 同前註，頁57。

這個「位置」不是科學空間的位置，而是一種相較之下，「台北比檳城進步許多，卻又落後香港許多」的印象，這個相對進步和相對落後的觀察，同樣可能影響小說中的城市意象。

如果回到小說開篇城市意象的單一化與陌生感，以及文本中對於台北作為城市敘寫與定義的懸缺來看，陌生化最重要的功能是為了凸顯台北是一個被「界定」出來的城市，所以小說為詳細地敘寫了檳城和香港，尤其聚焦在前者之「舊」與後者之「新」的城市意象上，例如寫檳城的：

> 白里安的家在市中心的一條小街上，街兩旁都是二層樓的店鋪兼住家建築，是典型的華埠，檳榔嶼百分之八十都是華人，……它的腔調很接近台灣的彰化人。因此李卻對檳榔嶼的最初印象，她一點都沒有到外國的感覺，她好像回到南部的故鄉一樣。[52]

值得注意的是文本表面上寫的是檳榔嶼的環境，包括有形的建築、社會的網絡關係以及語言，但實際指向的是台灣、台北的映照；如「白里安的家在市中心的一條小街上，街兩旁都是二層樓的店鋪兼住家建築」，可以聯想到台北「在市中心的一幢古老的四層樓建築裡」，都是「市中心」、「住商混合」，甚至家都坐落在「小街窄巷」；而且因為檳榔嶼居民操著閩南口音，近於漳腔，讓李卻沒有到「外國」的那種新奇感，反而回到「台灣」的情境。因而在李卻的觀看中，檳城象徵二十年前的台北，即因儘管一切相仿，但不同個體、群體的城市經驗，深切地影響了她所認知的城市意象與景觀。再看寫香港的部分：

52 同前註，頁43。

> 到港島乘坐緩慢駛過英皇道的電車，在九龍的雙層巴士，乾淨迅速的地下鐵，一新耳目的海底隧道。然後，又是那麼多的高級舶來品店，像海運大廈的精品店、伊勢丹和松坂屋等日本百貨公司，都使李卻流連忘返。[53]

在《島嶼謀殺案》中，香港的敘寫比例和篇幅，遠遠超過敘寫台北的，進一步地說，這些敘寫，頗為一致地讚揚或歌頌著現代化的進步及其相應而生的便利、富裕，城市裡的「電車」、「雙層巴士」、「地下鐵」、「海底隧道」等等交通設施，不停地召喚著現代城市的特性；「高級舶來品店」、「精品店」、「日本百貨公司」，也形構了一種商品的、消費的甚至拜物的城市空間意象，而李卻是近乎一種狂喜地流連忘返於城市與城市空間當中。

但是，文本的敘述並沒有朝向對香港城市認同的方向開展，反而在離開香港前，透過李卻的記憶，反映出她對台灣本土城市與台北的情感認同。因此，不論是落後的檳城或是進步的香港，在城市空間及其意象表顯上，看似都和台北相去甚遠，但作為觀看者的李卻，不斷地把異地的城市空間拉回台北的位置，或者反過來說，文本中那個相形薄弱的台北城市意象及所依附的社會關係或在地經驗，實際上隨著李卻的身體挪移到了異地檳城與香港。

這樣的敘事手法，依循著想像與記實的辯證，刻意陌生化台北的城市意象，再透過詳實敘寫檳城與香港，界定出台北的城市空間與地方意義，在不同城市相互疊合的過程中，逐步塑造台北的城市樣貌。因此，如果《島嶼謀殺案》處理的是檳城、台北、香港三地各自不同的在地性表述，那麼無疑是失敗

53 同前註，頁60。

的，因為不管是檳榔嶼或是香港的城市空間敘寫中，敘事者實質上都處在同一個與台灣／台北高度類同的城市空間。

通過文本的探索可知，小說中敘寫檳城所展示的城市空間與地方，其實是「被（敘事者）想像」成被華人同化的「很像台灣」的地方，這個關鍵透過李卻好像回到「故鄉」的想法顯現；在香港的部分，文本中堆砌了大量的香港地名、路名、建築物等當時台北沒有的現代化設施與交通工具詞彙，但白里安和李卻始終居住的伊莉莎白女皇套房，卻是「台灣人貿易公司」的老闆施莫特別設置的一處專門給「台灣」旅客或單幫客住宿的地方，因此文本中不斷的強調如：「這個地方是一家由台灣人經營的貿易公司所設」、「『台灣人』貿易公司這時候門庭若市，擠滿了購物的台灣旅客，連通路都站滿了人」、「我這家貿易公司，所經營的貨物和銷售對象，幾乎清一色都是台灣人……」[54]的敘述，這個頂樓套房的空間形態，同樣不是指涉現實香港，而是台北。

據此，台北的單一化與陌生化，促使這個城市及其城市空間需要被界定與被想像，深層的原因在於不論檳城或是香港，都可能是台灣／台北的延伸或移置。

也就是說，《島嶼謀殺案》所關切的面向，仍舊是在地性與本土性的呈顯，即地方感、歸屬感、庇護性與私密性的生產，強化了人與地方之間的關係。然而，在城市敘寫的部分，某種程度上為了應合這一層在地認同的關聯，城市必須通過多重的界定，才能作為一個具有地方意義的依存空間與依附載體。

換個角度來看，當推理敘事中的地方想像無法準確或是相對完整地形構推理的場景時，城市與城市空間的在地意涵，就需要通過他者的界定來確立自我的主體經驗與存有價值。

[54] 同前註，頁57－58、153、155。

葉桑〈寶赫福車站的陌生人〉即嘗試從台灣偵探葉威廉的視角，詳細交代了他在瑞士參訪的洛桑湖、聖馬修教堂、李查華格博物館、傑蘇特教堂、法蘭西斯教堂、寶赫福車站的異國風光，這些風景名勝與建築除了充滿歐洲風格與建築特色外，更「別有一番滄桑的風情，彷彿過客的痕跡」[55]，這個「過客」自然暗示著葉維廉的台灣身分，緊接著他就在迷你電腦中，寫下了「雖然歐美的科技超過台灣，可是以個案而言，他們也有很多『落後』的人口。目前台灣因經濟而產生自尊，因教育而懷抱國際觀，所以不再有那種像二十年前，台灣的富家女嫁到美國去，才知道丈夫是乞丐的笑話。」[56]的觀察。

這段敘述在小說中顯得十分突兀，但葉威廉以他的「過客」身分與視角，將瑞士建築設計與風格化約成「科技」，進一步展開了台灣的過去、現在、未來的三段關係，即「二十年前，台灣的富家女嫁到美國去，才知道丈夫是乞丐的笑話」、「目前台灣因經濟產生自尊，因教育懷抱國際觀」、「歐美的科技超過台灣」；值得注意的是，這段敘述中的「台灣」界定，首先來自於象徵「未來」的瑞士的城市見聞，接著來自於象徵「過去」的台灣富家女的無知，這兩者意圖圈圍的即是「現在」的台灣具有國際觀這個事實，因為國際觀，使得目前的台灣已經不會重蹈「過去」的覆轍，也具有追趕「未來」進步科技的基礎。

從〈寶赫福車站的陌生人〉後續的情節中可以發現，小說前半段敘寫的瑞士城市風景完全只有用以完成對台灣「雙重界定」的作用而已，因為葉威廉很快地回到那個「現在」的台灣與台北，也以中文字是以注音符號作為拼音的特殊文字系統，破解了整起案件的謎團。換言之，瑞士給予葉威廉的訊息，除了讓他有從外地回到本地的移動過程之外，在心理層面上，葉威廉也透過這樣的雙重界定回應了自我的

55 葉桑：〈寶赫福車站的陌生人〉，《仙人掌的審判》（臺北：林白出版社有限公司，一九九四年），頁84。

56 同前註，頁84－85。

台灣認同。

當然，這篇小說中仍然通過對異地的界定，確立人物主體經驗，進而建構「現在」的台灣的精神價值，凸顯對於本土的認同感。但是這種敘事策略操作的邏輯，反而顯露在地經驗書寫的匱缺，即整篇小說實際上沒有任何對於台灣、台北的城市敘寫，僅以敘事者在異國的觀察與感懷界定所謂「現在」的台灣精神價值、認同甚至地方性，連帶使得意圖經由城市敘寫進行的主體性建構落入空泛的想像。

二、從「城市」到「國家」的寓言關係

《島嶼謀殺案》中檳城、香港作為台北的延伸和移置，小說人物俱以對台北的想像，與檳城、香港相較，最終歸納出分別代表著台北的過去與未來的樣貌，使得檳城或香港的敘寫，仍舊回應了對台灣／台北的界定與想像。〈寶赫福車站的陌生人〉則從故事人物的旅行經驗中，以過去的歷史事實和對未來的想像，同樣建構了現在的城市樣態與意象。

早期台灣推理小說經常通過異地來界定本土城市的意象與地方想像，顯示這些城市間似乎隱含著某些特別的關係。除了同質性與異質性的觀察，凸顯出本土城市的在地性外，也可能從不同國家的城市關係，衍生出更複雜的寓言關係，最終回歸台灣本土性的討論。如余心樂《推理之旅》和林佛兒《美人捲珠簾》，是早期台灣推理小說透過本土與異地城市的辯證，嘗試取得獨特性或主體性，並證成其中對台灣本土的指涉很具代表性的作品。

《推理之旅》敘述一群台灣到歐洲觀光十二天的「推理之旅遊歐團」，在途經瑞士時遭遇的謀殺案件。小說對旅行團團員的描述是：「除了少數幾個有心人之外，大部份的團員都懶洋洋東倒西歪在巴士

座椅上大夢周公！」[57]對導遊對瑞士的介紹也毫無興趣；這群「台灣來的客人」最活躍的時候，是在折價店的「一陣喧嚷折騰，差點沒把這店家夫婦給活活累死！因為團員們挑中滿意的東西之後，不管三七二十一，急急握著現鈔搶著要結帳」[58]，充分顯現出他們的財大氣粗與惹人嫌惡。

有趣的是，對這群從「本土」（台灣）到「異地」（瑞士）旅遊的觀光客來說，異國風情並不存在特別的吸引力，因此旅行團的團員們不斷地透過各個層面，將瑞士的麥靈根鎮，與台灣的城市進行同質化的類比。如針對天氣：

「原來瑞士夏天的熱度也不比咱們台灣南部鄉下遜色。」一行人在三點鐘出得客棧門來，頂著一身胖胖圓圓的黃庸夫社長蒸騰冒氣地快人快語發表他的感受。

「不過，在台灣是濕熱、悶熱，這而則是乾熱、燥熱。」張漢瑞同意黃庸夫的看法，但憑自己的體驗幫他補充一點論據，以區別兩地熱天的不同。[59]

台灣遊客的代表黃庸夫，主觀地將瑞士與台灣南部的天氣做了某種類比，這種類比回應了旅行團中大多數人對瑞士當地風景的不耐，如邱氏夫婦「沒有興致上山去看那叫什麼八隻鶴的瀑布，要看瀑布，在台灣早就看夠了」，以及一對六旬過半的退休夫婦和四男兩女「乘機向領隊提出願僅在小鎮附近自由活

57 余心樂：《推理之旅》（臺北：林白出版社有限公司，一九九二年），頁45。
58 同前註，頁59。
59 同前註，頁34。

動、隨便逛逛，然後回客棧休息的要求」[60]，對這些台灣觀光客來說，對瀑布並不感興趣的原因，在於「在台灣早就看夠了」，即對他們而言，瑞士與台灣並不具有太大的差別。

而身為台灣人，移居瑞士的當地導遊漢瑞，則不厭其煩地提醒他們是「來自台灣異鄉的遊客」，除了透過濕熱或乾熱強調台灣與瑞士氣候的不同外，在麥靈根鎮最熱鬧的街上，還特意望向黃庸夫介紹福爾摩斯探案「最後的難題」一案中出現的英國會館，以當地特殊的地理景觀，用來強化本土與異地的城市差異。

然而，這個台灣旅行團並未停止消除這種異文化所帶來的新鮮感，反而復以某種高人一等的姿態對異地城市與空間進行批評，如對旅宿客棧：

「咦，怎麼找了半天不見電梯呀？這旅館也真菜得可以……連門匙都是舊式的！」有個女高音挑剔道。

「就是嘛，瑞士的旅館好像比我們國內的還要差，又貴、又落伍。」另一個不滿的女生附和。[61]

「是呀，我也覺得我們繳了錢卻享受不到應有的品質，咱們台北的觀光飯店，哪個房間不是有浴室有彩色電視？哪像這裡，又老、又舊、又沒有電梯……」[62]

兩段對話所呈現的心態與意識，明顯刻意降低了異地城市對自身文化帶來的刺激，問題是小說中的瑞士

60 同前註，頁35。
61 同前註，頁33。
62 同前註。

店員，針對這群台灣遊客所表現的態度是「相互偷偷交換那種略帶輕視的眼神」，漢瑞認為那是一種「優越感」，特別是他在歐洲生活，接受並理解西歐社會的生活規範與價值體系，因此「不知不覺以西方的行為標準來度量、判決自己的同胞……自己擁有這種優越的心態，豈不等於在承認西方文明優於我們一切？」[63]這種優越感當然表現歐洲城市居民對外地遊客的輕蔑，因此在他們的眼光中，特別注意到的是「將人家精緻優雅的店面搖身一變而成了個夜市場」或「我想我們應該保持中國人彬彬有禮的形象，不要再亂吃人家的豆腐了……」[64]具有文化衝突的場面。

以此，小說中出現了兩股相互對抗的勢力，一股是基於自身本土文化而對異地城市進行同質化甚至貶抑的台灣觀光團，他們在旅遊的過程中，特別對於住宿、吃食、遊歷等面向進行與台灣的類比；另一股則是以歐洲城市使用者的生活經驗為主，對外地遊客及其文化的輕蔑與不屑，並且特別關切異文化對日常經驗帶來的不良影響與衝擊，藉由異地遊客的行為舉止，進而凸顯了文化與城市間的差異。

這兩股勢力，實際上都以自身的本土文化為優位，進而進行對異文化的批判，但是台灣觀光團的團員們是將自身的台灣經驗導入於瑞士的見聞中，因此興發了「和台灣差不多」或甚至「比台灣還差」的評論；換言之，雖然整篇小說都沒有讓他們回到出發地台灣、台北，但是在這個過程裡，已經可以初步發現台灣觀光團的本土想像與在地認同。

更明顯的例子是用餐的餐室。餐室的設備在漢瑞的觀察下是「瑞士傳統鄉下那種木造的古樸陳設，牆上的掛飾，不是銅鍋鐵器之類，便是牧人驅趕牛羊上下阿爾卑斯山的彩繪」[65]，這種陳設對瑞士當地

63 同前註，頁60。
64 同前註，頁60、68。
65 同前註，頁66。

人而言，具有明確的在地意義與象徵，但漢瑞話鋒一轉：「不，今晚應該算是例外吧！因為祥和寧柔的氣氛和這群中國遊客扯不上邊……盡情的笑謔喧鬧，便成了這頓晚餐的主題曲。」[66]表現了不同文化間的劇烈衝突。這個衝突則具象化在晚餐的吃食上，漢瑞認為台灣遊客挑剔飲食又特重口味，又為了避免團員「吃來吃去還不是馬鈴薯、麵包、酸菜沙拉、香腸之類的那一套洋玩意」的再次抱怨，因此特意安排了「不失適合中國人口味的瑞士餐」[67]供大家食用，而中國人口味不外乎是將主食改為白飯或麵條，並且佐以蔥蒜等辛香料與各式不同的蔬菜；這個對瑞士人來說相當怪異、不道地的吃法，卻對正了這群台灣觀光客的脾味。從文化衝突的角度來看，中國口味的瑞士餐，仍延續著本土／外來兩股勢力的辯證關係，也顯示出小說中分別肩負著自身本土文化象徵勢力的相互爭奪。

這群觀光客酒足飯飽後的言談，諸如「街咧旁菜也水俗雜末假孝廉，新宰哥沒賣，丟賞，且咧尬約來榜間……」、「誇力哥敗腎哥下消，甘無栽調生亞街架金西鳥？我看，你還是密底棉被疊怕秋慶卡微訝」[68]等笑謔，後來不僅成為謀殺案件發生的原因，同時也暗示著對異文化的懲罰。但是從城市敘寫的角度來看，小說中包含自然景觀、建築外部、餐室擺設等雖然寫的都是瑞士，但通過台灣觀光團某種程度上的「入侵」和「破壞」，甚至以瑞士人完全無法理解的台灣話，造成瑞士侍女北亞「我覺得你們中國人的性格好樂觀，總是有說有笑的」[69]的誤解，使得瑞士的城市與城市空間在敘述中，反而失去了自身的主體性，而與台灣、台灣城市產生某種同質化的現象。

---

66 同前註。
67 同前註，頁53。
68 同前註，頁67。
69 同前註。

這種同質／異質化與自身文化本位的爭奪，在小說中最終推演的是城市的寓言關係。首先是杜維利對瑞士咖啡的評價：

你們看，瑞士人泡咖啡是利用咖啡機的蒸氣將磨成粉末的咖啡噴壓出汁液來的，近杯口的地方往往會浮有一層兩公分左右深厚的濃泡沫，和國內或美、日過濾式泡法完全不同……那種暖柔溫馨的美感，配合由鼻腔回流出來的咖啡香味，哪是咱們國內或日、美式咖啡喝法所能比的呢？[70]

這段敘述，是《推理之旅》中第一次也是唯一一次出現台灣觀光團對於任何關於瑞士文化表徵或象徵物的稱讚，甚至認為它高過了所謂「國內」，即台灣的價值。以這條訊息作為線索，筆者發現某種特殊的寓言關係隱藏在文化衝突的脈絡底下，如黃庸夫針對瑞士的國民經濟和社會福利的詢問，漢瑞介紹道：

瑞士是個高國民所得的富國，年平均所得約在一萬七千美元左右，失業率極低，每年都在百分之一以下，一九六〇年起，大約一直維持在〇・一四左右，……社會福利方面，辦有全民醫療保險、退休保險、失業及殘障保險等，其中醫療保險的投保費用是由個人按月向保險公司購繳，其餘的退休、失業及殘障保險，是由雇主及受雇人按所得月薪的百分之二〇・七，各自分攤百分之一〇・三五繳納。[71]

70 同前註，頁63。

71 同前註，頁48。

這段敘述，表現出作為長期接受西方文化，與在西方社會生活已久的漢瑞對所處環境的某種「與有榮焉」的得意與優越外，透過他的視線，他發現台灣旅客「多少均有那麼一丁點稱羨的神色」[72]，而因此語氣益加興奮昂揚。這種稱羨已經暗示了瑞士是個各方面都比台灣進步的國家[73]。然而在台灣觀光團的黃庸夫提出：「瑞士這個國家經濟繁榮、社會安定，犯罪率一定很低嘍？」以及林警世說：「剛剛你不是說瑞士治安很好嗎？」[74]的質疑同時，漢瑞也立刻感知「冥冥中好像有個聲音在警惕他別在自己同胞面前表現得太過放肆」[75]，這個微妙的轉化，連結到他回憶起過去與取得蘇黎世大學博士學位，並已回台灣服務的好友王勝言的辯論：

難道咱們民族傳統生活的紛擾喧囂與放浪形骸之中，所得到的那份樂趣，真的會比有板有眼、嚴肅拘謹的西方生活來得遜色嗎？你不覺得，在五光十色，美輪美奐的當代西方文明背後，不是也隱藏著比我們社會更多的貪婪、壓力、挫折、無奈、疏離，甚至危機嗎？不然，得天獨厚的瑞士青少年活得好好的，為什麼常要起來鬧事？為什麼有擾人的吸毒社會問題？[76]

72 同前註，頁49。
73 小說出版的一九九二年底，當時台灣國民平均所得尚未突破一萬美元，年失業率一・五一%，全民健保更到一九九五年才開辦，在國民經濟和社會福利都大幅落後瑞士。
74 見余心樂：《推理之旅》，頁48、49。
75 同前註，頁49。
76 同前註，頁61。

張瑞漢對王勝言的「民族比較意識論」幾乎沒有能力反駁，而這個論點，讓「瑞士比台灣進步」的事實，得以隱藏在台灣觀光團團員對瑞士城市與文化表徵的批判下，這個批判的邏輯是不斷將台灣的城市空間意象或文化表徵置入異地城市中，刻意製造出身處台灣的錯覺；換個角度說，這個錯覺仍然可能為了掩飾台灣國際地位居於弱勢的處境。而不論隱藏或掩飾，《推理之旅》都將台灣與瑞士所各自代表的本土性與本土文化，推向了同質／異質化的辯論中，更積極地說，小說中對台灣、台北城市敘寫的懸缺，仍得以通過與異地城市的對照、比較，辯證具有主體性的本土指涉。

而在《美人捲珠簾》中，用以對照台北的城市是漢城與東京，其中僅有漢城被仔細敘寫。其原因一方面是葉青森在漢城時即遭謀殺，因此在情節中很快地離開台北，實際上也沒有到達東京；另一方面，雖然小說中缺乏對台北、東京的直接敘寫，但是在書寫漢城時，作者先處理台北和漢城間的關係，再並置在一起與東京相互參照，而整理出「台灣與韓國差不多，但都落後於日本」的寓言型態。

小說敘述葉青森在飛機上俯瞰漢城時的感懷，是作者首次處理了台北與漢城之間的對應關係：

> 從漢城上空俯瞰街廓，那些一、二層樓的民房，屋頂都蓋著藍色、靛色或紅色的磚瓦，色彩強烈，井然有序。比起台北盆地盒子般的四層公寓，灰沉沉的一片，景觀真是不能同日而語。[77]

這段敘述，統整了台北和漢城的城市景觀的殊異，特別是在建築物上，漢城的「一、二層樓民房」對比

77 林佛兒：《美人捲珠簾》，頁28。

台北「四層公寓」，顯示了城市發展型態的不同，一如前述《島嶼謀殺案》中對台北車站附近景觀的描寫，「盒子般的公寓」除了寫出居住人口的密集、擁擠之外，也無形地透露出葉青森在台北緊張的生活情態與工作壓力。因此在他的眼中，「色彩強烈」、「井然有序」的漢城，在城市景態上遠優於台北的「灰沉沉」。

葉青森雖然像是羨慕甚至嚮往漢城的城市風景，但在某些情境下，仍然不自覺地顯示台灣／台北較韓國／漢城進步或優越的地方，例如：

「吃好一點」是葉青森的口頭禪。在台灣，由於政府給公司可以報的交際費很多，不吃白不吃，所以每天碰到好朋友或客戶，便流行這一句「吃好一點」！現在即使到漢城來，消費額比台北低得很多，當然一脫口，也就是「吃好一點」。[78]

「吃好一點」這句流行在台北的口頭禪，表現出葉青森仍帶著某種程度的本位觀點在觀察或理解漢城，「消費額比台北低得很多」一語，具體呈現兩個城市在物價、國民消費能力、經濟發展上的落差，所以作為一個在經濟上比較優越的台灣／台北人，自然有權力選擇他的吃食及生活品質。又如葉青森想要贈送朴仁淑小馬汽車時所說：

「真是的！一部小馬韓幣六百四十萬元，等於新台幣三十一、二萬，我可花得起啊！」[79]

[78] 同前註，頁87。
[79] 同前註，頁89。

這段對話同樣表現出這種優越，更有趣的是作為台北人的葉青森，決心慨贈一部在韓國生產的小馬汽車給韓國人朴仁淑，並且附加表達「新台幣三十一、二萬」對他而言並不是什麼大數目，這層贈與關係，在某種程度上也展現了兩個城市間的對應關係。

從上述幾段敘述中，都發現葉青森對漢城的觀察視角，其實仍是從台北出發；也就是說，漢城在感官上的美好，實際上源於他在台北的日常生活經驗下的壓力，因此葉青森即使身處在一個理應具有全然新奇城市體驗的漢城，卻也不斷回顧、召喚他對台北的記憶，甚至在對話中，有形無形地挑戰漢城——作為異地城市——的內涵與價值。例如對明洞的描寫：「明洞的街頭，熱鬧與人潮，奇形怪狀，不下於台北的西門町。」[80]表現明洞與台北西門町的類近，使得台北和漢城城市與城市空間的表現與表述上產生了同質性，這樣的同質性雖然不見得帶來混淆，意即葉青森當然還是能夠辨認明洞和西門町分別作為漢城和台北的城市景觀，但在小說中卻反而填補了台北敘寫的空缺，因為在這個面向或景觀上，台北和漢城具有相似性。

這樣的觀察，在最後宋組長親自前往韓國斷案時被再次顯現，小說敘述：

> 宋組長對漢城並沒有特別好的印象，……這次來漢城在街頭所見，除了雪之外，那些建築物在台灣根本到處可見，所以並不引起他的興趣，……[81]

這段敘述回應了葉青森對漢城的觀察，特別強調台北和漢城城市建築的同質性，而且這種同質性帶給人

80 同前註，頁29。

81 同前註，頁266。

的感受是「沒有特別好的印象」、「不引起興趣」，因為過於熟悉，這個異國異地漢城，便不太具有與台北本質上的區隔意義。或如以下幾段關於韓國烤肉的敘述：

「不錯，不過跟在台北吃的韓國烤肉不一樣。樣式不一樣，口味也是這裡甜一點。」[82]

「這是漢城最有名、最大眾化的韓國料理店，叫韓一館，他們的烤肉好吃無比，你喜歡嗎？」台北也有韓一館，葉青森想，台北那家一定是模仿這一家的。馳名到台北去，那必然不簡單。[83]

韓國烤肉是韓國的代表食物，但在以上兩段對話中，無論是在「山水亭」或是「韓一館」用餐，葉青森仍很自然地與他在台北的生活經驗進行比較，進而開始感受到所謂的「不一樣」。更進一步地說，小說實際上敘寫漢城，但台北的形象通過對照而開始具體地浮現出來。

另外，葉青森在山水亭用餐時，特別強調了「一個穿著韓國傳統服裝的女服務生過來引他入座」，以及在韓一館用餐時，也特別指出這是一家「全部用韓文寫的市招」[84]的料理店，刻意凸顯了台北和漢城的異質性；然而，從食物樣式、口味的差異，以及視野所見的韓國服飾或韓國文字對比出城市樣貌的不同，乍看之下與前述的「同質性」產生了扞格，但是如果從被界定的城市的角度來看，反而可以視作一種比較多元、多面向的城市意象形構。

而通過韓國漢城來界定台灣台北這種頗為複雜的城市關係，如何建立或如何立基於葉青森在台北的

82 同前註，頁31。
83 同前註，頁81。
84 同前註，頁29、81。

在地生活、經驗甚至認同？可以參看當葉青森和朴仁淑遊歷仁川後，前往「松苑」食堂時的一段記述：

外觀是傳統的建築沒有錯，卻是日本佔領時代留下來的建築物。……煤油爐頂上，放著一只茶壺，開水滾得嘶嘶叫，很像台灣賣麵茶的笛音。[85]

這段敘述中台北的城市空間移置或延展到了異國異地漢城，因為單純燒開水所發出的聲響，並不似韓國烤肉一般具有比較強烈的異國情調的指涉，意即這樣的聲響理應不會引發前述城市的同質性或異質性的討論，然而它仍然被刻意地連結到「台灣」，而且更直指「賣麵茶的笛音」，也就是說，在韓國餐廳內開水煮沸的聲音，不只像在台灣燒開水時一樣會發出的聲響，它甚至進一步扣連一個屬於台灣在地經驗與本土特殊性的「賣麵茶」的事物與行為上。

由此可知，《美人捲珠簾》與《推理之旅》城市空間的移轉模式不盡相同：《推理之旅》藉由自身文化對異文化的批判，營造出身處異地城市的本土錯覺；《美人捲珠簾》中的葉青森則是透過不斷地想要「回家」，反向地從城市間的差異，界定他對於台北的親近感或是認同。例如他得知朴仁淑懷有身孕時，小說敘述道：

葉青森真是不忍心掃她的興，他的神思飛馳到亞熱帶的台灣故鄉，他的妻子李玲及小傑和小婷的影像，一一浮現在他的腦海裡。李玲癡癡地望著他，小傑和小婷直喊著爸爸……[86]

---

85 同前註，頁105。
86 同前註，頁70。

葉青森與朴仁淑的異地結合，及其「愛情結晶」已可視為一個外來者在異地最完整的經驗實踐，但當他得知朴仁淑懷了自己的孩子時，並沒有興奮雀躍之情，反而在心中感到「疑懼異常」，並且自認為面臨了「痛苦的取捨」；更進一步地，他開始想念故鄉——台灣、台北。因此，儘管葉青森在漢城的生活非常順利，透過金錢掌握了人際關係，提升生活品質，又與當地女子朴仁淑相戀並且有了孩子，但他的故鄉「台北」，仍不斷地提醒或暗示著台北與漢城的殊異；意即兩地雖然具有同質性，然而實際上對漢城城市意象的探索或呈顯，仍具有凸顯葉青森對台北在地認同的作用。又如兩人在談論兩國不同的政治、經濟與社會問題時，葉青森突然想念台灣，並且感到感傷，但他並不是初次造訪韓國漢城，至少在兩年前，在出差到日本的途中就已有於漢城轉機的習慣，但為何他會突然想到「故鄉台灣」，以及為何會感到「傷感」？

細究葉青森和朴仁淑談論的「國事」與「愛國心」的話題。朴仁淑問：「你在你國家裡批評國事、搞運動，坐過牢嗎？」葉青森則回應：「對不起，我是個生意人，我只要賺錢，不管國家大事，至於批評，我才不呢！在台灣，我是一隻冬天的蟬……。」[87]有趣的是，兩人能夠面對面的談論國事問題的前提，在於彼此間必然知道各自代表不同的國家與立場，即台灣、韓國首善之都的台北和漢城，在這段對話中，實際上指涉的就是兩個不同的地方。在這個前提下，葉青森的傷感即有跡可循，仍然是基於對台北的在地記憶，或所謂的「鄉愁」而顯露。

因此，整部小說中雖完全不敘寫葉青森在台北的在地經驗，使得讀者無法透過在地性連結地方本質

[87] 同前註，頁76。

與建構，意即地方感的懸缺，除了讓人物看似無法代表台北之外，「台北」本身的城市意象也產生了很大的空白。但是，當葉青森抵達異國異地漢城後，卻開始不斷重述他對台北的記憶，涵括了他的重要經驗，即其取得在地認同的過程（如元配妻子、孩子、公司事業、經濟來源），更多的時候，是透過台北和漢城間看似共通的城市特性或景觀，尋找兩者間的不同差異，由外地而本土地補充了葉青森視角下的台北在地性建構。換言之，文本中原本沒有名字、失去意象的城市台北，在由異地界定的過程中，顯現出更強烈的指涉與象徵意義。

《美人捲珠簾》中葉青森這一線的故事中，漢城是唯一的城市背景，但實際上小說敘寫的漢城，是透過葉青森的視角敘寫了他對台北的在地認同，更進一步地通過與代表漢城的朴仁淑之間的對話，從城市的關係，隱喻了台、韓、日三個國家的複雜糾葛。

前有述及，在葉青森眼界下台北與漢城之間具有既同質又異質的關係，若從小說中對幾個重要人物的設定上來看，如葉青森：「畢業於國內著名大學的外文系，離開學校後，從事了幾年的祕書工作，……直到一九八〇年認識一個有生意往來的日本採購員阿部一郎，合組佳里貿易有限公司，……他是台灣一九八〇年代一個中小企業的典型。」葉丹青：「出生於桃園縣的大溪，日據時代高等科畢業後，就到台北來闖天下，……台灣光復後，他與台北人莊氏結婚，次年生下了獨子葉青森。」[88]由此可知，葉青森和葉丹青在小說中基本上是作為台灣人的身分代表，但兩人又同時都與日本有關聯，除了葉青森和阿部一郎是工作上的夥伴，並且共同經營對日本出口的貿易外，葉丹青也因為受過日語教育，而在初始充當了兩人間的翻譯，另外，小說中對阿部一郎的設定也是：「我的中國話不行，葉老先生的日語講得很好，有很多語言上的困難，都是他幫我

[88] 同前註，頁21、21－22。

們溝通解決的。」[89]

反觀朴仁淑的身世，她自述：

「我們小時候是很苦的，戰後仁川才慢慢開發起來，我們家的一些田地，變成了街路，增值了，是最近才富裕起來的，我哥哥在仁川開了一家加油站……」

「哦，那麼你是戰後才生的，……」

朴仁淑快快地說道：「……所以我對戰爭很憎恨，從我懂事後，父親的形象，以及這個世界給我的認識，就是殘酷。」[90]

「戰後」[91]的歷史，表現朴仁淑了對戰爭的憎恨，並反映在她的愛國情操上，如她和葉青森的討論：「我們有很多理想，唯一的理由，便是我們要生存、要進步，不進步，不突飛猛進，便會被我們的敵人消滅了……」[92]這個「敵人」明確指向日本，與被「消滅」的歷史情仇[93]；此外，南北韓內戰的背景，也基於日韓合併的歷史事實，更重要的是，原本作為侵略國的日本，在韓戰期間卻成為最大的受益國，

89 同前註，頁49。
90 同前註，頁84。
91 「戰後」所暗指的戰役，是一九五〇年至一九五三年的韓戰。韓戰的爆發與二次大戰中美國、蘇聯與日本的關係相關，日本一九四五年投降後，蘇聯與美國以北緯三十八度線為界，分別佔領了朝鮮半島的南北兩個部分，一九四八年八月南韓地區建立「大韓民國」，九月北韓地區成立「朝鮮民主主義人民共和國」，兩韓正式分裂，並且於一九五〇年六月正式爆發韓戰。
92 林佛兒：《美人捲珠簾》，頁74。
93 一九一〇年時日本吞併朝鮮，將朝鮮半島併入日本國土中，造成大韓帝國的滅亡，直到一九四五年二次戰後才結束統治。

在戰後經濟實力、國際地位等都已遠高於韓國[94]，這樣的歷史事實，自然引發了朴仁淑的憤怒。

因此，朴仁淑提到內戰時期的「創傷」，並不斷強調國家「要生存」、「要進步」，如果不突飛猛進，就可能再重演一次被吞併的歷史，她所感覺到的「窮苦」、「內戰創傷」等等，明顯是針對它們強大的鄰國——日本——而來；另外，朴仁淑曾對葉青森大方給予服務生小費這件事上表達強烈的不滿，她感到「對她的同胞是一種侮辱，也是資本主義社會最敗壞的一種風尚」[95]，也非常明確地針對了資本主義式的生活型態進行批判；又如當朴大郎指責葉青森對她的妹妹朴仁淑始亂終棄時說：

> 你結婚了！你結婚了還欺侮我妹妹，睡了她，你給我來日本人那套，以為一天一百美金就可以解決一切，你搞錯了……[96]

「日本人那套」是以利潤、金錢作為任何事物的唯一考量的價值，日本雖不是當時唯一實行資本主義的國家，但朴大郎的言詞仍明顯表現出他對日本的反感與排拒，配合朴仁淑愛國情操的表現，使得小說表

94 見日·依田熹家：《日本通史》（The History of Japan）（臺北：揚智文化事業股份有限公司，一九九六年）的記述，二次大戰後的日本經濟，遭到徹底地嚴重破壞，日本大約損失了原有國家財富的三十五%，經濟面臨崩潰的局面，百業待舉，經濟復甦之路遙遙。而韓戰的爆發帶給正處於戰後復甦期的日本意想不到的巨大需求，韓戰所需要的軍需物資訂單蜂擁而至，日本的產業遂因軍需產業起死回生，日本經濟大幅好轉。因為美軍的「特需」以及國際性的軍需盛況，出現了以紡織、金屬為中心的貿易熱潮，日本的外匯保有額顯著增加，於一九五二年加入了國際貨幣基金組織（ＩＭＦ）和世界銀行。特需經濟帶來的及時雨，迅速拯救了日本瀕臨崩潰的經濟。自韓戰爆發以來的五年，美軍總共在日本注入當時美金約十六億的「特需」。一九五三年日本的主要經濟指標，都已達到或超過戰前水平，讓日本大致上完成了戰後經濟復興任務。

95 林佛兒：《美人捲珠簾》，頁91。

96 同前註，頁121。

現出韓國對於日本的強烈敵視。

這種敵視的象徵意義，在情節中製造了對立和衝突的場面，在葉青森身上，則更進一步催化了某種關於台灣的本土指涉。由葉青森與朴仁淑的關係，特別是分別作為台灣人與韓國人的不同立場相互對應來看，小說敘述兩人第一次見面的場景：

小姐首先怔了一下，把胸前的菜單遞給葉青森，然後用生澀的日語問道：「先生，你是日本人嗎？」

倒不是葉青森有大男人主義，而是每當他在國外一碰到白種人，交談起來開口便問：「你是日本人嗎？」他就很生氣。現在又碰到這種情況，所不同的是，問話的是一個嬌滴滴的女人。

「哦，不！我是台灣人。」[97]

這段對話可以作為整部小說中台灣、韓國、日本三地的隱喻關係的重要開展。韓國小姐誤認葉青森為日本人，因此使用日語和他溝通與對話，葉青森則用日語回答她「我是台灣人」，同時也表述了他在外國也時常被錯認經驗的無奈。這個反應存在著兩個必須要被釐清的問題：其一是為什麼被誤認為日本人要感到氣憤？其二是為什麼要宣稱自己是台灣人？

回到人物設定來看，葉青森在小說中具有在韓台人的身分，從許多的敘述中都可以清楚地發現他不斷透過台北、漢城的城市比較，理解或釐清作為台灣本土的、台北的城市意象；另一方面，台灣和韓國

[97] 同前註，頁30。

在政治、經濟、國際情勢等環境上的類同，特別是曾為日本統治的殖民地，使他和朴仁淑在台灣／日本和韓國／日本的國家關係上，有了相近的立場。例如他不只一次認為台灣和韓國很像：

> 葉青森可以體會出來，這是愛國情操的表現，並不是口號。台灣與韓國的處境有許多相同處，不過，積極性與強悍性卻不及韓國很多。[98]
>
> 朴仁淑當然不懂，韓國和台灣雖然難兄難弟，但國情到底不同，她自然體會不出這種辛酸。[99]

台灣和韓國在與日本對應下，似乎顯現了同樣的處境，同時「日本」這個國籍身分與國家也在小說中被先行預設了一種特殊的寓言型態，成為必須被不斷衝撞、突破甚至敵視的對象，並且內化且深化了小說人物的形象，表現了強烈的國家意識，也透過內／在地對外／異國的凝視，回顧自身國家的本土形象與處境。

例如小說中處理葉青森之父葉丹青命案時，不斷強調阿部一郎的日本人身分，如宋組長指著他說：「哦！他是個日本人，是她先生的合夥人。」又如宋組長約談時說：「對不起，警部好像是你們日本人的用法，我是這個分局的刑事組長，你就叫我宋組長好了。」包含在針對凶器的推論和說解上：「那把榔頭不是土產貨，木頭柄上烙有『日工』二字，是日本貨啦，你說一個普通家庭用的榔頭，用個舶來品，不是很奇怪嗎？」[100]不僅「日本」這個國籍和「日本人」這個身分和台灣、台灣人產生明顯的區

98 同前註，頁74。
99 同前註，頁93。
100 同前註，頁51、142、180。

別，宋組長採取的視角也偏向具有敵意的立場，例如他說：「我覺得這個小日本人色迷迷的，可能會惹出一些麻煩來。我看我們現在就到他公司去質問他，順便蓋手印……」宋組長的助手老高說：「因為你與死者有關係，我們一直要求你合作，你這個日本人，卻一直刁難我們。……」「沒問題，這日本鬼子就交給我，讓我好好伺候他！」或如李玲母親說：「哎喲，知人知面不知心啊，這日本鬼子果然狼心狗肺啊……」[101]這些敘述，都可以發現從葉丹青的謀殺案發生之初到阿部一郎最後被定罪，他一直受到各種懷疑，且不僅是在推理敘事中與兇手對立的警察，連與阿部一郎沒有太多接觸的李玲母親也如此，甚至阿部一郎公寓住所的管理員唐先生對他的第一認知與印象：

> 「現在，據你觀察，阿部這個日本人和他的情婦，做人如何，有什麼可疑和不尋常的地方嗎？」經他一提，管理員腦海裡馬上浮現出阿部的影子，阿部這個人很有民族優越感，很看不起鄰居的中國人，尤其是管理員。……管理員在心目中覺得你這個日本人，當年日本人在中國殺人無數，怎麼會對他客氣，……
>
> 「他們——日本人和他的情婦，做人很差，如果幹了什麼壞事，也有可能！」[102]

唐先生在還不清楚案件的發展時，就已先入為主地認為「這個日本人」有可能做出任何壞事，這樣的認定基於兩個因素：其一是「民族優越感」，其二是國家恩怨與歷史情仇，更加凸顯阿部一郎所代表的日本國籍和日本人身分，不僅是一個外來者，更是被特別排斥的對象。在這個面向上，城市被賦予了重要

[101] 同前註，頁175、179、231、234。
[102] 同前註，頁201－202。

的國家指涉意義，即那個年代普遍凝聚的大眾情緒。因此，可以從民族性的角度解釋葉青森被誤指為一個自認為優越的國家或民族，且還在歷史中曾作為入侵者所產生的憤怒。

然而，台灣和韓國是否就如難兄難弟一般的站在同一陣線，共同抵禦或排斥日本這個作為侵略者的強敵？這個疑問回到了葉青森為什麼要宣稱自己是台灣人的問題。舉例來說，葉青森在與朴仁淑爭論台、韓兩地的汽車製造業發展時說：

> 我知道你們發展汽車工業十幾年的時間，能有這樣的成績，一定是政府和企業家的通力合作，用大魄力完成的……對不起，我們台灣發展汽車將近三十年，自製率卻每下愈況，到現在還只是在裝配階段，簡直保護特權嘛……若干年前，我還在報紙上看到我們汽車政策的主管當局，工業局長韋永寧公開說，我們不是不能提高自製，而是提高自製不如購進零件來得便宜和順當。一個政府官員居然這樣說，簡直把我這小老百姓氣昏了。……[103]

雖然台灣和韓國與日本的關係有相近的位置，亦都是以日本，特別是現代化設施為模仿、學習或突破的對象，但實際進行對比時，反而針對彼此間的比較。以汽車製造業為例，日本的產業發展得很早，其成就也很高，全球市佔率都不是台灣或韓國能夠企及的，因此在經濟競合關係中，台、韓間自然成為相互競爭的對象；葉青森的氣憤包含了韓國的汽車工業實質上領先台灣外，更在於台灣比韓國還要早開始進行汽車工業發展，卻不及韓國的成就。相同的，葉青森和朴大郎的對話中也顯示了類似的情境：

103 同前註，頁75。

「不錯，不錯，台灣人從上到下，私心太重……」葉青森說到自己的國家，想到一個到台灣幾次的人觀察就這麼入微，可見實在是一種大毛病。但是，他不願意跟外國人猛罵台灣的不是，他點到為止，不願再長談下去。[104]

葉青森不願意再和「外國人」談論台灣的「不是」，是因為韓國（異國）的民族性與積極性上比台灣（本土）還要出色的現實，但同時他又不希望在外國人面前過於示弱或批判自我成長與身分認同的地方。

換言之，如果葉青森對台灣的不滿超過了對它的認同，或他對東京、漢城的地方認同超過台北，那麼他就不會大聲地宣稱自己是「台灣人」，而應如《推理之旅》中的漢瑞一般，出現某種認同上的困難；甚至當被誤認為日本人時，也不應出現如此氣憤的反應。因此，身處於異國異地的葉青森所做出這樣的宣示，更強烈地凸顯出他的在地認同與台灣本位的本土精神。

如果將這種認同感與《島嶼謀殺案》及〈人猿之死〉進行相互的對應，可以發現《島嶼謀殺案》中台北車站附近的老舊公寓的頂樓木屋，對應的是香港伊莉莎白女皇套房附近的香港現代化建築與交通建設，而〈人猿之死〉中華西街也不是一個現代化、進步的地方，反而充滿狹窄、髒亂、混雜的意象，但是白里安、李卻或李漢洲並沒有因此遺失了所謂的在地認同，而更加緊密地與地方本質相互連結，意即不論從空間或時間的變項，地方感的形構都是穩固不變的。

104 同前註，頁120。

此外，因為有著明確的日本、韓國作為比照的對象，甚至在小說敘述中融入了時事與在地情境，也讓這些國家、國籍與地方顯現了真實的指涉意義，同樣也落實了小說中的地理空間。也就是說，透過台灣與韓、日之間的關係，得以具體定位或辨識「台灣」在其間的位置；更具體地說，台北、韓城與東京的城市關係，展現了台灣、韓國與日本間的某種國家寓言，而這個寓言，事實上也反映了雙重界定下的城市，能夠透過與異地的辯證關係而取得獨特性或主體性，證成其中對台灣本土的指涉，「台灣」不僅代表了地理疆界的範圍，更擴展到文化精神與價值的象徵。

第三節　推理的線索：城市中的在地性物件與元素

一、城市生態：城市的街道敘寫

（一）街道與巷弄的對比

本格復興前的台灣推理小說通過城市的匿名化營造城市意象陌生感或失落，最終創造了一個需要再次被界定的空間，這些界定在實際文本中通常反映不同城市與城市空間之間的對應關係，並隱藏了更大的國家寓言關係，以凸顯「台灣」這個地方的主體性。

意即，城市若是時間與空間的混合體，那麼文本中的時空與現實社會的時空都將具有社會網絡的意涵。M.M.Bakhtin認為：「空間與時間的聯繫，提供文本中人物和故事相互聯繫的場域，折射不同社會時代中個體或群體的思維感知。」[105]范銘如據此指出這表現了文本對「人類理解歷史與自我的重要參照」的再現[106]；回顧Lefebvre的理論，城市中特定的社會空間內具有象徵意義的建築，不僅決定了城市空間的發展模式，也具有表徵空間的作用和意義[107]。

簡單地說，城市建築具有象徵某種特定的社會空間的意義，其意涵除了說明該空間之於城市、城市居民的功能與關聯外，也同時決定了城市空間的發展。Mark Gottdiener也認為空間的主要特徵是土地與建築物，而這些特徵可以被用來塑造和影響城市空間的型態和組織[108]。換言之，城市空間的形貌，根基於城市的環境及其意象之上，而當形貌組織、構造為「建築」時，就反映其之於城市空間的特殊意義，這種意義仍然回到人與地方的互動關係，同時也透過這個場域表現這些時代中個體或群體的主觀感受、思維模式與在地經驗。

Gilbert Keith Chesterton認為空間永遠是偵探小說文本整合的部分，因為偵探必須鑽研其所在場景並深思城市的空間或物件的象徵意義，以便了解與破案[109]；也就是說，文本敘寫不同的城市空間與都市環境，也將展現不同的地理樣貌與社群和社會關係。特別的是，本格復興前的台灣推理小說再現的城市經

105 M.M.Bakhtin, Michael Holquist ed., Caryl Emerson and Michael Holquist trans., The Dialogic Imagination: Four Essays（Austin: University of Texas Press, 1981）, pp. 247。

106 見范銘如：〈放風男子與兒童樂園〉，《文學地理：台灣小說的空間閱讀》，頁65。

107 見Henri Lefebvre著，王志弘譯：〈空間：社會產物與使用價值〉，頁48—49。

108 見Anthony M. Orum、陳向明著，曾茂娟、任遠譯：《城市的世界：對地點的比較分析和歷史分析》（The World of Cities: Places in Comparative and Historical Perspective）（上海：上海人民出版社，二〇〇五），頁43。

109 見David Schmid: 'Imagining Safe Urban Space: The Contribution of Detective Fiction to Radical Geography', Antipode, 27(3), pp. 245—246，此據《城市的世界：對地點的比較分析和歷史分析》，頁43。

驗，或是城市空間的意象呈顯，集中表現於敘事者的在地想像與人與地方的關係的敘寫當中，包含了以城市中的街道，建造出人與城市互動的場域，進一步證成在地性的生產與意義。

其中，「街道」書寫即頗具特色。早期台灣推理小說中大部分的街道書寫，都以「交通要道」為對象，而街道使用者們，也會投注他們的主觀情感。例如葉桑〈為愛犯罪的理由〉：

> 下班時間，昏濛的馬路逐漸亂起來，想叫輛計程車都不容易。沿街走下去，只見交通警察的一雙白手套不斷地揮舞，笛聲在交響的雜音中，高亢而顯得唯我獨尊。就在一輛空車奔馳而來時，遠遠的巨幅廣告，在不遠的半空中，隨著盞盞燒亮的霓虹燈，金露華和威廉赫頓的愛情又在凡塵中復活過來。[110]

這段敘述引用電影《野宴》男女主角金露華和威廉赫頓的愛情故事，劇中金露華一直盼望威廉赫頓能帶她坐火車遠走高飛，最經典的一幕自然是她瘋狂追著他的火車的畫面。小說中的《野宴》片段當然是作為梁筱蓮與傅林感情問題的暗示，但更值得注意的是梁筱蓮為何城市街道中興起這樣的感懷？

細部來看，這條街道是城市中的要道，到了下班時間，需要交通警察進行指揮，又因車潮眾多，交通繁忙，因此顯得處處「雜音」。這些記述，配合著「巨幅廣告」和「霓虹燈」，形構了一幅城市的日常光景，於是小說借用了這個忙碌城市空間意象，反向凸顯梁筱蓮在情感關係上孤獨、絕望的感受。

---

110 葉桑：〈為愛犯罪的理由〉，《為愛犯罪的理由》（臺北：太雅出版有限公司，一九九三年），頁75。

然而，從這些敘述來看，城市的街道景況，和梁筱蓮的主觀感受實際上並沒有必然的關聯，包含她真的去電影院看了《野宴》後，離開之時，她敘述：

只見街道籠罩在一層薄薄的雨紗中，一切都顯得出奇的淒迷而哀怨，尤其那朦朧的燈光，彷彿是含淚的眼睛。[111]

這段敘述，雜揉了梁筱蓮的主觀情緒，使得街道與城市的燈火，反而不是敘寫的重點，而成為烘托故事人物感情的一種物件。又如〈陌生的指紋〉：

葉先生摸摸鼻子地離開漢繪紡織廠。美麗的晚霞儀態萬千地走上台北的天空，但是街頭的車潮卻拼出一張擁擠的抽象畫。很不幸地，葉先生是其中一片。他想到廢鐵處理工廠，將滿坑滿谷的汽車壓縮成小小的立方體。然而在極限的壓縮之下，是否會反彈出不可收拾的爆發力。[112]

葉先生在調查命案時受到阻礙，被請出了漢繪紡織廠，而出現以上的感慨。其中「極限的壓縮」和「不可收拾的爆發力」，具有對後續情節有所突破的暗示，也更加反映他當時的沮喪心情。這種被「壓縮」的不順遂，使得他眼中的城市的街道呈現的同樣是擁擠的，也是被故事人物所厭棄的空間意象。

111 同前註，頁77。
112 葉桑：〈陌生的指紋〉，《水晶森林》，頁39－40。

在〈為愛犯罪的理由〉和〈陌生的指紋〉中，城市間的交通要道的書寫，大都延續著一般對於「城市」的想像，如「車潮」和「霓虹燈」分別成為極具象徵意義的物件，前者指涉了城市生活的忙碌與其快速的步調，後者則形構了城市燈火通明的繁華，以及充斥著多采多姿的夜生活。而這些物件的結合，在早期推理小說中絕非偶然或隨機的，它必然出現在主要人物——特別是偵探或其他具解謎意圖的角色——的主觀經驗中，而且這些主觀經驗，一方面與推理敘事緊密結合，二方面也勢必回應了他們作為城市使用者的日常。也就是說，城市中的街道不僅作為小說的場景或是人物情感的載體，更可能成為解謎的線索或對後續情節具有某種程度的暗示性，加深了推理小說的在地連結。

除此之外，城市中的街道與巷弄同時並存在城市中，也具有不盡相同的空間功能。杜文靖《情繭》開篇的敘述，很可以對比出城市中大馬路與巷弄書寫分別的具體指向。如：

> 街頭的霓虹燈，在暗夜初臨之前，就已然開始一閃一爍地放射著它妖豔的彩光，把夜色催促得提早降臨。由於這些冶豔的閃光，在台北，星星是不易見的，月亮有時也很難鋪陳她的銀輝，所有的光芒都在五光十色的飾燈的侵擾下，給完全地霸佔了。[113]

這段描寫，聚焦在松江路五彩眩目的「霓虹燈」與「燈飾」上，妖豔、冶豔的彩光和閃光霸佔了所有其他的光芒，月光也在這個狀態下相形失色。此處的街道敘寫所對應的仍是城市的夜生活，並且延伸出對這種「侵擾」的不耐與煩躁。相對而言，巷道則有不同的景貌：

113 杜文靖：《情繭》（臺北：林白出版社有限公司，一九八六年），頁7。

松江路的一條巷道裡，似乎也無法閃躲霓虹燈的侵襲，一排新建的公寓，雖然燈光黯然，卻在牆面上反映了這些五光十色的妖冶光澤，應和著台北的夜色。
在這排公寓的前面，橫亙的是一座不知名的小型公園，這座早晨時提供晨操者及大樂趣的公園，這時在微弱的園燈照射下，靜靜地，遠離市囂地迎接著乍來的寒氣。
公園和公寓間這巷道上，這時一個人影也沒有，和相隔幾條巷道的南京東路的車水馬龍，人聲囂狂，是那樣的截然不同。[114]

這段大馬路內之小巷弄的敘述，提供許多有趣的訊息。首先，它呈現出熱鬧的街道與寧靜的巷弄的對比，凸顯它們共存於城市中；巷道即使無可避免地受到霓虹燈的「侵襲」，也被動地在牆面上反映來自街頭的光芒，但這個巷道，似乎呈現了與街道對立的一種空間形態，例如巷道內的公園照射的是「微弱的園燈」，並且具有「遠離市囂」的寧靜，對照「五光十色」、「車水馬龍」、「人聲囂狂」，巷道似乎被賦予了寂靜與神秘的特徵。這個特徵一方面通過敘事者「恁誰都會在台北的煩躁竟日之後，突然地愛上這條巷道的初夜寂靜吧！」[115]的主觀價值判斷與情感選擇，進一步與街道所象徵繁華的城市景貌產生對立；另一方面，因為巷道與街道的氛圍不同，也同時標明了兩者在城市中的不同功能，其功能的殊異，一來表現了城市生態的多元樣貌，二來也讓推理敘事中的謎團或神秘的謀殺案，得以發生在透過巷道與街道功能所界定的空間之中。

114 同前註。
115 同前註。

進一步而言，巷弄書寫不只提供推理敘事一個具有城市特殊功能的場景，它往往也附帶著某足以表現在地居民日常經驗的線索，如溫瑞安〈殺人的主動〉：

> 林國文的家座落在一條日式平房為主的巷術裡。屋子與屋子之間只隔著一道圍牆，每間屋子離開大門都有七八步之遙，隔著一個小院子。……因為這個小小空間裡面不允許有高大樹木的發展餘地。
>
> 林國文跟這條巷子裡的鄰居不算有什麼密切往來，只不過點頭招呼而已。……他的信心早已在跟社會的接觸裡失去，已不需要在鄰居鄙夷的眼光裡再失落一次了。[116]

從敘述中可以發現早期台灣推理小說裡的巷弄、巷道，通常具有幾個特徵：一是「狹窄」，因此不斷會出現「一排」建築物、「只隔著」一道圍牆的描述，都表現了其空間的狹小；二是相對「寂靜」，如「一個人影也沒有」或是如「不算有什麼密切往來」，顯示巷弄雖然用以對比以街道為代表的現代化城市象徵，巷弄內的居民也較喧鬧人潮寧靜許多，但是這些書寫表現出小說人物主觀的冷漠、陌生感受，實際上同時存在於街道或巷弄之中。

也就是說，街道與巷弄雖在熱鬧繁華的程度，或是所具備的城市功能上具有某種程度的對立，但是細部來看，人在這些城市空間中的互動關係，都表現出疏離與冷淡，巷弄甚至比街道暗藏了更大的危險，如楊寧琍〈武器〉：

116 溫瑞安：〈殺人的主動〉，《殺人》（臺北：林白出版社有限公司，一九八六年），頁13。

林天正踏著輕快的步子回家，再彎過一條小巷他的家就到了。……
他走進小巷中，一邊走一邊愉快地吹著口哨。
後頭好像也有一個人彎進小巷，他想家就要到了，於是，加緊腳步……
突然，一陣掌風從上而下，林天正來不及大叫，雙肩已經被緊緊的扣住……[117]

〈武器〉中的小巷同樣具有狹窄與寂靜的特徵，但也因為這個空間特徵，使得林天正於「已經快到家」的小巷內被襲擊，而且沒有任何反抗或呼救的能力。

以此，在街道、巷弄書寫的觀察中，「街道」通常具象化了現代化城市的功能，包含繁忙的交通狀況與絢麗的霓虹燈光，構成偏向資本主義式的城市圖像，也衍生了故事人物身處其中的孤獨感；「巷弄」書寫大都強調它們與街道的不同，具有相對狹窄、寂靜的空間特徵，但巷弄並沒有顛反街道所帶來的城市的人性冷漠，反而由其空間特徵隱含了更大的危險，成為推理小說中命案發生的主要場景。

（二）夜市街的日常空間形態

街道與巷弄並存於城市中，具有各自不同的城市功能，這個功能所表現出城市使用者的日常經驗，亦成為可持續探討的線索。

例如〈人猿之死〉著力描寫的「華西街」是一個具有歷史的攤販集中的夜市，在狹窄的巷弄中，擠

117 楊寧琍：〈武器〉，《鑽石之邀》（臺北：躍昇文化事業有限公司，一九九二年），頁135。

進非常多的商家，他們以自家的店面為基本的據點，盡可能地以各種方式開拓客源與財源，這種日常生活經驗，也在空間書寫中呈現：

> 自從猩猩阿吉來到漢洲國藥號以後，他們的生意不僅有起死回生的轉變，簡直到了飛黃騰達的地步，……對面的國術館就告到派出所，警方也派人來取締過，隔壁的毒蛇研究所的老闆娘更是水火不容，……兩家就動了肝火，拿刀拿斧要血拚的也有過。[118]

如果對這個空間進行以下的理解：人們在空間內的活動行為形構了這個空間的面貌，夜市生活中商家間的糾紛、仇視與競爭，則源自於「生意的好壞」，意即在這個空間裡面，產生一種唯利是圖的氛圍，這個特性也強化了空間的使用價值，即夜晚到來的外來觀光客，他們受到各種聲色的吸引而造訪華西街的同時，在地居民也在同一個空間進行他們日常的生活。

〈人猿之死〉中人與城市空間的互動模式，是作為使用者的在地居民，透過身體來佔據、藉以延伸、爭取生存空間，例如：

> 城市一隅的這條夜市街巷，又到了人潮洶湧的時刻，……只見人群圍成一個弧形的店門口，擺著一張橫放的長桌，上面鋪著一層白色的塑膠布。[119]

118 林佛兒：〈人猿之死〉，頁68。
119 同前註，頁65。

將「店門口」作為一種區分空間的界線，原本做生意的場所，應是在界線之內的，所以當尚未購買猩猩阿吉作為活廣告之前，出現「往往是在入夜八、九點人潮最旺的時刻，在他的店前反而門可羅雀」[120]的敘述，表面上是說明阿吉拯救了漢洲國藥號的生意，但就意義層面而言，這個空間以一種延伸的方式改變了它的原始形態，即他們在這個界線上放了一張「橫放的長桌」，這張桌子處於一個邊界的位置，圍觀的人潮即以這張桌子為核心，向四周擴散成一個弧形，此即以人類的活動佔據或爭取更多生活空間的實例；長桌以內的空間是原初擁有的，以外被人潮佔據的弧形空間，在某種程度上也被作為初始生活空間的延展，且這樣的延展不是一次性或固定的，而是隨著時間等動態因素產生移動與改變。

因此，小說敘述漢洲國藥號與鄰里的緊張對峙關係，就不只是表象的生意好壞的對比而已，而是即使經過拓寬，華西街不論實質上或被賦予的意義上，仍是一條狹窄、潮濕、髒亂的街，漢洲國藥號擴展了自己的生活空間，同時會壓縮他人的生活空間。所以〈人猿之死〉透過猩猩阿吉的被謀殺，試圖讓嚴重被擠壓而失衡的城市空間復原。

總結來說，在地居民的日常生活以及身體經驗的實踐會改變他們的生活空間，而生活空間的改變就有可能重新組織，並且為他們的生活空間帶來變化，進而使小說中對於城市空間的敘寫，有了在地的想像。

〈東澳之鷹〉中的一小段敘述，則是以另一種方式體現這種模式：

> 東澳祇有一條街，兩旁開了些飲食店和雜貨舖，……車子一停妥，立刻圍來了一群賣零食的小

[120] 同前註，頁63。

販，賣肉粽、茶葉蛋的，賣削好的紅甘蔗和蜜餞等等不一而足。把下車的門口堵塞得滿滿的。[121]

東澳零星的商店街，也是日常生活改變空間的模式運作。這些賣零食的小販在遊覽車停妥之後立刻將車門口「堵塞得滿滿的」，表層意義是為了可以有更多的機會賣出他們的商品，但這些小販實際上都利用身體盡可能地佔據空間，增加或擴大他們的位置，這和漢洲國藥號擴展空間的方式雖不完全相同，卻同樣是藉由日常生活與實踐，創造了他們的生活空間，也塑造城市空間及其環境與意象。《島嶼謀殺案》也有類近的敘述：

他帶著李卻穿過三條街，就到了夜市集中地，其實那只是兩條丁字形的街道所形成的，白天是一些賣雜貨服裝的舖子，到了黃昏一些賣飲食和成衣什物的攤販集中起來，便變成人潮洶湧的市集了。……倒是那些坐在地上的攤販，不管賣成衣的，或賣土產的，在自備乾電池所發出來的白色光束下，吆喝之餘一個個和藹可親。[122]

檳榔嶼夜市的攤販在特定時間才聚集起來成為市集，其中最值得一觀的是「坐在地上的攤販」。「坐在地上」的前提，必然是他們無法擁有一個如店面、餐車這類的空間，因而以「坐」在地上擺賣的方式，透過身體佔有了一個空間，敘寫這些街道，實際上也描述了城市居民日常生活的需求，也表述了不同城市生態與其空間的樣貌與特殊意義。

121 林佛兒：〈東澳之鷹〉，《推理》第三期（一九八五年一月），頁46。
122 林佛兒：《島嶼謀殺案》，頁48。

二、城市建築物的空間配置

台灣推理小說的城市敘寫，除了藉由俯瞰城市風景而得的觀感，以及透過街道巷弄在城市中具有的不同功能，指涉了城市日常景態之外，對於城市建築物的描寫，也可能展現出人在地方生活的實景。田銀生指出建築在都市中具有積極作用，建築空間的設計不只影響城市空間的物理樣態，同時影響且支配了人們對於城市空間的使用方法[123]。以早期台灣推理小說為例，葉桑〈玻璃鞋〉的仲先生在與妻子如鈺爭吵後，跑到夜台北的街上時的觀察：「擁擠的台北建築物，像無數隻伸得長長的手，爭奪著那個恰似從招親樓坊上，拋下來的繡球也似的圓月」[124]，建築物的擬人化，也表述城市建築對生活空間造成的緊迫感。

在這些小說中，各種人與建築物互動的方式，亦影響了小說的推進，例如《島嶼謀殺案》中描述台北後火車站附近的建築景象，除了交通擁擠之外，充滿著「四層樓頂加蓋」的「老式建築」，更重要的敘述是：

> 他穿過馬路，然後走入一條窄巷，大樓雖然面臨馬路，但是這種老式的建築，為了遷就店面，它的樓梯都是建造在後落的。[125]

[123] 見田銀生、劉韶軍：《城市空間與建築設計：建築在都市中的積極作用》（臺北：建築情報季刊雜誌社，二〇〇四年），頁4。
[124] 葉桑：〈玻璃鞋〉，《愛情實驗室》（臺北：皇冠出版社，一九九〇年），頁16。
[125] 林佛兒：《島嶼謀殺案》，頁20－21。

這種老式建築外觀古老陳舊，頂樓有違建，雖然面臨馬路，但坐落在窄小的巷弄裡，而理應作為垂直移動的必需品的樓梯，被建造在建築物外部，且是「後落」最不便的位置，「樓梯」的意象即十分有趣。

在大部分的現代建築當中，公寓式建築的樓梯基本上會設在建築物內裡，作為某種內部化的空間，這種內部化實際上象徵了某種私密性的保護，即個體在城市建物裡的垂直移動行為，除了共同使用城市空間的其他個體之外，不會被非空間使用者看見。然而，《島嶼謀殺案》中普遍出現的這種樓梯被設計在建築物外部的公寓，樓梯屬於公共空間，具有開放性，即任何人都能夠清楚地看見個體的移動行為。如葉桑〈頂樓的小男孩〉，宜雯要弄愚笨的竊賊，要他從四樓房間的窗戶跳躍至隔壁棟的空屋逃脫：

> 窗戶可能離地面有段距離，所以這名不速之客，只好先跨右腿，在伸過左腿，最後縱身跳下。宜雯預期的慘叫聲，電光石火的產生了……
>
> 「不錯，隔壁的確是間空房子，不過屋主正在做裝潢，就在我的窗戶下面，正留著一個大洞，以備做螺旋梯。」[126]

螺旋梯同樣處在建築物的外部，它的功用也是提供居民垂直移動使用。值得注意的是，這個外部化的、具開放性的城市空間的被設計與被配置，在《島嶼謀殺案》中是基於「為了遷就店面」的理由，可以想像這些四層公寓式建築的一樓，應屬於開放性的店面，而且所占有的面積皆不大，因此為了有效的利用有限的空間，個體的私密性似乎在這樣一致性的現實考量與追求下，被排斥在建築本體之外；而在〈頂

126 葉桑：〈頂樓的小男孩〉，《台北怨男》（臺北：林白出版社有限公司，一九九一年），頁198。

樓的小男孩〉中，「新屋裝潢」將螺旋梯建造在建築物本體之外，也暗示了當時普遍城市利用的型態。

有趣的是在推理敘事中，建造於建築物外部的樓梯經常被當作兇手逃脫的途徑，或是成為施行詭計或創造不在場證明的重要關鍵，如徐凌〈最後的旅程〉中許建隆的移屍計畫：

他曾在八點鐘左右下樓，八點二十返回房裡，這段期間內，很可能他是在察看太平梯的路線。……他一定利用飯店的太平梯從後面溜走。[127]

太平梯是建築物於一般樓梯以外增設的樓梯，通常安裝在外牆上，主要提供緊急疏散或救難時使用，許建隆之所以必須勘查路線，並且由此處脫逃，除了反映當時太平梯的出入口不會增設攝影機或門禁設施，否則他一直留在飯店房間內的不在場證明將隨之瓦解之外，也反映出當時這種太平梯外落於外牆的建築物是當時十分常見的建築型態。

除了外部化的樓梯外，在建築物內部，也有提供居民上、下樓移動使用的樓梯，例如〈人猿之死〉李漢洲半夜在漢洲國藥號的行徑：

他又搖搖晃晃地走下木造的樓梯，樓梯因為老舊已有不勝負荷之感，所以發出咿呀地聲音。因為腦脹頭痛，李漢洲幾乎是閉著眼睛摸下這陡峭的樓梯的……。[128]

127 徐凌：〈最後的旅程〉，《林佛兒推理小說獎作品集1》，頁127－128。
128 林佛兒：〈人猿之死〉，頁69。

樓梯「老舊」、「陡峭」、「木造」的特質以及意義，是由具有在地身分的李漢洲所賦予，因此儘管它老舊、陡峭並潛藏著危險，他卻可以「閉著眼睛」且帶著醉意的下樓。這段敘述除了描寫了一個再日常不過的生活經驗外，還具體而微地表顯華西街這個社會空間的日常情景縮影；也就是說在小說的敘述中，因為華西街沿街的建築以及內部空間配置的相似，使得「樓梯」的意象及其與在地居民的關係，成為成某種集體的城市空間意象。

類似的敘述，也出現在《島嶼謀殺案》中李卻在白里安於檳城的老家來發號上樓的情形：「焦急的腳步踩在木板梯級上，重重地發出了碰碰的聲響。」[129]來發號的樓梯同樣是木造的，雖然不見得陡峭危險，但「重重的」、「碰碰的」聲響，也呈現上下樓梯時的某種緊張感。這種感受，同樣透過小說對來發號周圍的建築物的同一性描寫，擴展成集體的在地記憶，也表現檳城市中心可能都具有某種集體的建築物形象；換言之，這與〈人猿之死〉寫華西街的建築都是「連幢的二層樓，同樣的格局和同樣磨石子的店面」相同，即當一地幾乎全都是這樣的建築格局時，居民在城市生活經驗的累積，以及使用者對城市的詮釋將更具體地被呈現。

單一建築物中「樓梯」的位置及其功能，看似無關整體城市空間的營造，也很難與居民在城市空間的活動直接相關，因此小說中先敘寫附近建築物的同一型態，使得樓梯的意義、意象足以表現一地共同或相似的景觀，而這些景觀，也涵涉了人於地方中的活動、經驗與實踐。

另外，樓梯既具有聯繫上下樓層、提供人在城市中垂直移動的功能，小說中的「頂樓」，也有了另外一層詮釋。

---

129 林佛兒：《島嶼謀殺案》，頁51。

在先前的論述中，《島嶼謀殺案》中台北的城市與城市空間意象，由象徵過去台北的檳城與象徵未來台北的香港兩個城市所雙重界定，因此這三個城市中「頂樓」的空間的被重複敘寫，即具深層的涵義：

李卻和三個同學住在後車站附近的一幢四層樓頂加蓋的木屋裡，……小木屋門前一塊面街的陽台約有三坪大，……站在這個陽台上可以看到台北火車站的全景，……[130]

來發號一樓為店舖兼廚房浴廁，二樓隔成三間木板房，兄嫂住在前面臨馬路的房間，二老住在後面，另外樓梯邊一個儲物間，臨時打掃好做白里安和李卻的新房。[131]

祇有靠窗的一間房間擺二張彈簧床，有半套衛生設備，是單幫客們戲稱的「伊麗莎白女皇套房」。……當他把她帶到頂樓臨街的房間，白里安為她推開了一扇白色的木造拱型窗門時，李卻簡直快樂得像中了愛國獎券一般，她雀躍著，看到窗外漆咸道的路樹倚在窗前，樓下有濃蔭，遠方好幾幢大樓的玻璃帷幕牆，……旁邊還有一片空地，……[132]

以上三個段落，分別是台北、檳城、香港「頂樓」房間的敘述，特別是台北、香港的敘寫中，站在建築物的頂樓，都可以一覽無遺地俯瞰周遭比自己低矮的建築樣態或人群形貌。從建築學的角度來看，建築的立面意義可以歸納為水平與垂直兩種線條，這兩種線條除了反映建築內部的功能之外，同樣引導了人們日

130 同前註，頁20－21。
131 同前註，頁45。
132 同前註，頁58。

常使用城市空間的方式；換言之，城市中所有的建築物都有其頂端，當人們從一個相對置高點觀看所有建築物屋頂所形成的輪廓線時，不同的輪廓會改變人對該城市的空間特性的既定印象[133]。

以這樣的概念，回到台北與香港的頂樓空間敘述，可以發現李卻的租屋和伊麗莎白女皇套房，都是城市中一定範圍內的相對置高點，也就是說在這裡他們能夠透過各式建築的屋頂，觀察整個城市的輪廓。

更仔細地觀察，台北後火車站的頂樓陽台望出去的景色，除了是「全景」之外，也能夠清楚地看見垂掛在淡水河上的「夕陽」，這表示城市中並沒有出現會阻礙白里安視線的其他建築，因此他得以清楚看見火車頭調車的實況，也能不受遮蔽的欣賞夕陽。檳城的「頂樓」雖然僅是兩層樓，但從小說中強調「街兩旁都是二層樓的店舖兼住家建築」的敘述來看，從頂樓看出去的景色也應是一致且平坦的。

然而香港頂樓望出去的景象則有不同，敘述中強調的「遠方大樓」，顯示在其視野內，還有其他的高樓存在，而且白里安和李卻首先注意到的是「玻璃帷幕」，也表示這些高樓可能都比他們身處的頂樓房間來得高。但在此同時，他們也可以看見「旁邊的空地」，且還有機械器具正在施工的景況，這反映香港城市空間的輪廓相對台北、檳城而言，出現更多的起伏與參差。在建築學概念裡，城市的屋頂輪廓線越驅平穩、連貫，則顯示城市型態較為封閉，而相反地，變化越劇烈、起伏越大者，則顯示這些輪廓線對城市的圍合效果較弱[134]，即城市空間之間的邊界較不明確，城市的發展也不屬於朝向單一中心聚集的型態。

133 見田銀生、劉韶軍：《城市空間與建築設計：建築在都市中的積極作用》，頁84—95。
134 同前註，頁95。

小說中的「頂樓」敘寫還存在著某種歷史語境，即在《公寓大廈管理條例》[135]頒布以前，頂樓仍然作為私人空間，即這些在公寓、大樓的「頂樓」加蓋的房間，在法律上仍可租賃買賣，這也表示「頂樓」空間所真正暗示或企圖引導讀者的不僅是城市建築的屋頂輪廓線，而且更從私密空間的角度，確認了人在空間中的主體性與主導性，也強化了人對於位處這個空間所觀看事物的情感意義。

杜文靖《墜落的火球》謀殺案中的死者在燃燒的狀態下，從十二樓頂墜落地面，更直接地表現了「頂樓」這個空間之於城市的關係。小說中描述警察陸飄蓬一行人搭乘電梯到十二樓的情景：

> 十二樓的陳設很單純，電梯內側有一道樓梯通向樓頂，另一邊則是一個櫃檯，沿著櫃檯向前望去，則是一處安全門，通道兩側分別設立了幾個房間。[136]

十二樓有兩道樓梯，一道可以上至頂樓，另一道隱藏和安全門之後，但因為這兩道樓梯並未相連，使得它們彼此在空間中的作用並不相同。當陸飄蓬經過樓梯步上頂樓時，小說對頂樓的描寫是：

135 《公寓大廈管理條例》於民國八十四年六月公布。該條例第三條明令規定：「公寓大廈專有部分以外之其他部分及不屬專有之附屬建築物，應供共同使用者共有。」第七條第三點明訂「公寓大廈基礎、主要樑柱、承重牆壁、樓地板及屋頂之構造」屬於不得約定專有部分。第八條特別指出「公寓大廈周圍上下、外牆面、樓頂平臺」等部分若要進行變更，需經所有權人會議決議。此條例巨大的改變了城市居民對公寓空間的普遍認知，即地下室、頂樓、樓梯等空間，在法律效力上已不再屬於私人所有，而屬於公寓所有權人之共有空間。條例內容見內政部營建署，網址：http://www.cpami.gov.tw/chinese/index.php?option=com_content&view=article&id=10472&Itemid=100。（二〇一四／六／十七作者讀取）

136 杜文靖：《墜落的火球》，頁11。

「頂樓的光線是不太夠的，組長，你知道整條街都是霓虹燈影，到了樓頂反倒因為在高處，更顯得暗淡無光。」

果然，樓頂上的光度是比街面來得暗……樓頂不像十二樓，地板是方磚鋪的，一格一格的，根本也沒磨平，甚至連接縫都未做修補，不小心還會踢到突然高隆起的磚緣。[137]

這段從頂樓往街上看的敘述，聚焦在光線的明亮程度。樓頂的黯淡對比街上的霓虹光影，即在花稼賓館的頂樓上，同樣不存在阻礙視線的其他建築；換言之，陸飄蓬是處在城市的一個相對高點上，俯瞰該城市空間的各種特性。

回到地面上的敘述，案發時方偉明所發現的「夜空奇景」：「在所有的市招霓虹燈影的閃爍中，突然有一輪火紅的亮光在對街花稼賓館的頂樓燃亮，它的光亮立刻成為整條夜街最亮的目標。」[138]花稼賓館頂樓燃起的火光成為閃耀著霓虹燈光的夜街中最亮的目標，也表現出「頂樓」位處可見視域中最高的位置。

因此，無論人們由上或由下的視角，城市中「最高處」的頂樓空間形成別具意義的主觀經驗。例如在頂樓上的陸飄蓬注意到的是頂樓牆面粗糙不平滑、地板接縫未修補的狀況，作為城市中「表裡不一」的典型，這個「典型」，取決的仍然是花稼賓館在城市中的指標性，即因為它最高，所以最具現代化的進步象徵的想像；在地面上的方偉明與群眾即可以證明這一點，如：

137 同前註，頁12。

138 同前註，頁1。

一團火球從天而降，這是一幅多麼美妙的景緻……一方面是怨艾，一方面卻開始嘆服起花稼賓館主人的宣傳花招，夜十時的西門鬧街，這樣的火球凌空而降，絕對是一種最好的廣告，看來真的是資訊傳播的時代了，連賓館都要用這種奇異的方式招徠客人。[139]

地面上的群眾在發現這團火球是具屍體之前，都充滿驚奇與驚嘆，當一團火球「照亮頂樓上的夜空」到「躍出樓頂，從夜空中急速下墜」期間，群眾最先興起的是「夜空火球奇景」的讚嘆與廣告噱頭的臆測，是依據高樓在城市中的指標性意義，讓大部分的人認為它是「資訊傳播時代」的新宣傳手法。由頂樓向下看，出現的是霓虹燈光影閃爍的鬧街，由地面向上看，高樓所具備的現代化象徵也被格外的突出，而燃燒的火球由頂樓墜往地面，在空間的維度上，某種意義即代表城市樣態及其使用者經驗想像的總和。即使頂樓的「表裡不一」以及地面群眾終究發現那是一具燃燒的屍體，都反映原初的城市想像的某種破滅。但城市空間的特性，實際上已深刻地影響於其中生活、實踐經驗、對地方產生認同的個體與群體，作者也就得以運用人與城市空間的互動關係，調度推理情節的細節與解謎的線索。

除此之外，建築物內部空間配置的一致性，亦值得注意。例如〈人猿之死〉中，李漢洲由二樓樓梯下樓後，先後經過餐廳、廚房、廁所，同樣的，在《島嶼謀殺案》中，從來發號的二樓下樓，依序經過店鋪、廚房、廁所，漢洲國藥號和來發號建築內部的格局，都反映在地居民最重要的日常行為是商業買賣的生意，而其空間配置作為城市空間的具體表徵，即「廁所」相對而言是最汙穢不堪的，甚至也是

139 同前註，頁3。

對商業行為最無助益的場所，因此被安排在一個最不起眼或最遙遠的位置。

這種配置在早期台灣推理小說並非單一的或偶然的出現，例如葉桑〈台北怨男〉中死者褚介德所住的「格局簡單的公寓」：

> 從方才的玄關，包括正處在的客廳，以木架隔開的另一邊是餐廳再過去就是廚房。另外的兩間房間呈L形，衛浴設備則擠在中間。[140]

相較於〈人猿之死〉住商混和式的建築空間，〈台北怨男〉的公寓是單純的住宅，因此入門的玄關可以直通客廳，餐廳是被特別隔開的空間，廚房又在這個空間之後，而衛浴設備所在的廁所及浴室，則被特別描述是「擠在中間」的狀態，即它是其他更具重要性的空間以外的零碎空間；在〈影法師〉中蓋得蜿蜒曲折的公寓大廈，也同樣敘寫「我住的這一幢和對面的那一幢是呈U字型的兩邊，而U字型的底方，是作為共同的電梯，以及各自的浴室」[141]，清楚表現浴室被推擠到「自己的空間」與「共用的空間」的邊界上。

從推理小說中對建築物內部空間的配置敘述來看，真正重要或關鍵的地方通常不見得是樓梯、廁所這些空間對推理敘事有什麼直接的影響，或提供了什麼重要的線索，而是表現城市使用者經驗的總和；換言之，即使小說中的廁所、浴室更換到任何一個更具重要性的位置，也不會改變推理敘事的進行與推理的結局，因此特意呈顯具有某種一致性的空間配置，透過空間的功用，反映人的生活與使用方式與經

140 葉桑：〈台北怨男〉，《台北怨男》，頁76。

141 葉桑：〈影法師〉，《愛情實驗室》，頁72。

驗認同，這種影響實際上是雙向的，也更加凸顯出日常經驗與在地性的緊密連結。

不過，這也讓筆者注意到不同特性、意象的城市空間，可能反映了人們生活型態的差異，也影響人們使用城市空間的方式。例如《美人捲珠簾》中對紅杏房間的擺設與住宅所處環境的描寫：

> 紅杏住在林森北路錦州街附近一條狹窄的巷弄裡，是幢外表裝滿了鐵窗，被鐵汙染得不成樣的公寓房子的四樓。……樓梯間很黝暗，由於各層門口都散放著垃圾袋，因此散播著陣陣的臭味。……[142]
>
> 這層公寓大約有二十坪大，前面是客廳，中間是不見天日的臥室，後段是餐廳兼廚房。……紅杏的客廳倒是收拾得很乾淨，電視機上還有一只仿古的青紋花瓶，裡面插了一束紅玫瑰，……[143]

再參看李玲所住的天母葉宅的敘述：

> 下午的陽光軟軟地照在天母這條臨山腳的巷弄裡，顯得特別安詳和寧靜。從紅色大門深掩，圍牆爬著綠色植物、充滿樸質美的外表來看，實在看不出這是幢屋主已遭意外的一座凶宅。[144]
>
> 李玲的房間是主臥室，……一組原色木頭組合的床具及衣櫥，顯得古樸自然，窗前擺了兩只籐製沙發，坐墊的花色很鮮豔，……發現這間房收拾得很乾淨，深得幾乎是黑色的床罩，很整齊地覆

142 林佛兒：《美人捲珠簾》，頁153。
143 同前註，頁157。
144 同前註，頁161。

蓋在床上，一切收拾得井然有序。而紅色絲絨的窗簾，拉得滿滿的，……大概有一丈長的木窗子，嵌成一尺四方的小木框，框裡的玻璃磨邊，顯得很歐式。……羊毛地毯是歐洲古典的花式，有大紅大紫的圖案，床前還鋪著一塊三尺寬二尺長織成熊貓的羊皮。[145]

比對紅杏、李玲的房間，以及這些房間所處的建築空間於城市中的位置，都可以發現明顯的落差。紅杏與李玲的家雖都在「巷弄裡」，且都是「狹窄」、「偏遠」的，紅杏所住的公寓另外強調了髒污與居住環境的惡劣，李玲所住的天母葉宅則強化了寧靜、質樸的意象；但她們的房間，卻一致地對反了這個建築物外部的意象，例如紅杏的房間「收拾得很乾淨」、「仿古花瓶」、「玫瑰花」，而且有「二十坪」，與房間之外的「狹窄」、「汙染」、「黝暗」、「臭味」有巨大反差；李玲的房間則是相當考究，充滿華麗的物件，如「原木木頭」、「藤製沙發與鮮豔的坐墊」、「紅色絲絨窗簾」、「歐式古典花紋的羊毛墊」、「羊皮」等等，也和「臨山腳」、「安詳」、「質樸美」的敘述有著不小的差異。

這兩個寬敞、擺設講究的房間，都處在狹窄巷弄中的建築物裡，具體傳達了兩個面向的思考：其一，這房間內外空間的反差，明顯地呈現出人試圖變換城市的型態與意象，特別是透過對建築內部空間的刻意改造，建構「自己的空間」。其二，這樣的過程中，仍暗示人們日常經驗必然與空間的形構產生連結。

值得注意的是，在小說敘事中，宋組長察看天母葉宅的各個房間後所興發的感嘆，可以總結城市空間中的在地性意義：

145 同前註，頁165—166。

宋組長看著看著，忘了他是來辦案的，他真是羡慕這個家庭，他想著自己的三個兒子，擠在一間三坪大的鴿子籠裡，睡上下鋪、共用桌子，常常吵得不可開交的景象。[146]

他在調查建築物內部空間的同時，回憶起自己家中的景況，包括「三坪大」、「鴿子籠」、「上下鋪」、「共用桌子」等等描述，反而對應天母葉宅外部「狹窄」的環境樣貌；然而，當宋組長結束調查後返家，再次觀看了狹窄紛亂的家中景象之後，他卻感到：「那樣的景象，看起來也是滿溫暖的。」[147]進一步地說明城市空間的特性雖然會改變人處於該空間的方式、姿態與位置，但是在使用城市空間的過程中，在地記憶與認同會進一步與地方內涵相互扣連，而使得城市空間充滿意義。

不同的城市空間，具有不同的特性與意象，而人在不同的城市空間生活，也會產生不同利用城市空間的方式，進而從城市空間的角度回應了人們不同的在地記憶；更重要的是，城市空間不僅單純作為小說情節中的背景，它更可能扣合了犯罪行為，與推理敘事有著密不可分的關係。意即城市空間的敘寫儘管存在著某些背景式的描述，但它的功用，卻不只是交代故事發生的場景，而是深入了在地性情境與思考，反映出人與地方的互動關係。

146 同前註，頁165。
147 同前註，頁212。

三、城市空間的隱喻

Pile認為城市就像身體一樣，仰賴各種功能而活[148]，城市內部的各種網絡，也因其不同空間功能與特性的作用與互動，確立城市形貌的存在，就如同身體中各自的網絡功能組成軀體一般。本書先前討論的街道巷弄、樓梯、頂樓等等城市空間，都可能形塑某些城市的隱喻關係。

例如「街道」——特別是作為具有商業販賣行為的夜市街——當作城市內部的一種網絡，它一定程度指涉了在地的、日常生活的、城市使用者的生活經驗與身體實踐，同時可以用來與「商場」——一個全然不同的城市空間意象——作為對應。如《島嶼謀殺案》：

> 海運大廈深入港灣裡，是一座長又龐大的高級商場，內部分成二條走廊，有四個舖位面對面，走廊長達幾百公尺，每個店鋪隔間很精緻，所出售的物品各有特色，但仍然以服飾較多，皮革、珠寶的份量也很重。整個商場全部空調設備，冷氣十足，在裡面逛街，瀏覽購物的人，腳步變和緩得多了，態度悠閒，或駐足、或看櫥窗裡的精品，也自然地成為一種風氣。[149]

148 見Steve Pile著，王志弘、溫蓓章譯：〈城市是什麼？〉，頁16。Pile依據的是Lewis Mumford「地理叢結（geographic plexus）」的概念，Mumford認為「城市存在之必要實質憑藉，在於固定的地點、長期的遮蔽處所，以及永久設施，以提供組裝、交換與儲存之需。」見Lewis Mumford: 'What is a city?', in Richard T‧LeGates and Frederic Stout ed. The City Reader（London: Routledge, 1996）, pp. 185。Pile據此指出叢結（plexus）來自解剖學，不論血管、呼吸系統、消化系統等等的體內網絡，是支持體外形體形構最重要的因素，如同城市的存在，必須仰賴其內部各種網絡功能，而這些功能，具體而言就是各自地理區位的特性。

149 林佛兒：《島嶼謀殺案》，頁121。

海運大廈與華西街或檳榔嶼夜市之間意象的差距，在於夜市的狹窄、擁擠，現代化的、大型的、高級的商場，內部格式設置具有條理，走廊既長且寬敞，每層樓只有四個舖位，表示每間舖位所佔的面積與空間較大，連舖位的隔間也相當講究；商品方面，相對於夜市的吃食，商場則以販售精品為主；而且夜市可能受到各種不同的天候影響，商場則完全是室內空間，且設有空調；夜市的人潮洶湧，在商場購物的人是以一種瀏覽的、悠閒的姿態出現；小說中以華西街作為代表的台北，以及以檳榔嶼夜市作為代表的檳城，都很難比擬香港的進步與現代化，而透過海運大廈的位置、建築以及其中的使用者姿態，自然顯現出城市空間的特性，及其功能與價值。

楊寧琍〈失去觸角的蝴蝶〉，則透過「商品」使城市空間的現代化象徵具象化。小說敘述陳太太在「名流服飾店」購買了一件高貴的洋裝，然後拜託鄰居丁昭琳代她收藏：

> 丁昭琳一眼就看出是名流的商品沒錯，因為它的商標大而顯眼印在後領上。……她看了一下價格，舌頭差點咬斷，居然和大德開的進口車差不多價值。……[150]

陳太太表示這件無比高貴的洋裝雖花了她十年存下來的私房錢，但她感到非常值得，她說：「雖然它是一件衣服，但是代表名流的店譽、商標、貢獻，把衣服變成一件藝術品的價值」[151]，這件「商品」的「價值」，已不只是原料及做工，她購買的其實是一種代表著「身分、氣質、高貴、不平凡」的象徵，

150 楊寧琍：〈失去觸角的蝴蝶〉，《失去觸角的蝴蝶》（臺北：躍昇文化事業有限公司，一九九二年），頁22。
151 同前註，頁23。

以及走在路上能夠感受到「羨慕與讚嘆」的虛榮感，讓她得以進入「上流社會的時空」[152]，以享受更高待遇的光榮。

因此，當丁昭琳發現這個商品出現瑕疵時，她第一時間的反應是：「名流的商品有這樣的錯誤，是不容原諒的事，因為它的價位如此高昂，而且打的是世界第一流作品。」[153]也就是說，這件洋裝本質上已經失去了原本「穿」的價值，所以當它出現任何瑕疵時，損害的已不是穿著的實際用途，而是「無價」的象徵。

「名流服飾店」在這些敘述中，已具有某種象徵的符號，而且它運作的是一種高貴／平民的對立價值，據以對應城市空間形態的對比。由此，小說中對名流服飾店「富麗堂皇的店門」、「豪華氣派的辦公室」[154]的敘述即使十分簡單，但因為店裡販售的商品都「深鎖在櫥櫃裡，除非買下它才可能碰到，更別提試穿或挑選比劃」[155]，因此依舊建立了其「百年品牌」的品質保證。然而這種商品進口、品牌經營的概念，都是資本主義、城市現代化下的產物，透過品牌服務連結到名流服飾店，進一步界定了這個空間具備的城市特性，或反過來說，是城市空間正在進行的現代化轉變。

小說中並舉了夜市和商場的城市空間想像，以及凸顯了城市空間帶來的反差的書寫策略，究竟有什麼用意？或說不管是針對城市空間，或城市空間的使用者的日常生活經驗和身體實踐，夜市和商場的表顯顯然極不相同，但除了對應不同身分的個體、群體經驗或創造的城市空間不同之外，還有什麼可能？

152 同前註，頁10、11。
153 同前註，頁25。
154 同前註，頁27、29。
155 同前註，頁28。

黃宗儀在評論王文華的小說時指出：「把摩天樓、五星級飯店、以及各種時髦休閒空間為主的都會華麗區打造成新上海人認同的空間象徵。」[156]她舉出了如摩天樓、五星級飯店這種消費的文化符號，都屬於都會菁英的生活風格，她並認為：「如此的文化想像隱含著矛盾衝突——城市之間所有的差異，無論是社會、政治、物質、或文化更層面，都可能被隱匿消滅。」[157]黃宗儀雖然是以今日全球都會區域作為考察的對象，但放置在台灣推理小說的城市敘寫中，同樣具有對話的可能。

如Lefebvre認為空間是透過社會被生產的，他發現現代經濟的規則傾向於空間的規劃[158]，每個社會都處於既定的生產模式架構裡，內含於這個架構的特殊性質會形塑空間[159]。因此，資本主義空間是以商業、貨幣與權力構成的巨大網絡而出現，生產與消費，則是這個空間非常重要的特徵，並以大型的、高級的商場或新興的大飯店或高樓的現代建築形象於小說中再現。如《島嶼謀殺案》對香港這座現代化城市的敘寫，集中在便捷進步的交通工具、琳瑯滿目的商品招牌、新潮前衛的流行風尚等等，這些空間與景觀形構的是一個商業的、商品化的城市意象，同時這些資本主義空間的象徵物，雖也出現在相對落後的台北和檳城，但它的功能，卻是旨在對比截然不同的城市意象。

此外，從城市型態來看，高層建築的出現表現出城市空間使用方式的變化，即傳統城市的空間延展以水平方向為主，高層建築將空間利用轉向立體化，並將多種功能集中在一個空間實體中，建立具有多

156 黃宗儀：《面對巨變中的東亞景觀：大都會的自我身分書寫》（臺北：群學出版有限公司，二〇〇八年），第五章「城市連結與彈性身分想像：從《蛋白質女孩》到《我的上海經驗》」，頁140。

157 同前註，頁141。

158 見Henri Lefebvre著，王志弘譯：〈空間：社會產物與使用價值〉，頁47。

159 同前註，頁48。

功能用途的綜合體（如商場、大飯店等）。空間形態改變的具體意義，在於城市空間因其立體特徵而更為明顯與突出，某種程度上，一地的最高層建築通常會成為附近建築組織群中的核心，而對城市中的人而言，也因它的突出景觀成為視覺焦點，因此具有定向與導向的作用[160]。這就表示商場、大飯店、摩天大樓這種被設計成高樓層或大型的建築物，本身就具有特定的空間意象，它們必然與傳統建築的實際功能或象徵性、意象性的指涉有不同的取向。如《島嶼謀殺案》中白里安和李卻出國前，陳翠和芳妮為他們順風的市中心的「大飯店」：

在十二樓所附設的西餐廳裡，落地窗外可以看到淡水河閃爍的漁火，以及幾條橫跨在河上大橋的燈光。室內燈光柔和，遍植著落葉盆栽，加上流瀉的西洋抒情音樂，充滿了綠意和詩情。[161]

高樓的高級西餐廳、整面的落地窗以及西洋抒情音樂，建構出現代化的景觀，或如在文本中重複出現，在台北火車站對面閃耀著霓虹管招牌的希爾頓大飯店；這些五星級大飯店的存在當然暗示了台北的現代化腳步，但希爾頓大飯店位處前火車站，和李卻租賃的後火車站的頂樓木屋，在城市發展的歷程中仍然處在不共時的脈絡下，即它仍然強調了城市空間及其意象對城市型態、形象的影響，並反映了人們利用城市空間的模式；或如落後台灣二十年的檳榔嶼，也同樣在拐出夜市不遠處的街頭出現了一家「大飯店」，也顯示出城市中並存的空間反差，促使讀者去思考不論是懷舊式的觀看作為「台北的過去」的檳榔嶼，或是「未來台北的想像」的香港，即由「檳城——台北——香港」的線性連結中，城市的空間與

160 高層建築的相關論述，參見田銀生、劉韶軍：《城市空間與建築設計：建築在都市中的積極作用》，頁124—125。

161 林佛兒：《島嶼謀殺案》，頁34。

形貌可能會逐步的趨近資本主義的消費空間，而成為一種商品的幻景[162]。《島嶼謀殺案》中的夜市景觀，及其聯繫一種在地、本土的生活經驗與意象，便可能成為對以現代化商場為象徵的資本主義空間的抵抗，同時也說明不同城市與城市空間之所以有不同的面貌以及特性，是因為這個在地的城市空間具有在地經驗與在地實踐具有高度的辨識性；最具體的例證就是文本對香港廟街的敘寫：

> 那是一段熱鬧的夜市，性質和台北的華西街一樣，到了夜晚，從各處聚攏而來的賣成衣、唱片、飲食等各式各樣攤販把整條街佔滿了，……這些人無外乎對這條街充滿好奇和被這裡的廉價品所吸引。[163]

即使是香港這種高度現代化的城市，都仍有意識地保留如廟街這種具有象徵在地意義的城市空間，而且在小說敘述中，廟街與海運大廈的對比，也如實地出現在檳榔嶼及台北，在這些城市內部的對比中，又以香港廟街之於其現代化城市空間的違和感為最大，這說明了儘管文本中的香港是敘事者想像中未來的、進步的台北，但仍舊應該保留並且記憶如廟街這樣的地方，因為這個地方作為在地經驗的匯集，不致喪失城市使用者的獨特性與主體性。

相似的是〈失去觸角的蝴蝶〉中一共有六件出現瑕疵的高貴服飾，最後被證實全部都是人為破壞，

162 見黃宗儀：《面對巨變中的東亞景觀：大都會的自我身分書寫》，第五章「城市連結與彈性身分想像：從《蛋白質女孩》到《我的上海經驗》」，頁141。

163 林佛兒：《島嶼謀殺案》，頁64。

而且都是店員或顧客因「名流」這個品牌帶來的尊貴身分與價值而產生虛榮或貪婪造成；換言之，真正崩毀的不是衣服本身與其實用價值，而是對城市的資本主義商品化迷思以及相關的檢討，如丁昭琳解謎後對眾人的斥責：

這就是名流；世界級名牌的美麗謊言，它漂亮的隱藏人性醜惡的一面，裡面的人勾心鬥角、互揭隱私、貪婪富貴、欺貧崇富，爭吵、冷漠、嫉妒、虛偽、欺騙、嫁禍、建築了這座罪惡的宮殿。[164]

「罪惡的宮殿」當然針對「名流」而言，但也擴及到了整個城市所有的資本主義與商品化空間，以及這些空間所帶來的諸多隱憂。丁昭琳在解決案件後與大德的最後一段對話：

「如果我要求一件名貴的禮物，你會如何？」丁昭琳在大德耳際悄悄的說。
「例如什麼？」大德說。
「名流的服飾。」
「殺了妳。」大德想也不想大聲叫。
她笑得偎進大德的懷抱。她很滿意這樣的答案。[165]

164 楊寧琍：〈失去觸角的蝴蝶〉，頁81。
165 同前註，頁84。

丁昭琳對大德的答覆感到滿意，某種程度上象徵了她拒絕了「名流」這種現代化影響下的城市空間，而她選擇回歸日常的城市經驗當中，也反映了不同的空間特性下的城市空間更深層的隱喻。

根據以上的討論，本格復興前台灣推理小說透過夜市與商場的對比，或是名牌服飾店、大飯店的敘寫，表現出不同城市空間的特性，這些特性最終都和推理情節產生一定程度的關聯；換言之，這些城市空間，可能涵藏了象徵在地、本土的與資本主義下現代化的空間抗衡與拉鋸的隱喻，偵探解謎的過程與小說的結局，都企圖透過人與地方的互動關係以及情感依附／承載意識，喚起讀者對於城市空間的日常使用經驗，據以凸顯城市的在地意象。

四、出／入城市——台灣推理小說中城市敘寫的在地性特徵

台灣推理小說中的城市，通常都是故事發生的場景，而城市內的街道巷弄、建築物以及某些具有強烈反差性或對比性的城市空間敘寫，一方面能夠呈現出城市的樣貌與型態，另一方面也成為推理小說據以連結社會關懷面向的線索。

推理文學在台灣的發展，在一九八〇年代已表現出在地化的嘗試，當然這個歷程中，仍有部分類同於當時日本「翻案」歐美推理經典的書寫型態，但有更多的台灣作家從本土城市作為出發點，以個體或群體的日常經驗及其與本土城市的互動關係為情節基底，設計案件並且推演推理敘事。

也因此，本土城市的敘寫自然涵括了作家們對於在地性的想像，意即這些城市的敘寫類型，並不會脫離在地性的討論範疇；換言之，早期台灣推理小說中的城市敘寫，無論是單純針對本土城市，或是透過異地城市／居民回觀本土城市／居民，都仍強調與強化了人與空間的密切連結，這個連結必須基於日常性的生活經驗，使這個空間能夠據以擬構為一個不僅是非架空式的，更可能是類近於存在於現時現地

的城市。

當然，這層連結與轉換，某種程度上也提供了小說最後針對台灣社會的關懷與批判的合理性，因為這些小說的場景是一個大部分讀者經驗與認可的城市，使得推理敘事中的案件、情境便有了落實的可能；一旦出現這種可能，那麼不只社會關懷可以發揮其積極性的作用，推理在台灣的在地化歷程也能隨之完成。

以這個角度來說，作為「台灣推理」的小說場景，城市就必須要反映「台灣」這個在地性象徵的集合，也就是說透過小說中書寫的城市生態，就有可能表述「台灣人」的在地經驗，進而建構主體性。因此，不論是針對早期或是當代台灣推理小說的評介，「本土城市」的敘寫與建造是判斷在地化歷程，或確認其中是否具有在地性的重要依據。

以當代推理小說為例，既晴《超能殺人基因》將埔里設定為事件發生的場景，並且與法國、德國等異國異地城市產生跨國性的連結。小說中對埔里的敘寫是：

「埔里」在泰雅族的語言裡，是「星星之屋」的意思。

據說在一百多年前，清朝漢人進駐埔里盆地時，泰雅族人由高處俯瞰埔里的夜景，就會看到一片由萬家燈火交織而成的爍亮星原。顯然，那時的埔里鎮即已十分繁榮。

但是，現在看不到埔里鎮的星海，也看不到雲層上方的星斗。我想，九二一地震之後，星海一定也像現在這樣，全都熄滅了。[166]

166 既晴：《超能基因殺人》（臺北：皇冠文化出版有限公司，二〇〇五年），頁70。

陳國偉指出既晴通過台灣埔里、法國聖雷米、德國巴伐利亞的連結與對應，創造出謎團的複雜性，主要來自於日本新本格的某種「指示」[167]，因此這個跨國案件，與早期台灣推理小說述說案件相關人士因故事發展而出奔海外的型態，或是人物原始生活環境就在國外的敘事起點有所不同[168]；島田莊司指出城市的「乏味」，仍是一個城市的界定問題，即一個本土城市不論因為何種原因使其在小說中無法具有明確在地性，都可以透過與外來城市的對比，反向地界定出本土城市的範圍與特性。但是，《超能殺人基因》中的埔里、聖雷米、巴伐利亞連結的意圖，最終並非在建構埔里的地方性，而是成為一個謎團的核心，並且「散發出強烈神秘不可解的幻想光芒」[169]。

以此，埔里鎮的星原、星海甚至九二一大地震在小說中幾乎沒有生產出任何地方感，因為異國異地城市的作用在於形構作品中的幻想性，加強謎團的神祕難解，同樣使得埔里產生其地理範圍界定的空洞，或者說在推理敘事中，本土城市已經不需要界定。

本土城市與其城市空間是否需要界定，直接反映了城市生態的核心差別。《超能殺人基因》的敘事軸線最終仍舊回到了「角螢館」，而非回應城市居民的使用經驗，與個體或群體與城市建立的關係與網絡，這種書寫類型增添了埔里作為台灣鄉野空間的神祕色彩，但卻同時削弱了它的地方性。

167 島田莊司說：「若是覺得平成的東京太過乏味，那麼就必須找出以他國都市、地方鄉村、回到以前的時代等等的對策。」見《本格ミステリー宣言》（東京：講談社，一九八九年），頁54。見陳國偉：《越境與譯徑——當代台灣推理小說的身體翻譯與跨國生成》，第四章「典律的生成——從『島田的孩子』到『東亞的萬次郎』」，頁191。

168 同前註，頁191－192。

169 同前註，頁192。

雖然早期推理小說的城市街道巷弄敘寫中，出現某種鄉野空間的想像，但它們所呈現的型態是基於日常使用經驗的對比，例如街道與巷道分別具有的城市功能，造成喧囂／僻靜、公開／私密的情境差異，街道與巷弄書寫最終表現的是城市中並存著兩種類近但功能與作用不盡相同的城市空間，但經過人的使用，使其形塑出比較完整或具體的城市生態，這個生態因為基於在地居民的經驗，因而被賦予了在地性的意義。

從這個差異中，可以發現本格復興後，本格推理小說並非完全割棄在地性的應用，相反的是這些作者仍然讓案件或謎團生成的場所與台灣的地域範疇與地理性有所連結，其中最常見的即是奇怪的建築物與鄉野空間的結合。當然，這種結合最後推導的不是作為城市的地方特性，反而意圖強化建築物的詭奇，將對解謎的過程中帶來如何的困難與懸疑。

本格復興前、後的台灣推理小說所描寫的建築物，具有非常不同的象徵意義。早期的小說通常經由幾種建築物的描寫傳達關於城市的重要訊息，首先是在一定視線範圍內具有一致性的建築物的外部特徵，例如兩層平房、四層公寓，或是設計於建築物外部的樓梯、螺旋梯，因為在敘述者的觀察中這些外部特徵具有普遍性，因此城市空間所提供的功能，得以反映該時代城市使用者的行為與經驗，另外同樣也能從這個具體的經驗凸顯城市的生態樣貌。

小說的敘事者透過觀察，展現一種城市地理的建構可能，他們主要透過各種移動方式，記錄了日常見聞，並且投射他們的記憶與情感，進而形構城市的生態與樣貌。這種嘗試，進一步發展出陳國偉所提出的「小地理」[170]敘事傾向，只是陳國偉特別強調冷硬派推理中偵探身體所建構出的空間細節，將更明

170 同前註，第五章「翻譯的在地趨力——身體劃界與空間的再生產」，頁244。

確地具有劃界與分隔不同地理秩序的意義。

再者，關於內部空間的配置，也存在一致性的書寫，例如廁所、浴室的位置，總是被安排在最不重要的地方，而這種書寫，實際上並不是要強調這個空間具有什麼特殊的涵意，也不是暗示著什麼關鍵的線索，它指向的是使用者的日常經驗，再通過那個具有普遍、一致性的建築格局，擴散為城市的整體樣貌。

此外，《美人捲珠簾》敘述了建築物內的兇案現場與其他空間的關係，如李玲帶領刑事組長到偽裝的案發現場：「穿過一條長長的甬道，到了最後一個房間，距離客廳與李玲的房間有十碼遠，這間房間的對面是廚房。」[171]這段敘述看似多餘，卻也讓作為偵探的刑事組長得以破解其中的盲點，找到兇案發生的第一現場。也就是說，這些內部空間的關係與關聯，還可能暗示整起案件的詭計設計或線索開展。雖然這樣的例子在早期作品中實屬少數[172]，而且也可能源自於歐美古典推理的敘事傳統，但是它對本格復興後的台灣推理小說仍產生一定程度的示範作用。

171 林佛兒：《美人捲珠簾》，頁40。

172 在早期的台灣推理小說中，常見許多針對建築物內部的空間敘述，但通常不具有特別的暗示意味，也與偵探推理的過程不太存在密切的連結。這些敘述一部份可以歸類於通過普遍性的觀察擴展成接近於城市全貌的描繪，另一部份，如葉桑：〈青春歸納法〉敘述敦敦的房間：「敦敦的房間：一樓客廳是挑空，另外是廚房和餐廳。客廳和餐廳的隔間打開，就可以容納上百位的客人；二樓是客房和儲藏室，一般都是關著不用。三樓就是他們自己人的臥室了。」這段記錄實際上與兇手犯案或偵探推理等情節無關，主要仍然作為人物個性以及日常生活經驗的塑造。頁82。或如林全洲：〈復仇〉敘述吳秋田的高級住宅：「吳家的兩層樓房，二樓是吳家人的起居室、書房，一樓則是七十坪的宴會廳和傭人房。吳家的室內裝潢，如同樓中樓般，宴會廳還保留挑高的空間，使得全廳看起來十分氣派。」其中宴會廳的敘述只提供了兇手在宴會舉行混雜的人群中現身，並且增強吳秋田董事長的尊榮身分，與推理情節的主軸亦不直接相關。見葉桑等著：《遺忘的殺機》（臺北：林白出版社有限公司，一九九二年），頁217。

本格復興後的台灣推理小說，特別是陳國偉所分出的本格推理一脈，因為情節集中甚至封閉在建築物內部，其內部空間就必然更加具有推動其發展的功用，因此建築物空間地配置關係，就格外需要巧妙的安排與設計。陳國偉指出這種書寫型態即使嘗試與台灣本土的自然與地理秩序進行對話，但「建築物的存在並無法真正定義自然，因為它們與土地並沒有產生真正的連結，也沒有造成太多改變」[173]，意即讓人「走入」這些被精心設計出來的建築物，而後將事件相關的人們封閉於這個建築主體內部，進行後續的推理敘事，因此即便這個建築物座落於台灣的任何一地，因為人無法「走出」建築物，他們就無法和城市產生互動，小說也無法透過人來建立城市的在地性與地方意義。

當然，陳國偉認為具有文明性的偵探身體的介入，某種程度上解決了這個問題[174]，但在本格復興前的推理小說中，城市與城市空間本質上基於城市居民的主體經驗而形構，偵探本身就身處於城市之中，這也使得偵探或其他敘事者在城市與建築物之間的出／入關係，構成了不同型態的城市敘寫。

在這個脈絡的討論下，某些特別具有象徵意義或隱喻的城市空間，在不同的城市敘寫型態下，也出現頗為不同的功用，例如陳嘉振《布袋戲殺人事件》中新豐大樓以及親馨療養院對面廢棄大樓的「頂樓天台」，都是提供兇手置高點，得以使用十字弓遠距離行兇；特別的是，黃風庭一開始設計的「藏鏡人」的謎團與詭計，是將極細的釣魚線綁在戲偶身上，並且「自窄巷往上延伸，穿越天台至大樓的另一端，再將釣魚線落到他四樓住處四〇六號房的陽台窗口，接著把釣魚線的線頭拉進室內……」[175]，即釣

173 陳國偉：《越境與譯徑——當代台灣推理小說的身體翻譯與跨國生成》，第五章「翻譯的在地趨力——身體劃界與空間的再生產」，頁240。
174 同前註，頁240－243。
175 陳嘉振：《布袋戲殺人事件》（臺北：小知堂文化事業有限公司，二〇〇六年），頁301－302。

魚線必須經過天台，詭計才可能執行成功，而頂樓天台作為建築物的最高處，它就像輪軸一般具有重要的功能。詳細的作案手法是：

> 黃風庭那時在走動途中，仍得小心地放長纏繞在手上的多餘絲線……當然現在還不能急著拉線，因為還沒到最佳的時機——也就是兩人到達窄巷外頭的那一刻……同樣地，藉著管理員不佳的視力，以及陰暗的巷弄，管理員自然無法發覺站立在死者旁邊的「藏鏡人」，僅僅是一具布袋魁儡而已。等到管理員一衝進窄巷內，黃風庭才趕快停止「放長」纏繞在手中的多餘絲線，改以「握緊」絲線的方式，然後有技巧地拉動，那具布袋魁儡遂開始向上移動，給視力不佳的管理員一種「兇手向上攀爬逃離命案現場」的錯覺，所以必須在事前就得自大樓天台垂下一條繩索，讓管理員甚至是警方不疑有它。[176]

黃風庭因事先安置好通過天台的機關，與自天台垂下用來混淆視聽的繩索，使戲偶能帶給人一種「兇手向上攀爬」的錯覺，藉此建立他的不在場證明。《布袋戲殺人事件》的推理敘事仍然維持以建築物為主體的模式，因為即使謀殺案並不是在建築物的內部空間中完成，且無論受害人、兇手或偵探，實際上也沒有被完全封閉於建築物內，但這些敘事仍然環繞著建築物主體為中心，最關鍵的兇手詭計，也必須有作為建築物「最高處」的頂樓天台才得以完成，這使得城市空間在小說中被物件化為某種機關的存在與被利用，而非表現該空間在城市中的特性與功能。這與本格復興前的台灣推理小說的城市建築或城市空

176 同前註，頁302—303。

間表現出的城市生態，以「走入」城市作為人與地方互動的方式相異，甚至人們就是通過自己的日常經驗形構城市的型態，也使得早期推理小說的城市敘寫更具有在地性的特徵。

第四節　尋找犯罪空間：日常／異常的再現

一、發現「異常」：逾越的罪刑

在前述的探討中，早期推理小說中城市空間的被界定，可能來自於人物身分或主體性的匱缺，因此通過他們的視角敘寫異地城市時，將容納對本土城市的想像，表顯本土城市的意象及隱含於其中的在地性；另外，也從城市空間的在地敘寫，觀看並存於城市之中的不同空間及其意象與城市特性，以及城市裡的個體與群體利用城市空間的方式，在這個過程中，開啟在地經驗與現代化的城市空間之間的對話。

不論是前者或後者，實際上都是從範圍比較大的「城市」概念切入，例如整體都市的環境、城市意象或是群體的日常生活、在地實踐；然而，城市既作為謀殺案件的發生之地，必然與案件肇因有所牽連；換言之，城市是城市使用者基於人地關係互動下日常經驗的集合體，那麼其中發生的謀殺案件，也就可能象徵人們所面臨或即將遭逢的變動。

基於這個觀點，Cresswell曾指出：「人、事物和實踐，往往與特殊地方有強烈的聯繫，當這種聯繫遭到破壞，他們就會被視為犯了『逾越』的罪刑。」[177]從空間角度來說，推理小說中作為情節敘事主體的謀殺案件，就成為一種「逾越」行為，進而改變人與地方間的關係。

177 Tim Cresswell: In Place／Out of Place: Geography, Ideology and Transgression（Minneapolis: U of Minnesota Press, 1996），此據王志弘、

也就是說，謀殺的發生成為日常中的「異常」經驗，它除了暗示人際關係的改變外，小說人物所察覺的「異狀」，往往都是從發現了「空間」的變化開始，例如杜文靖《墜落的火球》敘述信步走在西門鬧區的方偉明：

正走向歸途的他，總是不經意地抬頭望望天色，月光是稀微的映照，到市街頭上那些閃爍不已的霓虹燈，把月色都給遮掩住了，星星是不容易看見的，尤其是在這樣亮麗而充滿歡樂的日子裡，在這樣轉換變幻多端的市招燈影下。[178]

方偉明在歸途所見是一個再日常不過的景象，霓虹燈的亮麗、變幻及繁華的台北夜生活，不過在這段敘述中，「抬頭望望天色」這個不經意的舉動，已然暗示一種與平常不太一樣的氣氛，小說情節也旋即出現那一樁燃燒的火球的「夜空奇景」。當然「奇景」的敘述本就足以說明它是一個非日常的經驗，而且「除了方偉明之外，路人也被火光吸引住了，不少人停駐了腳步，抬起頭來觀望頂樓夜空的火球奇景」[179]，也顯示出當下的其他城市使用者對於熟悉的空間產生奇異變化時所出現的一致反應。

「不經意抬頭」與人們的「抬頭」觀望墜落的火球，對照方偉明「也說不上來」[180]的感受，形成了一種有趣的對照；在這個段落中，所有人注意到的都是空間的異常變化，並且猜測火球可能是花嫁賓館

178 徐苔玲譯：《地方：記憶、想像與認同》（Place: A Short Introduction）（臺北：群學出版有限公司，二〇〇六年），頁47。
179 杜文靖：《墜落的火球》，頁1。
180 同前註，頁2。
同前註，頁5。

的宣傳手法。然而火球的墜落過程，實際上逐步破壞了人與地方間通過日常建立起的穩固關係，因此在火球墜落，確認是一具燃燒的屍體後，眾人才明白這可能是一起凶殺案而議論、報警或躲避，「逾越」的罪刑也在火球落地那一刻完成。

楊金旺〈公寓裸屍〉所寫的那條彎曲窄小的窄巷，也有類似的書寫型態，如敘事者的觀察：

> 平時除了三兩散置的路燈亮著外，只有偶爾經過的稀疏人車喧嘩一下，隨即再將街道擲還寂靜。何況今夜微雨，細細的雨絲將路燈渲染得更暈黃、黯淡，除了走在他前面二、三十公尺的兩位老人家外，再也沒有其他人出現在這段冷清的街道。[181]

這段敘述描寫「平時」的巷道樣態，符合日常的城市空間的功能與特性以及使用者的經驗，因此巷道的「冷清」並沒有對敘事者產生任何奇特或不尋常的感受，反而理所當然地認為這種寂靜感才是正常的「日常」景觀。然而敘事者在兩位老人從視線中消失後，發現了空間的異常：

> 公寓住宅及雜貨店均已把細雨微寒隔絕在鐵門外，只有雜貨店外的統一自動販賣機還想再賣些成績似的亮著所有該亮的燈，不，自動販賣機旁的公共電話也亮著小燈，只是被打電話的女孩遮住，使他看不到那盞燈罷了。[182]

181 楊金旺：〈公寓裸屍〉，頁135。
182 同前註，頁135－136。

「異常」首先來自於「燈」，即在這條小巷中，原本應該亮著的燈是自動販賣機與公共電話，但在這個夜晚，敘事者第一時間發現「只有」販賣機的燈亮著所有「該亮」的燈，提示了似乎有所謂「該亮而未亮」的燈，形成了日常中的異常經驗；其次是他後來發現「該亮而未亮」的公共電話的燈其實有亮，只是被一個在濛濛雨中使用公共電話的長髮女孩擋住，配合先前的描寫，可知這段時間本來不會有其他人出現在巷道內，長髮女孩的出現自然也象徵了對日常空間的破壞，因此「再也按捺不住」的逾越罪刑——謀殺——隨即發生。

陳明宏〈電影放映室之死〉也描述了一起「怪事」：

> 原來是電影散場時，戲院內應該立即開啟照明燈，方便觀眾出入。然而此時，卻只有放映機射出的光線，白茫茫地照在巨大的螢幕上。散場的觀眾便藉著銀幕上的光源出了戲院，而下一場買票陸續進來的觀眾，卻以為是放映機出了毛病，反正那也是常有的事，所以大家只默默坐著等候。可是，卻沒有人發覺不開照明燈的異樣。[183]

人們所感知的異常經驗與情境，通常來自於他們的日常經驗與理解中，例如觀眾仍然能夠藉由銀幕光線散場走出戲院，下一場的觀眾也仍然願意花費若干時間等待放映機的修復，並且主觀地認定那是一件「常有的事」，也沒有人察覺「異樣」，意即這些原應屬於異常的情境，並非完全超出理解範圍，也正因為日常與異常間的曖昧性，才使得「逾越」的行為產生「逾越」的意義。

183 陳明宏：〈電影放映室之死〉，《林佛兒推理小說獎作品集1》，頁185。

換言之，假如電影放映室的照明燈未亮起是一件超乎想像的事，或《墜落的火球》中燃燒的人體火球是外星隕石、〈公寓裸屍〉中使用公用電話的長髮女孩是女鬼等等，即這些異常情景如若完全是日常的對立面，那麼這種逾越就不具其意義，甚至「逾越」根本不會發生，因為使用者並不會出現狐疑或猜疑的感受，而這種態度正好表現人與空間的關係正在發生改變或變動。因此，一旦推理小說中的人物停止了他們的懷疑，或是他們理解了這個異常經驗的實際指向，那個瞬間通常都是謀殺案發生的時刻。

這個書寫傾向，也是早期推理小說一個很重要的特色。雖然本格復興後、特別是本格派推理小說透過怪異的建築物，或是鄉野空間的想像，建構的也是異常的經驗與情境，但是這種異常往往對小說人物而言真的是一種超乎理解的「異常」。例如既晴《病態》中曹民哲再度造訪北投區舊式木造建築林立的小靜末端的古色湯屋，他所感受到的「異常」：

> 一踏入內，浴室裡水霧濛渺，濃得超過曹民哲的預想，令他感到意外，也使他的視線僅剩咫尺。他來這裡這麼多次，還是第一遭出現這種景象。[184]

「超乎預想」、「第一遭出現」的敘述，已不再是人與地方關係正處於變動的過程，反而是這種既古怪又新奇的「初體驗」，與鄉野空間中的建築物連結在一起。因此，當曹民哲發現「異常」為何時，他的反應是：

184 既晴：《病態》（臺北：皇冠文化出版有限公司，二〇〇八年），頁12。

> 但，令曹民哲萬萬沒有想到的是……就在此刻，他的耳邊突然傳來一個陌生的男聲。……此刻雲霧稍散，曹民哲這才發現與他只有伸手之遙的距離，坐了一個老人！靠得太近了！他的反射神經令他立即逃開他的身旁，但浴池的地板太過滑溜，導致他重心不穩，身體一傾，整個人立刻跌入浴池裡。[185]

當曹民哲發現了身邊陌生的老人時，他是立刻「逃開」的，因為這個異常經驗完全出乎他的意料，因此在第一時間他根本不可能「親近」這個異常，也不會出現猜疑。當然，《病態》與許多當代台灣推理小說中的異常情境，背後的深層邏輯仍然是回到了那個封閉性的空間，因此越為超乎日常甚至常理的經驗，越能增添小說中的幻想性與神祕性；而早期台灣推理小說，則是運用了發現日常中的異常，讓人與地方的關係變動得以發生，兇手謀殺與偵探解謎的對決，某種程度上顯示了從逾越到失序，最終回返秩序的過程。

二、從日常到異常：擬構／重現記憶

早期台灣推理小說中，人們發現日常經驗與空間的異常，實際上啟動或催化了「逾越」行為的發生，因此，文本情節中謀殺案的兇案現場或是犯罪空間的「擬構」[186]，一方面重述人在日常空間中感知

185 同前註，頁14。

186 Manuel Castells指出「擬構」的意義是：「既定的社會結構與動態結果的空間形式與過程，構成了整體社會構架的運作。」空間結構的營造，將會受到更多變動因素的影響，意即空間的擬構，即有可能表現了人與城市的互動關係以及當時代社會的現實反映。見Manuel Castells著，夏鑄九、王志弘譯：《網路社會之崛起》（Rise of The Network Society）（臺北：唐山出版社，二〇〇一年），頁426。

的異常感，另一方面則暗示人與地方正處於變動關係的過程。

如葉桑〈天平傾斜了〉中林先生懷疑自己的妻子鳳羽外遇，而追蹤她到「大海的小鎮」。小說描寫小鎮是「隔一層山岩，就是大海的小鎮」[187]，同樣暗示兩個事實：首先是林先生雖以一個外來者的角色來到這個小鎮，但他顯然並非初來乍到，因為他的感官經驗，也從自然景物風光與地理特性，塑造對這個位於「濱海公路」上的小鎮曾經的記憶；其次，小說敘述鳳羽朝海邊走去的過程：

她沒有警覺，只管往海邊走去……

她很快地又站起來，拂理一下髮絲，拍落污在衣裙上的草屑和土壤，然後又繼續她那不可思議的路程。我終於看見了海，如天色般蔚藍。但是，在海天交接處，便比出了高下——海比天藍。[188]

這段敘述透過鳳羽的腳步，將林先生帶到「海邊」，也是讓他更加接近小鎮與他原本身處的城市最大分野的地理特徵——海，因此林先生最後在「海天交接處」發現了「海比天藍」的這個事實，除了更強化了小鎮這種以「海」為指標與標的的特性，也凸顯出這個很少出現於自己日常生活情境理的「海」對他造成的衝擊，迅速建立起地理空間的日常／異常想像。

〈東澳之鷹〉在犯罪空間的擬構上，則更完整展現這樣的想像。小說案件發生在具有不可替代的區位特性的東澳，即對這一群要往花蓮的外地客與死者彭慕蘭而言，他們將進入一個暫時進退不得的停滯空間，而對兇手陳冬貴來說，則是最佳謀殺的時機。小說對犯罪現場的描述是：

187 葉桑：〈天平傾斜了〉，《愛情實驗室》，頁87。

188 同前註，頁89。

東澳地方小，當警察帶著三個陌生人行色匆匆地往海邊走，……現場距離海還很遠，往東跨過兩條小橫路，大概離公路有十分鐘的步程。雖然只有十分鐘，可是左右附近連一戶人家都沒有，周圍就是一片又一片又高又密的芒草，開著白絮絮的花穗，在風中搖擺。[189]

這段描述，清楚表明兩個空間的特性：其一，當警察抵達東澳後，便急忙地往「海邊」走，抵達現場後，又發現「距離海還很遠」，警察界定犯罪現場的位置時，不以「只有十分鐘步程」的公路為座標，而特別以一個比較遙遠的「海」作為方向的具體指向，顯示這個現場明顯是以「海」為標的；其二，現場距離公路雖只有十分鐘步程的距離，但是自離開公路的這段時間，周圍都沒有任何住家，亦無人跡，而只有濃密的芒草，顯示現場的隱密性。

文本中對東澳的印象，是以「太平洋海濱」和「海岸線」作為標誌，這個標誌，不僅是作者在地知識的介入，更涵括了敘事者過往的經驗[190]；換言之，即使現場實際上離海邊甚遠，卻仍以海作為指標，某種程度上就是為了回應作為外來者的遊客們對地方僻靜、偏遠的想像，其可辨識與分野的關鍵也在於「濱海」的特性。因此，從公路到現場之間的杳無人跡與充滿芒草，除了形塑犯罪現場的神秘與封閉性之外，也表明了敘事者對東澳這個地方的日常想像。

189 林佛兒：〈東澳之鷹〉，頁51。
190 如陳冬貴自述：「會想到在東澳這個小地方謀發自己的太太的機會，起因於年前他也曾經參加處裡的一項自強活動旅遊花蓮，也曾經在這個地方待了半小時。最深的一個印象，就是大家趕赴廁所，而這裡的公廁又是世界上最髒的。」表明了謀殺詭計的設計，是基於他的實際經驗。見同前註，頁66。

也就是說，這個犯罪空間在東澳的地理環境中，本來是再日常不過的，但由於謀殺案的發生，讓這個空間被賦予了異常的轉化。例如陳冬貴自白時說道：

> 我是看著她離開廁所往下走，要進入一間民房時叫住她的，看到我，她當然嚇了一跳。……後來我猛然抱住她，瘋狂地吻她，說半年來未曾跟她做愛，現在想死了，我太太就在我熱烈的挑逗下，答應我的要求，所以進入芒草叢裡，是她同意的。[191]

陳冬貴的突然出現，雖引起彭慕蘭的驚嚇，但她並沒有真的感到無法理解，因為她在接受陳冬貴以「覺得他們的車子會在蘇花公路翻車」不祥預感的解釋後，不僅起初的異常感消失，甚至還意圖和他在「小路邊的芒草叢」裡發生性關係；但是對兇手而言，謀殺正好在彭慕蘭接受了他熱烈的挑逗，即她接納了日常中的異常感後旋即發生。

也因此，首次發現屍體時警察對「緊靠著現場的人們」的驅離，東澳派出所主管「一邊派人去加強現場秩序的維持」，刑事警察再次回到現場時所發現「現場已圍滿了人」，以及勘查現場後發現零亂的腳印可能「是圍觀者所留下」[192]等等的描述，也因此負責偵辦案件的吳組長也才會出現「下午的陽光在窗外投射，已經很柔弱，黃昏的山村顯得很寧靜，如果不是發生了命案，這幢在樹蔭下的房子，以及視線所及之處，一定充滿了詩情畫意」[193]這種「奇想」，都顯示出日常經驗中原本僻靜、杳無人煙的地理

191 同前註，頁67。
192 同前註，頁51、52、53。
193 林佛兒：〈人猿之死〉，頁62。

空間樣貌，因為謀殺所暗示人與人之間關係發生的異常變動，隨之產生異常的改變。犯罪空間的擬構，表顯出早期台灣推理小說中謀殺的「逾越」意義，不只是人對他人某種純然的惡意，而更具有日常/異常的想像，並且在人與地方的變動關係下，使空間的型態產生轉變。以這樣的角度，觀察〈人猿之死〉的犯罪空間「漢洲國藥號」及其位於的「華西街」的空間意象：

夏天的陽光已經很灼熱地照射在壓克力的招牌上，但是整條街還是靜悄悄的，朝西的店鋪還照在一層陰影中，昨夜遺留下的垃圾及汙水還沒有清除，因此整條街顯得很髒。[194]

這段敘述中，華西街的特性分別顯現於夜市生活的習性以及髒亂環境的描述裡，這裡日日上演著類似的情景：時近中午整條街的店鋪都仍打烊，在地居民與商家們也仍在休息，然而每日生意後積累的垃圾、汙水等髒穢物卻始終沒有完全清除地被永久保存下來。因此，「時間」把李漢洲的日常生活整齊地切成兩個區塊，但這兩個區塊又不完全是以精確的時刻作為標記，而是一種「慣習（habitus）」[195]。

例如猩猩阿吉被謀殺的現場，是在李漢洲晚上下樓如廁的日常行為中被重現與擬構，小說敘述：

194　同前註，頁70。

195　Pierre Bourdieu曾指出：「habitus被自發地看做是重複的、機械的和自動的；……即我們複製著我們自身的生產的社會條件，而且，是以相對地不可預測的方式。」意即慣習是人透過長時間生活實踐，所累積下來的、視為理所當然的一種習性，它必然隱含了所有人們所熟悉的日常經驗與景觀。見Pierre Bourdieu: Questions de sociologic（Paris: Editions de Minuit, 1980）, pp. 134－135，此據高宣揚：《布迪厄的社會理論》（上海：同濟大學出版社，二〇〇四年），頁116－118。

> 他又迷迷糊糊地回到餐廳，上樓準備再睡一覺，結果在樓梯半途，忽然覺得怪怪的，他想起每天早晨從樓上下樓的時候，栓在餐廳一隅的阿吉都會叫他一聲阿公，向他問安，像時鐘一樣的準確。……原來阿吉像一團黑色的棉絮一般，軟綿綿的仰躺在磨石子地上。[196]

首先，李漢洲對於案件發生的時間以及目睹阿吉死狀的時間並沒有準確的概念，因為當晚他酒醉而迷糊地起床方便，說明了對華西街的店家與居民來說，此時正好是夜市生意後的休息時段，這個時段是以生意／休息的相對概念相互定義與區分，所以過去阿吉每次都會「像時鐘一樣準確」叫他，這裡的「準確」表述的是阿吉的習慣，也對應李漢洲的生活習慣。

另外，案發現場是在餐廳的角落，先前觀察李漢洲如廁的足跡是「二樓——樓梯——餐廳——廚房——廁所」，然後再反向回來，但案發當晚他事實上已「經過」阿吉的屍體兩次，最後在「樓梯半途」才感覺「怪怪的」；也就是說，阿吉在李漢洲「下樓」時，都會「像時鐘一樣準確」地叫李漢洲阿公，表顯的是一種習以為常的「日常」生活情境，所以李漢洲第一次經過阿吉的時候尚未違反他的日常經驗，因為在潛意識中可能認為「待會牠就會叫了」，但是從第二次經過阿吉到這趟如廁的日常行為即將結束之前，阿吉都沒有出聲，就形成了一種「異常」，即它違反或超出了慣習的範圍，而使他產生懷疑。

這個懷疑，也體現了從日常到異常的逾越，即小說並非安排李漢洲在第一時間就發現阿吉已遭殺害，而是幾乎等到最後一刻，他才體認到這個「異常」的情境，也就使得「逾越」的意義被更加凸顯出來。

196 林佛兒：〈人猿之死〉，頁69。

《島嶼謀殺案》的李卻謀殺案中犯罪空間的擬構、敘寫與意象闡釋，也頗能進一步由日常／異常跨越的觀察開展討論。如李卻的陳屍地：

> 臭味是從小房間的門縫裡撲出來。現在是八月夏天，木板門和窗戶卻都閉得緊緊的，可見裡面一定沒有人住。[197]
>
> 李組長套上白手套，輕輕地推開虛掩的門，屋裡面的日光燈線把凌亂的床鋪照得亮晃晃的，躺在床上的屍體被棉被遮了三分之二，祇露出頭部，眼睛是閉著的，半邊臉頰已有些腐爛，惡臭在屋內瀰漫。[198]

Bachelard在《空間詩學》中談「家屋」的概念時，曾引用Pierre Albert-Birot《自然記趣》的段落：「誰會來敲家屋門？／門扉開，吾人進／門扉掩，巢穴藏／世界脈動我門外。」[199]這段敘述，表現出「門」作為對應自我與他者的分界，有了門，家屋的庇護性和私密感才得以顯現，而回憶也才有住處[200]。然而，小說反而敘述青年與房東在尋找公寓內臭味的來源時，透過李卻房門鑰匙孔的窺探：

> 房東蹲下身子，把眼睛靠近鑰匙孔，朝裏面注視，他忽然大叫一聲，往後傾坐地上。……

197 林佛兒：《島嶼謀殺案》，頁11。
198 同前註，頁85。
199 Gaston Bachelard著，龔卓軍、王靜慧譯：《空間詩學》，頁64。
200 同前註，頁70。

> 青年被房東這個舉動嚇了一跳，他有點緊張地也把臉俯近鑰匙孔，祇見室內一片昏暗，好像床上有一團東西被被褥蓋住。一會兒，他才看出一隻腳丫子伸出棉被外，挺得直直的。[201]

即便這個木板門來自「廢料場」，它陳舊而古老，有著老式的門鎖和很大的鑰匙孔，但兩人能夠在外端詳許久，並且看出床上的「一團東西」，甚至最後得以清晰地看出「一隻腳丫子」，都顯示現場的門，已經失去了作為進出家屋的功用和意義，意即日常性遭到入侵與破壞，暗示犯罪已然發生。因此「門縫」裡撲出的臭味、虛掩的「門」，都形構了異常的情境，也讓發現犯罪空間的青年與房東從起初的狐疑，轉為發現異常的驚嚇。

此外，案發現場雖是在台北的房間裡，但卻透過李卻服用的迷幻藥及其個體的經驗、記憶和恐懼，以另一種形式重現在檳榔嶼來發號——白里安的家，及香港的伊莉莎白女皇套房。例如：

> 她的身體逐漸輕鬆，後來她覺得輕飄飄地，下意識好像回到台灣的閣樓裡，吃藥打針一個人在享受的快樂。[202]

迷幻藥的作用，讓身處檳榔嶼的李卻，下意識地回到了台北的房間，享受那種自由、無拘束的快樂；然而迷幻藥產生的幻覺，使她顏面盡失，並造成白里安一家人的不諒解，白里安也因此種下殺機，因此在意義層面，來發號二樓的房間，就與台北的房間有了同質性；而當她來到香港，在香港伊麗莎白女皇套

201 林佛兒：《島嶼謀殺案》，頁11。
202 同前註，頁53。

房中，李卻也基於一種對死亡的恐懼和幻想，讓白里安謀殺李卻的心意更加堅定。

台北的房間、檳榔嶼來發號的房間以及香港伊莉莎白女皇套房，都在「迷幻藥」所連結的日常／異常意象的模糊下被串連在一起；即這三個房間，事實上都與謀殺的發生產生密切的關連：台北作為陳屍地、檳城作為引發殺機之處、香港作為死亡的預言。

溫瑞安〈殺人〉則是一個相當特別的例子。在這篇小說中，真正的犯罪並沒有發生，但是「犯罪空間」卻仍然基於敘事者的想像被擬構出來。小說中的敘事者搭乘從金寶到怡保的公路巴士，他從等車到上車的情景描述，都可以看見尋常的景況，例如：

> 車子甫至時，十幾個人幾乎同時自巴士的那前側小門擠進去，都是那麼迫不及待，連下車的搭客也只好堵在車裡，等上車的搭客都擠入了之後，才艱難得像巴剎賣的甘榜魚般擠出了車外，才真正鬆下憋著的一口氣。[203]

這段敘述描繪了因為天氣炎熱而不顧上下車順序、蜂擁擠上車的乘客們。有趣的是，車上原有的乘客對這番情景幾乎沒有任何的反應，這些乘客「自顧自地呆坐在自己的位置上，有的空空洞洞的望向窗外疾馳的風景；有的眼睛直勾勾的望著前面」[204]，也就是說爭搶座位的行為，對他們而言可能是一個見怪不怪的日常經驗，因此並沒有表現出任何異樣的感受。

203 溫瑞安：〈殺人〉，《殺人》，頁159。
204 同前註，頁160。

當然，對於身為爭搶座位其中一員的敘事者而言，這必然也是一件稀鬆平常的事，因此在他「眼明手快」、「捨遠求近」地搶了座位坐定後，甚至可以「舒舒挨挨的坐了一會兒，遊目四盼，打量同車的人」[205]，由此可知，這輛巴士內部的空間，反映出人們的日常生活景觀。

但是，當敘事者發現鄰座的老人「壓在這條枯瘦的胳臂上，這條胳臂像柴墩一般的擱住了這老人的頭顱，露出的小半邊臉容有一種說不出異樣的枯黃」時[206]，異樣感突然侵入了這個日常空間，使他開始不斷地懷疑並且試探老人的生死。例如他「無意間用手肘碰那老頭的肩膀」，或是巴士「猛撞上路旁一大石塊，顛簸得像把人倒出車外才甘心」，老人不但沒有任何反應，甚至「老人的頭不斷地由手肘撞向車鐵，照理說該是很痛，但仍沒有醒來」[207]，更加劇了他的異常感受。至此，他開始懷疑身旁同座的老人是「死人」，因為老人的反應「不合常理」，而且跟死人「一模一樣」，使他開始感到非常恐懼；這種恐懼除了源於與死人同座，更是他擔心被誤認為殺人兇手。

這種恐懼同樣來自於從日常到異常的逾越，因為敘事者上車時，老人其實就已在鄰座，但他並未在第一時間察覺異常，而是身處於一段日常的景況後，逐漸發現一些難以解釋的異樣。但是，他所面臨的異常情況，並沒有超出他的理解範圍，即他沒有立刻脫離或排拒這樣的異常，反而不斷地試探老人是否真的已經死亡，這個過程，正表現了他也不斷地親近這個異常的體驗。

整篇小說的高潮，出現在他試圖以最直接的方式釐清他的異樣感受：

205 同前註，頁160。
206 同前註，頁162。
207 同前註，頁163。

他突突的心跳著，鼓起最大的勇氣，輕輕且哆哆的推了推老人的肘肱，推了推，又推了推，喚：老伯，老伯，老伯老伯，都絲毫沒有反應。倏見老頭嘴角淌下一行棕紅色的沫液！難道是血？誰殺了他？這竟是事實竟是事實了，死了人，怎麼辦？該怎麼辦？[208]

當敘事者從輕推、輕喚到「推了推，又推了推」、「老伯老伯」的重複舉動，都表現出恐懼與焦急的迅速累積，在最終確認老人毫無反應時，恐懼突破他的臨界，讓他將自己設定為殺死老人的兇手，並開始策畫著脫逃計畫。

然而在此同時，巴士內部空間的日常性並沒有因為敘事者的恐懼與焦躁而有任何的改變，除了他以外的所有乘客，都仍然維持著他們「漠不關心」、「表情麻木」、「世界與他無關」[209]的神態，即這樣的敘寫，更加凸顯了日常中的異常逾越，在推理敘事中造成的關鍵作用。

敘事者最終在距離怡保一英里處，趁著其他乘客下車的機會「脫逃」，當他一跳下巴士，他「差點嘿嘿哈哈大笑起來」，並且「恨不得遠遠遠遠遠的、遠遠遠遠的脫離它」[210]強烈地表現出他作為一個殺人兇手，最後得以逍遙法外的勝利與成就感；然而，這個看似為了脫離「活見鬼了」的異常情景的「異常」舉動，反而在小說敘事的最終凸顯了真正的危險，即敘事者下車後才在回頭望向巴士的眼光中發現：

208 同前註，頁164。
209 同前註，頁160。
210 同前註，頁166。

那同座死去的老人，正伸頭出車外，一隻枯黃的瘦手堵住了車窗的玻璃靜，張嘴用力地「喀吐」一聲，把口中棕紅色的檳榔渣液都吐出車外的地面上，一雙又青又黃的怪眼，瞇成一線的看看他。[211]

這個意料之外的結局，說明這個老人沒有死，即他根本不是敘事者所認知的「異常」，反而是敘事者為了脫離「異常」所陷入自我幻想，才是真正日常中的「異常」。因此，當謎底揭曉，他也同時在「駭極而呆」的狀況下，隨即在馬路上被疾駛而過的車輛撞死。

溫瑞安在〈殺人〉中，事實上完全只有調度日常與異常的元素，並且透過敘事者的心理情境，形構了沒有犯罪事實的「犯罪空間」，更加凸顯了從日常到異常的逾越過程，及它在推理敘事中，勢必暗示了「死亡」的發生。

不過，值得注意的是，早期台灣推理小說中人物所經歷的「異常」，都來自於他們的「日常」經驗；也就是說，犯罪空間的擬構，仍然必須先重現人們的日常性記憶，異常的「逾越」才會產生意義，即這些人物也才會開始親近異常體驗，而推動後續的謀殺與死亡的產生。

211 同前註。

第五節　錯誤的推理：偵探身體與在地空間的角力

一、身體地理：偵探身體的功能與象徵

（一）偵探身體的「驅力」

陳國偉曾深入地分析、探究台灣推理小說中的偵探身體，他認為這些偵探身體有兩個面向的意義：首先，一九八〇年代以警察為偵探的作品大量出現，偵探身體不僅作為國家身體的延伸，甚至穩固了國家權力支配的合法性；二〇〇〇年台灣推理小說的偵探身體走向多元化，「肉體力」導向或「知識力」導向的偵探身體，最終都走向「虛化」，這種傾向除了對早期小說中作為國家身體的偵探身體，刻意連結警察體系與真相秩序的批判外，卻也朝向了形體消失，純粹客觀的「超理性」存在的懷疑[212]。陳國偉以「肉體力」與「知識力」的交會作為台灣推理小說中偵探身體演變的觀察，大致上以二〇〇〇年為分界，進一步區別了新／舊推理偵探身體的象徵與隱喻。

其次，陳國偉特別強調台灣推理小說中幾部具有西方冷硬派推理風格的作品，透過偵探的移動，「再現了現實中的都市空間、打造出作品的在地性、生產出屬於台灣推理小說的都市地理秩序」[213]。他

212 陳國偉：《越境與譯徑——當代台灣推理小說的身體翻譯與跨國生成》，第三章「力的曲線——邁向無限透明的偵探身體」，頁142－149、149－160。

213 同前註，第五章「翻譯的在地趨力——身體劃界與空間的再生產」，頁229、230。

認為這些偵探透過他們的身體，串連起城市的地景及其使用者的生活方式，即偵探身體具有再現記憶，甚至介入地方空間、翻轉地方傳統定位、賦予地方新秩序的權力[214]。換言之，偵探其實可以透過自己的身體，重新建構城市的地理秩序，這種重新的編派，可能造成地理空間與秩序間更大的衝突，也成為推理敘事主要發生的場景。

當代推理研究中，早期推理小說的偵探身體被認為不具有上述的特質，而是偏向作為國家身體的延伸。但這些偵探身體，也存在著某些相似風格的敘述，如葉桑〈窗簾後的眼睛〉描述偵探葉威廉揹著翻譯所得的二十萬現金，「繞了大半個台北市」後的感受：

> 幾天不見的台北，是如此的可愛。雖然空氣依然混濁，交通還是那麼擁擠，午後兩點的太陽，囂張得不可一世，可是我愛極了路樹下的陰涼，襯在高樓上一角的藍天，以及我自己那曲不成調的口哨之歌。[215]

偵探以「繞」的身體實踐完成對城市的劃界，雖然小說並未明言偵探繞行的區域或路線為何，但是「空氣混濁」、「交通擁擠」等形容，仍藉由偵探身體重述了對城市的身體感知。相似的是，〈再一次死亡〉中的偵探汪俊義，平時從事著學術推銷的工作，小說敘述他的日常：

214 同前註，頁237。
215 葉桑：〈窗簾後的眼睛〉，頁117。

騎著輛破「Vespa」，繞了大半個台北市，才回到自己的住處。……可是每當我從那噪音及污濁的空氣中，逃回自己的窩裡時，第一件事就是徹底的清洗自己。[216]

偵探不論是步行或是騎乘機車，都是透過身體與城市產生關聯，這種關聯的核心通常回到偵探本身的感知，例如汪俊義的「逃」與「清洗」，某種程度上表現出他對城市中的「噪音」和「污濁」的厭斥，而通過這些感知，重現了城市的地理秩序。

此外，偵探身體位處的具體位置，也可能呈現出城市使用者的生活方式。如葉桑〈情人分手的後遺症〉萬玉章所處台北數一數二的醫院，位在「重慶北路、涼州街一帶」，這個地區即使深夜「還是車水馬龍，來來往往的行人模糊黝黑，只有在掠過燈影之下的片刻，才透視出微微的人性」[217]，顯示出靠近台北市早期發展的西區，在偵探的觀察中，仍具有其繁華的風貌，與伴隨而來的人性冷漠；或如林佛兒《美人捲珠簾》中紅杏位在林森北路與錦州街附近狹窄巷弄裡的住處，以及葉桑〈水晶森林〉中馬蹄Pub同樣位於「林森北路的小巷中，像一枚殘缺的貝殼」[218]，這些偵探在探查案件的過程中，勢必需要移動至現場，才能夠具體地描述城市空間的特徵，也才能透過這些特徵，嘗試理解使用者的生活型態，進而釐清案件發生的原因，即如〈顫抖的拋物線〉中偵探小紀、孟德爾為了解開案件謎團，因此尋訪安琪的住屋，當他們身處巷口時，小紀驚訝地發現「一條小小的巷子就掛滿了觀光理容、純吃茶、賓館和按摩院等惡行惡狀的招牌」，因此當他們意圖以租屋的藉口向管理員套話時，管理員說：「這一帶環境

216 葉桑：〈再一次死亡〉，《愛情實驗室》，頁104。
217 葉桑：〈情人分手的後遺症〉，《黑色體香》，頁163。
218 葉桑：〈水晶森林〉，頁11。

不好。」並露出揶揄神情說：「從事這種行業，臥室的確非常重要。」[219]都是偵探身體從對城市的體驗中，暗示了人的生活情景與處境。

早期台灣推理小說中偵探身體的對城市空間劃界也具有同質與異質的差異，例如「松江路」在《美人捲珠簾》中是阿部一郎的辦公大廈，小說描寫他的辦公室：「一幢十二層樓的十一樓，雙拼式，他們公司佔了一半，門面相當氣派。」[220]這些「高樓」以及「氣派」的敘寫，連帶地表現出松江路沿路的現代化象徵；而在《情繭》中，則是「川流不息的車輛」、「煩囂的街聲」與「整齊排列的紅磚人行道」，「藍鳥咖啡室」入口位在松江路人行道上，小說敘述：「這不像一般的咖啡店，總是把店招弄得光鮮奪目，總是亮亮麗麗地立在街道兩側，吸引著過路人等。」[221]藍鳥咖啡室的獨特，也是在松江路作為台北市重要的南北向道路的繁忙、喧鬧情景的對照下建立；但在〈撕碎的搖籃曲〉中，若齡為了節省時間，而駕車往松江路駛去，小說描述：「由於是離峰時間，交通堪稱順暢，遠遠就可以看見××化妝品公司的大樓。名建築師的得意傑作，充滿了現代感的線條，在昏灰的台北天空，彷彿是隻揮動雙翼、準備展翅高飛的大鷺。」[222]松江路成為「節省時間」的取道，馬路兩側多見「現代化」的建築，在台北城市風景中具有「展翅高飛」的象徵意義；〈台北怨男〉中，松江路又變為褚介德認為在夜裡可以專程開車去吃火鍋，而且「說不定還有一些生活小故事發生」的空間，暗示著豐富的夜生活，以及「老練的

219 見葉桑：〈顫抖的拋物線〉，頁42－43、45、46。
220 林佛兒：《美人捲珠簾》，頁176。
221 見杜文靖：《情繭》，頁70、71。
222 葉桑：〈撕碎的搖籃曲〉，《水晶森林》，頁144。

風塵女郎，灑潑地向畏縮的嫖客示威」[223]的聯想。這些敘寫都回應了偵探身體介入地方空間、再現城市記憶的可能。

也就是說，早期小說中偵探身體與城市的關係及其作用的差距，並非在於重構城市地理秩序與否，因為偵探依然出現透過身體，而取得定義、重塑地理空間的權力。關鍵的差別應在於這個被重新劃界的城市空間與秩序，是否在小說敘事中造成緊張與衝突。

筆者發現，這些推理小說顯然並不關注這些通過偵探身體再現的地理空間與秩序，是否真的挑戰或變異了城市空間的歷史定位，它們關注的是究竟存在著何種特殊的驅力，讓這些偵探身體在與城市發生互動關係。

（二）「警察」與「偵探」：身分與身體功能的區分

陳國偉對早期台灣推理小說中「警察偵探」類型的詮釋，主要從一九八〇年代起的幾部推理長篇，以及林佛兒推理小說獎得獎作品中，發現這些其中的警察等同偵探的角色，他們破案的目標，很難擺脫「立功升官」這種自我權力與慾望的滿足，以及「犯罪偵查者」身分正當性的焦慮與建構[224]。他據以認為警察偵探的身體不可能超過國家權力體制，也不可能反諷警察無能的情境，因為「警察偵探」仍然必須從「警察」那裡取得偵查的權力才得以推理事件真相；換言之，警察偵探身體得以作為國家身體的延

223 見葉桑：〈台北怨男〉，頁72、73。

224 見陳國偉：《越境與譯徑——當代台灣推理小說的身體翻譯與跨國生成》，第三章「力的曲線——邁向無限透明的偵探身體」，頁144—145。

伸，而消除了反政府或危害警察體系的疑慮[225]。

但由於陳國偉論述的取樣，特別針對情節敘事中只出現一名偵探，而這名偵探又具有警察身分，或是具有得以親近或分享警察權力身分的推理小說，這個觀察角度，不免使得「警察偵探」的角色詮釋，侷限在國家權力的延伸層面。

筆者認為在這樣的取樣外，早期推理小說中的警察與偵探的關係，也存在著其他不同的可能。例如《推理之旅》中柯樂警官對偵探漢瑞提出的請求：

張先生，傍晚您跑來我那而翻閱全體團員的證照資料，我雖不知您的意圖何在，但我直覺到，您可能對本案的內情有某種程度的了解，希望你將所知道有助於我們破案的線索據實相告……[226]

在此之前，警方已做了多次的口供，也進行多次調查，甚至扣押了關鍵證據，但最後卻仍舊「不得要領」，只得尋求偵探的協助。然而偵探甚至拒絕提供他的推理成果，如漢瑞回應道：

我想，你們警方今晚仔細研究分析過本案所有的線索和資料之後，必定會有突破性的發現，最遲明天早上便會前來逮捕殺人凶嫌……[227]

225 同前註，頁148。
226 余心樂：《推理之旅》，頁172。
227 同前註。

漢瑞顯然已充分了解整起案件的來龍去脈，也破解警方遲遲無法突破的盲點，因此他才能肯定地斷言兇手「最遲明天早上」會落網。值得注意的是，偵探雖已透過推理獲知真相，甚至作者也已將實際推理的過程呈現於讀者眼前，但是，偵探卻仍拒絕警察的要求，表明了「警察」和「偵探」這兩個角色，在推理敘事中至少可能存在著不同的身分與功能。

這種包含著身分、身體及其功能的區分，在葉桑一系列的推理小說中更加明顯。葉桑塑造了葉威廉、劉宜雯和紀歐陽等三個主要的偵探角色：葉威廉是「葉氏翻譯社」精通七國語言的天才名探，劉宜雯是推理小說J雜誌的主編與創作者，紀歐陽則是推理小說迷的校園偵探，三名偵探都和代表警察系統的警官陳皓有直接或密切的關係，劉宜雯和紀歐陽分別是陳皓的表妹和表弟，葉威廉則是陳皓的至交好友。

有趣的是，只要陳皓（警察）與葉威廉或劉宜雯（偵探）出現在同一篇小說中時，陳皓就不會負責推理，或僅完全以一個單純敘述案情或偵查方向、結果的角色現身，如以下幾個段落，都呈現出這種趨向：

「武小端昨晚溺死在浴缸裡……」不等表哥說完，我的心頭一陣驚駭……

「宜雯，妳不是和武家很熟嗎？可不可以盡妳所知，提供資料給我。」[228]

「宜雯，妳大約不知道那名陌生女子的身分吧！讓我告訴妳，她的名字叫羅安娜，是名工業間諜。命案發生的時候，幸好妳在場，否則可能到現在還沒辦法破案。」[229]

葉先生追問陳警官，是不是有鮪魚醬殘留下來。陳警官說趙之鳳的胃裡，是殘留著魚類蛋白，不過無法分辨是哪一種，除非再進一步分析。……

228 葉桑：〈月光下的愛與死〉，《夢幻二重奏》（臺北：林白出版社有限公司，一九九〇年），頁10。

229 葉桑：〈綠寶石的證言〉，《耶誕夜殺人遊戲》（臺北：皇冠出版社，一九九一年），頁145。

「我是陳警官。你曾建議要注意馬坤勉從日本帶回來的四瓶鮪魚醬。請問，你為什麼有這種建議呢？」[230]

「我就是正為這件案子，愁得頭都快裂成兩半了。好吧！下午三點，我過去你那邊，有些疑竇可能需要旁觀者清的你提示一下。」[231]

在這些段落中，可以清楚地發現「警察」和「偵探」的身分和身體是被區分開的，尤其警察在有偵探存在的情形下，他在推理敘事中所扮演角色的重要性也隨之淡化。因此陳皓不斷地要求劉宜雯或葉威廉提供他有利的資訊與提示，或者充分表現對偵探釐清真相的感謝。

也就是說，警察和偵探兩種角色實際上已經拆解成兩種不同的功能，偵探負責真相的探尋，警察則以這個真相，進行「正義」的評斷與刑罰執行。這種情形，不會出現在警察偵探身體與國家身體合一的小說敘事中，因為如果警察偵探作為國家權力或機器的延伸，那麼這個身體應該同時具有偵探發現真相的知識力，又具有警察系統所象徵的絕對權力，唯有這兩者的結合，警察偵探身體才能夠穩固地理秩序，進而消除社會中出現不良的風氣與問題。

在早期警察與偵探身分與身體二分的推理小說中，警察往往透過要求偵探幫忙，或吸引偵探出動的方式，迫使偵探親自「走入城市」之中，以他們的身體進行地理空間的劃界。例如〈縮水的骷髏〉中陳皓主動向葉威廉透露一起案件，其目的卻是為了讓他消氣：

230 見葉桑：〈不許紅杏再出牆〉，《台北怨男》，頁132、133。
231 葉桑：〈突變的水仙〉，《黑色體香》，頁171－172。

「好了！歇歇氣吧！我向你報告一宗，你最感興趣的事情。」陳警官故意地做了個深呼吸，說：
「嗯！火藥味完全不見了。」
「火藥味是用聞的，不是用見的。」葉先生立刻精神抖擻起來，他催促陳警官快說。[232]

陳皓的主動透露，除了是以這起案件中「縮水的骷髏」的神祕感吸引葉威廉注意外，也成功地讓他一面推理，一面開始「走入城市」，例如在初步釐清線索後，陳皓對葉威廉說：

「所有特徵都完全符合，所以是孫昶勇沒錯。」陳警官嗯哼了幾聲，繼續說：「怎麼樣，我的手邊已經有些資料，要不要一起去走走看看？」[233]

隨後葉威廉即隨著陳皓走訪了台北與高雄信大藥廠，繼續他的推理。或如〈嚙背斷情〉中陳皓特意到貝斯特生化研究所告知葉威廉一起凶殺案：

「昨天下午，有人在新店灣潭的深山小徑，發現一具女屍。經過警方調查，沒有他殺的嫌疑……」

我看陳警官欲言又止，就說：「沒有他殺的嫌疑，那便是自殺。那你又有什麼疑問，難道發現了

232 葉桑：〈縮水的骷髏〉，《遙遠的浮雕》（臺北：皇冠出版社，一九九二年），頁8。
233 同前註，頁16。

什麼矛盾之處嗎？」[234]

陳皓的欲言又止，同樣引起了葉威廉的興趣，進一步想要了解警方調查的步驟與結果，推理出不合常理的疑點。在這些敘述中，都可以發現類似的敘事模式，即警察都向偵探透露出警方的調查線索，或對案件百思不得其解後，轉而向偵探尋求協助，讓小說中的偵探得以藉由他們的身體與城市產生互動。

這個模式，某種程度上可以解釋為偵探從警察身上獲得了具有偵查合理性的身分，但是這個合理性的取得，是否作為警察正義的維護？恐怕不盡然如此。例如〈不會說謊的頭髮〉中警察和偵探同樣同時登場，而在葉威廉推理出真兇後，陳皓與他的對話：

「合情合理的推理，可是她死不承認呢？」

「……你們警方則可以趁虛而入，說什麼電腦調查結果，有人透露她如何得到毒蟾粉……反正逼打成招就是了，難道還要我說明嗎？」[235]

這段對話，呈現出偵探正義與警察正義的差距。葉威廉關注的是真相，對他而言，只要是透過真相揭露而找出的兇手，不論經過哪種方式，都必須達到「正義」，因此「逼打成招」就成為一種可能的制裁手段，而和警察體系藉由公權力的強制執行不盡相同。事實上在小說敘述中也已表現了兩者的不同，在於最終偵探放棄了獲知正義如何施行的權力，讓「惱羞成怒」的警察迴避了偵探的挑戰。

234 葉桑：〈嚙背斷情〉，《夢幻二重奏》，頁111。

235 葉桑：〈不會說謊的頭髮〉，《耶誕夜殺人遊戲》，頁50。

在各種不同類型的早期台灣推理小說中，亦可以找出相應的例證，例如〈人猿之死〉：

吳刑事以辦案的態度打斷老大黑點的話，他說：「你不是說媽媽已經回來了嗎？我就等著她回來印證，不只這兩根頭髮，我還可以請我局裡化驗組的同事來驗血，我相信猩猩阿吉指甲裡的血跡一定跟你媽媽的血型一樣。」

這時候吳刑事拿著兩根毛從她背後的頭上在比對，李漢洲他們探過來，果然，兩根毛的顏色從肉眼來看是很接近的，……吳刑事用眼梢瞄了李漢洲一眼，那表示著，你看，我的判斷正確吧！[236]

這篇小說雖是警察與偵探身分、功能合一的類型，但作為警察偵探的吳刑事根本沒有如他所說的去化驗血型，僅以比對毛髮的方式確定了兇手，而他的錯誤推理，最終造成了李漢洲一家的天倫悲劇。然而，吳刑事的「辦案」與他粗略的推理，雖然沒有立即引起李漢洲一家人的憤怒，而是透過小兒子的家書中「希望爸爸和媽媽的感情和好如初」[237]的願望，反襯出警察辦案的荒謬。

或如小說中只有一名偵探，而這個偵探既不是警察，也未從警方獲得協助的〈顫抖的拋物線〉：

孟德爾也開口說：「所以陳倩梅的死，警方不必負責，因為他們不可能再次追問拐子腳時，說陳倩梅懷疑你是兇嫌，所以我們就把你抓起來。」

雙槍王八妹點頭，說：「有理！有理！」

236 林佛兒：〈人猿之死〉，頁76。
237 同前註，頁78。

小紀不服氣地說：「什麼有理！如果他們早認定安琪是他殺，事情就不會演變成這個樣子。」其他兩人不約而同地嘆氣。[238]

偵探紀歐陽對於警方明顯的敵意或怒氣，更激化為「不是我在批評那些沒路用的警察，隨便亂抓」[239]的怨懟。

從以上的例子中，可以發現早期台灣推理小說的偵探身體，不見得必然與警察合一，並成為國家身體的延伸；換言之，雖有一部份的小說中警察偵探偵破案件後，似乎並非對釐清真相真的感到興奮雀躍，反而是對升官、加薪的期盼，自然會導向如陳國偉所言偵探身體反映了高壓統治下的權力控制[240]。但是，一旦將取樣的範圍擴大，在更多的小說中警察與偵探角色的身分、身體與功能出現了明顯的區分，在這樣的敘事中，警察所象徵的國家的絕對權力，已逐漸淡化為吸引偵探注意、促使他展開行動的案情敘述。也就是說，警察既已不具推理、探查的功能，也沒有提供什麼關鍵的線索，甚至出現某些阻礙推理進行的行為，似乎已不再是「正義」的唯一代表與象徵。

一九八〇年代台灣推理小說就以描述這種對警察體系與真相秩序直接連結的質疑，其中林崇漢《收藏家的情人》所收錄六篇短篇小說，幾乎都對每一篇的警察角色進行強烈的批判，如〈收藏家的情人〉中的佐伯夫檢察官，不但不經過推理即胡亂押人，甚至不仔細查證嫌疑人的隨意翻供，三番兩次的抓錯

---

238 葉桑：〈顫抖的拋物線〉，頁32－33。

239 葉桑：〈畢氏定理之謎〉，《顫抖的拋物線》，頁159。

240 見陳國偉：《越境與譯徑——當代台灣推理小說的身體翻譯與跨國生成》，第三章「力的曲線——邁向無限透明的偵探身體」，頁147。

兇手，小說如此敘述：

檢察官被這次案件幾度錯誤的判案已經磨得幾乎失去信心，聽他這麼一問不由大吃一驚，說：「難道又有新的兇手？難道中村又不是兇手了？他已經招認是謀殺了，可不像川島那麼迷迷糊糊地招認過失殺人！」[241]

從檢察官的說詞中，可以看見警方不斷誤判，當檢察官聽到偵探余維剛可能又發現了對案情具有突破的線索時，他又急忙規避責任的態度；甚至在鈴木道久子留下的遺書裡寫道：「我不要讓警方太早明白這是自殺。我要警方確實掌握你謀殺道久子的所有確鑿證據之後，甚至定了你的罪之後，才讓在精神意念上主謀者是我的事情大白於世。」[242]更對警方的辦案大大的嘲諷一番。而這篇小說中的警察和偵探的關係也明確地區分開來，偵探最後解開謎團，揪出事件主謀者，凸顯的正是對警察體系失效、失據的強烈質疑。另如〈太陽當頭〉賈德成警官隻身上山搜查，而後帶領大批警力進行搜索行動，最後做出這樣的結論：

案情發展至此可謂案中有案，警方除繼續追緝崔采山和追查崔益群的行蹤之外，死者致死原因更加撲朔迷離。警方謹慎考慮死者因販毒利益衝突而遭謀害的可能……[243]

241 林崇漢：〈收藏家的情人〉，《收藏家的情人》（臺北：林白出版社有限公司，一九八六年），頁109。
242 同前註，頁115。
243 林崇漢：〈太陽當頭〉，《收藏家的情人》，頁282。

但是，死者死因的「撲朔迷離」，根本上來自於警方以販毒利益作為後續偵查方向的錯誤，而作為偵探的胡瑞中，則從崔益群的家庭關係著手，最終釐清了真正的真相，警察的行動則是「掩圍而至」，順勢將崔益群逮捕下獄。

問題是，警察的功能只是守株待兔地「等」在崔益群必定會出現的老家，待人出現後即刻逮捕，但是對於真相，並沒有任何推理過程，甚至完全不在意；換言之，真理秩序的建立仍然必須經由偵探身體完成，警察身體最後只是凸顯了那個具體的「刑罰」而已。

更極端的例子，是思婷〈客從台灣來〉中胡亂推理、意圖栽贓，甚至性侵嫌疑人的保安主任李唐，他在老船長推理、破案後對他說：

> 「船長，待會兒公安局的人就上船了……我在想，您是搞航海的，破不破案對您影響不大……所以……哎……您能不能說……哎……是我破的案……您多幫幫忙……因為……我……」
> 「我會說是你的功勞。」船長厭惡地揮了揮手，再也不看他了。
> 「謝謝！謝謝！……」李唐連連鞠躬，很快跑下甲板，跑到舷梯前，迎接登船的刑警。[244]

李唐雖然意圖藉由破案而獲得升官、獎勵等等滿足，但是一方面他雖然參與推理的過程，但三番兩次的抓錯人，甚至運用公權力造成嫌疑人的懼怕，進而性侵得手；另一方面他向老船長請求分享推理的結果，並且將破案的功勞歸於自己。從這些敘述和李唐的人物形象塑造，也都具體而微地展現了作者對當

244 思婷：〈客從台灣來〉，《推理》第五十五期（一九八九年六月），頁92。

時警察系統的不滿。

這些早期推理小說都表現了對警察辦案的無理鄙俗、判案過程的粗糙而引起的憤怒與不信任感，這種衝突與反彈，象徵對警察體系所被賦予的國家權力的挑戰甚至顛覆，並且開始進行警察與偵探的同質性的消除，可能進而開創了新的偵探身體。

二、關鍵指證：在地空間的介入

早期台灣推理小說中，在警察與偵探同時登場的狀況下，推理基本上由偵探完成，警察雖可能對偵探分享了他的身分所帶來的權力，但在推理敘事中仍然距離「真相」十分遙遠。其中存在著一個非常重要的特色，就是屢見不鮮的「錯誤推理」。

當然，所謂的「錯誤推理」，並不是要求警察或偵探在第一時間就要抓到正確的犯嫌，而是「警察」的行動或推測，甚至會對「偵探」的推理產生阻礙與混淆，例如〈突變的水仙〉中偵探和警察間的幾段問答：

> 「你是否還記得，你問她蒲小姐是否要到醫院檢查一下時，她幾乎是用吼的說不要，而且母女兩人哭得眼睛都腫起來。柳小姐只是個祕書，你不覺得她們太傷心過度了嗎？」
>
> 「我倒不以為然，有些人天生感情豐富。」陳警官站起來，默默地走了一圈。[245]
>
> 「兇手會不會是蒲先生？」當我脫口說出這句話時，立刻就後悔了。

[245] 葉桑：〈突變的水仙〉，頁174。

陳警官卻淡淡地說：「我們早就想過了，可是他有完美的不在場證明。」

「憑他的財勢，有什麼不可能的呢？」

陳警官淡淡一笑說：「老葉，你又憤世嫉俗了。」[246]

「還有沒有其他新發現呢？」

「第一現場不在客廳，而是在書房……」

「等一下！等一下！」我連忙擺手，說：「讓我們做一個總整理，再做其他思考。首先，我們把焦點集中在一個月黑風高的晚上，……」[247]

這幾段對話，警察都對偵探造成思考上的阻礙，因此葉威廉必須做一次「總整理」，重新把焦點集中在最原初的線索上。值得注意的是，葉威廉所提出的疑問，例如蒲意靈母女的「傷心過度」、蒲先生的「不在場證明」，最後都被應證是正確的懷疑。也就是說，在偵探還沒真的「出門」探案前，他就已經先知地預料了這起案件的真相，反而是陳警官自以為是的發言所造成的推理阻礙，延遲了釐清真相的時間。

陳警官的錯誤推理，雖然掩蓋了已被偵探的想像所揭露的真相，但是換個角度來說，也正因錯誤推理的阻礙，讓偵探得以延展城市行跡，並且擴張緝凶地圖，偵探一方面在這個過程中，可能找到具有在地性象徵的關鍵指證，另一方面透過偵探身體進一步建構城市的地理範圍與特性。

246 同前註，頁176。

247 同前註。

警察作為早期台灣推理小說中偵探身體建構地理空間秩序的一種驅力，回應偵探身體對城市與城市空間具有能動性與再現記憶的可能，因此，文本情節中的錯誤推理，表現原本身處於某在地性範圍之外的偵探或警察，因案件介入某個地方或城市時所必然遭遇的困境。他們在敘事中，多是「外來者」而與這個地方連結度不高，因此關鍵指證的出現，除了提供偵探或警察正確的推理線索與方向，也降低或淡化了外來者的在地性匱缺下的衝擊，使謎團在大部分的情況下至少都能現形甚至解決。

推理敘事中的關鍵指證，具有某種在地性的象徵，這種象徵有些是帶有某種地域特性或地方價值的物件，有些則是透過在地居民的現身說法與其提供的證詞。值得探論的是，無論是物件或是居民的指證，它們暗指的仍然是人與地方的密切連結。

例如葉桑〈鐘聲響後的ＥＣＨＯ〉中的薛繁命案，不僅身為警察的陳警官對案件完全沒有頭緒，甚至偵探宜雯還跟丟了關鍵證人，使他遭到謀殺：

> 陳警官用責備的口氣對宜雯說：「我不是要妳和他談談嗎？怎麼會變成這種下場？」宜雯一時語塞，做了個深呼吸之後，才沙啞地說：「我來過他們學校，也試圖……可是他拒絕合作，後來就被人用越野車載走了。」
>
> 「如果妳緊追不放，就……」他或許感到這種說法不妥，就不再說下去。[248]

在第一起命案尚未釐清的情況下，關鍵證人羅起華又受到殺害，讓整個案件陷入了空前的困境中，不論

[248] 葉桑：〈鐘聲響後的ＥＣＨＯ〉，《夢幻二重奏》，頁162。

是警察、偵探或法醫都束手無策，只能懷疑運用「思想殺人」的超自然能力可能。

小說最後由宜雯發現的「龍船花的果實」，成為了破案最關鍵的證據。羅起華的死被偽裝成與轎車擦撞，而飛落斷崖的意外，然而宜雯發現他的手中握有一顆龍船花的果實，龍船花雖然是台灣各地常見的野花，但因它的植物特性畏光避風，主要聚集在半遮蔭的樹林、果園以及灌叢間，少見於完全向陽的環境，因此不可能生長於斷崖邊。宜雯即據此推論羅起華並非受到轎車擦撞而墜落山谷，而是溫良刻意在山壁邊從越野車上甩下他，再將之推落斷崖的謀殺，因此羅起華手中才能握有一顆不可能出現在斷崖處的龍船花果實。有趣的是，當宜雯推理完畢後，陳警官的回答是：

> 那……那我們要趕快將溫良移送法辦，不要讓他跑了。這次真的要謝謝妳，沒有妳的明察秋毫，羅起華將會死不瞑目。[249]

他幾乎完全不經思考地就接受了這個推理的結果，再次映證小說中警察角色在有其他偵探存在的狀況下，幾乎不具推理作用外，龍船花的植物特性之所以成為破案的最終關鍵，也表現了身為外來者的偵探、警察與法醫與地方的關聯不足；換個角度說，龍船花的果實毋寧是一種在地性的表徵，因為透過龍船花生長的位置，事實上可以理解許多關於這個地方的訊息，整起案件因龍船花的果實而釐清，也正代表了在地性於推理敘事中所具有的重要意義。

249 同前註，頁169。

另外，〈鳳凰夫人的信箱〉中的偵探葉威廉發現談永善並不是自殺，而是被謀殺的關鍵，在於飯店房間內的「電話」。他對陳警官說：

「我們要借走這電話。」葉先生娓娓地說明。「我曾替這家電話公司翻譯過說明書，所以對產品的功能多多少少有些認識。其中有一項就是『重撥』的功能。詳細地說，當你撥了一組號碼之後，想要再和對方通過，不需要再撥一次，只要按下『重撥』的功能鍵就可以。」[250]

葉威廉之所以要用看似十分不可靠的「重撥」找出破案的線索，最重要的原因是「這個區域的電信局恰好使用舊式的交換機，所以無法調出通話記錄」[251]，立即對應兇手在湮滅犯案證據時所慶幸的：「這裡是台北郊外的A區，電信局的交換機是舊式，也就是所謂步進制，所以不會留下記錄。」[252]也就是說這架「電腦多功能無線電話機」成為找到真凶進而破案的關鍵，實際上是供給它通話功能的交換機，屬於台北郊外的舊式的機型。

這個關鍵指證隱含了兩層意涵，其一是不論電話機具有如何現代化的配備和功能，它的主要功能卻仍受到「郊外」的空間限制，使得作為關鍵指證的電話具有了「台北郊外」空間的特性；其二是電話機先進新潮的外型與功能，其內部的通訊運作卻仍然依賴無法記錄通聯記錄的老舊機型，而兇手意圖憑藉這個「新潮」設計詭計，偵探卻是以其「老舊」推演解謎，使得台北郊外這個相對「台北市內」的偏

250 葉桑：〈鳳凰夫人的信箱〉，《遙遠的浮雕》，頁57。
251 同前註，頁56。
252 同前註，頁51。

遠、落後的城市空間，具有對現代化與進步諷刺的意味。

換言之，早期台灣推理小說提供偵探推理、解謎線索的關鍵指證，除了隱含了某種在地性的隱喻或象徵外，似乎還具有某種更強烈的意圖。例如〈東澳之鷹〉、《島嶼謀殺案》中作為偵探角色的警察，在第一次嘗試推理的過程中，同樣是苦思不得其解，也都抓錯了兇手，在這個反覆的過程中，出現了一個關鍵的目擊證人麥治良，使得解謎和案件有了突破的可能。小說敘述：

> 吳組長帶來的三個人之中，有一個身體比較瘦小的，模樣一眼就可以看出是個鄉下種田人，站了出來。……麥治良已經端視了他很久，所以吳組長一問，他就肯定地說：「是他沒有錯，當時他掉了斗笠以後，他就是留這種三分頭……」[253]

麥治良是東澳在地居民，在陳冬貴犯案後急忙地騎著機車離開時，短暫目擊他在雜貨店前摔倒，並記下了他的車牌，而成為破案的關鍵。麥治良的形象是龔太太在警局回憶案發前後時所描述「他那種打扮，就跟常常在鄉下看到的農夫一樣，頭上還戴著一頂明亮的斗笠……」[254]的樣子，在這個段落「在場的三位台北人」[255]對東澳的地方印象是被劃歸為「鄉下」的範疇，且「斗笠」作為辨識「農夫」的重要物件，就構成了外來者對於東澳的集體想像。

253 林佛兒：〈東澳之鷹〉，頁66。
254 同前註，頁60。
255 同前註，頁54。

在《島嶼謀殺案》中，楊吉欣掌握了錄有證詞的錄音帶而破解李卻謀殺案；而楊吉欣謀殺案的偵破，則是因為陳翠通知警方白里安偽裝的來電，意即楊吉欣和陳翠分別是《島嶼謀殺案》兩次謀殺中得以破案的關鍵人物。

透過台灣人貿易公司老闆施莫之口，敘述了楊吉欣的形象：「他跟我一樣，是道地的台灣人，操閩南語，中等身材，並沒有什麼特徵」[256]，「道地」也具體表現在查驗死者身分時在他長褲內袋裡，發現「台灣人楊吉欣」六個毛筆字，顯示在國籍身分上的台灣外，還有強烈且穩固的台灣認同。此即是一個值得思索的關鍵；另外，考述楊吉欣進入道坊與白里安和周清紅談判時，文本對於周清紅的話語有兩段描述：

> 「進來吧！台灣人。」是周清紅的聲音。……「我姓周——是白先生的朋友，我也是台灣人啦，先生貴姓？」[257]
>
> 周清紅反應很沉著，她壓低聲音，用台灣話鎮靜地說道……[258]

周清紅特別以台灣人的身分拉近與楊吉欣的關係，還特別轉換語言為台灣話，都強調「道地」的台灣精神；而陳翠是李卻的高中朋友，也是土生土長的台灣人，後來與楊吉欣結婚，文本透過她的居住空間描繪她的關鍵意義：

256 林佛兒：《島嶼謀殺案》，頁155。
257 同前註，頁142。
258 同前註，頁171。

> 陳翠住在牯嶺街一條小巷子裡，另一邊通重慶南路，全長不到兩百公尺，巷子裡頭都是四層樓的公寓房子，斜斜倚立，使巷子顯得更狹窄。[259]

狹窄的巷子、單一的建築景象，卻又在交通幹道附近，誠如白里安與李郤所住的那個作為小說中台北的城市空間象徵的頂樓加蓋木與老舊公寓。楊吉欣和陳翠道地的台灣人的象徵，除了「台灣人楊吉欣」直指的台灣意識和愛鄉精神外，他們居住的空間，也意圖扣連著以小說開頭所營造的城市意象縮影。

當然，「台灣人楊吉欣」的論述完全應合個體主體性與認同的緊密連結；陳翠與狹窄、單一的居住空間產生一體性，從中也表顯了對台北的在地認同；〈東澳之鷹〉的麥治良因為他的外型瘦小，看起來像是鄉下種田人的形象，成為東澳這個地方的在地性象徵；這兩個推理文本在破案的關鍵人物的設定上，俱以具有強烈主體性或在地認同的形象，即隱含了重要的辯證關係。

《島嶼謀殺案》中白里安的華僑、商人身分，讓他得以自由的穿梭在各個城市中，周清紅也因為職務與婚姻關係，成為取得香港居住權的台灣人，他們和作為台灣本土象徵的楊吉欣和陳翠在認同議題上存在著很大的落差，故事的結局當然是闡發「歹路不通行」的社會正義，但同時也可以發現台灣本土的認同事實上可以抵抗或戰勝全球化都市的消費空間的同質化，或是改變趨近「無地方性（placelessness）」的趨勢，落實地方的內涵與意義，特別是人們所熟悉以及成長的地方。

259 同前註，頁173。

〈鳳凰夫人的信箱〉的台北郊外與台北市內，〈東澳之鷹〉的東澳和台北，也是同一種對照的概念，於是葉威廉和麥治良不只是揭穿了作為城市中藍領階級的安致鵬、花春滿或陳冬貴的犯行，也同時揭露了台北作為一個城市中發生的種種社會問題，如複雜的男女關係、疏離的家庭關係、殘暴的人性衝突等等，而這些問題，又都是發生在那個被清楚標示出來的一九八〇年代，這個年代台灣——尤其是台北——逐漸轉型成現代化工商業都市之中。因此，關鍵指證所被賦予的在地性象徵，除了對案情的推動具有關鍵作用之外，甚至「在地化」被連結或被賦予了正義且光明的想像，並作為揭發現代化發展下人與城市的各種問題與黑暗面的重要途徑。

三、從「偵探」出發：台灣推理小說的在地化重構

本節探討了本格復興前台灣推理小說中偵探身體的功能與錯誤推理對偵探可能造成的驅動，大致上希望釐清或開展前行研究中以「警察偵探」類型作為國家身體的延展與警察體系維繫的侷限。在既有的研究中，早期台灣推理小說的偵探類型並沒有太多的討論，但從文本例證的分析中，可以看見多元的偵探身體與城市間的互動關係，也對下一時期的新偵探身體具有某種程度的開創性與示範意義。因此，從早期推理小說中的「偵探」出發，也能夠重新審視台灣推理小說在地化的建構。

除了警察同時作為偵探的類型外，早期推理小說有更多警察、偵探兩者同時存在於小說敘事中的作品，然而警察與偵探身分與功能上的截然二分，必然會出現某些焦慮或彼此的緊張關係，因為偵探藉由他的知識力洞察先機與真相，就有可能危害到警察系統所應擁有的制裁權。但是這種緊張關係卻在早期的推理小說中通過幾種方式化解。

其一是警察與偵探雖然二分，但是他們透過分享權力而達成和解或平衡，這種權力的分享又可能轉

化成對取得報償的滿足；其二是刻意造成警察角色在敘事中的缺席，或削弱他們代表的正義象徵。

在第一種方式的探討中，偵探與警察達成的平衡，弔詭地建立在其身分功能的「二分」上，如〈縮水的骷髏〉葉威廉析理出案件的全貌後的描寫：

> 陳警官便走了過去，拿起話筒的手，和按動數目鍵的指頭顯得信心十足，可是隨著他一開一闔的嘴巴，葉先生便瞭解。所幸這件奇怪的命案已經脈絡分明，再下去就是天涯追蹤，那可就不是他這種安樂椅偵探所能勝任的工作。[260]

葉威廉的言下之意，是他認為警察和偵探能夠「勝任」的工作是不同的，但有趣的是，警方之所以能夠展開「天涯追蹤」，而且鎖定某個追蹤對象，則完全依賴偵探的推理。也就是說偵探事實上是向警察分享了「真相」的全貌，而警察則以逮到兇手作為權力的交換，這使得「力」的交會達到某種平衡；〈香水殺人〉中幾乎有一模一樣的情節，葉威廉推理出謀殺詭計與真兇後對陳皓說：

> 「殺人的過程似乎躍然紙上，那麼兇手就要靠警方追緝了。」葉先生說到這裡，宛如放下重擔，靠在椅背舒一口長氣。
>
> 「我們將……全力追緝……那位神秘訪客。」……[261]

260 葉桑：〈縮水的骷髏〉，頁31。
261 葉桑：〈香水殺人〉，《為愛犯罪的理由》，頁169。

這段敘述中，解開謎團的偵探應該佔有「追緝」的主動性，但他同樣轉而向警察分享推理過程，讓警察體現他們的肉體力。這種型態最極端的例子，是偵探的「歸功」：

此時電話響起，他迅速地接過，沒想到是要找葉先生。
當葉先生大聲說出——不是我的功勞，是警方辦事有效率，能夠及時攔住欲偷渡出境地黃桂權……[262]
「這件功勞當然要讓給我的好友——陳警官。」
張組長歪嘴強笑，說：「只要能破案，誰拿到功勞都是一樣的。總之，謝謝你，葉先生。」[263]

值得注意的是，〈水晶森林〉中的警察只出現在張組長轉述「陳警官已經將姜鴻帶回局裡」[264]這一句話裡，即葉威廉根本沒有機會向陳皓分享任何推理細節，陳皓也無法據其推理抓到真正的兇手，因此偵探的「歸功」，自然引起這篇小說中真正代表警察系統的張組長「強顏歡笑」的無奈。然而就意義上來說，這個例子完全凸顯了警察與偵探身體的功用與象徵的殊異，同時也顯示兩者間的拉鋸關係勢必通過權力分享而達到平衡的需求。

這種「化解」所隱含的意義，首先回應陳國偉所認為早期台灣推理小說中向日本的譯寫，使得偵探

262 同前註，頁206。
263 葉桑：〈水晶森林〉，頁28。
264 同前註，頁26。

必要地具備某種正確性，而與警察機構相互重合[265]，但這種正確性彰顯的是國家權力支配的合法性，反而使得社會批判的動能消失[266]，因此警察和偵探的權力甚至報償處於平衡，仍然維持了國家權力支配的穩固。但是，筆者認為在這些小說中，警察仍作為推動偵探「走入城市」的驅力，因此偵探透過身體的城市行跡，進而繪製的緝凶地圖，本質上仍受到警察角色的牽引，即權力的分享不僅發生在推理的結局（真相的釐清），甚至早在推理之初，動機的生發時就已產生一次轉換。

因此，偵探所尋獲具有在地性意義或表徵的關鍵指證，同時讓警察與偵探進入在地情境中，即這些推理敘事最終仍然回歸本土／外來的辯證邏輯，外來者當然不可能短時間內成為在地居民或使用者，但是通過關鍵指證的幫助，使本應具有相異身分與功能的警察與偵探，同時產生趨近地方的可能，進而解開謎團、解決案件。

早期台灣推理小說中的偵探很少受到在地性範圍的限制，或說他們一開始所遭遇的困境，會隨著解謎的過程，逐漸消解人與城市、地方之間連結性不足的疑慮，使得偵探們總是可以順利地解開謎團，找出真相。如〈東澳之鷹〉的吳組長、〈人猿之死〉的吳刑事、《美人捲珠簾》的宋組長都運用著這套邏輯，這三人都是警察偵探，相對於在地的東澳、華西街、韓國漢城而言，他們都是外來者，而他們得以調解自身與地方連結的不足，亦使最終他們得以完成推理敘事的關鍵，都是來自於在地居民或使用者的協助，格外凸顯出早期台灣推理小說中人、地緊密扣連的在地性的重要性與作用，甚至高於偵探身體對地理秩序的劃界與定義，也成為本格復興前台灣推理小說在地化的重要特色。

265 見陳國偉：《越境與譯徑——當代台灣推理小說的身體翻譯與跨國生成》，第三章「力的曲線——邁向無限透明的偵探身體」，頁146。

266 同前註，頁149。

第二種化解方式是讓警察角色在小說中缺席，這種缺席，並不是警察完全消失在推理敘事中，而是警察系統確實存在於敘事之中，但其形象做了特別的轉化，如〈龍鳳賓館的一夜〉偵探希望蒐集各大航空公司的旅客名單時的敘述：

> 人家憑什麼給我這些資料？
> 除非是有某種壓力產生。
> 這個壓力必須由我推動，施加於警方，然後再由警方轉移到各大航空公司。所以我提出夢曉曦不是自殺的證據，警方自然會有所行動。
> 剛才和余經理所討論的疑點，一定統統被否決，所以才會以自殺作為結案。[267]

這段敘述有幾個重要的焦點。首先是這篇小說並沒有出現任何一個實際參與案件的警察角色，而偵探最終希望施加警方壓力的原因，並不在於權力的分享，因為事實上警察並沒有給予偵探任何有利的訊息；換言之，在這篇小說中，偵探身體兼具了知識力與肉體力，即偵探既推理又緝凶，一般而言應該不再受制於國家權力的干涉，但偵探仍然不斷努力嘗試推翻警方錯誤推理的判決，並且敘述：「我相信自己，堅定自己的立場。當他們敷衍我的時候，我仍然不放棄」[268]的翻案過程，都表現出警察和偵探已非通過分享權力形構合作關係，警察與其代表的權力體系，在小說中也已被架空為某種「執法機構」。

這個「執法機構」隱含的深層邏輯，就是進一步拆解「執法」與「正義」，也就是說，由偵探取得

267 葉桑：〈龍鳳賓館的一夜〉，《仙人掌的審判》，頁227。
268 同前註，頁228。

真相，揚發社會正義，警察已不是真理與正義的象徵，而是「法律」的代言；換言之，這個法律的代言者最終的關懷被簡化成「懲罰的對象正確與否」，即不論進行了多少次錯誤推理，只要最終懲戒的對象是「正確」的就好。〈甜蜜控訴〉也出現一致的情節，偵探葉威廉將他經過推理後的線索告知李醫師：

「對不起，我必須現在就去機場，沒有充分時間給您詳細的說明。只是，我懷疑那是一宗可怕的謀殺案。等您確定屍體的身分之後，務必報警。」[269]

在這段敘述前，偵探的「懷疑」已經是案件真相的全貌了，但他最後並沒有向警方分享推理的結果，而是請李醫師代替偵探身體實踐其肉體力，最終證實了他的懷疑，並且抓到真兇。換言之，「報警」這件事情並不真的必要，但葉威廉特意交代李醫師務必報警，同樣不是偵探與警察的權力交換，而是表現即使偵探已經能夠單獨成為真理與正義的代表，但仍須由警察角色作為執法者，也讓警察和偵探的身分和身體在功能區分下，所造成緊張關係的紓解，因為不論如何，在表象上警察在最後一刻都仍然在「警民合作」的解釋下，偵破案件、緝拿真兇歸案。

進一步來說，早期推理小說的結局，往往展現警察與偵探緊張關係的化解，而表現出某種對「完整」推理敘事的期待。也就是說，透過偵探身體探尋的真相與正義，最終還是要回到在地化的情境，即通過社會價值進行道德上或實際罪行上的批判與懲罰，雖然還是存在著如〈太陽當頭〉最終「真相？該死的真相」、「到哪兒去挖個坑把真相埋葬」[270]這種警察、偵探都束手無策的特殊敘事，但畢竟數量極

269 葉桑：〈甜蜜控訴〉，《台北怨男》，頁149－150。
270 林崇漢：〈太陽當頭〉，頁294。

少，絕大部分的早期台灣推理小說都仍然需要警察系統作為善惡賞罰的最終判準。因此，這或許是前行研究者認為偵探身體最後就是國家權力身體的延伸，因為偵探們至少是認可了這樣的模式，才會與警察進行權力的交換，或是訴諸法律的最終刑罰。

但是，筆者希望強調的是，這種模式實際上並不會阻礙社會關懷的進行，一方面來說，偵探身體受到驅使，並以外來者之姿走入城市，通過關鍵指證體驗了在地空間；另一方面，國家機器的絕對權力實際上並不影響真理與正義的顯揚，因為警察身體與偵探身體的區分，使得肉體力與知識力呈現交會的關係，而非完全疊合。以此，偵探完成推理與解謎後的情節，最終推向與警察及其體系的重合，只是特別凸顯了「逾越」所造成的刑罰，使得台灣推理小說的在地化歷程中，人與地方變動關係下的失序可能更加應該受到關注。

第六節　推理的結局：現代化下的「台灣性」建立

一、死而復生：從失序到秩序

評論家多將本格復興前的台灣推理小說視為「社會派推理」一脈，且常針對其「遠離『本格推理』」[271]敘事進行批評；或如傅博認為林佛兒主導的早期推理小說，屬於日本社會派推理的支流——「風俗派」，作品出現缺乏社會性與歷史性造成「變質而墮落」[272]的危機等，這些評論，都說明早期台

271 杜鵑窩人：〈台灣推理創作里程碑〉，《台灣推理作家協會傑作選1》（臺北：台灣推理協會，二〇〇八年）。

272 傅博：〈新本格推理小說之先驅功臣島田莊司〉，島田莊司著，杜信彰譯：《高山殺人行1／2之女》（臺北：皇冠出版

灣推理小說以寫實手法，寄託了作者核心社會關懷的意旨，通向社會問題的揭發、社會意識的張揚與社會正義的實踐，而與「本格」敘事不盡相同。

例如景翔認為《島嶼謀殺案》最核心的價值是作者對社會的關注，他說：「林佛兒的推理小說，已經擺脫早期福爾摩斯式純粹在線索上推解的固定程式，而在案件推理之外，加入了對某一個或多個社會現象與問題的探討和描述。」[273]也就是說，社會派路線的寫作意識，最重要的功能在於反映社會現實並且對社會黑暗面進行批判，進而揚發良善本性，改善社會現況。

朱佩蘭在《遙遠的浮雕》的序文中，也指出葉桑作品本土化的一面：「推理小說的創作，需要有文學的根基。……也因此其作品即便是社會派推理小說，也深具文學的美。……在讀到其中所表現的詞句時才啞然失笑，我這土生土長的老婦生活中，早已疏遠了他們……。」[274]早期台灣推理小說能夠召喚「土生土長」的在地居民記憶與情感，使讀者得以透過經驗與主觀感受進行對地方社群、社會關係等外部空間的認識與辨識，產生主體內部之於外部的認同，具體呈顯早期台灣推理小說中亟欲關照的面向。

因此，小說為了反映社會現實，通常急切地導入批判的視角，使得推理敘事推演的最終目的，是返回實際社會中進行好壞、善惡的評斷，因此忽略了如犯案動機、背景、人物心理、人性與道德種種的深入描述。

最明顯的例子，是《島嶼謀殺案》以毛筆字作為案件破案關鍵的跳脫情節。在情節敘述中，楊吉欣的屍體泡在港灣裡，受到海浪與潮汐的沖刷，褲內還能清晰可辨的「毛筆字」。它的清晰可辨，反映出

社，二〇〇七年），頁3。

273 景翔：〈一些印象〉，《島嶼謀殺案》（臺北：INK印刻文學生活雜誌出版有限公司，二〇一〇年），頁270。

274 朱佩蘭：〈不算序文的序文〉，《遙遠的浮雕》，頁5。

作者在推理敘事的詭計設計中意圖快速地印證「台灣的一句俗話：歹路不通行啊！」[275]的價值批判，因為如果找到屍體時此六字已不可見，即便輾轉的由自白錄音帶等關鍵物證覓得兇手，台灣精神以及愛鄉觀念即會顯得理據不足；同時如〈東澳之鷹〉的結局，陳冬貴承認犯行時的描述：

> 他可以先騎摩托車趕到東澳，在廁所邊誘開她，然後——又趕回台北，多麼完美的一個不在場證明。如果她太太的屍體沒有立即被發現，祇要過了幾天就好，一切都ＯＫ了。[276]

誠然，目擊證人的關鍵指證破解了不在場證明而逮到真正的兇手，但是這段敘述反而凸顯了整個文本中一個不尋常之處，即彭慕蘭未依約定時間返回遊覽車上時，龔鴻基急躁地要人「往左邊的海邊去看看，那邊有一大片白花花的芒草」[277]，之後他又提醒負責搜尋靠海一邊的楊達德說：「那一邊沒有什麼房子，要特別注意那一片茂密的芒草林。」[278]但檢視三人的證詞，龔鴻基根本沒有看見作為陳屍地的芒草林，三人全部都在離開公路沒多久就折返；據吳組長的判定，芒草林距離公路至少需步行十分鐘，那麼既然沒有任何人看到，為何龔鴻基在尚未確定彭慕蘭已經死亡時不斷強調芒草林？也就是說，龔鴻基的急躁並非表現他如實的見聞，而是作者藉由他的言語，讓屍體迅速地被找到，因為唯有迅速被找到，兇手「只要過幾天就好」的不在場證明才會瓦解，也才能將兇手繩之以法，才得以據此直接進行批判；反

275 林佛兒：《島嶼謀殺案》，頁181。
276 林佛兒：〈東澳之鷹〉，頁67。
277 同前註，頁47。
278 同前註，頁50。

過來說，正因為作者意識到反映社會問題與批判才是小說最重要的核心，而讓不論人物、情節或是犯案動機、背景等等出現不合理之處。

謀殺案件的發生，又一致地與現代化城市中人與空間關係的失序相關，而社會關懷或批判所關照或意圖解決的面向，則是回歸秩序的過程。

《島嶼謀殺案》和〈東澳之鷹〉兩個案件中，死者的死因和兇手的殺機，固然都是現代性下人性冷漠造成的婚姻與家庭關係幻滅，但更深層來看，這些婚姻問題，卻都來自於現代化下的空間變化，如彭慕蘭醉後斷斷續續的呢喃：

> 在香格——里拉的隨園，我們喝了——喝了許多花雕，後來，後來又到老外的房間去喝約翰走路，後來，後來大家都醉了……有一個老外直盯我——對我說：I Need, Tonight・真是笑——死了，樂死——了……[279]

「香格里拉」、「約翰走路」、「老外」表面上雖與空間無關，但彭慕蘭在公司中擔任秘書，時常在「酒店」接待這些「外國客戶」，並習慣飲用「洋酒」等等，都隱然表現城市現代化下的空間與物件，改變人際的交往關係與日常空間的型態；當這種改變傾向失序，殺機也就隨之顯現。

葉桑〈天平傾斜了〉則有更複雜的轉化。小說中敘述鳳羽為了獲取丈夫對自己的在意與關心，所以假裝與同性戀男子結好，卻遭不知情的丈夫誤會而被殺害，整個故事的結局，由同性戀男子Tony的述說

[279] 同前註，頁37。

揭露：

她告訴我，她的丈夫是個重利而輕離別的商人，她過著度日如年的寂寞生活，希望有個男人來刺激她的丈夫，引起他的忌恨，而再度注意她，關心她……[280]

鳳羽的丈夫是企業的總經理，因為長年忙於事業，因此冷落了自己的妻子，因而鳳羽一方面希望找到一個男子排遣生活的寂寞，另一方面也希望激起丈夫對自己的關注，不料種下了殺機。與〈東澳之鷹〉相似的是，「重利」的商人自然暗示資本主義與現代化經濟發展與交易行為的改變，這種改變同樣帶來人際疏離，最終丈夫通過失序的行為，謀殺了他所認知的失序的妻子。

〈東澳之鷹〉與〈天平傾斜了〉作為空間使用者的小說人物，受到空間變化的影響，改變他們使用空間的方式；因此，謀殺作為一種最極端的失序行為，同時反映空間與人際的雙重失序。然而，丈夫因為誤解而錯殺妻子，終究是基於他的「重利輕別離」，即他受到城市現代化的支配，而產生無法彌補的錯誤，這個錯誤，除了是對現代性的嘲諷外，更重要的是丈夫的「悔恨」：

「她的先生真是個傻瓜，有那麼癡情的太太，卻一點也不知道……。」不錯！我是個傻瓜，我再也顧不了許多，風速四十米地衝入浴室，抱起鳳羽的遺體，大聲痛哭起來。[281]

280　葉桑：〈天平傾斜了〉，頁102。
281　同前註，頁102。

在小說敘事中，人死當然無法復生，即鳳羽生命的消亡，不可能因為丈夫的悔恨而重生，但是在空間意義上，這個因為現代化的失序所造成的人倫慘劇，卻在丈夫的「痛哭」中，重建了「秩序」。

也就是說，謀殺這種強烈的表達手段，雖表現人性醜惡與惡意，但在早期台灣推理小說中，卻成為失序與秩序間的連結橋樑。換言之，早期台灣推理小說的結局最終雖然反映現實所處的現代化城市、社會與時代，並針對這些由現代化衍生的社會問題進行批判，但是「謀殺」在小說中被形構成「失序的總結」，即謀殺的行為，除了是剝奪了受害者的生命，將人際關係的衝突具象化之外，同時也反映出空間形態的改變，使人利用空間的形式，以及人與空間關係的轉變，因此「秩序」的復生，成為小說中頗為一致的光明想像，也使得社會關懷與社會正義得以輕易地與推理結局相互勾連。

二、回／不回「家」：城市空間的深層隱喻

不同的城市空間，具有不同的特性與意象，而人在不同的城市空間生活，也會產生不同利用城市空間的方式，進而聯繫不同的在地記憶；在這個過程中，城市空間不僅是小說情節中的背景，也扣合了謀殺案與犯罪行為；換言之，城市空間的敘寫儘管存在某些背景式的描述，然而它不只交代背景，而具有深入人與地方互動情境的可能。

然而，在本格復興前的台灣推理小說中，不同的城市空間，往往呈顯了各自關於在地化和現代化的信息，這些信息幾乎一致地通過小說中的人物觀看現代化的城市樣貌，如交通設施、建築物、消費行為等等，再透過偵探對謀殺案件的解謎、找出真兇、破解案件的過程，直接反映他們的在地化選擇。也就是說，小說往往賦予了城市與空間某種深層的隱喻，而且某些特殊的城市空間或物件，也會非常明確地出現與現代化型態之間對應。

這些城市的現代化敘寫，與小說中主要人物通過城市空間的在地實踐而形構的在地認同，似乎存有相互拉鋸的狀態；早期台灣推理小說所關注的在地化與地方想像，不僅具體呈顯了人物對地方的在地經驗與記憶，更進一步地意圖建構穩固的地方認同，並且彰顯「台灣」的主體性與本土內涵和意義。本節以下即以小說中關於「現代性的嚮往」與「在地化的堅持」兩個部分，歸結「台灣性」如何在人使用具有現代化／在地化象徵的城市空間後被具體界定。

（一）現代化城市的嚮往

早期台灣推理小說中透過對城市空間的觀察與使用，具體表現人物對於現代化城市的嚮往、憧憬與期待，例如「樓梯」與「電梯」的對比，即是一個十分鮮明的例子。

本章第三節特別在許多早期台灣推理小說中分析樓梯的意象，包含木造的、具有危險與緊張感的，主要的功用是給住民垂直移動使用，在一個地方的住宅建置型態具有高度同質性的前提下，樓梯在住宅內的配置，將形塑當地居民的日常生活景態，或如建置在建築物外的樓梯，也被擴展成城市的風景，連結人與城市之間互動與生態。然而，《島嶼謀殺案》中在敘寫香港的部分，則出現了一段有關「電梯」的描寫：

> 白里安根據著小記事簿上的地址，在佐敦道街尾找到周清紅所住的房子，她在十八樓D座，白里安一點也不猶豫，即搭電梯直上。
>
> 電梯停在十八樓，門開了，白里安才發現電梯間的玄關很小，而且燈光幽暗，衹有一個大約五燭

光的小燈泡掛在橫樑上。這幢大樓共分ＡＢＣＤ四戶，Ｄ座在電梯左邊，……[282]

樓梯和電梯在城市建築都提供人們垂直移動，然而在台北或檳榔嶼關於樓梯的敘述中，建築物最高只有五樓（李卻的租屋處與伊麗莎白女皇套房），但香港周清紅的住處已有十八樓高，且在小說中，佐敦道一帶更普遍是一、二十層樓的大廈；以此，雖然樓梯和電梯的功能相同，但反映的城市樣貌以及人們使用時的感受卻明顯具有差別，佐敦道因為有現代化設施「電梯」的出現，建築的高度不再受到人們垂直移動的體力限制，即是明顯的例子。

小說敘述白里安當時「一點也不猶豫」的搭乘電梯，可以和《島嶼謀殺案》中李組長和老唐到李卻租屋處勘查案發現場時小說敘述相互對比，小說寫道：「兩個人上到頂樓後，李組長面不改色，老唐卻氣喘如牛。」或如黃期正在自白時說：「拿著兩個杯子下到四樓時，忽然聽到三樓有腳步聲上來，我沒有地方躲，……」[283]兩段敘述中，樓梯作為建築物內垂直移動的唯一工具時，移動必然受限於人的體力，以及「腳步聲」對私密性的挑戰；或如喝醉的白里安和周清紅要回到五樓的伊麗莎白女皇套房的時候，也必須步上樓梯，因此在三樓批發店門口時，遇到了眼神不屑的舊時朋友，在四樓時，白里安和批發店老闆起了口角，在五樓時，樓梯口又有看熱鬧的人群等等[284]，透過樓梯進行移動的過程中，仍然無法迴避他人的「注視」與議論，也因此，城市中這些樓梯公寓的高度，也在人使用城市空間的方式下受到限制。

杜文靖《墜落的火球》對電梯也有一段描寫：

282 林佛兒：《島嶼謀殺案》，頁69。
283 同前註，頁84、115。
284 同前註，頁129。

陸飄蓬一馬當先進入了花稼賓館，按下了十二樓的電梯按鈕，楊鐘隆和方偉明緊緊跟在後頭，隨後的則是丟下現場不管的林傑，一行四人踏入了電梯，直放十二樓。
走出十二樓的電梯門，迎面是一面潔亮的明鏡，質地看來是十分高貴的，很顯然是進口貨。四個人影映照在明鏡上，呈現了四種不同的樣相，也表露四種不同的神情。[285]

「直放十二樓」的敘述，同樣反映了人們的垂直移動，除了得以透過機械與科技的輔助，已足以擺脫人體力學的限制外，更重要的是他們於建築物內部的移動方式更具私密性。也就是說，在無他人共同搭乘，或中途無人意圖搭乘的狀態下，人們可以直接從建築物的一樓（甚至地底下）直達自家門口；而從移動便利性的角度來看，十層樓或二十層樓的建築物已不再具有太大的差別，即建築高度不再遷就人垂直移動時消耗的體力限制，反而朝向以多功能的空間利用為主的高層建築發展，這也讓現代化城市的整體建築型態，從平緩一致的天際線轉為參差且具有高低落差的型態，這些線條的疏密與移動，也是城市現代化的具體表徵。

小說中的人物對城市空間的現代化想像與期待，從他們的舉動與選擇可以發現某些端倪，如葉桑〈甜蜜控訴〉中鍾和設計好氣爆的詭計後，急忙拉著葉先生離開他的六層樓公寓：

葉先生感到有些迷惘，鍾和為什麼那麼急於離開，甚至連電梯都等不及，便一口氣衝到大街，幸

285 杜文靖：《墜落的火球》，頁10。

好只有六樓。[286]

在葉先生的認知中，離開六層樓高的公寓，在一般的狀況應該搭乘電梯，所以改走樓梯而不乘電梯，「一口氣衝到大街」這個不合常理情形下，他感到慶幸的是「幸好只有六樓」，意即「六樓」這個樓層的垂直高度，仍在他的體力負荷範圍內。楊寧琍〈心魂〉也寫湯如嬪和林太太購物返回六樓的公寓住所，她說：「幸好有電梯，否則真要每天爬到這裡豈不是累死人了」[287]，以及後來遇到公寓電梯故障，她爬樓梯時邊想：「也不知道爬了多久，只是一直爬一直爬，拚命的爬，像爬這樣的高樓，最好的方法就是千萬不要計算樓梯的高度，悶著頭不停的爬才會忘記疲累。」[288]她「不停的爬」以及「忘記疲憊」的思考，其實都在回應城市居民和使用者對「電梯」這種現代化設施的具體利用情形，乘坐電梯應屬正常，使用樓梯則是面臨異常狀況下不得不的選擇，明確地表現了人們對現代化的接受。

此外，現代化城市帶給小說人物的感官感受，在早期推理小說中，更具體展現在小說人物到訪異地城市後，與本土城市相互對照的過程。如《島嶼謀殺案》中白里安帶著李卻入住伊麗莎白女皇套房後，白里安對周遭景觀的描述：

「妳知道那反射著陽光的大樓是什麼地方嗎？」白里安故作新鮮地問。

「不知道。」李卻也調皮地說。

286 葉桑：〈甜蜜控訴〉，頁147。
287 楊寧琍：〈心魂〉，《心魂》（臺北：躍昇文化事業有限公司，一九九二年），頁112。
288 同前註，頁126。

「告訴你，那就是新世界中心，有酒店、貿易中心、高及舶來品店、夜總會等。那裡的房間，每天要五百元港紙左右，……」

「……五百元港紙，開玩笑，那不是等於新台幣三千五百元嗎？太浪費了。」[289]

「反射著陽光的大樓」是一個極具現代化意義的象徵，大樓能夠反射陽光，必然是外觀以玻璃[290]組成，這種建築型態的空間利用，也具有現代城市強調住、商、娛樂、消費等多元功能的特徵；在「每天要五百元港紙」與「太浪費了」的敘述中，也再次強化城市中該區域因現代化而衍生消費型態的「高級」。

白里安和李卻抵達香港後的第二天，遊覽了香港和九龍，除了體驗「電車」、「雙層巴士」、「地下鐵」、「海底隧道」等現代化交通設施外，還有許多高級舶來品店、精品店、百貨公司、電影院、夜總會等等，都使李卻「浸淫在新奇的印象中」、「充滿好奇和新鮮感」，並且相當喜歡甚至「流連忘返」[291]，這也表現出李卻對香港——作為一個現代化程度較高的城市——的嚮往。

Zukin針對這樣的現象指出：「即使只在任何大都市待過一天的人都能看出，都市空間近年來深受消費文化的重塑，但那些書寫城市者並未著重這些變化如何發生、它如何被實際體驗，以及變化在特定地區和整個城市所帶來的社會影響。」[292]以此，小說人物自然地接受（或反抗）了城市消費空間的敘

289 林佛兒：《島嶼謀殺案》，頁58－59。
290 全世界最知名也是最早使用玻璃作為建築主體的是一八五一年在倫敦舉行的萬國工業博覽會的水晶宮，在當時被視為當代新式建築的大膽嘗試，也標誌了現代工業科技與設計的潮流。
291 林佛兒：《島嶼謀殺案》，頁58、59、60。
292 Sharon Zukin著，王志弘等譯：《裸城：純正都市地方的生與死》，頁40。

寫，但城市現代化如何發生，以及更重要的是它如何與在地生活情境產生相互影響，卻反而不在這些敘寫的範圍之中。

在這個層面上，《島嶼謀殺案》寫的雖是人物對香港城市現代化的嚮往，但李卻的感受實際上來自於與台北相較的對應關係。例如「五百元港紙」必須轉換成「新台幣三千五百元」，而在新世界中心的酒店住一個晚上是一件非常「浪費」的事，這樣的語境，表現香港的消費型態，在她的日常生活與情境中並不普遍，這就使得台北和香港在城市現代化的進程上有了明顯的差距；類似的感受同樣出現在「看電影」的情節，李卻偶然發現香港戲院的午夜場有上映電影《艾曼妞》：「她記得在台灣曾經在報上看過有關於此片的報導，可惜台灣禁映。」並且興奮地對白里安說：「快來看哦，這裡有《艾曼妞》，而且是午夜場呢！帶我去看吧！」[293]由於台北禁止上映《艾曼妞》，引起身處異地香港的李卻的高度興趣，使她在進入電影院時，仍然回到台北與香港的比較之上，如她發現香港電影院座位號碼的編排差異，以及香港電影院有專人協助帶位等，都呈顯出香港在現代化的程度上高出台北，由此展開城市的過去以及城市的未來的相互對應、想像的對話。

《美人捲珠簾》中也出現了類似的情境。葉青森雖不斷地表示台灣和韓國之間的相似處境，但他仍不時透露他對現代化發展的嚮往。例如談論韓國大力建設的地下鐵時，葉青森覺得「漢城的現代化設施做得很認真」[294]，在談工業升級時以汽車製造業為例，都通過台灣、台北的現代化程度不及韓國、漢城的判斷，肯定了城市朝向現代化的發展是正確的趨勢。

葉青森終究是在韓台人，或許他中小企業主的身分及親身經歷，對現代化嚮往與追求意圖比較強

293 林佛兒：《島嶼謀殺案》，頁60。
294 見林佛兒：《美人捲珠簾》，頁74。

烈；反觀台北的宋組長，發現疑似是兇手殺害葉丹青的「日工」椰頭時，不僅進行了「土產貨」和「日本貨」的對比，「日工」二字的被強調，也特別標示了這個椰頭本身的「舶來品」身分，即在價格和價值上和一般在台灣產製的椰頭有很大的不同；此外，「普通家庭」使用日本進口的椰頭，在當下的情境中被判讀為一件「很奇怪」的事，也就表示舶來品在當時社會必然不易取得，更不可能被普及使用。

當然，葉丹青命案最終能夠突破，仍必須歸結於這個椰頭的日本「身分」（直覺地聯繫阿部一郎的日本國籍），但在城市寓言的關係中，日本作為一個現代化程度遠高於韓國、台灣，甚至是東亞地區被模仿的國家，自然凸顯出日工椰頭作為日本現代化表徵的先決意象。這樣的語境，仍然預設了一個與普通對反或對立的「高尚」階級，這個階級的出現，也從日本這個更高度的現代化城市與台灣的對應而來，這種隱含的深意，也被小說中代表在地身分的宋組長所接受。

通過本土／異地城市空間辯證在地／外來模型，也會出現類同的變形，小說人物身處本土城市，卻摻入了對外地城市空間的想像，最明顯的例子是葉桑〈為愛犯罪的理由〉中敘事者梁筱蓮不僅賦予本土城市異域的想像，甚至擴展到身體、感官、情感等等層面，如她形容明楚弓起的腳：「彷彿是白雪皚皚的阿爾卑斯山——空曠寂寥，有種說不出來的蒼涼之感。」描繪珠寶店員聲音：「彷彿是來自湄南河畔的廟院鐘聲，抖動著金色的喜悅。」抒發自我情緒：「我的情緒宛如從比薩斜塔落下來的羽毛，變得和鐵球一樣沉重。」描述院長辦公室的牆壁：「精緻繁麗的羅浮宮大廳被濃縮在畫框中，在微微的燈光下，我以為牆壁開了一扇窗，讓我看見了絕望而淒艷的愛情，因為那裏已經變成了地獄之王普魯圖迎娶普羅莎蓓娜的洞房了。」[295]這些想像，都以異國的名勝古蹟或具指標意義的地景為主，然而梁筱蓮為何

[295] 見葉桑：〈為愛犯罪的理由〉，頁13、103、49、49－50。

特別選用了這些異國異地的地景與其特色，多向度地描繪了城市空間與各種層面的感官體驗？即這些想像，終究必須回到梁筱蓮對本土城市——台北的對照，如：

千門萬戶的台北顯得異常地寧靜，筆直的馬路彷彿通向天涯似的，上頭有接連不斷的車隊人群，或許是醫院不久才施灑了消毒水，那種不愉快的味道，迫使我對那無聲的畫面，產生了悲哀的聯想。[296]

梁筱蓮的台北觀察與想像，因和她自身的感情經驗相互結合，而產生了「不愉快」、「悲哀」的聯想，以此，梁筱蓮自然不可能以她對台北城市空間的想像去形容或描繪自身或他者的身體或感官，而異地「金色喜悅」、「精緻繁麗」的現代化的特質，也成為小說人物主觀接受或期待的空間樣態。

在現代化的設施、空間與期待現化性的感官體驗下，商品消費也成為相當突出的行為。例如〈失去觸角的蝴蝶〉中的人物，都對「名流」品牌服飾感到著迷與渴求的慾望，類似這種價格完全超出於物體本質，但仍然召喚起人們購物慾望的現象，也與其發展密切相關。

早期台灣推理小說中的城市敘寫，常由城市中熱鬧市街入手，展現城市居民與使用者的消費行為，並據以表現出城市的現代化特徵，如杜文靖《墜落的火球》中的西門鬧街，充滿著華麗的商店櫥窗、變幻的市招燈影；楊寧琍〈心魂〉中如嬪與林太太「愉快的去逛百貨公司」，並且認為是一件「刺激好玩的事」，甚至如嬪透過職務關係「幫林太太打了不少折扣」[297]等；或如葉桑〈雷峰塔的呼喚〉中寫韓玉塵的返家歸途：

---

296 同前註，頁15－16。

297 楊寧琍：〈心魂〉，頁110、112。

這一帶是桃園最繁華的區域，百貨公司、速食餐廳、高級服飾店到處林立，宛如各種形式的手，伺機深入人們的荷包。[298]

城市的繁華所對應的幾個空間，事實上都和現代化城市發展相關，人物的行走與觀察，也不斷體現各種消費行為對城市帶來的快速變遷，逐漸成為一種習以為常的景觀。

可是，這種城市現代化的敘寫，究竟是否真的是反映出小說人物或作者的認同？舉例來說，《島嶼謀殺案》白里安在香港出手闊綽，經濟上完全足以支付「電梯華廈」的租金，但他仍然住在屬於「樓梯公寓」的伊麗莎白女皇套房，或是《美人捲珠簾》中葉青森即使認同韓國、日本現代化程度高於台灣、台北，但是這個現代化的接受，似乎並未影響他的在地認同；《墜落的火球》、〈雷峰塔的呼喚〉這些集中描寫城市熱鬧市街與熱絡消費行為的書寫，也隱然反映出恐懼與焦慮的反思。這些隱微的辯證，表現現代化城市的建立與人物對城市現代化的期待背後，關於本土性、在地性失落的憂慮；而這種現代化與在地化的拉鋸，是本格復興前的台灣推理小說中非常獨特的表現，並得以聯繫本書第三章末節針對「台灣性」的表述型態的討論。

（二）在地性的堅持

早期台灣推理小說中對現代化的憂慮，沿著人物的在地認同的脈絡開展，而在情節敘述中常出現某些具一致性的批判，這種憂慮與批判，都回應了台灣主體性建構的議題。例如余心樂〈真理在選擇他的

298　葉桑：〈雷峰塔的呼喚〉，《台北怨男》，頁100。

敵人〉中北亞和漢瑞的對話：

「年底我倆有無可能回臺灣小住一陣子？學位到手後，我是該到臺北深造一下中文了，同時很想好好嚐遍中國菜，順便學一兩手。」

「唉，別提了，」漢瑞啜口酒，閉目用心品味後舐舐唇，語氣頗為感慨說：「自從解嚴民主化後，臺灣各方面都起了激變，尤其這一年來，社會及經濟秩序一片大亂，人心浮躁不安，加上黑道分子與大陸、香港方面掛勾，走私中共黑槍進口，使暴力犯罪加速升級，治安一天天惡化，許多人都紛紛設法向國外移民，資金也一批批往外流動，臺灣這美麗之島的稱譽已經漸漸名存實亡，妳說，還回去幹麼？」[299]

北亞是瑞士人，漢瑞則是旅居瑞士的台灣人。這段對話中，北亞期待能夠藉漢瑞的台灣身分，前往台灣居住，但對漢瑞而言，「回家」卻是一件極不情願之事，根據他所提出的「激變」理由，可以發現他憂慮台灣解嚴、民主化後，社會經濟的亂象，包含「大規模經濟犯罪、警匪槍戰、綁架兒童、撕毀肉票、遊行示威、交通汙染、物價爆昂，而最近發生的那件港臺大陸販毒及槍枝走私洗錢案更是」[300]等等，都是城市現代化後的不良影響聚集。更重要的是，漢瑞不願意「回家」的根本原因，是「美麗之島的稱譽已經名存實亡」，這段表述，對應了一個漢瑞所認知、認同的「美麗之島」的城市樣態，因為對本土城市的在地認同的破滅甚至瓦解，讓漢瑞不是沒有能力回家，而是不願意回家。

299 余心樂：〈真理在選擇他的敵人〉，《遺忘的殺機》，頁106。
300 同前註。

漢瑞的不安，回應了當時旅居異國的台灣人民的在地認同，他們不見得認為現代化對城市只會帶來負面的影響，因為事實上漢瑞所身處的瑞士，更是一個高度現代化的城市；真正的焦慮是來自於他們認同的「台灣」因現代化、資本主義化，質變成人無法與地方產生在地連結的樣態，終究反映了通過建立台灣身分的意圖，以回應其主體性的核心焦慮，反襯朝向現代化改變的台灣、台北的在地性失落。

這層焦慮，在早期推理小說中不斷地被放大與擴張，尤其反映在對具有高度現代化象徵的設施、空間產生無奈、排斥甚至厭惡的情緒中。如「捷運工程」：

> 在台北布滿灰塵的天空下，劉宜雯開著那輛銀灰色的「喜美」，和其他陸上的英雄好漢在車陣中搏殺。雖然車窗搖下來，耳邊還是響著捷運系統工程的嘈雜聲，她神經衰弱地揉著太陽穴。[301]捷運工程把台北的交通弄得柔腸寸斷，所以葉先生選擇搭乘客運。到達夢儂香水公司時，已經是午後上班時間了。[302]
>
> 這次趙院長不說話了，開動了車子，往和平東路方向駛去。我想吸口新鮮空氣，於是搖下一點窗子，卻被他阻止。他說：「開冷氣好了，我受不了台北的空氣。」[303]

「捷運」作為一種高度現代化的設施，象徵了城市的先進與進步，但不同的敘事者，對當時台北正在進

---

301 葉桑：〈風在林梢〉，《魔鬼季節》（臺北：皇冠出版社，一九九二年），頁193。
302 葉桑：〈香水殺人〉，頁203。
303 葉桑：〈為愛犯罪的理由〉，頁116。

行的捷運工程表達噪音、空氣汙染、交通混亂的種種不滿，這種對於現代化設施的反彈，如「台北的交通黑暗期」使「所有台北人遲到的理由——交通堵塞」[304]，遲到成為一種常態，這種混亂與擁擠，一方面出現「最急需改善的是台北市的街道整潔。……不隨地丟果皮紙屑、煙蒂、汽水罐；商店不要占用步道，隨便堆積廢棄物」[305]這類對環境髒亂的不滿，另一方面甚至以「都市的空氣汙染，人滿為患，哪有鬼生存的空間」[306]反映生活空間的緊縮，使得生活品質下降，進而產生「站在馬路邊，我們又遇到來時的相同困擾，一輛輛空計程車不理我們的揮手，驕傲地奔過去」[307]的疏離冷漠等等，都呈現城市居民與使用者對現代化城市／城市現代化的質疑。

在這樣的質疑下，即使《島嶼謀殺案》的香港現代化程度明顯超出台北，但是李卻在離開香港時留下的最終印象，卻是她在伊麗莎白女皇套房的窗戶邊，眺望太平山、維多利亞港時，所選擇歸返的「在台北後火車站的窩裡」[308]顯示香港城市的現代化對她而言終不具實質的意義，在空間意義上，具有在地化意義的建築、「家」則抵抗了現代化的入侵。

楊吉欣謀殺案發生在海運大廈的道坊精品店。海運大廈和道坊都是香港城市現代化發展下的代表建築，小說中對其外部特徵、作為犯罪空間的描寫，以及謀殺後警察搜索的情景描寫，也出現了不同的差異：

304 見葉桑：〈左手與右手的戰爭〉，《台北怨男》，頁222、179。
305 見蒙永麗：〈獎〉，余心樂等著：《林佛兒推理小說獎作品集2》，頁241。
306 見葉桑：〈夢嬋娟〉，《遙遠的浮雕》，頁104。
307 見葉桑：〈不在場證明昇華了〉，《夢幻二重奏》，頁209。
308 林佛兒：《島嶼謀殺案》，頁82。

「道坊」精品店，……店呈長方形，櫥窗裡擺了幾只介於具象和抽象之間的陶塑和紋路粗糙的石頭，聚光燈從上照下，使那幾件作品顯得很突出和厚重。室內層次不規則地擺了一些古玩和壁飾，牆壁貼著黑絨布，凝重背景之下的燈光和物品，顯得件件高貴，而且充滿個性。[309]「不要吵，白里安，要吵去把門上的布簾拉起來。」……白里安悻悻然地拉上玻璃窗的布簾，加上櫥窗裡有些層層疊疊的擺飾，光線又暗，外面已看不到裡面的一切。[310]室內頓時大放光明，聚光燈照著每樣特出的飾物，地板鋪著從義大利進口的磁磚，四邊的牆壁和天花板，全部貼黑色的絨布。燈光沒照到的地方，漆黑一片。[311]

三段敘述中「擺飾」、「絨布」、「聚光燈」等關鍵物件，都表現其空間布置的講究，每項精品、飾物和藝術品的特出與高貴，黑色的絨布和明亮的聚光燈襯托每項擺飾的樣態，完全符合香港的消費空間；因此當一個具有高度台灣本土意識象徵的楊吉欣，手握白里安謀殺自白的證據踏入道坊時，兩者代表的意涵即出現相當的衝突。因此城市空間的意義層面上，資本主義式的、商品消費式的政策、城市規劃或日常經驗也不斷的改變空間的形貌，使得作為在地（即台灣／台北[312]）象徵的楊吉欣必須被驅離於這樣

309 同前註，頁120－121。
310 同前註，頁148。
311 同前註，頁164。
312 敘事者敘寫香港廟街時說：「性質和台北的華西街很像」，顯然至少在某個層面的性質上，香港和台北具有相當類同的部分。見同前註，頁64。

的城市空間裡——被謀殺；換言之，楊吉欣的死可能表顯在那個被敘寫的社會和時代中，城市的現代化發展與在地化、本土化的追求，因為其衍生諸多的現象與問題，而處在某種無法調和的極端之中。

楊寧琍〈失去觸角的蝴蝶〉中的名流品牌服飾，更直接將現代性與人性貪婪畫上等號；在〈鑽石之邀〉裡對邵琴而言極具吸引力的「鑽石聯盟組織」，其中的成員卻說：「牆壁、寂寞、孤獨、嘆息，除了鈔票之外，我一無所有……」、「什麼鎖住了我？把我關起來，不能呼吸不能動彈？」[313]表現出人們孤寂與束縛的心理，顯示出小說中雖然一方面進行城市與城市空間現代化的敘寫，以及主要人物對現代化的嚮往，但最後似乎都一致摒棄了這種選擇。

這種情形，大致上可以與台灣社會自一九八〇年代以來，鼓吹並宣揚透過本土化的方式建立在地性，反映處於邊陲文化地帶「為了國際化而本土化」[314]的策略並置觀察，這種策略必須要將文本中地方的在地性「抽離」出來作為某種象徵物，展演其字面意義的在地性，卻使得真正在地的文化資本無法累積[315]。早期台灣推理小說事實上就是透過城市現代化歷程的描寫，意圖反映台灣社會在現代化下所面臨的困境，以及以在地化為解方的強烈需求。

換言之，以上所列舉的在地性書寫，試圖抵抗將在地性「抽離」並作為象徵物的操作，因為從小說中城市與人之間僅具有密切互動，甚至人物主動選擇了他們的認同所在，在這個過程中，在地性被生產與建構，進一步回應當時台灣文化在地性的普遍匱乏[316]，或是凸顯台灣主體性失落的警訊。

313 楊寧琍：〈鑽石之邀〉，頁24。
314 林宏璋：《後當代藝術徵候：書寫於在地之上》，（臺北：典藏藝術家庭股份有限公司，二〇〇五年），頁20。
315 同前註，頁70。
316 同前註，頁19、20。

當然，這種暗示未必完全準確，但在城市在地化與現代化的拉鋸過程中，卻具有強烈的指向。如孫長祥指出台灣從一九七〇年代起現代化的連續過程，銜接了國際化、全球化的道路[317]，這個過程包含了石油危機對經濟活力的驅動、現代化建設的推動、經濟起飛、政治民主化、解嚴後的社會多元化、經濟自由化的歷程。因此，在全球化思維下，本土文化的反思與認知在於必須參照他人文化，並且從事自我文化的修正與調整，此外試圖將外來文化融入本土文化之中，成為其不可分割的一部份，而人們能夠依照這樣的基礎，重新發現自身本土文化的特性與優點，進而深化情感記憶與文化詮釋[318]。

以此，筆者發現本格復興前台灣推理小說的在地性堅持，並不是在文化上與現代化折衝協調的產物，在更多的時候，反而刻意塑造兩造文化之間的衝突，例如小說不斷敘寫的人的生活情境裡的「疲憊」、「壓力」，表現城市在現代化發展趨勢下，城市人的反應、反彈與不滿的情緒；或如挑動鄉村對城市、台灣對外國、異地的仇視與敵意，不只是歷史仇恨與民族情結，更表現了高度現代化空間對相對落後空間的宰制與剝奪，藉以從激化對立的策略中，找尋對在地化的認同與發展的可能契機，最後尋求與回歸的「家」，並非城市的現代化想像，而是偏向日常經驗連結記憶、情感的在地認同，凸顯了小說的書寫核心，在於在地化的歷程與本土特殊性的闡發，並據此建立強烈的文類主體性。

317 見孫長祥：〈文化全球化與本土化的建構〉，收入王立文主編：《全球在地文化研究》（桃園：元智大學通識教學部，二〇〇八年），頁62－63。

318 同前註，頁59－61。

三、「台灣性」的空間／空間的「台灣性」

本章不斷探究的是早期台灣推理小說中城市如何被敘寫，以及犯罪空間的象徵為何。而這種探究有一個前提，即是以「空間」為出發點，觀看小說中居民或使用者的在地想像、經驗與認同；這樣的取徑，仍是通過人主動推動空間轉為地方的建構進行觀察，因此，城市與城市空間所具有的特定的功能、功用、象徵意義，都與人們的日常使用經驗，以及他們面臨異常情形的選擇有關。

早期台灣推理小說中城市的延伸和移置型態，建立了「台灣性空間」，並從地方的取向，觀看台灣性與台灣意識如何影響人們對空間的利用，因此如《島嶼謀殺案》、《推理之旅》的異國異地城市空間，能夠據以成為台灣本土城市的投射；「台灣」人在異地的行為與選擇，受到「台灣性」主體意識的影響，使得他們一方面不會輕易改變他們的在地認同，仍然延續他們的日常經驗，另一方面也主動將異地城市空間轉化，或與本土城市進行某種程度的類比。

然而，從空間的取向切入，偵探需要透過在地性的關鍵指證解謎，小說結局所揭發的社會問題與關懷，也都特別指向現代化城市所凸顯出的不良影響，「空間的台灣性」即從分別具有在地化與現代化象徵意義的設施、空間的對照裡被建造，它終究回到本土／外來對立的模型，推理小說敘寫現代化所造成城市空間轉型與人際關係改變，被視為某種「入侵」，也成為早期推理小說中以在地性對抗的對象。

以此，早期推理小說在地化歷程中的焦慮，都反映出「台灣性」仍然是建構這些小說主體性的本質，而小說中如何調動在地性的元素、物件以及主要人物對在地的認同與選擇，處理警察、偵探、關鍵證人身體的關聯，都必須從本土／外來的互動與想像中，回應「台灣」的地理範圍和主體認知。

（一）台灣性的重合

本格復興前台灣推理小說中的空間移置，需要通過人的行為或想像實踐，這些行為與想像的背後，必然存在著更大的意識型態，始能推動這種空間的並置與轉移。

例如在《推理之旅》中台灣觀光團在外國旅遊，不懂欣賞、尊重異國文化，而專注追求聲色娛樂與消費購物快感時，導遊漢瑞的感嘆：

> 這裡是歐洲，可不是西門町、華西街、寶斗里吶！……親愛的同胞爭點氣吧！不要老教外國人賺了我們的鈔票，還在背後暗笑咱們是個沒有文化、沒有水準的暴發戶！[319]

問題在於，小說中描述導遊與觀光客的兩造身分，實際上並未採取純然的異地／本土的二元對立，反而偏向台灣本土的延展。漢瑞提醒觀光客這裡不是「西門町」、「華西街寶斗里」，就已表示他不可能作為一個單純的「外國人」，否則他根本無法指出這些地名，也不可能理解其中的指涉地方意涵；其次，即使漢瑞平時觀察台灣觀光團「活像一群風聲鶴唳中逃難的難民，哪像是來休閒度假、享受鬆弛之樂的觀光客」[320]，但他仍不斷因為「同胞」的丟臉行徑感到羞恥，又希望「同胞」們能夠爭點氣，扭轉外國人對台灣人的偏見，意即小說中其實不真正出現一種「外來」視角與觀點，所有的互動都來自於「台灣

319 余心樂：《推理之旅》，頁39。
320 同前註。

觀光團」的本土象徵，以及象徵異地觀點，卻又是旅居國外台灣人的「導遊」之間。

於是，本土和異地城市的空間重合，並非異地空間入侵在地，而是台灣空間的移置，這種移置除了需要台灣觀光客作為象徵本體外，還需要導遊作為推動。然而，推動空間重合的背後驅力，即是兩者共同的台灣身分與意識，因此觀光團不斷企圖改造異地空間，或與自身本土經驗相互比較後刻意進行排斥，導遊則陷入國家認同的游移中，一方面認同台灣文化及其價值，另一方面又對於真正來自故鄉的觀光客們感到無奈與無法理解。

就此來看，《島嶼謀殺案》、《美人捲珠簾》、〈意料之外〉中的警察或偵探分別透過三具陳屍異國的屍體，而找到破案的線索，或是推理出真相的全貌，在推理敘事中，與兇手的意料之外出現了有趣的對比，如《島嶼謀殺案》中白里安被捕時留下的疑問：

> 他不明白，為什麼一具無名屍，又是面目全毀的無頭案件，又在異國，竟然在一天之間，會真相大白呢？[321]

又或《美人捲珠簾》葉青森屍體的離奇陳屍，如金刑事所說：

> 這一具無名屍，一周前在城南新生港灣的海裡被海釣者撈到，由於死亡時間相當久，在海水浸泡和拍打下，身上傷痕累累，臉也浮腫變形了，由於身上未帶任何證件，連一個皮夾、一張鈔票或

321 林佛兒：《島嶼謀殺案》，頁181。

硬幣都沒有，顯得很離奇。[322]

屍體同樣在水中泡爛，也沒有任何足以辨識出身分的證件，但韓國警方仍然能夠斷定屍體是台灣人的關鍵，在於這些被丟棄在異國異地城市空間中的屍體，具有無法被磨滅的、象徵台灣人身分的物件，使得其隱含的台灣元素格外凸顯出來，這個敘事策略暗示的即是台灣性的移置和重合。

也就是說，即使在現實中這些情節與判案不太可能如實發生，但在小說敘事中，作者使其發生，並且作為一個刻意凸顯的描述對象時，台灣性除了成為屍體們不論多久都仍足以辨識的台灣身分之外，同時也造成對異國異地空間一定程度的衝擊，隱然暗示台灣性在任何地理空間中所具有的主導地位，進一步創造出讓受害於異國的台灣人民，得以承載在地性與認同的空間。

就空間取向而言，不論異國或是台灣的城市敘寫，都必須符合這層共同的在地身分與認同的關聯，創造一個具有特殊意義的載體，它雖然過度依賴敘事者的主觀界定而取得主體經驗，但若從地方取向觀察，這個邏輯正好反映出「台灣性」的強烈意識，推動城市敘寫及其空間意象生產台灣性，營造出有利於進一步推展有利於敘述社會關懷以及文類主體性的敘事空間。

（二）現代化下的城市空間

本格復興前台灣推理小說中的城市敘寫及其空間指涉，不可避免地出現以堆砌消費文化、商品化的符碼，形塑受到資本主義與現代化影響下的城市形貌，例如高級飯店、新興建案、流行高級的夜總會、

---

322 林佛兒：《美人捲珠簾》，頁259－260。

國際觀光飯店等建築，在此同時，城市中也並存了窄小巷弄、老舊建築、夜市、廢棄工廠、貧民窟和老舊社區等在地景觀，顯現城市一方面致力朝向現代化發展，城市空間的設計也需要越來越符合城市居民與使用者的現代化期待，但在另一方面，這種空間形態與功能的轉變，又因為其不良影響特別被凸顯，也形成了某種現代性的幻景。

范銘如指出一九八〇年代後台灣本土文化的論述與論辯幾乎以台北都會為核心向外擴散，城鄉界線開始鬆動，都市衍生的問題也開始成為台灣居民的普遍經驗[323]。一九九〇年代前的推理小說，都應合了當代本土化論述對當時台灣小說城市敘寫的觀察；這些小說主要描寫的地方雖然各有不同，但不可否認的是「台北想像」是其中最重要且最被具體呈顯的層面，也是在地認同發生的主要場域。

例如在小說敘寫中，可以同時看見如華西街一般作為都市中最髒亂、淫穢、陰暗、醜陋的具體象徵，以及如淡水河景、市中心高級飯店這種綜合自然人文的正向、進步象徵，顯示出這個時期的台北書寫，一方面仍舊代表都市罪惡的匯集，但在另一方面，也開始形塑較為正面的首善之都的形象；前者隱喻的現代化病徵基本上相同，後者則顯現台北在小說中被納入本土的範疇[324]。也就是說，台北不管是作為邪惡的聚集地，現代化的他者，最終都將成為台灣性的代表，也俱應表現在地經驗與生活的某種型態。

所以，早期推理小說中書寫的現代化下的城市空間，例如城市建築物所組成的天際線，或如電梯的安置、捷運工程等等，都表現出城市居民與使用者的兩種矛盾情境；即在小說敘事中，主要人物看似一致地接受了這樣的便利性，甚至嚮往城市的現代化發展，但最終小說導向的社會問題，又幾乎全部歸因於城市現代化所造成的混亂與危險，例如林崇漢〈我不要殺人〉中不斷重複「我不要殺人！」這種瘋狂

323 見范銘如：〈本土都市——重讀八〇年代的台北書寫〉，頁187－188。
324 同前註，頁188。

式的的吶喊，作為現代忙碌生活中的趣味和調劑[325]，或如葉桑〈冬夜旅情〉寫肇茂因家族利益被迫接受企業聯姻[326]，〈鳳凰夫人的信箱〉中談妻子對婚姻產生的彈性疲乏，進而「懶得去提一個叫做『家庭』的空間」[327]等，而這些混亂與危險，又同時成為謀殺案件發生的主因。於是，在早期推理小說中，人物最終投注的「認同」，仍然建構在通過日常經驗連結的在地性，以及本土文化所象徵的台灣主體性的空間之中。

現代化的地理空間對城市使用者帶來的衝擊與焦慮，首先來自於對城市現代化後帶來不良影響的不安，其次如〈真理在選擇他們的敵人〉中，城市現代化對漢瑞造成那種不願回「家」的認同匱缺。Kathryn Woodward針對「認同危機（identity crisis）」，指出其發生是因為全球化推動的文化同質性，導致認同可能脫離社群和身分地位而獨立存在，所有的文化轉型都會衝擊認同的形構[328]，而轉型的規模越大，衝擊也將越大。這種衝擊，正如Kobena Mercer指出：「當某些被假定為固定的、連貫的以及穩定的事物，已被仍舊存疑的經驗與難以預料的事物取代時，認同才變成一個爭議點。」[329]小說中的人物雖無法確知資本主義或現代化對他們已選定的日常空間帶來何種衝擊或改變，但某些即將或正在產生的變化，仍可能導致人和主體位置的關係鬆脫；然而，主體性的建立很大程度來自於人的經驗和主觀感受，而經驗和情感又源於人與他人、人與地方、人與社群等長期互動的結果，因此在文本中，把這種認同焦

---

325 見林宗漢：〈我不要殺人〉，《收藏家的情人》，頁60－64。
326 見葉桑：〈冬夜旅情〉，《夢幻二重奏》，頁212－213。
327 葉桑：〈鳳凰夫人的信箱〉，頁45。
328 見Kathryn Woodward等著，林文琪譯：《認同與差異》（Identity and Difference）（臺北：韋伯文化，二〇〇六年），頁28。
329 Kobena Mercer: Welcome to the Jungle: New Positions in Black Cultural Studies（Lonton: Routledge, 1994）, pp. 4。

慮和危機轉化成推理的敘事，並且藉著破案的關鍵人物或線索，凸顯在地的主體性與認同。

從空間的角度來看，城市現代化下造成的地理空間改變，雖然反映當時台灣文學創作的環境與現實條件，但在小說敘事中，仍出現相當明顯與之對立的準則與標準，即在地空間——特別是與城市現代化迥異的鄉野空間，或是相對傳統落後的空間形態——的介入，使得現代化空間與在地空間產生相互辯證的關係，呈顯城市居民與使用者對新的城市型態期待與懸疑的雙重想像，也更加拓展在地性的思考，並且持續推動台灣推理在地化的發展。

不過，現代化與台灣性的並存本來就不具衝突，或者說現代化和台灣性的主體原本就不盡相同，但是早期推理作家通過推理敘事以建立文類主體性時，選定以在地性的象徵連結本土文化與本土特殊性，並特意製造出空間的台灣性，使得現代化下的城市空間與地理空間快速地被台灣性所替代，將現代化與在地化轉化成本土／外來的對立模型，成為本格復興前的台灣推理小說相當獨特的城市敘寫特徵。

第五章　結論

在本書的探究中，筆者主要由自一九八〇年代起至二十一世紀「本格復興」以前的早期台灣推理小說的回顧為起點，討論在此期間，不論評論者的評述，或是本土作家的創作實踐，嘗試以「地方」與「在地性」的角度，通過人與地方的關係，轉化外來推理的典範，連結或確立台灣本土文化主體性的過程，在台灣推理朝向在地化、本土化的發展中，具有頗為重要的意義之外，事實上也對許多「本格復興」後的推理小說具有實質影響。更積極的是，早期推理小說情節中的「地方」與推理敘事具有密切的聯結，使其不僅具有文學作品的閱讀價值，更隱含了早期推理作家們於台灣推理在地化歷程中對「台灣」的思考、理解與詮釋，亦能作為現今台灣推理小說的另一種閱讀視角。

早期台灣推理小說的主要範疇，是一九八〇年代以來林佛兒結合林白出版社、《推理》以及林佛兒推理小說獎，挖掘本土作家從事的本土推理小說創作，這些創作一方面反映戰後三十年間台灣推理小說發展的空缺，也具開創屬於「台灣」推理文學，並在世界推理文學中佔有獨特位置的企圖。早期台灣推理文學場域中，也顯現了台灣推理小說朝向在地化、本土化的發展，頗具建立文類主體性的期待與嘗試。

然而，在回顧與重述的過程中，筆者發現當代台灣推理文學場域的觀點以及台灣推理的研究，在討論早期小說作品時，都將主要視角放置在「純文學／大眾文學」的疊合關係，以及「社會性／推理性」的明顯偏向的觀察上，時常跳過了「台灣推理」這個穩固框架所暗示的強烈地域性質，「台灣」似乎也被化約為創作者、發表地的「台灣身分」，而失去其地理性的指涉。

「台灣」與「台灣身分」的等同，使得大部分的早期推理小說所描繪的社會性，都帶有「台灣」的預設，即揭發人性真實與社會醜陋面向的同時，訴說台灣當時代的生存情境與變遷，亦成為最具有典範意義的標準。然而，這些眾多「事件」組合交織而成的「社會」現實背後，「台灣」的地域範圍與地理特性，也應是一個值得深究的面向。

本書首先採取人文地理學的地方理論，從人逐步定義空間成為地方的過程，必然生產的「在地性」，分析本格復興前台灣推理小說的地方建構，表顯小說中的人物，如何利用在地知識的介入、日常生活經驗的依附、情感認同的投注，賦予「地方」意義，反映了人與地方之間的密切關聯。

這些關聯在小說敘事中，不僅推動推理敘事的進展，讀者可以在閱讀偵探解謎過程所得的樂趣中，重新體驗「台灣」的地理風貌與不同的地方想像；更重要的是，一地的在地性範圍的大小，將形構出「地方性」與「台灣性」兩種不同的表述型態。這兩種型態的匯流，象徵了地方意義的建構被隱藏於從「台灣」到「台灣身分」建立的內在需求，以及社會性的描繪與關懷內，成為早期台灣推理小說中頗為重要的特點。同時也是本書比較獨特的觀點。

筆者也發現推理小說中的人物，不斷透過他們的經驗與行為，將「空間」轉換為「自己的空間」，因此，本書也從空間轉換為地方的過程中，以城市與犯罪空間將如何被界定與建構的角度，觀察本格復興前台灣推理小說所敘寫空間承載了哪些人的生活經驗、記憶與想像。

在這些小說中，城市與城市空間形態的形構或轉變，實際上都與人看待城市的視角、使用空間的方式有著高度的相關，因此作為故事背景的城市，以及不時出現在小說人物的生活環境中的街道巷弄與建築物，及其生活空間內部的動線配置等等，都隱含強烈的在地記憶與情感認同，成為推理與解謎過程中必要的線索。

推理小說中的犯罪空間，是受害者、兇手與偵探的角力場域，在早期推理小說中也都映證其在地化的特色。犯罪空間的形構，往往來自於受害者體會或感知了日常中的「異常」，這種異常感包含著日常的情境，讓他們意圖「親近」這條界線，最終觸發謀殺與死亡，人際與地理的失序也得以通過「逾越」重回秩序。

另一方面，偵探在推理敘事中，即是要解開真兇所設置的「異常」詭計與陷阱，理解界線為何、為何被逾越，藉以釐清案件的真相。特別的是，當偵探作為一個外來者，進入一個自己並非完全熟悉的地方與地域環境時，往往需要具有在地身分的關鍵指證，才得順利解開謎團，也都暗示在地性與地方特性，反而才是整起案件的「真相」。

早期台灣推理小說中的偵探與偵探身體，在推理敘事中所扮演的角色及其足跡具有描述城市地理的積極作用，偵探們可以透過身體取得定義、重塑地理空間的權力，但筆者也發現小說敘事並不執著於讓他們對城市進行地理秩序的重構，反而是刻意凸顯偵探與警察身分、身體及功能在推理敘事的二分，讓偵探身體受到警察身體的刺激或吸引，進而與城市發生更多的互動，即必須透過偵探、警察所擁有權力的彼此分享，「解謎」與「懲罰」的分工合作，才能讓「真相」與「正義」能夠同時完成，正顯示出本書與前型研究，對偵探身體相關議題的不同思考向度。

同時，筆者發現「在地化」與「現代化」，是早期台灣推理小說中空間形態變化的兩種重要類型，這兩種傾向，雖然看似充滿對立，但在小說中卻又時常作為主要人物主觀的價值選擇，以及反映他們情感認同的歸依。因此台灣性與台灣意識影響人對空間的利用，所形構的「台灣性空間」，以及從社會問題與關懷的角度，指出身處現代化城市的不良影響，而營造的「空間的台灣性」，最終也成為本格復興前台灣推理小說的地方建構的辯證焦點。

本章嘗試總結並歸納各章節的研究成果，同時也希望以本書的研究作為基礎，觀察台灣推理小說未來可以開展的探究方向與後續研究展望。

第一節　台灣推理小說的再認識

一、探索與收穫

（一）重探台灣推理的發展歷程

當代推理文學場域的觀點，以及推理研究關注的主要面向，普遍將早期台灣推理小說劃歸「純文學」的範疇，因此失去在台灣推理發展史中的發聲位置。

本書第二章通過對早期台灣推理許多重要評論的整理與爬梳，發現早期評論者雖然提出「以推理形式表現純文學」，以達成「文學作品」的期待，用以區隔消遣性、娛樂性高的通俗小說，但當時的推理界與推理創作，並未完全接納這樣的觀點，例如一九九〇年第三屆林佛兒推理小說獎關於〈一貼靈〉高度的文學性，使其參加推理文學獎的資格遭受質疑，或如一九九三年楊照與陳銘清的針對文學性與通俗性的論戰，也都反映了早期台灣推理對於「推理小說」的「本質」的思考，並非一味偏向純文學的價值標準。

早期推理小說中，雖普遍出現具有文學性色彩，甚至文學技巧、筆法高於推理邏輯推演的書寫型態，但這些敘述未阻礙推理敘事的進行；因此以純文學「改寫」推理小說的現象實際上並不存在，也無顛覆構成「推理」本質的意圖，反而是在推理敘事中，加入靠近主流純文學的文學性價值，表現「推理小說」中「推理」的本質仍然被完整且穩固的建構。

筆者認為當代觀點對早期台灣推理小說中，關於推理小說與純文學小說界線曖昧的認識，並不在於小說究竟隸屬或偏向純文學或大眾文學的範疇，而是在知識階層／大眾對應的層面，特別是「偵探」是否先天地擁有了充分的「知識性」，以及這些知識在推理與解謎過程中，是否具有關鍵的效用。在本書的探論中，當知識力不再是構成偵探的重要元素，也不是通往真相的唯一鑰匙時，推理解謎的權力將從知識階層擴展到社會大眾，更能相對充分地表顯台灣推理小說如何作為大眾文學的辯證關係。

相較之下，「社會性」在早期台灣推理小說看似是一個最為具體的創作傾向，而且在特別凸顯社會寫實與社會關懷的書寫型態中，甚至出現「推理小說」中「推理性」的必要性降低，偵探更在真相揭曉前即已退場的情形，進而落入無「理」可「推」的窘境。

然而，這種在早期台灣推理小說常見的模式裡，存在著更深層的運作邏輯，即這些小說中直接以社會性替代地方性，主要因為社會性的描寫，可以因為它貼近讀者所處的地域環境，產生台灣本土的情境，使得小說中的社會現實與社會批判所暗示的「台灣人」的命運、「台灣人」的生活處境，容易取得本土價值的共鳴與共感。

筆者認為，在小說中直接把「台灣」放入社會情境，並從社會寫實的本土性連結台灣性，而忽略地方的地理樣貌與地域特徵的危險，在於它反映的仍然是「社會」，而不是「台灣」；換言之，在「台灣推理」的架構下的推理小說創作與書寫，無法反映或深入作為地方的「台灣」的地域樣貌、範圍與地理特性的弔詭，反而才是台灣推理小說因缺乏能夠與外來推理區隔的文類主體性，而面臨發展危機的主要原因。

（二）再探偵探身體

本書第四章，從犯罪空間的擬構，延伸出對偵探身體的功能與象徵、透過關鍵指證取得在地身分，以及從偵探出發，觀察台灣推理小說的在地化重構的議題。

在當代推理研究中，早期推理小說的偵探身體被認為是國家身體的延伸，象徵對國家權力與警察體系的維繫。然而，筆者通過文本閱讀與分析，發現更多元的偵探身體，以及他們與城市間的可能發展互動關係，例如這些偵探仍透過身體進行對城市地理的劃界，具體呈顯城市的空間樣貌與型態，也和本格復興後的冷硬派推理有著某些類似的表述。

更值得注意的是，「警察偵探」事實上並非早期推理小說唯一的偵探類型，更多的作品出現警察、偵探同時出現，或者只有偵探角色而沒有警察角色的故事。在這些小說中，不僅呈顯警察、偵探身體功能的明顯區隔，甚至警察在有偵探存在的情況下，他在推理敘事中所扮演角色的重要性也隨之淡化。因此，警察與偵探的身體並非重合，而是產生對立，包括警察最終已不具有探知真相的能力與權力，只能通過偵探的分享，獲得執行正義的合理性；換言之，當偵探拒絕警察提出的請求，那麼案件將完全陷入膠著，或者警察只能以一種完全不進行邏輯推理的「埋伏」、「圍捕」手段，強化他們所代表的法律與公權力的執行。

警察與偵探的緊張關係，必須回到「警民合作」的解釋中達成和解或平衡，這種權力的分享又可能轉化成對取得報償的滿足，或是在小說敘事中刻意削弱警察角色的正義象徵。這些警察、偵探身體的表現，也象徵了在早期台灣推理小說中，警察角色身分及其功能的弱化。

這種弱化的意義，事實上恰好證明偵探身體不完全是國家身體的延伸，也並非維繫對警察系統的穩固，因為在許多推理小說中，警察的錯誤推理，不僅時常造成偵探推理的阻礙，甚至招致憤怒與怨懟，進而在小說中產生對警察體系與真相、秩序直接連結的質疑。筆者發現早期台灣推理小說的結局，往往致力於描述如何在「警民合作」的模式下，化解偵探與警察間的緊張關係，因此，從「偵探」出發，也得以重新審視台灣推理發展歷程中的在地化重構。

二、台灣推理小說「地方」的理論建構

（一）在地性的邊界：地方性與台灣性的範疇

本書第三章透過人文地理學的地方理論，討論本格復興前台灣推理小說「區位」、「場所」、「地方感」的在地性建構。筆者發現小說中地方的區位的「可／不可替代性」與在地性的範圍有著密切的關連：區位特性高，「地方」因為不容易替代為其他地方，使其在地性範圍僅限於當地；相反的，區位特性低，「地方」只要能夠服膺在地經驗的某種真實性即能成立。這個差別，具體地影響了早期台灣推理小說的「地方性」與「台灣性」的形構。

然而，地方性與台灣性的表述，雖都能放置於推理在台灣的在地化歷程中討論，但是這兩個概念，卻仍然存在著某種程度的對立，例如「地方性」受限於其不可替代的地方區位特性，而難以無限地拓展為台灣性的範圍，也無法反映社會的全貌；「台灣性」則對應了範圍相對遼闊的整體社會環境與時代氛圍，但因為區位特性低甚至缺乏，只能透過某個社會現象的呈現與在地關懷相互連結，地方性反而在這樣的敘述中消失。

筆者發現，早期台灣推理小說混用了「地方性」與「台灣性」，尤其是人物的地方感的形構，幾乎都是為了建立台灣身分、文化或文體層面的台灣主體性，意即地方性與台灣性的匯流，使這些小說中原本極具地方特色，且對推理、解謎敘事有著關鍵指證意義的地方性，在推理小說結局一致地消失，取而代之的是台灣精神的揚發，或是社會公理與正義的宣示，除了阻礙地方意義的建構外，也讓這些小說看似趨向單一化與刻板化的社會性描寫。這樣的書寫型態，正反映了重新回顧、認識早期台灣推理小說發展後，所發現社會性直接替代地方性所產生的文類發展的困境與危機。

（二）「本土／異地」觀點下的地方界定

本書第四章則從文本的角度，探索小說中的城市敘寫出現的陌生化以及雙重界定的特殊型態。筆者發現，早期台灣推理小說中對城市進行匿名化的處理，甚至反抗著真實「地方」的存在，仍是推演在地性範圍相對廣泛的「台灣性」，並從社會性的角度，暗示台灣本土的存在與其建立主體性的積極意義；然而，這個「地方」卻通常在後續的情節中被不同的在地性物件、元素或其他方式尋回，表示匿名化的作用，在於解開人與地方間的關係，讓城市回到一個需要再被界定的空間，以凸顯建構城市與構築推理敘事中的場景的意義。

這些小說的城市陌生化書寫策略，所隱含的積極作用，即在於讓「地方」可以透過重複的「界定」，而確認它的地域範圍以及城市意象，在這個過程中也必然反映了人的生活經驗、記憶與情感認同。

特別的是，早期推理小說時常通過「異地」來界定「本土」城市的意象，透過本土／異地城市間的同質性與異質性的觀察，不論藉由自身本土文化對異文化的批判，營造出身處異地城市的本土錯覺，或從城市間的具體差異，回顧人們對本土城市的親近感或是認同，都回歸台灣本土性的討論。

筆者認為這表示早期台灣推理小說中，一個本土城市不論因為何種原因使其小說敘事中無法具有明確在地性，最終仍然可以透過與外來城市的對比，反向地界定出本土城市的範圍與特性。這個過程的意義，在於本土城市得以經過界定的過程，與外來的、異地的城市進行各種辯證關係，進而取得屬於本地的獨特性或主體性，以證成這些異地情境中強烈的台灣本土指涉。因此，「台灣」不僅代表了地理疆界的範圍，更得以擴展到文化精神與價值的象徵，就更有利於進一步結合社會性的描繪與批判。

（三）從日常到異常的逾越：人與地方的空間變動

本書第四章亦從文本的角度，觀察本格復興前台灣推理小說中犯罪空間的擬構，筆者發現從空間角度來說，推理小說中的謀殺案件與死亡，事實上是人與地方間關係改變的一種「逾越」。逾越的意義，仍基於人在日常性中感知或體現的「異常」；換言之，日常空間形態的改變，勢必帶來異樣感，但是這樣的改變，並不會超越人們日常經驗的理解範圍；正因如此，人們才會被驅動親近、碰觸甚至逾越那條界線，而導致死亡的「刑罰」。

換個角度說，早期台灣推理小說中謀殺案件的發生，表現出城市中人與空間失序關係，推理敘事中偵探的登場，不只要透過推理解決謎團，更需要將失序的地理恢復、回歸理性與秩序。

在失序回歸秩序的過程中，小說敘事中往往隱微地表現出現代化對城市日常空間形態帶來的變化，人們在使用城市與空間的過程中，必然感受到不尋常的變化，進而改變他們與之相應的方式；因此，謀殺作為最為強烈的表達方式，也被形構成「失序的總結」，即謀殺的行為，除了是剝奪了受害者的生命，將人際關係的衝突具象化外，同時反映出因為空間型態的改變，使得人們遭受了異常的情境；但在「失序」之後，「秩序」復生於社會關懷與社會正義所引領的光明想像中，使得早期推理小說中的謀殺，成為人與地方空間變動下，從失序歸返秩序的重要橋樑。

（四）現代化與台灣性的運作模型

本格復興前的台灣推理小說中，雖然不同的城市與城市空間，往往呈顯了關於在地化和現代化的不同信息，但幾乎一致地透過小說中的人物觀看現代化的城市樣貌，如交通設施、建築物、消費行為等等，並透過偵探解謎、找出真兇、破解案件的過程，直接反映出人們的在地化選擇。

也就是說，這些小說的在地性堅持，往往透過小說人物情感認同的投注，而主動選擇的本土城市與在地環境，刻意塑造在地性與現代化之間的衝突。例如敘寫現代化城市生活中的疲憊、壓力、反彈、不滿的聲音，或如挑動鄉村對城市，或現代化程度較低的台灣，對高度現代化的異國異地的仇視與敵意，以及現代化空間對在地空間的宰制與剝奪，藉以從本土／外來的模式激化對立的策略中，找尋在地化的契機，最後回歸日常經驗，並連結記憶、情感的在地認同的「家」，這些選擇又與推理敘事有著密切的關連，仍凸顯早期台灣推理小說中推展在地化以及闡發本土特殊性的書寫核心，以及據此建立強烈的文類主體性的企圖。

通過小說文本的爬梳與分析，筆者認為從空間的角度來看，小說敘事中城市現代化下所造成的地理空間改變，與在地空間——特別迥異於都市化、相對傳統與落後的空間型態——的介入，以在地性的象徵連結本土文化與本土特殊性，特意讓台灣性快速取代現代化下的城市空間與地理空間，生產出「空間的台灣性」，使得現代化空間與台灣性空間再度轉化為本土／外來的辯證模型，並據以重複運作著「台灣」主體性的建立與想像。

總體而論，從理論、文本的觀察視角，或從人的日常經驗到空間形態的轉變對本格復興前台灣推理小說進行分析與詮釋，其最核心的焦慮，在於建立台灣身分的強烈意圖，以及對台灣本土文化主體性的失落疑慮，因此不論從在地性的範圍營造出地方性與台灣性的差異，本土／外來的城市界定，謀殺作為歸返地理秩序的途徑或是與現代化辯證下台灣性的生產，都一再暗示「地方」的建構，最終必然是從「在地」的思考出發，通往「台灣」的想像，也反映了台灣推理朝向在地化發展的嘗試與實踐。

第二節　台灣推理文學書寫與研究之展望

一、當代台灣推理文學書寫之展望

「本格復興」對台灣推理文學場域的分界意義，主要為了顛覆一九八〇年代以來的社會性書寫，壓縮了推理性的發展空間，使得「推理文學」產生文體秩序喪失的危機。因此，這些多由大眾文學場域出身新世代的作家，採取了「復興本格」的方案，希望透過本格書寫，重新尋回推理文學的傳統，並建構台灣推理的新典範標準與價值。

換言之，二〇〇〇年後台灣推理小說創作最重要的轉向，即是本格書寫的大量出現，無論這些書寫是服膺於島田莊司新本格系統下的實踐，或是挪移歐美古典偵探的本格傳統，在敘事型態和風格上，都與早期推理書寫有很大的差異。當然，當代推理文學場域中本格書寫雖然蔚為潮流，但如陳國偉也曾以冷言為代表，指出新世代作家面臨的困境：

透過身體秩序的挪移，而建立了台灣推理小說的文體秩序，以完成推理小說的現代性形式譯寫。但對於在翻譯中原本可以透過對在地問題的思索，而在文本生產的層次帶入相對應的現代性思考，以達成真正的在地性，卻因為在考量應優先回應在地推理小說創作歷史脈絡中對本格的欲求，以致暫時排除了社會、歷史與文化等在地性實踐能夠帶來翻譯的創造性動能的可能。[1]

這段話顯示出當代台灣推理本格書寫的侷限，在於始終回應「本格」的欲求，並停留在穩固「文體秩序」的意圖而已，因此面臨在地性的匱缺與在地化歷程的發展困局；有趣的是，陳國偉認為鄭寶娟《天黑前回家》、紀蔚然《私家偵探》、張國立《棄業偵探1：沒有嘴巴的貓，拒絕脫罪的嫌疑犯》、《棄業偵探：不會死的人，一直在逃亡的億萬富翁》等特別具有西方冷硬派風格，透過偵探身體再現都市空間，而生產出屬於台灣推理小說的都市地理秩序與在地性[2]；也就是說，這些風格、型態、模式與本格推理不盡相同的台灣冷硬派推理，似乎承繼了台灣推理的在地化歷程，即透過偵探身體的劃界行為所描述或再生產的城市空間，因為人與地方產生的某種互動關係，而更加具有台灣在地性的特色。

陳國偉開展當代台灣推理小說冷硬派書寫的向度，也表現了台灣推理小說仍具有更多不同的實踐方向與型態。如葉淳之《冥核》[3]，置入大量的知識系統與新聞報導，具有明顯的社會議題關懷，在小說敘事中，以吳道子的《地獄變相圖》十張描繪受刑過程及其痛苦情境的圖畫，連結小說中的十個被害

1 陳國偉：《越境與譯徑——當代台灣推理小說的身體翻譯與跨國生成》（臺北：聯合文學出版社股份有限公司，二〇一三年），第二章「跨語際實踐下的身體錯位敘事與文體秩序」，頁133。

2 同前註，第五章「翻譯的在地趨力——身體劃界與空間的再生產」，頁229。

3 葉淳之：《冥核》（臺北：遠流出版事業股份有限公司，二〇一四年）。

者，更暗示了人性與欲望貪婪的恐怖；然而，《冥核》最特殊的地方，在於相較台灣社會派推理書寫總亟欲傳達作者所關懷的社會現象，以及提出他們認為的正確價值，這本小說卻在一種「看似沒有立場」的書寫下，以「不談論的談論方式」過渡作者的反核立場，是非常特別的推理敘事型態。

另如楊慎絢《廢河遺誌》[4]，沿著一七世紀台灣受到荷蘭人與西班牙人統治的歷史事實，以及淡水河、基隆河的源頭、流徑、景觀、使用方式，雙線構築推理敘事的發展。有趣的是，這本小說採取異國異地與台灣台北交錯跳躍的敘事，也化用了一九二九年餘生在《台南新報》發表〈鬥智〉的「福爾摩斯在台灣」推理判案的模式，最終回歸對台灣歷史場景的追憶、地方深刻的情感連結與認同，重塑台灣族群的身分與基因。這本小說是在時間脈絡下，透過虛構的情節，架空了城市空間的構成與想像，然而作者卻終究回到歷史情境中考述台北的發展史，以及人與地方之間如何在時間的遞嬗中保持緊密的連結，意即這樣的虛實交錯、本土／外來的辯證視角、今非昔比的歷史現實，也建構了特殊的推理敘事。

蘇飛雅《蛆樂園》[5]則以艋舺遊民為題材，敘寫遊民的生活空間，透過口語、方言以及「共同語」，也表達了人與地方的緊密連結；這本小說的推理敘事基於小人物的心理描寫以及他們的日常生活寫照，碰觸人性與地方在時空環境的變遷下可能的變化，以及又如何影響了城市的生態與居民如何以「家」對應這些變遷的思考。特別的是，《蛆樂園》在每個章節，都運用了艋舺地區的實景攝影照片作為開展，某種程度上意圖連結小說場景與真實地理空間，刻意限制了在地性的範圍，呈現更具地方性意義的書寫與觀察。

從這幾部作品來看，台灣推理文學的書寫事實上已經開展出更多元的面貌，這些小說敘寫，除了仍

4 楊慎絢：《廢河遺誌》（臺北：九歌出版社有限公司，二〇一四年）。
5 蘇飛雅：《蛆樂園》（臺北：遠景出版事業有限公司，二〇一四年）。

然運行本格復興前台灣推理小說社會性的描繪外，也回應了當代推理文學場域中的主流觀點，值得注意的是，這些作品都仍然維持著「台灣推理」的框架，對「台灣」的地域環境與地理特性，也展開了不同向度的討論與探索，也都提供了能夠進一步研究的方向。

二、後續研究方向

本書以「本格復興」前的台灣推理小說為研究範疇，並關注這些小說中的「地方」如何經由在地性的生產而建構，又如何匯聚成為「台灣」的文化精神與主體價值。在這些領域的探討中，筆者認為以下的研究方向，仍然可能進一步的開展相關論述：

（一）以推理文學發展為中心

本書主要以一九八〇、一九九〇年代台灣推理小說為主要的研究對象，在作品的選擇上，除了林佛兒之外，大致都集中在一九八五—一九九八年間出版的推理小說，以期能夠在接近的時空環境以及文學場域中，比較地方建構的異同，並且歸納出幾種特殊的類型。

然而，《推理》作為台灣推理文學最重要的發表場域之一，自一九八四年十一月創刊，於二〇〇八年四月停刊，一共發行兩百八十二期，在這段期間內跨越了不同的推理世代，除了面臨「本格復興」的挑戰外，還有日漸高漲的本土主義與政治意識的滲入，使得在不同年代於《推理》發表的本土推理創作，放置在台灣推理文學發展的脈絡中，也值得進一步整理與研究。

此外，「文學獎」被認為具有建立或鞏固文學風潮或典範意義的權力；四屆的「林佛兒推理小說獎」，透過林白出版社、《推理》交織形構的權力關係，對於本土推理的書寫型態具有明顯的推進的作用；二〇〇二年既晴主導舉辦的「人狼城推理文學獎」，二〇〇八年更名為「台灣推理作家協會徵文獎」至今已邁入第十四屆；二〇〇九年島田莊司意圖推廣華文推理小說創作所創辦的「島田莊司推理小說獎」，此文學獎由島田莊司親自評選，參獎作品亦必須符合「本格推理」的定義，被認為是日本新本格系譜的延伸。這些推理文學獎實際上都運用著相似的權力結構，意圖建立自身對推理文學場域典範價值的詮釋權力。這三個分別在早期、當代台灣推理文學場域中具有重要性與指標意義的推理小說獎，其獲獎的小說作品究竟反映了哪些差異，以及當時的主流觀點或價值，也能夠更深入地進行分析。

此外，一九九八年「時報文學百萬小說獎」為全國性的文學獎，限制徵件主題進行推理小說的徵獎，是台灣文學獎中首次的嘗試；二〇〇六年地方性色彩濃厚的地方文學大獎「南瀛文學獎」，首次增設「長篇小說獎」，並在參加資格上明訂「台灣人民身分」以及「以臺南縣風土民情為題材」，該屆首獎由林立坤推理長篇《悲傷回憶書》獲得，但卻引發評審之一的楊青矗指出「本篇發生地點為柳營的一處農場，而『柳營』兩字僅是台南縣一處地名而已，並沒有與台南縣風土民情融而為一」[6]的質疑，這種地方文學獎中關於地方建構與地方性討論的弔詭，也很值得放置於「本格復興」的視角下深入探析。全國性與地方性的文學獎，因為徵獎前提的不同，也反映了不同的書寫型態，並且延伸了不同的地方思考，都是可以深入探討的議題。

不可否認的，推理小說與其他文學類型或相關思潮都具有相互的關係，例如新感覺派推理、現代派推理、女性主義推理、後現代推理，這些詞彙事實上都曾在推理評論與評述中出現，恐怖推理、科幻推理、科技推理等文類互相交涉的類型甚至是行銷的賣點。但這些類型或是文藝思潮，究竟實際改變了台

6 見林立坤：《悲傷回憶書》（臺南：台南縣政府，二〇〇七年），頁324。

灣推理小說的敘事型態或是推理本質，而對台灣推理發展產生重要影響甚至轉向？或者只是作為某種寫作技巧、風格特色的套用或嫁接，都可以提供許多後續研究的研究方向。

總而言之，在台灣推理小說的研究中，若將範圍擴大，納入更多二十一世紀後的當代推理作品，相信在推理文學發展的層面上，能夠開展更多元、深入的論述與研究成果。

（二）以作家為中心

本書的研究方法，主要以議題為主軸，再以相關的作品加以應證與討論，雖然引證的作家不少，但較無法從作家論的角度，研究他們的創作歷程與風格的轉向。

然而個別作家的創作實踐，卻仍然具有深入探究的價值。舉例而言，早期台灣推理界頗受注目的陳查禮、推理單行本出版最多的葉桑、於《推理》發表篇目頗為豐富的胡柏源、蔡一靜、維持著一貫創作風格的余心樂，以及產生具體變化的藍霄等等，如果進行以作家為中心的專論，事實上也較能夠建構或呈現早期推理文學場域的面貌。

進一步來說，以作家與作品作為切入的角度，具有開展許多不同議題探究的可能。例如從葉桑筆下的葉威廉、劉宜雯與楊寧琍筆下的丁昭琳的偵探類型對照中，可以具體地觀察偵探知識性與大眾性的不同取向，形成偵探身體的不同功能，甚至解放了知識階級的必然連結；或分別從溫瑞安、思婷、藍霄等作家推理作品的解析，得以觀察台灣推理小說中荒謬與寫實之間的矛盾與涵涉意義；或由林佛兒、江川治、呂仁的推理創作中，歸納城市交通與詭計、不在場證明設置的設置關連與邏輯。這些新的議題，事實上都來自於對個別作家與作品分析、詮釋的歸納，也都是台灣推理文學研究中可以延續探討的方向。

參考文獻

壹、參考書目

一、文學創作

方娥真《桃花》。臺北：皇冠出版社，一九八九年。
台灣推理作家協會編《台灣推理作家協會傑作選1》。臺北：台灣推理協會，二〇〇八年。
江川治〈晨跑・旅行殺人事件〉，《林佛兒推理小說獎作品集1》。臺北：林白出版社有限公司，一九八九年，頁63－87。
江川治〈高速公路的不在場證明〉，《推理》第五十八期（一九八九年八月），頁74－90。
余心樂〈松鶴樓〉，《推理》第五十六期（一九八九年六月），頁48－99。
余心樂〈生死線上〉，《林佛兒推理小說獎作品集二》。臺北：林白出版社有限公司，一九九一年，頁7－85。
余心樂〈真理在選擇他的敵人〉，《遺忘的殺機》。臺北：林白出版社有限公司，一九九二年，頁98－153。
余心樂《推理之旅》。臺北：林白出版社有限公司，一九九二年。
余遠炫《１１９！急先鋒》。臺北：皇冠出版社，一九九七年。
余遠炫《一年二班小警察》。臺北：皇冠出版社，一九九七年。
余遠炫《救命啊！警察先生》。臺北：皇冠出版社，一九九七年。
冷言《鎧甲館事件》。臺北：泰電電業股份有限公司，二〇〇九年。
呂仁〈ＥＴＣ殺人事件〉，台灣推理作家協會編《平安夜的賓館總是客滿：台灣推理作家協會第十二屆徵文獎》。臺北：要有光出版社，二〇一四年。頁7－66。

杜文靖《情繭》。臺北：林白出版社有限公司，一九八六年。
杜文靖《墜落的火球》。臺北：五千年出版社，一九八七年。
林立坤《悲傷回憶書》。臺南：台南縣政府，二〇〇七年。
林全洲〈復仇〉，《遺忘的殺機》，頁215－241。
林佛兒《島嶼謀殺案》。臺北：林白出版社有限公司，一九八四年。
林佛兒〈東澳之鷹〉，《推理》第三期（一九八五年一月），頁34－68。
林佛兒〈人猿之死〉，《推理》第四期（一九八五年二月），頁60－78。
林佛兒《美人捲珠簾》。臺北：林白出版社有限公司，一九八七年。
林佛兒《美人捲珠簾》。臺北：INK印刻文學生活雜誌出版有限公司，二〇一〇年。
林佛兒《島嶼謀殺案》。臺北：INK印刻文學生活雜誌出版有限公司，二〇一〇年。
林崇漢《收藏家的情人》。臺北：林白出版社有限公司，一九八六年。
思婷《死刑今夜執行》。臺北：要有光出版社，二〇一三年。
既晴《魔法妄想症》。臺北：小知堂文化事業有限公司，二〇〇四年。
既晴《超能殺人基因》。臺北：皇冠文化出版有限公司，二〇〇五年。
既晴《病態》。臺北：皇冠文化出版有限公司，二〇〇八年。
既晴《感應》。臺北：皇冠文化出版有限公司，二〇一〇年。
徐凌〈最後的旅程〉，《林佛兒推理小說獎作品集一》，頁119－133。
莊仲亮〈M16A2與M16〉，《推理》第八十八期（一九九二年二月），頁24－60。
陳明宏〈電影放映室之死〉，《林佛兒推理小說獎作品集1》，頁185－206。
陳嘉振《布袋戲殺人事件》。臺北：小知堂文化事業有限公司，二〇〇六年。
楊金旺〈公寓裸屍〉，《林佛兒推理小說獎作品集1》，頁135－166。
楊寧琍《心魂》。臺北：躍昇文化事業有限公司，一九九二年。
楊寧琍《鑽石之邀》。臺北：躍昇文化事業有限公司，一九九二年。

楊寧琍《要命的五日》。臺北：躍昇文化事業有限公司，一九九二年。
楊寧琍《藝術謀殺案》。臺北：躍昇文化事業有限公司，一九九二年。
楊寧琍《失去觸角的蝴蝶》。臺北：躍昇文化事業有限公司，一九九二年。
楊寧琍《童話之死》。臺北：躍昇文化事業有限公司，一九九二年。
溫瑞安《殺人》。臺北：林白出版社有限公司，一九八六年。
溫瑞安《暴力女孩》。臺北：皇冠出版社，一九八九年。
溫瑞安《他在她臉上開了一槍》。臺北：皇冠出版社，一九九〇年。
葉桑《櫻吹雪》。臺北：希代書版有限公司，一九八八年。
葉桑《黑色體香》。臺北：皇冠出版社，一九九〇年。
葉桑《夢幻二重奏》。臺北：林白出版社有限公司，一九九〇年。
葉桑《愛情實驗室》。臺北：皇冠出版社，一九九一年。
葉桑《台北怨男》。臺北：林白出版社有限公司，一九九一年。
葉桑《耶誕夜殺人遊戲》。臺北：皇冠出版社，一九九一年。
葉桑《遙遠的浮雕》。臺北：皇冠出版社，一九九二年。
葉桑〈遺忘的殺機〉，《遺忘的殺機》，頁7－44。
葉桑《魔鬼季節》。臺北：皇冠出版社，一九九二年。
葉桑《為愛犯罪的理由》。臺北：太雅出版有限公司，一九九三年。
葉桑《水晶森林》。臺北：林白出版社有限公司，一九九三年。
葉桑《顫抖的拋物線》。臺北：林白出版社有限公司，一九九三年。
葉桑《仙人掌的審判》。臺北：林白出版社有限公司，一九九四年。
葉淳之《冥核》。臺北：遠流出版事業股份有限公司，二〇一四年。
雷鷹〈考生之死始末〉，《推理》第八十九期（一九九二年三月），頁21－57。
楊慎絢《廢河遺誌》。臺北：九歌出版社有限公司，二〇一四年。

蒙永麗〈獎〉，《林佛兒推理小說獎作品集2》，頁240－263。
蒙永麗《神之惡》。臺北：遠流出版事業股份有限公司，一九九七年。
蒙永麗《G的秘密》。臺北：國語日報社，二〇〇二年。
蒙永麗《我是神探》。臺北：國語日報社，二〇〇二年。
鄭寶娟《天黑前回家》。臺北：麥田出版社，二〇〇七年。
藍霄〈醫院殺人〉，《林佛兒推理小說獎作品集2》，頁121－183。
藍霄〈情人節的推理〉，《推理》第九十一期（一九九二年五月），頁20－54。
藍霄《錯置體》。臺北：大塊文化出版股份有限公司，二〇〇四年。
寵物先生《虛擬街頭漂流記》。臺北：皇冠出版社，二〇〇九年。
蘇文邦〈借火〉，《林佛兒推理小說獎作品集2》，頁184－207。
蘇飛雅《蛆樂園》。臺北：遠景出版事業有限公司，二〇一四年。

二、理論與批評

（一）中文著作

王立文主編《全球在地文化研究》。桃園：元智大學通識教學部，二〇〇八年。
包亞明主編《現代性與空間的生產》。上海：上海教育出版社，二〇〇二年。
吳非、馮韶文《媒體與全球在地化》。臺北：秀威資訊科技股份有限公司，二〇一〇年。
吳寧《日常生活批判——列斐伏爾哲學思想研究》。北京：人民出版社，二〇〇七年。
呂亞力《政治學》。臺北：三民書局股份有限公司，二〇〇九年。
李文朗《臺灣人口與社會發展》。臺北：東大圖書股份有限公司，一九九九年。
汪安民《身體、空間與後現代性》。南京：江蘇人民出版社，二〇〇五年。

林宏璋《後當代藝術徵候：書寫於在地之上》。臺北：典藏藝術家庭股份有限公司，二〇〇五年。
林思聰編著《臺灣省交通建設史蹟》。臺北：臺灣省政府交通處，一九九五年。
邱誌勇《關鍵論述與在地實踐：在地脈絡化下的新媒體藝術》。臺北：財團法人數位藝術基金會，二〇一二年。
施雅軒《台灣的行政區變遷》。臺北：遠足文化事業股份有限公司，二〇〇三年。
洪婉瑜《推理小說研究——兼論林佛兒推理小說》。臺南：臺南縣政府，二〇〇七年。
范銘如《文學地理：台灣小說的空間閱讀》。臺北：麥田出版社，二〇〇八年。
高宣揚《布迪厄的社會理論》。上海：同濟大學出版社，二〇〇四年。
畢恆達《空間就是權力》。臺北：心靈工坊文化事業股份有限公司，二〇〇一年。
陳子弘《台灣城市美學：在地覺醒的亞洲新風貌》。臺北：木馬文化事業股份有限公司，二〇一三年。
陳俊《臺灣道路發展史》。臺北：交通部運輸研究所，一九八七年。
陳建忠等著《臺灣小說史論》。臺北：麥田出版社，二〇〇七年。
陳國偉《越境與譯徑——當代台灣推理小說的身體翻譯與跨國生成》。臺北：聯合文學出版社股份有限公司，二〇一三年。
陳國偉《類型風景——戰後臺灣大眾文學》。臺南：國立臺灣文學館，二〇一三年。
傅博《謎詭・偵探・推理：日本推理作家與作品》。臺北：獨步文化出版社，二〇〇九年。
湯熙勇主編《臺北市地名與路街沿革史》。臺北：臺北市文獻委員會，二〇〇二年。
黃宇元主編《臺北市發展史》。臺北：臺北市文獻委員會，一九八一年。
黃宗儀《面對巨變中的東亞景觀：大都會的自我身分書寫》。臺北：群學出版有限公司，二〇〇八年。
黃美娥《重層現代性鏡象：日治時代臺灣傳統文人的文化視域與文學想像》。臺北：麥田出版社，二〇〇四年。
黃俊傑《臺灣意識與臺灣文化》。臺北：正中書局，二〇〇〇年。
黃淑清編著《台北市路街史》。臺北：臺北市文獻委員會，一九八五年。
楊照《文學的原像》。臺北：聯合文學出版社有限公司，一九九五年。
楊照《推理之門由此進——推理的四門必修課》。臺北：本事文化股份有限公司，二〇一三年。
廖炳惠《關鍵詞２００：文學與批評研究的通用辭彙編》。臺北：麥田出版社，二〇一二年。

臺灣省政府交通處《臺灣交通回顧與展望》。南投：臺灣省政府交通處，一九九八年。
趙莒玲《台北城的故事》。臺北：臺北市政府新聞處，一九九三年。
鄧景衡《符號、意象、奇觀——台灣飲食文化系譜》。臺北：田園城市文化事業有限公司，二〇〇二年。
鄭明娳《通俗文學》。臺北：揚智文化事業股份有限公司，一九九三年。
錢大群編著《台灣公路巴士之沿革》。臺北：台灣省公路局，二〇〇一年。
謝納《空間生產與文化表徵——空間轉向視域中的文學研究》。北京：中國人民大學出版社，二〇一〇年。

（二）翻譯著作

〔日〕依田熹家編著《日本通史》（The History of Japan）臺北：揚智文化事業股份有限公司，一九九六年。
Andrew Heywood著，楊日青譯《Heywood's政治學新論》（Politics）。臺北：韋伯文化國際出版有限公司，二〇〇九年。
Anthony M. Orum、陳向明著，曾茂娟、任遠譯《城市的世界：對地點的比較分析和歷史分析》（The World of Cities: Places in Comparative and Historical Perspective）。上海：上海人民出版社，二〇〇五年。
Arjun Appadurai著，劉冉譯《消散的現代性：全球化的文化維度》（Modernity at Large: Cultural Dimensions of Globalization）。上海：上海三聯書店，二〇一二年。
Christian Norberg-Schulz著，施植明譯：《場所精神——邁向建築現象學》（Genius Loci: Towards a Phenomenology of Architecture）。臺北：田園城市文化事業有限公司，一九九五年。
Doreen Massey等主編，王志弘等譯《城市世界》（City Worlds）。臺北：群學出版有限公司，二〇〇九年。
Doreen Massey等主編，王志弘等譯《騷動的城市：移動／定著》（Unsettling Cities: Movement/settlement）。臺北：群學出版有限公司，二〇〇九年。
Gaston Bachelard著，龔卓軍、王靜慧譯《空間詩學》（The Poetic of Space）。臺北：張老師文化事業股份有限公司，二〇一〇年。
Kathryn Woodward等著，林文琪譯《認同與差異》（Identity and Difference）。臺北：韋伯文化國際出版有限公司，二〇〇六年。
Linda McDowell著，徐苔玲、王志弘譯《性別、認同與地方——女性主義地理學概說》（Gender, Identity & Place:

Understanding Feminist Geographies）。臺北：群學出版有限公司，二〇〇六年。
Lisa Benton-Short and John Rennie Short著，徐苔玲、王志弘譯《城市與自然》（Cities and Nature）。臺北：群學出版有限公司，二〇一二年。
Lynch Kevin著，林慶怡等譯《城市形態》（Good City Form）。北京：華夏出版社，二〇〇一年。
Manuel Castells著，夏鑄九、王志弘譯《網路社會之崛起》（Rise of The Network Society）。臺北：唐山出版社，二〇〇一年。
Mike Crang著，王志弘等譯《文化地理學》（Culture Geography）。臺北：巨流圖書股份有限公司，二〇〇三年。
Paul Cloke等編，王志弘等譯《人文地理概論》（Introducing Human Geographies）。臺北：巨流圖書股份有限公司，二〇〇六年。
Parice Bonnewitz著，孫智綺譯《布赫迪厄社會學的第一課》（Premières leçons La sociologie de Pierre Bourdieu）。臺北：麥田出版社，二〇一二年。
Rob Kitchin and Nicholas J. Tate編，蔡建輝譯《人文地理學研究方法》（Conducting Research into Human Geography）。北京：商務印書館，二〇〇六年。
Sharon Zukin著，王志弘等譯《裸城：純正都市地方的生與死》（Naked city: the death and life of authentic urban places）。臺北：群學出版有限公司，二〇一二年。
Steve Pile等編，王志弘等譯《無法統馭的城市?秩序／失序》（Unruly Cities? order/ disorder）。臺北：群學出版有限公司，二〇〇九年。
Tim Cresswell著，王志弘、徐苔玲譯《地方：記憶、想像與認同》（Place: A Short Introduction）。臺北：群學出版有限公司，二〇〇六年。
Yi-Fu Tuan著，潘桂成譯《經驗透視中的空間與地方》（Space and Place: The Perspective of Experience）。臺北：國立編譯館，一九九九年。
Yi-Fu Tuan著，潘桂成譯《恐懼》（Landscapes of Fear）。臺北：立緒文化事業有限公司，二〇〇八年。
夏鑄九、王志弘編譯《空間的文化形式與社會理論讀本》（Readings in Social Theories and the Cultural of Speace）。臺北：明文書局股份有限公司，一九九九年。

（三）英文著作

Arjun Appadurai: Globalization（Durham, NC: Duke University Press, 2001）.

Edward Relph: Place and placelessness（London: Pion, 1976）.

Henri Lefebver: The Production of Space（oxford: Basil Blackwell, 1991）.

Jeff Malpas: Place and Experience: A Philosophical Topography（Lonton: Cambridge University Press, 1999）.

Kobena Mercer: Welcome to the Jungle: New Positions in Black Cultural Studies（Lonton: Routledge, 1994）.

M. M. Bakhtin, Michael Holquist ed., Caryl Emerson and Michael Holquist trans. The Dialogic Imagination: Four Essays（Austin: University of Texas Press, 1981）.

Philip L. Wagner: Environments and Peoples（Englewood Cliffs, N.J.: Prentice–Hall, 1972）.

Pierre Bourdieu, Richard Nice trans. Sociology in Question（London: Sage Publications, 1993）.

Tim Cresswell: In Place/out of Place: Geography, Ideology and Transgression（Minneapolis: U of Minnesota Press, 1996）.

貳、期刊論文

一、期刊論文與專書論文

（一）中文作品

向陽〈海上的波浪：小論文學獎與文學發展的關聯〉，《文訊》第兩百一十八期（二〇〇三年十二月），頁37－40。

吳錫德〈卡謬作品中的空間書寫〉，《空間與身體》。臺北：聯經出版事業股份有限公司，二〇一二年，頁31－49。

李依倩〈在地的遊子／歸鄉的旅人：「台灣文學旅行系列」中時空交錯的地方幻影〉，《東華漢學》第五期（二〇〇七年六月），頁213－255。
林佛兒〈當代台灣推理小說研究之發展〉，林燿德、孟樊主編：《流行天下：當代臺灣通俗文學論》。臺北：時報文化出版企業有限公司，一九九二年，頁305－332。
邱貴芬〈尋找「台灣性」：全球化時代鄉土想像的基進政治意義〉，《中外文學》第三十二卷第四期（二〇〇三年九月），頁45－65。
洪敍銘〈台灣推理小說的「在地性」實踐——以《美人捲珠簾》、《悲傷回憶書》表現之差異為討論範疇〉，《文史台灣學報》第九期（二〇一五年六月），頁93－124。
張瑞鑫等〈行政區域重劃之研究〉，《T＆D飛訊》第九十六期（二〇一〇年六月），頁1－21。
陳國偉〈本土推理．百年孤寂——台灣推理小說發展概論〉，《文訊》第兩百六十九期（二〇〇八年三月），頁53－61。
陳國偉〈被翻譯的身體：台灣新世代推理小說中的身體錯位與文體秩序〉，《中外文學》第三十九卷第一期（二〇一〇年三月），頁4－84。
陳國偉〈島田的孩子？東亞的萬次郎？——臺灣當代推理小說中的島田莊司系譜〉，《臺灣文學研究集刊》第十期（二〇一一年八月），頁71－112。
陳國偉〈都市感性與歷史謎境：當代華文小說中的推理敘事與轉化〉，《華文文學》二〇一二年第四期（二〇一二年八月），頁85－98。
陳國偉〈在西方與東亞間擺盪——世紀之交台灣推理文學場域的重構〉，《臺灣文學研究集刊》第十三期（二〇一三年二月），頁117－148。
陳瀅州整理〈推理小說在台灣——傅博與林佛兒的對話〉，《文訊》第兩百六十九期（二〇〇八年三月），頁72－79。
楊弘任〈何謂在地性？從地方知識與在地範疇出發〉，《思與言》第四十九卷第四期（二〇一一年十二月），頁5－29。
楊照〈「缺乏明確動機……」——評台灣本土推理小說〉，《文學的原像》，頁142－147。
蕭新煌〈一九八〇年代以來的台灣社會文化轉型背景內涵與影響〉，施建生主編《一九八〇年代以來台灣經濟發展經驗》。臺北：中華經濟研究院，一九九九年，頁209－266。

（二）翻譯作品

Allan Pred著，許坤榮譯〈結構歷程和地方——地方感和感覺結構的形成過程〉（Structuration and Place: oN the Becoming of Sense of Place and Structure of Feeling），《空間的文化形式與社會理論讀本》，頁81－103。

Henri Lefebver著，王志弘譯〈空間：社會產物與使用價值〉（Space: Social Product and Use Value），《現代性與空間的生產》，頁47－58。

Michel Foucult著，陳志梧譯〈不同空間的正文與上下文（脈絡）〉（Texts/ Contexts of other Spaces），《空間的文化形式與社會理論讀本》，頁399－409。

Steve Pile著，王志弘譯〈城市是什麼?〉（What is a City?），《城市世界》，頁3－54。

（三）英文作品

Allan Pred: 'Structuration and Place: oN the Becoming of Sense of Place and Structure of Feeling', Journal for the Theory of Social—Behavior, 13（1）, 1983, pp.45－68.

Brian Robson: 'The urban environment', Geography, 60, 1975, pp.173－184.

David Schmid: 'Imagining Safe Urban Space: The Contribution of Detective Fiction to Radical Geography', Antipode, 27（3）, 1995, pp.242－269.

Edward Relph: 'Place and Placelessness'. in P. Hubbard, R. Kitchen and G. Vallentine ed. Key Texts in Human Geography（London: Sage, 2008）, pp.43－51.

Harvey Cox: 'The Restoration of sense of place', Ekistics, 25, 1968, pp.422－424.

Henri Lefebvre: 'Space: Social Product and Use Value', in Freiberg, J. W. ed. Critical Sociology: European Perspective（New York: Irvington, 1979）, pp.285－295.

John Agnew: 'Space and Place', in J. Agnew and D. Livingstone ed. The Sage Handbook of Geographical Knowledge（London: Sage, 2011）, pp.316－330.

Lewis Mumford: 'What is a city?', in Richard T. LeGates and Frederic Stout ed. The City Reader（London: Routledge, 1996）, pp.92－96.

Mark Treib, 'Must Language Mean?', in Simon R. Swaffield ed. Theory in Landscape Architecture: A Reader（Philadelphia: U of Pennsylvania P, 2002）, pp.89－101.

Michel Foucaul: 'Texts/Contexts of other Spaces', Diacritics, 16（1）, 1986, pp.22－27.

Stephen Daniels and Simon Rycroft: 'Mapping the Modern City: Alan Sillitoe's Nottingham Novels', Transactions of the Institute of British Geographers, 18（4）, 1993, pp.460－480.

Stephen Gray: 'A Sense of Place in the New Literatures, Particularly South African.' in Peggy Nightingale ed. A Sense of Place in the New Literatures in English（St. Lusia: U of Queensland, 1986）, pp.5－12.

Viktor Borisovich Shklovsky: 'Art as Technique', in Lee T. Lemon, Marion J. Reis ed. Russian formalist criticism: four essays（Lincoln: University of Nebraska Press, 1965）, pp.3－24.

二、會議論文

洪敍銘〈台灣新本格推理小說的「在地」實踐——以《悲傷回憶書》為主的討論〉，「流轉中的華文文學——二〇一四年華文文學研究生論文研討會」（花蓮：國立東華大學華文文學系，２０１４／５／31）。

洪敍銘〈一九八〇——九〇年代台灣推理文學場域之典範構成研究〉，「第十二屆全國臺灣文學研究生學術研討會」（新竹：國立清華大學台灣文學研究所，２０１５／10／24－25）。

陳國偉〈一個南方觀點的可能：台灣推理小說的在地化考察〉，二〇〇七文學「南台灣」學術研討會（嘉義：國立中正大學台灣人文研究中心、台灣文學研究所，２００７／11／24）。

參、學位論文

尤靜慧《松本清張研究——以其推理小說為中心》。中國文化大學日本研究所碩士論文，一九九四年。

吳繪利《砂之器的意義——從現在到過去——》。輔仁大學日本語文學系碩士論文，二〇〇七年。

呂淳鈺《日治時期台灣偵探敘事的發生與形成：一個通俗文學新文類的考察》。國立政治大學中國文學系碩士論文，二〇〇四年。

李佳玲《八〇年代台日推理小說的社會派交會——以松本清張與林佛兒的創作為例》。中興大學台灣文學與跨國文化研究所碩士論文，二〇一二年。

林姁儀《清涼院流水的異端性－從成名作與本格推理小說的比較開始－》。輔仁大學日本語文學系碩士論文，二〇〇八年。

林瑞珍《宮部美幸的推理小說研究——作品中所描述的家族關係為中心——》。輔仁大學日本語文學系碩士論文，二〇〇六年。

施佩吟《台灣推理作家協會徵文獎研究。二〇〇二～二〇一二》。中興大學台灣文學與跨國文化研究所碩士論文，二〇一二年。

洪婉瑜《推理小說研究——兼論林佛兒推理小說》。高雄師範大學國文教學碩士班碩士論文，二〇〇三年。

張姿吟《東野圭吾的推理小說研究——以《白夜行》為中心——》。文化大學日本研究所碩士論文，二〇一〇年。

陳美杏《現代社會的青春殘酷面——論宮部美幸的《模仿犯》》。國立台東大學兒童研究所碩士論文，二〇〇八年。

陳智聰《從公案到偵探——晚清公案小說敘事模式的轉變》。文化大學日本文學研究所碩士論文，一九九五年。

黃英子《錯置的光與影——藍霄推理小說研究》。中興大學台灣文學與跨國文化研究所碩士論文，二〇一〇年。

楊舒琇《阿嘉莎・克莉絲蒂推理小說「白羅」人格塑造與辦案模式之分析》。南華大學文學研究所碩士論文，二〇〇七年。

萬姿吟《松本清張推理小說手法解析——以初期作品為主——》。國立高雄第一科技大學應用日語所碩士論文，二〇〇六年。

蔡家琪《松本清張短篇推理小說研究》。文化大學日本研究所碩士論文，二〇一〇年。

謝小萍《中國偵探小說研究：以一八九六——一九四九年上海為例》。國立東華大學中國語文學系研究所碩士論文，二〇〇五年。

肆、報章雜誌與評介

丁世佳〈推理雜誌五週年慶有感〉，《推理》第六十一期（一九八九年十一月），頁19。

王品涵〈謀殺與創造之時：台灣推理文學研究概況〉，《文訊》第兩百七十期（二〇〇八年四月），頁88－94。

王家祥〈推理只是推理，葉桑就是葉桑〉，《水晶森林》，頁5－6。

向陽〈推之，理之，定位之——序林崇漢推理小說集「收藏家的情人」〉，《收藏家的情人》，頁5－17。

安克強〈生命的推理〉，《為愛犯罪的理由》，頁2－4。

朱佩蘭〈不算序文的序文〉，《遙遠的浮雕》，頁4－5。

何懷碩〈理智的遊戲與文學的盛宴〉，《推理》第八十五期（一九九一年十一月），頁6－8。

余心樂〈娛人自娛乎？或娛人自愚？〉，《推理》第六十四期（一九九〇年二月），頁23－26。

余心樂〈善意的偷工減料〉，《推理》第七十八期（一九九一年四月），頁24－25。

余心樂〈雜談我的偵推創作歷程（下）〉，《推理》第一百一十六期（一九九四年六月），頁22－31。

呂秋惠〈苦幹型的作家〉，《夢幻二重奏》，頁5－6。

巫姿慧〈讀推理雜誌一至四十一期本土創作綜合感想〉，《推理》第四十二期（一九八八年四月），頁14－17。

李反統〈《台北怨男》的幻想與推理〉，《推理》第八十七期（一九九二年一月），頁12－14。

杜文靖〈走入大眾文學之路——「情繭」出版前的禱文〉，《情繭》，頁3－6。

杜鵑窩人〈台灣推理創作里程碑〉，《台灣推理作家協會傑作選一》。臺北：台灣推理協會，二〇〇八年，頁5－20。

周衍〈推理小說在台灣的發展與限制——兼談創作過程的雜感〉，《推理》第一百三十一期（一九九五年九月），頁30－34。

周浩正〈細草謀殺案——序林佛兒的《美人捲珠簾》〉，《推理》第三十期（一九八七年四月），頁8－10。

林全洲〈左手寫新聞；右手寫推理〉，《推理》第七十九期（一九九一年五月），頁51。

林佛兒〈創刊的話——總是一份期待〉，《推理》第一期（一九八四年十一月），頁12－14。

林佛兒〈推理小說的點點滴滴〉，《推理》第十二期（一九八五年十月），頁8－22。

林佛兒〈展現推理文學的春天——推理雜誌五周年有感〉，《推理》第六十一期，頁12－13。
林佛兒〈四百年來一片空白——推理小說在台灣的困境〉，《推理》第八十三期（一九九一年九月），頁12－17。
林佛兒〈圓夢——推理十周年感言〉，《推理》第一百二十一期（一九九四年十一月），頁14－15。
林佛兒〈我的推理小說之路〉，《文訊》第兩百七十期，頁79－81。
林淑慧〈解謎又解情的《夢幻二重奏》〉，《推理》第七十五期（一九九一年一月），頁12－14。
思婷〈弄斧號子〉，《推理》第四十五期（一九八八年七月），頁144－145。
思婷〈燈謎和推理小說〉，《推理》第六十一期，頁17－18。
思婷〈邯鄲斷想〉，《推理》第六十五期（一九九〇年三月），頁30－31。
思婷〈如果我們有十個……〉，《推理》第七十七期（一九九一年三月），頁20－21。
苦苓〈林佛兒的第一步〉，《推理》第十一期（一九八五年九月），頁7－9。
既晴採訪〈島田莊司訪談錄〉，《皇冠》第六百一十七期（二〇〇五年七月），頁115－132。
倪匡〈開拓者不寂寞——為林佛兒的「美人捲珠簾」講幾句話〉，《推理》第二十八期（一九八七年二月），頁12－13。
島崎博〈祝《推理雜誌》創刊〉，《推理》第一期，頁10－11。
島崎博〈認識大眾文學〉，《推理》第二十四期（一九八六年十月），頁12－19。
島崎博〈推理小說在台灣（上）〉，《推理》第二十四期，頁20－25。
島崎博〈談林佛兒的推理作品——《美人捲珠簾》序〉，《推理》第二十五期（一九八六年十一月），頁31－35。
島崎博〈推理小說在台灣（下）〉，《推理》第二十五期，頁52－59。
島崎博〈推理小說的謎團設計（上）〉，《推理》第二十六期（一九八六年十二月），頁18－22。
島崎博〈推理小說的謎團設計（下）〉，《推理》第二十八期，頁14－18。
張騰蛟〈推理小說新氣象〉，《推理》第二十期（一九八六年六月），頁22－24。
莊仲亮〈得獎感言〉，《推理》第八十八期（一九九二年二月），頁61。
郭清華〈從實驗室走向文壇的推理作家〉，《黑色體香》，頁250－251。
陳嘉欣〈推理小說的圈套〉，《推理》第十五期，頁7－16。

陳寧貴〈夜讀「島嶼謀殺案」〉，《推理》第十一期，頁11－13。
陳銘清〈一切重頭〉，《推理》第六十一期，頁20－21。
陳銘清〈神仙打鼓有時錯〉，《推理》第八十期（一九九二年三月），頁16－17。
陳銘清〈精益求精——讀《台北怨男》有感〉，《推理》第八十九期（一九九二年三月），頁10－12。
陳銘清〈超越模仿，推陳出新的期待〉，《推理》第一百零八期（一九九三年十月），頁12－17。
傅博〈讀「推理雜誌」有感〉，《推理》第四期（一九八五年二月），頁6－10。
傅博〈台灣推理小說新里程碑之作——《錯置體》〉，《錯置體》，頁267－272。
傅博〈新本格推理小說之先驅功臣島田莊司〉，島田莊司著，杜信彰譯《高山殺人行1／2之女》。臺北：皇冠出版社，二〇〇七年，頁3－24。
傅博〈林佛兒的推理文學軌跡〉，《美人捲珠簾》，頁5－9。
傅博〈推理小說縱橫談〉，《迷詭・偵探・推理：日本推理作家與作品》，頁9－22。
傅博〈續・推理小說縱橫談〉，《迷詭・偵探・推理：日本推理作家與作品》，頁25－30。
景翔〈一些印象〉，《島嶼謀殺案》，頁7－8。
景翔〈有推理的好小說——談林佛兒的「美人捲珠簾」〉，《推理》第三十四期（一九八七年八月），頁16－18。
景翔〈豐富的經驗是成功的一半——看杜文靖的《情繭》〉，《推理》第三十八期（一九八七年十二月），頁20－22。
黃石甫〈純中國風味的推理——看七七期《一貼靈》有感〉，《推理》第八十期（一九九一年六月），頁20－21。
黃鈞浩〈一些喜悅，一些建議〉，《推理》第六期（一九八五年四月），頁8－10。
黃鈞浩〈向《美人捲珠簾》的作者致敬〉，《推理》第三十四期（一九八七年八月），頁19－22。
黃鈞浩〈寫實型本格派之創作典範——解剖台上的《情繭》〉，《推理》第三十八期，頁23－25。
黃鈞浩〈創作推理片面觀〉，《推理》第六十九期（一九九〇年七月），頁12－15。
黃鈞浩〈談推理小說中的線索〉，《推理》第八十二期（一九九一年八月），頁14－16
黃鈞浩〈從水上勉作品看社會派推理的困境〉，《推理》第八十九期，頁12－17。
黃鈞浩〈《水晶森林》的迷宮與陷阱〉，《推理》第一百零一期（一九九三年三月），頁10－12。

楊金旺〈自己兩三事〉，《推理》第四十七期（一九八八年九月），頁45。

楊金旺〈一而再，再……〉，《推理》第六十七期（一九九〇年五月），頁49。

楊金旺〈美麗的結晶——《水晶森林》讀後感〉，《推理》第一百零六期（一九九三年八月），頁16－18。

葉石濤〈評《美人捲珠簾》〉，《推理》第三十四期，頁14－15。

葉桑〈側寫名探葉威廉及他的夥伴〉，《推理》第一百一十三期（一九九四年三月），頁20－22。

詹宏志〈私房謀殺：〈謀殺專門店〉的前世今生〉，《詹宏志私房謀殺》（臺北：遠流出版事業股份有限公司，二〇〇二年），頁i—vi。

路那〈以畸形與映像，凝成一個世界的荒謬——談思婷《死刑今夜執行》〉，《死刑今夜執行》，頁223－230。

廖師宏等人撰，陳國偉校訂〈台灣推理小說目錄及提要一九八〇——二〇〇七〉，《文訊》第兩百七十期，頁95－102。

歐銀釧〈和一位推理小說家的對話〉，《魔鬼季節》，頁207－211。

鄭良茂〈我所認識的葉桑先生〉，《魔鬼季節》，頁5－7。

劉克襄〈不遠之處，有礦——我和林佛兒推理小說的緣分〉，《島嶼謀殺案》，頁5－8。

鍾肇政〈淺談推理小說——兼介《島嶼謀殺案》所帶來的訊息〉，《島嶼謀殺案》，頁3－6。

藍霄〈希望自己能漸漸進步〉，《推理》第六十六期，頁24－25。

蘇文邦〈淳風自期，愚公信徒〉，《推理》第六十七期（一九九〇年四月），頁47。

伍、網路資料

杜鵑窩人〈Re:關於評選〉，【謀殺專門店．推理擂台】，二〇〇〇年三月八日，網址：http://www.ylib.com/class/topic3show2.asp?No=42608&object=stage&TopNo=13903。（二〇一二／五／十二作者讀取）

周若珍訪談，「博客來．人物專訪」，二〇一一年九月十四日。網址：http://okapi.books.com.tw/index.php/p3/p3_detail/sn/808。（二〇一四／七／六年作者讀取）

「島田老師對本格推理的定義」，第一屆島田莊司推理小說獎網站，網址：http://www.crown.com.tw/no22/SHIMADA/S1_a.html。（二〇一四／九／二十八作者讀取）

胡柏源編製〈推理雜誌上的本土作家名單及作品〉，「胡柏源隨筆」，二〇〇八年五月二十五日，網址：http://www.share543.com/html/articles/sunny/list_of_writers.html。（二〇一五／一／六作者讀取）

杜鵑窩人〈2011／01月推理藏書閣嚴選《蒸發》：風華重現，經典再見〉，【博客來・BookPost】，二〇一三年四月九日，網址：http://post.books.com.tw/bookpost/blog/41183.htm。（二〇一五／一／五作者讀取）

「公寓大廈管理條例」，內政部營建署，二〇一三年五月八日，網址：http://www.cpami.gov.tw/chinese/index.php?option=com_content&view=article&id=10472&Itemid=100。（二〇一四／六／十七作者讀取）

「蘇花公路演變及通行管制由來」，中華民國交通部公路總局建置「公路總局歷史回顧：歲月痕跡首部曲」，網址：http://history.thb.gov.tw/index.html。（二〇一三／五／十二作者讀取）

秀威經典　　新視野13　PG1398

從「在地」到「台灣」
——「本格復興」前台灣推理小說的地方想像與建構

作　　者／洪敍銘
責任編輯／李書豪
圖文排版／周政緯
封面設計／楊廣榕

出版策劃／秀威經典
發 行 人／宋政坤
法律顧問／毛國樑　律師
印製發行／秀威資訊科技股份有限公司
114台北市內湖區瑞光路76巷65號1樓
電話：+886-2-2796-3638　傳真：+886-2-2796-1377
http://www.showwe.com.tw
劃撥帳號／19563868　戶名：秀威資訊科技股份有限公司
讀者服務信箱：service@showwe.com.tw
展售門市／國家書店（松江門市）
104台北市中山區松江路209號1樓
電話：+886-2-2518-0207　傳真：+886-2-2518-0778
網路訂購／秀威網路書店：http://www.bodbooks.com.tw
國家網路書店：http://www.govbooks.com.tw

2015年12月　BOD一版
定價：540元

國家圖書館出版品預行編目

從「在地」到「台灣」：「本格復興」前台灣推理小說的
地方想像與建構 / 洪敍銘著. -- 一版. -- 臺北市 :
秀威經典, 2015.12
面； 公分. -- (文學評論類 ; PG1398)
BOD版
ISBN 978-986-92097-9-3(平裝)

1. 推理小說 2. 臺灣小說 3. 文學評論

863.57 104021087

讀者回函卡

感謝您購買本書，為提升服務品質，請填妥以下資料，將讀者回函卡直接寄回或傳真本公司，收到您的寶貴意見後，我們會收藏記錄及檢討，謝謝！

如您需要了解本公司最新出版書目、購書優惠或企劃活動，歡迎您上網查詢或下載相關資料：http:// www.showwe.com.tw

您購買的書名：________________________________

出生日期：________年________月________日

學歷：□高中（含）以下　□大專　□研究所（含）以上

職業：□製造業　□金融業　□資訊業　□軍警　□傳播業　□自由業

□服務業　□公務員　□教職　□學生　□家管　□其它_____

購書地點：□網路書店　□實體書店　□書展　□郵購　□贈閱　□其他

您從何得知本書的消息？

□網路書店　□實體書店　□網路搜尋　□電子報　□書訊　□雜誌

□傳播媒體　□親友推薦　□網站推薦　□部落格　□其他__________

您對本書的評價：（請填代號　1.非常滿意　2.滿意　3.尚可　4.再改進）

封面設計____　版面編排____　內容____　文／譯筆____　價格____

讀完書後您覺得：

□很有收穫　□有收穫　□收穫不多　□沒收穫

對我們的建議：________________________________

____

____

____

請貼
郵票

11466
台北市內湖區瑞光路 76 巷 65 號 1 樓
秀威資訊科技股份有限公司 收
BOD 數位出版事業部

(請沿線對折寄回,謝謝!)

姓　名:＿＿＿＿＿＿ 年齡:＿＿＿＿ 性別:□女 □男

郵遞區號:□□□□□

地　址:＿＿＿＿＿＿＿＿＿＿＿＿

聯絡電話:(日)＿＿＿＿＿＿ (夜)＿＿＿＿＿＿

E-mail:＿＿＿＿＿＿＿＿＿＿＿＿